Ava Blum

TEARS OF LIGHT

Roman

IVI

Lesen was ich will!
www.lesen-was-ich-will.de

Von Ava Blum liegen im Piper Verlag vor:
Limonenküsse – Herzklopfen auf Italienisch
Bis es Sterne regnet
Tears of Light

MIX
Papier aus verantwortungsvollen Quellen
FSC® C083411
www.fsc.org

ISBN 978-3-492-70574-5

Satz auf Grundlage eines CSS-Layouts von digital publishing competence (München), mit abavo vlow (Buchloe)
Druck und Bindung: CPI books GmbH, Leck
Printed in the EU

Die Welt da draußen kann mich mal

Verflucht! Die Mittagssonne knallt unbarmherzig durchs Fenster auf meine Haut, obwohl sie für heute eigentlich Regen angesagt haben. Vier Minuten werden zur Hölle. Ich stöhne auf, drücke hastig die selbstklebende Verdunklungsfolie wieder an die Scheibe und schließe mit einem schnellen Ratsch den Vorhang. Meine Lippen prickeln und allmählich setzt das Brennen ein, das sich im Gesicht ausbreitet – es fühlt sich an, als würde eine beißwütige Ameisenarmee unter meiner Haut ihr Gift versprühen. Ich lehne mich rücklings gegen die Wand, schließe die Augen und zähle von zehn abwärts, um den Schmerz besser zu ertragen.

Schon zum zweiten Mal diese Woche verpasse ich mir die volle Dröhnung Tageslicht. Warum tue ich mir das eigentlich immer wieder an? Um mich, dank des Schmerzes, der wie glühende Kohlen durch alle Schichten meiner Epidermis brennt, wenigstens ein paarmal im Monat lebendig zu fühlen? Um vom Treiben da draußen etwas mitzubekommen? Oder einfach nur, weil ich völlig durchgeknallt bin?

Ich befürchte, alles davon trifft zu. Wahrscheinlich werde ich auch langsam verrückt, weil ich ein Gefangener in meinen eigenen vier Wänden bin. Verdammt zu einem Leben in Finsternis friste ich mein Dasein wie ein Vampir, der die Wohnung nur nach Sonnenuntergang verlassen kann.

Ich drehe mich um, schlage mit der Faust gegen den Fensterrahmen und presse die Lippen aufeinander. Scheiße, tut das weh, an den brennenden Schmerz werde ich mich wohl nie gewöhnen. Als hielte mir jemand einen Flammenwerfer vors Gesicht. Ich rutsche an der Wand hinunter, bis ich den Boden unter meinem Hintern spüre. Tränen steigen mir in die Augen, ich könnte schreien, doch stattdessen wimmere ich leise vor mich hin.

Keine Ahnung, wie lange. Irgendwann verliere ich das Zeitgefühl.

Normale Jungs in meinem Alter haben schon seit einem Jahr ihr Abi in der Tasche, studieren oder reisen durch die Weltgeschichte. Ich hingegen kämpfe jeden Tag aufs Neue damit, mein Leben zu ertragen, so, wie es ist. Doch die Phase des Selbstmitleids habe ich längst hinter mir, mittlerweile durchlaufe ich eine viel destruktivere: Die Welt da draußen kann mich mal!

Ich lebe isoliert in der 150-Quadratmeter-Altbauwohnung meines Vaters in Berlin-Mitte, der so gut wie nie da ist. Vor anderthalb Jahren brach die Krankheit aus, man nimmt an, dass mein Leiden psychisch bedingt ist, weil es kurz vor Mamas Tod eintrat. Es wurde schon alles Mögliche vermutet, der Auslöser ist jedoch nach wie vor nicht bekannt. Meine Krankheit ist so gut wie unerforscht, deshalb musste ich jedes Mal Versuchskaninchen spielen. Bisher hat nichts wirklich über einen längeren Zeitraum geholfen. Anfangs wurden ständig Fehldiagnosen von verschiedenen Ärzten gestellt, manche glaubten mir die Schmerzen nicht mal, wollten mich zum Psychologen überweisen, wenn die Auswirkungen nicht stark genug waren, dass man mir etwas ansah.

Monatelang haben sie an mir rumgedoktert, von Akupunktur über Cortisonsalbe bis hin zur Hypnose haben sie schulmedizinische wie auch alternative Behandlungsmethoden ausprobiert. Ich habe dann irgendwann das Handtuch geschmissen und mich geweigert, weitere Untersuchungen über mich ergehen zu lassen.

Fuck! Ich rapple mich hoch und renne durch den dunklen Flur, der durch eine Lichtleiste am Fußboden beleuchtet wird. Im Bad drücke ich den Lichtschalter und der Sternenhimmel aus LED-Leuchten geht an der Decke auf. Superromantisch, könnte man meinen. Von wegen! Sie wurden speziell für mich angebracht, um mir das Leben erträglicher zu machen. Bei mir herrscht den ganzen Tag über Dunkelheit, denn manchmal reagiert meine Haut sogar auf künstliches Licht empfindlich.

Ich öffne den Hahn und beuge mich übers Waschbecken. Unter lautem Stöhnen schaufle ich mir eiskaltes Wasser ins Gesicht. Während es meine Haut hinabperlt, hebe ich den Kopf und blicke mich im Spiegel an. Auf dem Jahrmarkt der Absonderlichkeiten könnte ich mir mit der Visage sicherlich noch ein paar Euro dazuverdienen. Mit dem blau getönten Haar und den fleckigen Rötungen im Gesicht sehe ich aus wie einer Freakshow entlaufen, das ganze Ausmaß der Aktion wird jedoch erst in einigen Stunden sichtbar sein.

Als ich sieben war, habe ich mir mit einem Freund die Arme mit Brennnesseln abgerieben. Einfach so, um das Gefühl auszukosten, wenn der Schmerz nachlässt. Genauso fühlt es sich heute an, zwölf Jahre später. Nur dass das Brennen nicht abnimmt, sondern sich in höllische Qualen verwandelt, die erst nach einigen Stunden nachlassen. Die äußerlichen Auswirkungen verschwinden jedoch erst Tage, manchmal sogar erst Wochen später.

»Lennox!« Eine vertraute Stimme zerschneidet die Stille, gefolgt von einem lauten Bellen.

Ich wirble herum, Wassertropfen laufen über mein Gesicht, nässen mein stinkendes Shirt, das ich seit mindestens einer Woche nicht gewechselt habe.

Grandma schnappt nach Luft und schlägt die Hände vor den Mund. Natürlich weiß sie wieder mal sofort, was Sache ist. Doch ihr vorwurfsvoller Blick prallt an mir ab wie Graupelkörner an der Frontscheibe eines Autos. Es ist mein Leben – ich kann es versauen, wie ich will.

Ich hasse es, wenn sie ohne Ankündigung einfach so hier auftaucht. Am liebsten würde ich ihr den Schlüssel abnehmen, ihr Eindringen ist ein Eingriff in meine Intimsphäre.

»Warum tust du mir das an, Junge?«, fragt sie, während Checker mir hingebungsvoll die Hand abschleckt. Ich habe ihn vermisst.

»Was machst du hier?«, antworte ich mit einer Gegenfrage, während ich das Handtuch aus der Halterung ziehe und mir damit Hals und Kinn abtupfe. Das Gesicht abzurubbeln würde jetzt an blanke Folter grenzen. »Ich komme gut allein zurecht.« Meine Stimme klingt rau und angriffslustig. Dabei hat Grandma das nicht verdient. Sie ist die Einzige, die gelegentlich nach mir schaut und sich um meinen Bobtail kümmert. Doch ich kann einfach nicht aus meiner Haut. Ich brauche niemanden.

»Ja, das ist nicht zu übersehen.« Sie eilt zum Spiegelschrank und greift nach der Cortisoncreme. »Was soll das? Was willst du damit bewirken?«

Ich ignoriere ihre Frage, wehre stattdessen ihre Hand ab, die mir die Salbe entgegenhält. »Lass es, ich nehme sie nicht mehr, meine Haut wird abhängig davon.«

Ein Seufzen ertönt, dann höre ich, wie sie die Tube zurück in den Schrank legt und die Tür schließt.

Checker nimmt hechelnd vor mir Platz, sein Schwanz peitscht aufgeregt von einer Seite zur anderen. Sieht aus, als hätte er mich auch vermisst. Ich streiche ihm den verzottelten Pony zurück und tätschle seinen Kopf. Sein Fell ist ein wenig feucht, anscheinend regnet es mittlerweile draußen.

Grandma fasst meine Schulter und dreht mich zu sich. »Schau mich an.«

Ich spüre einen kleinen Stich im Herzen, als ich sehe, wie sich ihre Augen mit Tränen füllen, doch sie blinzelt sie rasch weg. Sie zeigt niemals Schwäche, musste schon immer für alle anderen stark sein.

»Ich kann eben nicht ständig hier sein, ich würde es ja gern, aber …«

Ich höre Pfoten über die Fliesen tapsen, Checker verlässt den Raum. Er hat ein Gespür dafür, wann es besser ist, den Rückzug anzutreten.

»Granny, ich weiß, ist schon gut ...« Ich senke den Blick und will mich abwenden, doch sie hält mich zurück.

»Nein, Lennox, nichts ist gut! Sieh dich doch an.«

Dem ist nichts entgegenzusetzen. Ich unterdrücke ein Stöhnen, während ich Grandmas orangebraun geschminkte Lippen in Augenschein nehme, um die sich Fältchen kräuseln, wenn sie spricht. Sie wirkt erschöpft, als hätte sie wenig geschlafen. Darüber vermag auch das perfekt aufgetragene Make-up nicht hinwegzutäuschen. Als sie sich zu mir hinüberbeugt, steigt der aufdringliche Geruch von Haarspray aus ihren tadellos sitzenden rotblonden Locken in meine Nase. Granny sah noch nie aus wie eine Großmutter, sie hat schon immer auf ihr Äußeres geachtet. Gegen die Falten der Verbitterung, die sich um ihre Mundwinkel eingegraben haben, ist sie allerdings machtlos. Wen wundert es, ihre einzige Tochter starb an Krebs, Grandpa sitzt seit Jahren als Pflegefall im Rollstuhl, und um die ganze gequirlte Scheiße komplett zu machen: Ihrem Enkel ist nicht mehr zu helfen.

Ich fühle mich unwohl unter ihrem eindringlichen Blick und senke den Kopf. Wie ich mich manchmal selbst verachte.

Sie streicht mir durchs Haar, das zerwühlt ist, weil ich mir ständig hindurchfahre. Diese kurze Geste fühlt sich fremd an, ich merke, wie ich mich innerlich versteife. Ich bin kein kleiner Junge mehr, außerdem überrage ich sie um mindestens einen Kopf. Hastig drehe ich mich zur Seite, jede Art von Berührung ist mir zuwider.

Ein resigniertes Seufzen erklingt. Auch sie wird mich irgendwann abschreiben und nicht mehr nach mir schauen.

Gut so.

Der Schmerz hat gerade seinen höchsten Punkt erreicht, er wühlt sich unter meiner Haut hindurch wie ein lebendiges Wesen, das mich von innen allmählich auffrisst. Andere würden heulen, ich hingegen spüre Trotz in mir aufsteigen, der sich mit Selbsthass und einer gehörigen Portion Zynismus vermischt – meine Waffe gegen alles und jeden, vor allem gegen mich selbst. Was gäbe ich darum, mich wie eine Schlange häuten zu können, um Platz zu machen für gesunde Haut, die darunter wächst. Ich stelle mir bildlich vor, dass ich sie wie eine Maske abziehe und eine neue zum Vorschein kommt.

»Was ist mit der Frau, die dir im Haushalt helfen sollte?«, fragt Granny und katapultiert mich damit in die knallharte Realität zurück.

Ich schnaube. »Sprichst du von Mrs. Doubtfire, die ständig um mich rumgeschlichen ist und mich nicht aus den Augen gelassen hat? Eins muss man ihr lassen: Sie hatte mindestens genauso viel Bartwuchs wie Robin Williams.«

Granny legt ihre Hände an die Schläfen, als hätte sie Migräne.

»Sie hat sich aufgespielt wie mein Kindermädchen, dabei sollte sie mir lediglich Essen kochen und aufräumen«, verteidige ich mich. »Wer hat ihr gesagt, dass sie mir Ratschläge geben soll? Ich habe sie nicht darum gebeten.«

»Du hast sie rausgeekelt, hab ich recht?« Grandma presst die Lippen aufeinander, als müsste sie ihren Ärger niederkämpfen. »Sie erschien mir höchst anständig bei unserem Vorgespräch. Du hättest ihr wenigstens eine Chance geben können.«

Gleichgültig zucke ich die Achseln. Ich gebe niemandem eine Chance, denn ich habe beschlossen, sie alle zu hassen. Keine hat es bisher länger als zwei Tage mit mir ausgehalten. »Ich sagte doch schon, ich brauch hier keine Gouvernante, die mich ausspioniert und mich auf Schritt und Tritt verfolgt.« Rasch wende ich mich um, will das Bad verlassen, doch Grannys resoluter Griff um mein Handgelenk hält mich zurück.

»So? Dann komm mal mit.«

Widerwillig folge ich ihr in die Küche, während die Dielen unter meinen Füßen knarzen.

Durch die Lamellen der heruntergelassenen Jalousie dringen nur winzige Punkte Tageslicht hindurch, dennoch kann man flirrende Staubpartikel in der Luft erkennen.

Granny schaltet die Unterschrankleuchten ein.

Edelstahl und Hochglanzweiß dominieren den Raum, der wohl der hellste der ganzen Wohnung ist. Er besitzt eine separate Kochinsel, um die Stehhocker gruppiert sind. Mit den modernsten technischen Geräten ausgestattet, würde sie jeden Sternekoch vor Neid erblassen lassen. Vater kann es gar nicht Hightech genug sein, obwohl keiner von uns die Apparate benutzt. Was moderne Ausstattung betrifft, schmeißt er gern mit Geld um sich, für ihn zählt sowieso mehr Schein als Sein. Aber was soll's, er kann es sich leisten.

Als Mama noch lebte, herrschte hier immer kreatives Chaos, das im Widerspruch zu der kühlen Eleganz der Einrichtung stand. Mit ihrem italienischen Temperament schaffte sie es stets, Vater in seiner Perfektion und seinem Ordnungswahn zu mäßigen.

Gerade befinde ich mich im Stadium, in dem heiße Nadeln meine Haut durchstechen. Ich brauche dringend eine Abkühlung.

Den Kopf auf seinen ausgestreckten Vorderpfoten abgelegt, liegt Checker auf dem Parkett neben dem Kühlschrank und bewacht den Fressnapf.

Grandma fährt mit der flachen Hand über den hellen Granitstein der Kochinsel, reibt die Fingerspitzen aneinander und zieht eine ihrer perfekt geschwungenen Augenbrauen in die Höhe. Dann wandert ihr Blick zur gegenüberliegenden Seite.

Schmutzige Teller, fettverkrustete Pfannen und halb leere Gläser belagern die Arbeitsfläche neben dem Spülbecken.

Sie schnalzt mit der Zunge und geht zum Kühlschrank, der leise vor sich hin brummt. Als sie ihn öffnet, flutet grelles Licht den Raum.

Mit gekrümmtem Zeigefinger winkt sie mich heran.

Checker fiept und deckt mit einer Pfote beide Augen zu. Was will er mir damit sagen?

Seufzend trete ich neben Granny und stecke meinen Kopf in den Kühlschrank, um mir vorübergehend Erleichterung zu verschaffen, was eigentlich kontraproduktiv ist – die Kälte lindert den Schmerz, das künstliche Licht wiederum begünstigt ihn.

Ich entdecke eine Dose Sprite im Seitenfach, greife hastig danach und presse mir das kühle Blech an die Wange. Erleichtert atme ich auf. Die Kühlung macht das Gefühl von heißen Nadeln binnen Sekunden erträglich. Mein Blick gleitet durch das Innere des Kühlschranks. Salat welkt träge vor sich hin. Ein dunkelbraunes Etwas in Bananenform gähnt mir entgegen und träumt von besseren Zeiten.

Ein Grinsen huscht über mein Gesicht, als Granny mir das aufgeschraubte Kichererbsenglas vor die Nase hält, in dem eindrucksvolle haarige Gestalten wuchern. Nicht meine Schuld, schließlich habe ich den ganzen Kram nicht gekauft. Vater steht auf so gesundes Zeug, nicht ich.

Granny hat Orangenmarmelade im Seitenfach entdeckt. Natürlich lässt sie es sich auch diesmal nicht nehmen, mir diese mit vorwurfsvoller Miene zu präsentieren.

»Ich schätze, den flauschigen Pelz hat sie gebildet, um der Kälte zu trotzen.« Den Sparwitz konnte ich mir einfach nicht verkneifen.

»Ich weiß wirklich nicht, was es da zu grinsen gibt, Lennox. Warum kaufe ich überhaupt noch für dich ein?« Granny stemmt ihre Fäuste in die Hüften. »Was hast du die letzten Tage gegessen?«

In einer unbestimmten Geste verziehe ich den Mund und halte mir kurz die Sprite-Dose an die Stirn, ehe ich sie wieder zurückstelle. Was soll ich auch darauf antworten. Dass der Pizzamann der Mensch ist, der mich definitiv am häufigsten zu sehen bekommt? Dass ich mir bei meinen nächtlichen Skate-

Touren jedes Mal Chips und Schokolade kaufe, ist sicherlich auch nicht das, was sie hören will, also behalte ich es für mich.

Granny knallt die Kühlschranktür zu und zerrt mich am Stoff meines T-Shirts weiter ins Wohnzimmer.

Ein muffig-süßlicher Geruch hängt im Raum, die Vorhänge sind wie immer zugezogen.

Sie schaltet das Licht an und dämpft es sogleich mit dem Dimmer. »Guck, wie es hier aussieht.« Grandma verschränkt die Arme vor der Brust und sieht mich abwartend an. »Du haust wie ein Messi. So kann es nicht weitergehen. Du brauchst Hilfe!«

Ich habe das Wohnzimmer seit Tagen nicht mehr betreten, und ich schere mich einen Teufel darum, wie es hier aussieht. Nur Granny zuliebe lasse ich meinen Blick durch den Raum schweifen.

Ich habe mir Mühe gegeben, aber mit dem exzessiven Schlachtfeld mancher Rockstars kann ich bedauerlicherweise nicht mithalten. Statt gefüllter Aschenbecher, Kokslines, leerer Champagnerflaschen und zerschlagenem Mobiliar schimmeln nur Pizzareste im Karton auf dem niedrigen grauen Sofa vor sich hin. Zerquetschte Cola-Büchsen, Bananenschalen und schmutzige T-Shirts liegen auf dem jadeschimmernden Teppich verteilt und tun ihr Übriges.

Na und? Wen kümmert's schon? Die meiste Zeit verbringe ich sowieso vor dem Computer.

Ich fahre mir über den Nacken und puste ein paar Haarsträhnen aus meiner Stirn. Hier drinnen ist es verdammt heiß, so heiß, dass ich meine, innerlich zu verbrennen. Kaum zum Aushalten. Obwohl die Heizung auf Hochtouren läuft, stelle ich die Klimaanlage auf die höchste Stufe.

Granny verengt die Augen zu Schlitzen, verkneift sich jedoch eine Bemerkung. Sie weiß, dass ich das selbst zu verantworten habe. Hätte ich mich nicht dem Licht ausgesetzt, würde ich mich jetzt auch nicht so fühlen.

»Hier muss dringend gelüftet werden. Und wer soll in Zukunft deine Einkäufe erledigen? Hast du dir darüber Gedanken gemacht?«

»Hab ich«, antworte ich gereizt. »Ich selbst.«

Stirnrunzelnd sieht sie mich an.

»Hier gibt es genügend Spätis in der Umgebung.«

»Spätis?«

»Spätkauf.«

Sie verzieht das Gesicht. »Gibt es dort auch Obst, Gemüse, frisches Brot und Milch?«

Ich stoße ein bitteres Schnauben aus. »Schau mich an, meinst du, Vitamine würden mich irgendwie weiterbringen?«

Ich halte Grannys Blick stand. Warum soll ich mir auch ständig ihre Vorhaltungen anhören. Es geht sie nichts an, wie ich lebe.

»Du glaubst, es geht mich nichts an.«

Habe ich das etwa laut gesagt? Nein, sicher nicht.

»Dann hör mal zu, mein Junge.«

Ich fixiere ihren Zeigefinger, der sich auf und nieder bewegt.

»Du hast keine Lust, dich weiteren Untersuchungen zu unterziehen …«

»Was soll das schon bringen?«, unterbreche ich sie. »Kommt sowieso nichts bei raus.« Vielleicht schon, doch die Wahrheit ist, dass ich noch nicht bereit bin, meine Trauer hinter mir zu lassen und dem Leben eine neue Chance zu geben.

Sie ignoriert meinen Einspruch und fährt fort. »Hilfe in jeglicher Form lehnst du strikt ab. Ich habe den Eindruck, du hast dich längst aufgegeben.« Ihr eindringlicher Blick verharrt noch einen Moment auf mir, dann dreht sie sich um, hält sich die Nase zu und beginnt mit den Fingerspitzen, meine Kleidungsstücke aufzuklauben. »Deine Mutter war nicht so, sie hat bis zum Schluss gegen den Krebs gekämpft …«

Mein Herz zieht sich schmerzhaft zusammen, wie immer, wenn die Sprache auf Mama kommt. Wie kann Granny nur so taktlos sein?

»... und du gammelst hier vor dich hin. Man kann es ja nicht mehr mit ansehen, wie du dich gehen lässt.« Sie wendet sich um und fängt meinen Blick ein. »Was ist mit der Selbsthilfegruppe? Du hast mir vor Monaten versprochen, dich darum zu kümmern.«

»Gibt es nicht in Berlin.«

Sie nickt verstehend und blickt zur Seite, als würde sie überlegen. »Aber Foren gibt es doch bestimmt, wo sich Betroffene austauschen können?«

»Kein Interesse, nur Schwachmaten unterwegs.«

»Bei dir ist wirklich Hopfen und Malz verloren, Lennox.« Sie schüttelt den Kopf und schweigt eine Weile, während sie mit gerümpfter Nase den Pizzakarton aufhebt. »Heute Nacht kommt dein Vater zurück, bis dahin wird die Wohnung auf Vordermann gebracht.«

Shit, das habe ich völlig verdrängt. Ich hole Luft, um Einspruch zu erheben, doch Granny kommt mir zuvor.

»Ich helfe dir. Aber wir erledigen das sofort. Ich lüfte erst mal ordentlich und kümmere mich um Wohnzimmer sowie Küche. Du übernimmst dein Zimmer und das Bad.«

»Lohnt sich doch eh nicht«, rutscht mir heraus. »Er bleibt sowieso höchstens einen Tag.«

Granny geht nicht darauf ein, verlässt stattdessen mit energischen Schritten den Raum.

Vater und ich – unsere Beziehung ist ein Thema für sich. Am Anfang hat er mich ein paarmal bei meinen nächtlichen Streifzügen begleitet. Nach Mamas Tod wollte er nur noch weg. Die Distanz zwischen mir und unserer Vergangenheit kann ihm gar nicht groß genug sein. Er weiß nicht, wie er mit meiner Krankheit umgehen soll, ich spüre es. In meiner Gegenwart fühlt er sich isoliert und eingesperrt. Seine ständigen

Reisen nach Asien, die er antreten muss, kommen ihm da sehr gelegen.

Ich folge Granny hinaus durch den langen Flur und biege dann rechts in mein Zimmer ab. Dieser Raum ist meine Bärenhöhle, hier drinnen fühle ich mich sicher und verbringe dort fast mein ganzes Dasein.

Schwarzlichtröhren, fluoreszierende Bilder und Stoffe geben dem Raum ein wenig Licht und hauchen der Dunkelheit Leben ein. Der erste Blick gilt meist den beiden Postern an der Wand, die durch ihre Farbigkeit hervorstechen. Auf dem einen leuchtet der rote Metallica-Schriftzug mit darunter berstendem Totenschädel, rechts daneben zieht der Kopf von Jimi Hendrix in schillernd bunten Farben die Aufmerksamkeit auf sich. Über dem Bett trägt ein Spinnennetz aus Lichterketten zur gemütlichen Atmosphäre bei. Natürlich ist es immer noch relativ dunkel, aber mehr kann ich in meinen eigenen vier Wänden nicht ertragen. Hauptsache, es reicht aus, um den angesammelten Müll zu entsorgen, bevor Granny wieder ihren Blick aufsetzt, in dem sämtliche Facetten zwischen tiefer Enttäuschung und Wut wabern. Zusätzlich schiebt sie dann immer ihren Kiefer von links nach rechts, das kommt einem nervösen Zucken gleich und bedeutet, ich muss auf der Hut sein. Mich mit ihr anzulegen ist wirklich das Letzte, was ich will.

Mit einem tiefen Seufzer trete ich hinter das hohe Bücherregal, das als Trennwand zwischen Bett und Schreibtisch dient. Zwei blaugrün fluoreszierende Lavalampen spenden gedämpftes Licht und helfen dabei, die Buchrücken zu entziffern. Von *Herr der Ringe* über Romane von Terry Pratchett bis hin zu englischen Schulbüchern ist alles vertreten. Aber besonders viel Platz nimmt die Computerliteratur ein.

Mein Arbeitsplatz braucht mittlerweile mehr Raum als der begehbare Schrank eines It-Girls. Ich kratze mich am Kopf und weiß nicht, wo ich anfangen soll. Vielleicht als Erstes das benutzte Geschirr in die Küche bringen. Ich klemme mir die Thermoskanne unter den Arm, greife nach den Henkeln der vier leeren Kaffeetassen und schnappe mir mit der linken Hand den mit Zitronenkuchen vollgebröselten Teller.

Als ich in die Küche komme, ist Granny voll in ihrem Element. Sie hantiert geräuschvoll mit schmutzigen Schalen und ordnet sie vorschriftsmäßig in den Geschirrspüler. Ihrer unwirschen Handbewegung entnehme ich, dass ich alles auf der Arbeitsfläche abstellen soll.

Bevor ich mich wieder vom Acker mache, wende ich mich zu ihr um. »Wie geht es Grandpa?« Ich wundere mich selbst über mein plötzliches Interesse für jemanden, der offenkundig nichts für mich übrig hat. Wahrscheinlich weil er seit seiner Querschnittslähmung genauso bemitleidenswert ist wie ich. Gefangen in seinem Körper. Und wer wird schon gern bemitleidet, ich jedenfalls kann darauf verzichten. Doch heute hat mir mein schlechtes Gewissen einen gehörigen Arschtritt verpasst. Schließlich verplempert Granny jetzt ihre Zeit hier, obwohl sie sicherlich anderes zu tun hätte. Ein Versuch, sie davon abzubringen, brächte allerdings genauso viel, wie einen Esel zum Rennen anzutreiben. Wenn sie sich einmal was in den Kopf gesetzt hat, dann kann nichts und niemand sie mehr davon abbringen.

Sie hebt den Blick und runzelt die Stirn, bevor sie antwortet. »Ich habe ihn vor dem Fernseher geparkt. Heute läuft Fußball, da gibt er wenigstens ein paar Stunden Ruhe.«

»Und wenn er auf die Toilette muss?«

Unbeirrt räumt sie das Besteck in den vorgesehenen Kasten. »Dafür gibt es Windeln.«

Ich schlucke trocken. Es muss grauenvoll sein, wenn man so hilfsbedürftig ist wie ein Kleinkind. Ohne ein weiteres Wort drehe ich mich auf dem Absatz um und gehe zurück in mein Zimmer.

Nachdem ich die Bettdecke ordentlich gefaltet und glatt gestrichen habe, mache ich mich daran, meinen Schreibtisch aufzuräumen. Ich starre einen Moment lang auf die reflektierende Tastatur und spiele mit dem Gedanken, ein wenig zu zocken, ehe ich richtig loslege. Doch dann verwerfe ich die Idee, ein Game würde zu viel Zeit in Anspruch nehmen und Grandma stutzig werden lassen.

Etliche lose Blätter, geknickt und mit Kaffeeflecken versehen, sind mit unleserlichen Notizen bekritzelt, die ich selbst nicht mehr entziffern kann. Ich zerknülle sie und werfe das Papier auf den Boden. Anschließend sortiere ich die Stifte in die Behälter, klaube die verrotzten Taschentücher auf und entsorge sie im Papierkorb.

Als ich gerade die Schreibtischplatte mit Glasreiniger besprühe, poppt eine Nachricht auf dem Monitor auf.

Hey Digger, kann ich kurz vorbeikommen? Hab 'nen Auftrag für dich.

Ich stöhne. Cem hat ein Händchen dafür, sich immer dann anzukündigen, wenn es gerade ungelegen ist.

Ungünstig, mein Dad kommt heute Nacht. Muss die Bude in Schuss bringen. Morgen Nachmittag passt besser.

Tamam, bestätigt er auf Türkisch. *Ich versuch's. Hab grad viel um die Ohren.*

Wir sehen uns.

Zähneknirschend schließe ich das Fenster. Cem ist der einzige Freund, der mir geblieben ist. Er hat noch nie versucht, mich zu irgendwas zu überreden. Lässt mich einfach so sein, wie ich bin. Das mag ich an ihm. Außerdem hilft er mir mit ein paar Jobs über die Langeweile hinweg.

Nachdem ich Staub gewischt habe, tausche ich die überquellende Mülltüte gegen eine neue und begebe mich ins Bad. Erneut benetze ich meine Haut mit eiskaltem Wasser. Das tut gut. Ich muss damit aufhören, mich immer wieder dieser Folter auszusetzen.

Irgendwann.

Scheiße, Mann! Ich halte es nicht mehr aus, brauche dringend eine Schmerztablette. Der Spiegelschrank bebt nach, als ich ihn aufreiße. Hastig drücke ich zwei Aspirin aus der Blisterpackung und spüle sie mit reichlich Wasser aus dem Hahn hinunter. Bei der Gelegenheit fällt mir ein, gleich die Psychopille hinterherzuschmeißen, wenn ich schon dabei bin, meinen Körper mit Chemie vollzupumpen. Ohne das Zeug fühle ich mich einfach nicht sicher. Habe Angst, in dieses tiefe Loch zu fallen, wie damals, als ich erfuhr, dass der Krebs Mama besiegt und sie nicht mehr lange zu leben hat.

Nachdem ich die Tablette geschluckt habe, schrubbe ich mit einem Schwamm Zahnpastaflecken aus dem Waschbecken und beschließe, mit meinem Longboard heute Nacht die Stadt unsicher zu machen. Ich brauche dringend frische Luft und Bewegung. Und Abstand zu Dad, der mir entweder Moralpredigten hält oder mir mit Ignoranz begegnet, was häufiger der Fall ist. Manchmal glaube ich, dass er noch weniger mit meiner Krankheit zurechtkommt als ich.

Gerade habe ich die Toilettenreinigung hinter mich gebracht, da dringt Checkers Fiepen zu mir herüber. Kurz darauf steckt Granny ihren Kopf durch den Türspalt. »Ich muss los, Küche und Wohnzimmer können sich wieder sehen lassen.« Ihr kritischer Blick schweift durch das mit grauen Fliesen ausgekleidete Badezimmer. »Ich nehme Checker mit, er muss dringend raus.« Sie winkt mich zu sich, ich weiß genau, was jetzt kommt.

Seufzend mache ich ein paar Schritte auf sie zu. Granny greift nach meiner Hand und steckt mir einen Geldschein zu. »Hol dir davon etwas Vernünftiges zu essen, die Supermärkte haben teilweise bis 22 Uhr geöffnet.«

»Okay, aber das Geld nimm wieder mit, dein Sohn hat genug davon.« Ich halte ihr den Fuffi hin, doch sie wehrt ihn ab. Kopfschüttelnd stopfe ich ihn in meine Hosentasche.

»Mach's gut Lennox, ich melde mich Ende der Woche bei dir.«

Ich nicke nur, innerlich jedoch spüre ich nichts als Erleichterung.

Granny fasst mich an der Schulter und sieht mich eindringlich an. »Versprich mir, dass du nicht wieder auf so eine schwachsinnige Idee wie heute Mittag kommst.«

»Mach ich«, versichere ich ihr, nur damit sie zufrieden ist und sich aus dem Staub macht. Wenn sie wüsste, wie oft ich das durchziehe, dann würde sie mich vermutlich einweisen lassen.

Der Junge ohne Zukunft

Kaum ist sie weg, lasse ich alles stehen und liegen und verziehe mich an meinen Schreibtisch, denn es gibt einiges zu tun. Neuerdings habe ich es mir zur Aufgabe gemacht, Accounts sozialer Netzwerke zu hacken. Seitdem die Leute nicht mehr auf Phishingmails reinfallen, ist es nicht mehr so einfach, sie auf eine gefälschte Log-in-Seite zu locken, die genauso aussieht wie die ursprüngliche. Aber zum Glück gibt es ja andere Möglichkeiten, über die man nicht von allen Medien informiert wird. Die Falle, die ich aufstelle, schnappt jedenfalls in 95 von 100 Fällen zuverlässig zu, sodass ich sicher sein kann, die Log-in-Daten, die mein Auftraggeber angefordert hat, zeitgerecht liefern zu können. Aber auch diese Methode ist mittlerweile nur noch eine Fingerübung für mich, ich habe schon ganz andere Dinge gehackt.

Man mag es nicht glauben, aber es gibt Leute, die mich dafür bezahlen. Sei es, um andere auszuspähen oder Falschmeldungen zu verbreiten, was ebenso begehrt ist. Ich weiß, dass es strafbar ist, aber das ist mir egal. Inzwischen könnte ich Dinge von viel größerem Ausmaß bewerkstelligen, allerdings habe ich kein Interesse daran, es ist lediglich eine Beschäftigung gegen die Langweile.

Ich bin drin! Gerade habe ich den Account einer Tussi aus der Oberstufe geknackt. Als ich ihre Nachrichten überfliege, wird klar, dass ihr Freund mit seinem Verdacht richtiglag.

Du bist so heiß, Baby! Ich will genau das noch einmal, was du vorhin mit mir gemacht hast.

Dahinter klemmen zwei eindeutige Emojis – eine Hand und eine Banane.

Oh Mann, was für ein beschissener Scheiß! Ich verdrehe die Augen und lehne mich mit hinter dem Kopf verschränkten Armen zurück. Was für eine Bitch, sie treibt es mit einem seiner besten Kumpels und schickt sich sogar Sexnachrichten mit ihm. Irgendwie kann ich froh sein, dass ich mit dem ganzen Weiberkram nichts mehr zu tun habe.

Nachdem ich meinem Auftraggeber die Zugangsdaten geschickt habe, damit er sich selbst überzeugen kann, brauche ich dringend frische Luft. Außerdem empfinde ich das künstliche Licht des Monitors heute als besonders unangenehm, obwohl ich die Helligkeit fast auf null gestellt habe. Doch selbst darauf reagiert meine Haut an manchen Tagen. Es ist bereits 21 Uhr, aber es könnte genauso gut erst 17 Uhr sein, denn die Sonne geht jetzt schon früh unter, einer der Gründe, warum ich den Winter liebe.

Rasch ziehe ich mir einen dicken Pulli an, streife mir meine abgewetzte Lederjacke über, schlüpfe in die Sneakers und schnappe mir mein Skateboard. Das Longboard lasse ich heute besser da, wo es ist – in der Flurecke angelehnt an der Wand. Mir ist nach ein paar Sprüngen und Tricks, um mich abzureagieren. Manchmal frage ich mich, ob ich überhaupt noch längere Strecken zu Fuß zurücklegen kann, denn es ist zur Gewohnheit geworden, dass ich mit dem Board unterwegs bin.

Am Ausgang riskiere ich einen Blick in den Garderobenspiegel. Mein Gesicht ist inzwischen krebsrot und geschwollen, als hätte ich mit den Klitschko-Brüdern im Ring gestanden. Sogar einige offene Hautpartien leuchten mir entgegen. Hastig stülpe ich mir meine riesigen Kopfhörer über das Basecap, unter dem ich versuche, mein entstelltes Gesicht, so gut es geht, zu verstecken, und stelle das Smartphone auf volle Lautstärke. Busta Rhymes rappt in mein Ohr und beamt mich in eine bessere Welt. Hip-Hop ist für mich das Nonplusultra zum Skaten, aber Metal und Rock höre ich genauso gern.

Die Luft ist unerwartet mild, doch als ich aufs Board steige und ein paar Meter fahre, schlägt mir doch eisiger Wind entgegen, der an meiner Jacke zerrt. Rasch ziehe ich den Reißverschluss hoch und stecke die Hände in die Taschen, während der Bass mir ins Ohr wummert. Meinem Gesicht hingegen tut die Kälte gut, das Brennen lässt sich so besser ertragen. Im gedämpften Licht der Straßenlaternen fühle ich mich gut aufgehoben, keiner starrt mich an oder wirft mir verstohlene Blicke zu.

Ich skate in Richtung Hackescher Markt und mache bei meinem Lieblingsaraber halt. Hier steht ständig ein anderer hinter dem Tresen, deshalb ist es mir egal, mich so zu zeigen. Anonymität ist genau das, was ich brauche.

Als ich an der Reihe bin, nehme ich meine Kopfhörer ab, klemme sie mir um den Hals und bestelle einen Falafel-Döner mit extra viel Knoblauchsoße.

Nachdem ich bezahlt habe, setze ich mich draußen vor den Laden auf eine klapprige Holzbank und stopfe die Kichererbsenbällchen in mich rein. Ich will so schnell wie möglich hier weg.

Ständig habe ich das Gefühl, als würden mich alle anglotzen, deshalb schiebe ich mir mein Basecap tiefer ins Gesicht.

Ein helles Lachen ertönt neben mir, bis es plötzlich abrupt abbricht.

»Hey, Lennox!«

Ich halte im Kauen inne und linse hoch. Meine Brust verkrampft sich. Das hat mir gerade noch gefehlt. Ein Mädchen aus meinem Jahrgang steht mit ihrer Freundin neben mir und lächelt mich erwartungsvoll an. Wie heißt sie noch gleich ...? Ich habe ihren Namen vergessen. Aber sie galt immer als das hübscheste Mädchen der Schule, alle wollten ein Date mit ihr. Nur ich nicht, denn obwohl sie äußerlich mein Typ ist, fand ich sie zu aufgesetzt, zu künstlich.

»Wie geht es dir?« Sie beugt sich zu mir hinab, um mein Gesicht besser sehen zu können, und streicht sich dabei ihr langes kastanienbraunes Haar hinters Ohr.

»Hallo …« Meine Stimme versagt für einen Moment, ich spüre, wie Schamesröte in mir aufsteigt und Schweiß aus meinen Poren dringt. Ich kratze all die Verbitterung in mir zusammen, blicke zu ihr hoch, schiebe gleichzeitig das Basecap nach hinten und sehe ihr ins Gesicht. »Bestens. Und selbst?«

Ihr Mund klappt auf und wieder zu. Dann schluckt sie. Man merkt ihr an, dass sie auf meinen Anblick nicht gefasst war, die Situation scheint ihr unendlich unangenehm zu sein. Ihre Freundin guckt betreten zu Boden und tritt von einem Bein aufs andere.

Ihre Bestürzung verwundert mich doch ein bisschen, schließlich wusste damals jeder, warum ich die Schule kurz vor dem Abitur abgebrochen habe. Die Neuigkeit, dass ich unter einer seltenen Lichtkrankheit leide, hatte sich ausgebreitet wie ein Waldbrand. Sollte sie tatsächlich davon nichts mitbekommen haben, denkt sie jetzt sicherlich, ich bin ein Crystal-Meth-Junkie.

Herzlichen Glückwunsch, Lennox, diese Art von Erniedrigung ist genau das, was dir noch gefehlt hat.

Sie bringt ein verlegenes Lachen zustande. »Ich habe im Sommer mein Praktikum in einer Werbeagentur beendet und studiere seit einem Monat Kommunikationsdesign an der UdK.«

Man sieht ihr an, dass sie krampfhaft versucht, sich ihr Entsetzen nicht anmerken zu lassen. Bestimmt ekelt sie sich vor mir. Ich will einfach nur weg. »Klingt nach einer vielversprechenden Zukunft.« Meine Stimme klingt genauso desinteressiert, wie ich empfinde. Hastig würge ich das letzte Stück Falafel runter und knalle mein Brett auf das Pflaster. »Na dann … ich muss los, hab noch einen Termin.« Ich blicke nicht mehr hoch, sondern springe aufs Board und schaue, dass ich davonkomme.

Ich fahre weiter in Richtung Alex. Die Situation eben hat meiner eh schon miesen Laune den Rest gegeben. So sehr ich auch versuche, die Schmach nicht an mich ranzulassen, es gelingt mir nicht. Meine Scham und meine Wut verwandeln sich in Selbsthass. Ich bin der Junge, der es zu nichts gebracht hat. Dabei habe ich noch vor zwei Jahren eine rosige Zukunft vor mir gesehen. Meine Kumpels und ich träumten davon, entdeckt zu werden und allein vom Skaten leben zu können. Doch dann zerplatzte der Traum, und meine Freunde, die lange nicht so ambitioniert waren wie ich, konzentrierten sich nach dem Abitur auf neue Dinge: Sie begannen zu studieren, sammelten Auslandserfahrungen oder stiegen in die Firma ihrer Eltern ein. Nur ich habe keine Zukunft, meine Kumpels sind fort und ich lebe in die Nacht hinein.

Eine Weile kurve ich noch am Alex rum, doch es sind einfach noch zu viele Fußgänger unterwegs, deshalb entschließe ich mich, mit der U-Bahn bis Potsdamer Platz zu fahren. Ich muss mich irgendwie abreagieren, und das geht am besten auf der sogenannten *Baustelle,* dem Areal vor dem Kulturforum. Die angelegten Skaterparks waren noch nie mein Ding, die sind was für Anfänger und lange nicht so cool wie die Straße. Außerdem gibt es nur wenig beleuchtete Parks. Nachts bietet es sich an, Touristenspots anzufahren, weil dort die Gegend ausreichend hell ist.

Für mich war die Atmosphäre auf der *Baustelle* immer am besten. Dort versuchen sich alle mit ihren Sprüngen zu übertrumpfen, denn ab und zu lassen sich hier auch ein paar Talentscouts blicken.

Bei meiner Ankunft stelle ich erleichtert fest, dass mein Lieblingsplatz so gut wie leer ist. Um die Jahreszeit ist es den meisten abends zu kalt und die Skater verziehen sich schon früh. Kann mir nur recht sein.

Der glatt gepflasterte, leicht abfallende Platz, der nach rund fünfzig Metern in eine kompakte Treppe mit acht Stufen übergeht, ist wie zum Skaten gemacht. Das Double Set mit dem breiten Steingeländer lädt förmlich dazu ein, ein paar Stunts zu machen.

Ein einzelner Skater wirbelt während des Sprungs von der Treppe sein Board unter den Füßen herum. Er schenkt mir keine Beachtung, als ich an ihm vorbei die Stufen hochlaufe.

Oben angekommen, nehme ich Anlauf und springe aufs Board. Vor dem Absprung über die Treppe gehe ich in die Knie, um kurz darauf die Beine anzuziehen, fasse dann das Brett an der Spitze an und fliege über die Stufen.

Adrenalin flutet meine Adern. In der Luft drehe ich mich um die eigene Achse, habe das Board dabei fest im Griff. Der Sprung ist nur von kurzer Dauer, doch ich versuche, ihn in vollen Zügen zu genießen. Bevor ich lande, gehe ich wieder in die Knie.

Krachend, aber geschmeidig komme ich auf dem Pflaster auf. Ein Glücksgefühl durchströmt mich. Endlich gelingt es mir, den Knoten in meiner Brust zum Platzen zu bringen und wieder frei zu atmen. Ich wiederhole das Ganze noch etliche Male, bevor ich zum Schluss noch ein paar Slides auf dem Geländer übe.

Danach fühle ich mich besser. Es ist mir tatsächlich gelungen, meinen Kopf freizubekommen.

Es muss schon kurz vor Mitternacht sein, als ich den Schlüssel ins Schloss stecke.

Fuck! Als ich den Koffer am Eingang stehen sehe, versteife ich mich augenblicklich, und das beklemmende Gefühl legt sich wieder auf meine Brust. Ich hatte gehofft, vor seiner Ankunft zurück zu sein, um mich schlafend zu stellen.

Top, die Wette gilt!

Seufzend knalle ich den Schlüssel aufs Sideboard, als Vater mir aus der Küche entgegenkommt.

»Du bist schon da?« Ich habe es gut hingekriegt, meiner Stimme einen vorwurfsvollen Klang zu verleihen.

»Nach zwei Wochen Abwesenheit ist das eine Begrüßung, die einem das Herz erwärmt.« Vater bleibt zwei Armlängen vor mir stehen. Kurz blitzt Entsetzen in seinen Augen auf, als ich mein Basecap abziehe und ihm mein Gesicht schonungslos präsentiere.

»Was hast du erwartet? Kuchen und eine Willkommensgirlande?« Ich sehe ihn an und empfinde einfach nur Leere in mir. So, als stünde ich einem Fremden gegenüber. Seit Mutters Tod haben wir uns immer weiter voneinander entfernt.

Er zieht die Augenbrauen in die Höhe, sodass seine Stirn Falten schlägt, seufzt und senkt den Kopf. Granny hat ihn sicher bereits von meinem heutigen »autoaggressiven Ausfall«, wie er es immer nennt, unterrichtet. Nicht mal mehr eine Vorhaltung bin ich ihm wert. Er hat mich schon lange aufgegeben, spart sich seine Energie lieber für die nächste Millionenverhandlung auf.

Herausfordernd blicke ich ihn an.

Vater kratzt sich seinen kurzen, bereits ergrauten Bart, eine Angewohnheit, die immer zutage tritt, wenn er nicht weiß, wie er mit mir umgehen soll. Garantiert fragt er als Nächstes, wo das neue Hausmädchen ist.

»Wie hast du es diesmal geschafft, die neu eingestellte Hilfskraft zu vergraulen?«

Volltreffer. Hilfskraft, dieses Wort schon allein ... als wäre ich auf Hilfe angewiesen. »Sie ist aus freiem Entschluss gegangen«, antworte ich wahrheitsgetreu und hänge meine Jacke an die Garderobe.

Vater lacht auf, es klingt gequält.

Ich verenge die Augen zu Schlitzen. »Du wirst nie jemanden finden, der es länger als zwei Tage mit mir aushält.«

Er nimmt eine nachdenkliche Pose ein und tippt den Zeigefinger mehrmals gegen die Lippen. Ein kurzes Blickduell später schiebt er die Augenbrauen nach oben, als wäre ihm gerade eine geniale Idee durch den Kopf geschossen. »Wetten, dass doch?«

Ich stoße ein abfälliges Schnauben aus und verschränke die Arme vor der Brust. »Du willst nicht wirklich eine Wette mit mir abschließen?« *Du ziehst sowieso den Kürzeren ...,* beende ich den Satz in Gedanken.

»Warum eigentlich nicht?« Ein durchtriebenes Lächeln zuckt um Vaters Mundwinkel. »Sollte ich gewinnen, gehst du in das Sanatorium in der Schweiz und lässt dich noch mal durchchecken. Vielleicht kommt ja doch eine Toleranztherapie für dich infrage. Dann kannst du nächstes Jahr vielleicht sogar dein Abitur machen. Im unwahrscheinlichen Fall, dass du recht behältst, erlaube ich dir, noch ein weiteres Jahr auf meine Kosten hier herumzugammeln.«

Toleranztherapie. So eine verquirlte Scheiße. Das wird bei mir nie funktionieren, mein Körper wird sich auch in geringen Dosen nie an das Licht gewöhnen. Ein freudloses Lachen entkommt mir. »Scheinst dir ja deiner Sache sicher zu sein. Hast du schon jemanden im Auge?« Mit überlegener Miene streiche ich mir durchs Haar. »Ich muss dich leider enttäuschen, ich bin noch nicht bereit für irgendeine Art von Therapie.«

»Wenn es danach geht, wirst du nie so weit sein, Lennox.«

»Im Gegensatz zu dir hab ich Mamas sinnlosen Tod noch lange nicht verkraftet«, poltern die Worte aus meinem Mund, ehe ich sie zurückhalten kann. Zähneknirschend wende ich mich ab. Das war hart. Selbst für mich. Aber bei ihm kann ich nicht anders, als zurückzuschießen.

Ach, scheiß drauf! Er hat es nicht anders verdient. Ein Teil der Wahrheit ist aber auch, dass ich eine weitere Fehldiagnose nicht verkraften könnte. Verstohlen huscht mein Blick zu ihm zurück.

Vaters Kiefer mahlt, ich sehe, wie es in ihm arbeitet. Wie er mit sich ringt, etwas darauf zu entgegnen. Doch er schluckt es runter – wie immer. Lässt sich von mir nicht aus der Reserve locken. Mit einem tiefen Seufzer steckt er eine Hand in die Tasche seines schicken Jacketts. »Ich weiß, dass sich dein Bild von mir nicht ändern lässt.«

Du könntest es zumindest versuchen, denke ich.

»Trotzdem will ich nicht, dass du vor die Hunde gehst. So kann es nicht weitergehen. Und ich will nicht, dass die Wohnung völlig verwahrlost. Die nächste Hilfe, die ich dir vorsetze, bleibt. Verlass dich drauf!«

Ich zucke nur die Schultern und verziehe mich in mein Zimmer. Soll er sich doch meiner Niederlage gewiss sein. Er wird schon sehen, was er davon hat. Ich lasse mich nicht kontrollieren, vor allem nicht von fremden Menschen.

Eine Woche später kündigt Checker sich durch lautstarkes Kläffen am Eingang an. Er rennt durch den Flur geradewegs in mein Zimmer und wirft mich fast vom Sessel.

Lachend lasse ich mich von seiner rauen Zunge von oben bis unten abschlecken. Ich freue mich genauso, ihn zu sehen, doch gleichzeitig weiß ich auch, was das bedeutet: Vater macht ernst.

Granny schaut um die Ecke meines Zimmers und stützt die Hände in den Rücken. Checkers Hundeleine hängt ihr um den Hals, ihr rechter Mundwinkel hebt sich widerwillig. »Schweren Herzens überlasse ich dir deinen Hund.«

»Habt euch wohl doch aneinander gewöhnt?«, bemerke ich, während Checker meine Hand ableckt.

Granny brummt etwas Unverständliches. »Dein Vater hat darauf bestanden, dass ich ihn zurückbringe, sobald du Unterstützung bekommst. Von nun an bist du wieder für ihn verantwortlich. Du musst abends mit ihm Gassi gehen, wenn es dunkel ist, und am frühen Morgen. Die Haushaltskraft übernimmt das dann tagsüber.«

»Kriegen wir schon hin, nicht wahr, Checker?« Ich kraule ihn am Kopf. Als Mama vor sieben Jahren den wuscheligen Welpen mit nach Hause brachte, sind wir sofort ein Herz und eine Seele gewesen. Doch nach ihrem Tod war Granny der Ansicht, dass ich nicht in der Lage war, für ihn zu sorgen, da ich es ja noch nicht einmal schaffte, mich um mich selbst zu kümmern. Also nahm Granny ihn zu sich. Sie war alles andere als begeistert, noch zusätzlich für einen Hund die Verantwortung zu tragen. Doch Grandma hat zwar eine harte Schale, aber ihr Herz ist viel zu weich, um den Hund, den ihre Tochter angeschafft hatte, wegzugeben.

»Ich habe dir eine Ration Hundefutter und Leckerlis auf den Küchentisch gestellt. Sollte für eine Woche reichen.«

Ich nicke dankbar, zwinge mir ein Lächeln aufs Gesicht.

Grannys Blick streift durch den Raum und bleibt auf den schmutzigen Boxershorts vor dem Bett haften, während ihre Mundwinkel sich nach unten krümmen. »Wie ich sehe, hast du innerhalb einer Woche wieder zu deinen alten Verhaltensmustern zurückgefunden.«

»Ich habe nie behauptet, dass ich die so schnell aufgeben werde«, antworte ich bockig.

Ihr demonstratives Stöhnen sagt mir, was sie davon hält. »Na gut, Lennox, wenn du dich in diesem Saustall wohlfühlst. Das arme Mädchen tut mir jetzt schon leid.«

Ich zucke die Schultern. »Noch einen Tag sturmfrei, die Zeit sollte ich doch nutzen und meine Freiheit genießen.«

»Wenn du dein Messi-Dasein als Freiheit empfindest, gebe ich dir recht.« Grandma stützt die linke Hand in die Taille, mit der anderen gestikuliert sie wild. »Junge, ich habe wirklich gehofft, dass du irgendwann zur Besinnung kommst. So kann es nicht weitergehen!«

»Weder horte ich Dinge noch sammle ich unnützes Zeug. Ich bin gefangen in einem Körper, der meine Eigenständigkeit erheblich einschränkt, deshalb stülpe ich mein inneres Chaos nach außen.« Ha! Im Kontern bin ich schon immer unangefochtener Meister gewesen.

Bei dem Versuch, einen großen Bogen um die Schmutzwäsche zu machen, stakst Granny kopfschüttelnd durch mein Zimmer und schiebt dabei ihren Unterkiefer von rechts nach links. »Soll ich dir mal sagen, was ich glaube: Das ist nichts weiter als eine Auflehnung gegen deinen Vater und mich. Du hast es dir zur Gewohnheit gemacht, uns zu provozieren.«

Wenn sie meint, mir doch egal. »Bullshit!«, stoße ich dennoch hervor.

Granny holt zischend Luft und fährt dann fort. »Du hast für alles eine Ausrede parat. Im Notfall kannst du immer deine Krankheit vorschieben, nicht wahr? Doch ich werde die Hoffnung nicht aufgeben, dass du irgendwann deine sarkastische Alles-egal-Haltung ablegst und zur Vernunft kommst. Denn *du* gehst *mir* nicht am Arsch vorbei!«

Verblüfft schaue ich sie an und habe Mühe, mir ein Grinsen zu verkneifen.

Einen Moment lang nagelt sie mich noch mit ihrem durchdringenden Blick fest, dann dreht sie sich auf dem Absatz um und verlässt mein Zimmer.

»Sitz!«, befehle ich Checker.

Der legt den Kopf schräg und sieht mich abwartend an.

Unnachgiebig drücke ich sein Hinterteil auf den Boden, doch auch das gelingt mir nicht. Nur für einen kurzen Augenblick berührt sein Hintern die dreckige Auslegware, dann kommt er sofort wieder hoch. Ich meine fast, ein hinterlistiges Lächeln auf seinem Hundegesicht zu erkennen.

Ich seufze. Hund passt zu Herrchen wie Arsch auf Eimer.

Begegnung der besonderen Art

Der Schlüssel dreht sich im Schloss, ein leises Klicken, dann öffnet sich die Tür und leise Stimmen dringen durch den Flur.

Stöhnend fahre ich mir übers Gesicht. Das muss Vater mit der neuen Haushälterin sein. Trotz der aufkommenden Neugierde entschließe ich mich dagegen aufzustehen und ihnen entgegenzulaufen. Das würde aussehen, als könnte ich ihre Ankunft kaum abwarten. Sollen sie doch kommen. *Sie* muss sich Mühe geben, schließlich wird sie an mir verdienen. Vater ist nicht geizig, das muss man ihm lassen, Geld war noch nie das Problem.

Checker bellt wie verrückt und kriegt sich gar nicht mehr ein. Das ist eigentlich gar nicht seine Art, irgendetwas muss ihn stören.

Nach einer Weile bricht das Kläffen ab. Ich nehme an, Vater hat ihn in die Küche gesperrt.

Als sich die Tür meines Zimmers öffnet, blicke ich mit ausdrucksloser Miene auf den Monitor meines Computers.

»Lennox!« Vaters Stimme klingt schon jetzt siegesgewiss.

In mir regt sich Unbehagen. Wie ich es verabscheue, ständig fremde Personen in meine Privatsphäre eindringen zu lassen.

»Lennox«, sagt er, diesmal nachdrücklicher. »Komm bitte her und begrüße die neue Haushaltshilfe!«

Ich verkneife mir ein weiteres Stöhnen, rolle mit dem Sessel bis zum Ende des Schreibtischs und linse um die Ecke des Bücherregals.

Ein asiatisch aussehendes Mädchen steht im Türrahmen. Selbst im schummrigen Licht kann ich ihre großen Augen erkennen.

Im Ernst? Na da hat sich Vater ja was Feines ausgedacht. Mal was ganz Neues.

Wie sie wohl reagiert, wenn sie die Verbrennungen in meinem Gesicht sieht, die von der letzten Attacke teilweise noch nicht abgeheilt sind? Ich sehe schon bildlich vor mir, wie sie um Haltung ringt, so wie all die anderen auch.

Das ist das erste Hausmädchen, das annähernd attraktiv ist, das muss ich zugeben. Und sie scheint nicht älter zu sein als ich. Aber wenn Vater glaubt, dass sie dadurch Pluspunkte bei mir sammelt, hat er sich geschnitten. Offenbar hat er sie aus Japan mitgebracht. Lächerlich! Als ob es hier nicht genug arbeitslose Hilfskräfte gäbe. Wenn die ganze Angelegenheit nicht so lästig wäre, würde ich laut auflachen.

»Lennox!«, reißt Vater mich herrisch aus meinen Überlegungen. »Zum letzten Mal: Steh auf und sag wenigstens Hallo!«

Widerwillig wuchte ich mich aus dem Schreibtischsessel und gehe mit ausdrucksloser Miene auf sie zu. Sie sieht mich an, als erwarte sie einen Willkommensgruß oder zumindest überhaupt eine Reaktion. Doch den Gefallen tue ich ihr nicht. Sie soll gleich checken, dass sie bei mir nicht willkommen ist.

Ihre Lippen verziehen sich zu einem Lächeln. »Hallo. Du musst Lennox sein. Es freut mich, dich kennenzulernen!«

Bemerkenswerte Kombinationsgabe. O Mann, ihre Stimme klingt so stoisch wie eine Ansagerin am Bahnhof. Was haben sie der denn gegeben? Da fällt mir ein, Vater hat mal gesagt, Japaner gehören zu den diszipliniertesten und am besten angepassten Menschen, die er kennt. Sie scheint das Paradebeispiel dafür zu sein.

Das Mädchen reicht mir die Hand.

Ich starre darauf, dann zu Vater, der mir einen mahnenden Blick zuwirft. So leicht werde ich es ihm nicht machen. Jetzt wird mir auch klar, warum er glaubt, die Wette schon fast gewonnen zu haben.

Ich bemühe mich um einen kräftigen Händedruck, mal sehen, wie viel sie verträgt.

Ihre Hand fühlt sich unerwartet kühl an. Sie hält meinem Blick stand, und auch ihr Händedruck ist nicht von schlechten Eltern. Ihr Lächeln scheint eingefroren. Ist das so eine Art Kampfansage? Räuspernd entziehe ich ihr meine Hand. Scary! Ja, sie ist irgendwie unheimlich.

»Suki wird dich für einige Wochen im Haushalt unterstützen, solange ich in Hongkong unterwegs bin.«

Suki. »Hast du sie ernsthaft aus Japan mitgebracht?!«

»Ernsthaft«, bestätigt er und bedenkt mich mit einem eindringlichen Blick. »Ihr werdet klarkommen, da bin ich sicher.« Es klingt wie eine Warnung. »Und jetzt zeig bitte Suki ihr Zimmer und den Rest der Wohnung.«

»Dein Wort ist mir Befehl«, murmele ich und drücke mich an ihm vorbei.

Ich gehe den Flur entlang und höre ihre durch den Läufer gedämpften Schritte hinter mir. Vor der nächsten Tür auf der linken Seite bleibe ich stehen und drücke die Klinke zum Gästezimmer hinunter. Die Tür schwingt auf und ich trete zurück, um ihr den Vortritt zu lassen.

Ihr Blick schweift durch den Raum, als würde sie jeden einzelnen Gegenstand scannen. Doch so viel zu scannen gibt es nicht. Ein Bett, ein Schrank, ein Schreibtisch. Mir fallen die schuhkartongroßen Apartments in Tokio ein, von denen Vater mal erzählt hat. Dann ist das hier wohl der Inbegriff von Luxus für sie.

Noch immer steht Suki mit ihrem Koffer in der Hand auf der Schwelle, als warte sie auf eine Anweisung.

Ich nehme ihr das Ding aus der Hand – kurz geben meine Knie nach und sacken unter dem Gewicht ein. Darauf war ich nicht vorbereitet. Was hat sie nur alles mitgeschleppt? Erstaunt sehe ich sie an. Der Koffer wiegt mindestens 25 Kilo.

Sie hat ihn die ganze Zeit, ohne mit der Wimper zu zucken, in der Hand gehalten. Eilig stelle ich ihn vors Bettende.

Sie lächelt. Ich kann keine Spur von Schadenfreude in ihrem Gesicht erkennen.

»Dann leb dich mal ein!«, sage ich und gebe ihr einen leichten Klaps auf die Schulter.

Sie zuckt kurz zusammen, ihre Augen weiten sich, während sie erst die von mir berührte Stelle fixiert und dann mich.

Okay, habe verstanden, anfassen verboten.

Sie scheint nicht nachtragend zu sein. Ihr Blick gleitet zum Bett. Gemächlich läuft sie dorthin, setzt sich auf die frisch bezogene Matratze und federt leicht auf und nieder, ihre Augen starr geradeaus gerichtet. »Ein sehr hübsches Zimmer.«

Ich schiebe die Brauen in die Höhe. Na, wenn sie meint.

Ihr Lächeln trifft mich völlig unvorbereitet, wodurch ich mich zum Heben meines rechten Mundwinkels hinreißen lasse. Eilig drehe ich mich auf dem Absatz um und ergreife die Flucht.

Sie soll ja nicht denken, dass sie mich um den kleinen Finger wickeln kann. Mal sehen, was sie im Haushalt so alles draufhat, ich werde sie sicherlich nicht schonen, wenn sie schon mal da ist.

Mein Mund fühlt sich trocken an. Ich gehe in die Küche, um mir eine Coke zu holen. Dort treffe ich auf Vater, der gerade eine Ingwerwurzel in Stücke schneidet – als wenn er sich durch dieses ekelhafte Zeug wirklich besser fühlen würde.

»Und, was denkst du von ihr?«

Mich ärgert das triumphierende Grinsen in seinem Gesicht. Ich versuche, es zu ignorieren, und öffne den Kühlschrank. »Ich weiß nicht, was du mit dem asiatischen Mädchen bezwecken willst, aber wenn du glaubst, du kannst mit ihr die Wette gewinnen, dann werde ich dir deine Zuversicht nicht madig machen.«

Vater stößt ein schnaubendes Lachen aus, während er die Ingwerstücke in eine Karaffe wirft und sie mit kochendem

Wasser übergießt. »Das ist wirklich sehr entgegenkommend von dir.« Sein Blick ruht auf mir.

»Wo hast du sie aufgegabelt?«

»Sie ist die Tochter eines Großindustriellen, den ich schon einige Jahre durch meine Arbeit kenne.«

»Aha. Und warum spricht sie perfekt Deutsch?«, will ich wissen, während ich die Dose öffne. Als ich an dem Ring ziehe, zischt es und braune Flüssigkeit schäumt über den Rand. Schnell trinke ich einen Schluck ab. Kühl und prickelnd rinnt das Zuckerwasser meine Kehle hinab.

»Ihr Vater hat sie mehrsprachig erzogen. Soweit ich weiß, spricht sie neben Deutsch und Japanisch noch Englisch. Fließend.«

Beeindruckt verziehe ich den Mund. Das ist wirklich mal bemerkenswert. »Und deshalb putzt sie jetzt deine Wohnung?« Die Spitze konnte ich mir einfach nicht verkneifen.

Vater geht auf meinen Kommentar nicht ein. »Es war ihre Entscheidung, nach Deutschland zu gehen, um die Kultur kennenzulernen.«

Ein ordentlicher Rülpser entweicht mir. Das passiert mir immer, wenn ich kohlensäurehaltige Limonade in mich hineinschütte.

Das leise Schnalzen von Vaters Zunge attestiert mir sein Missfallen.

»Na, dann ist sie ja bei einem in der Wohnung gefangenen Freak wie mir genau an der richtigen Adresse«, werfe ich ein.

Vater lässt sich zu einem Seufzen herab. »Du kannst mit ihr am späten Abend einen Spaziergang machen. Außerdem hat sie ja noch ihren freien Tag, an dem sie allein losziehen kann. Ganz abgesehen davon, dass sie regelmäßig mit Checker Gassi gehen muss.«

Der Hund jault leise. Was will er mir damit sagen? Was hat er gegen das Mädchen? Sie wirkt doch völlig harmlos. Eine Frage brennt schon die ganze Zeit in mir. »Was hast du ihr über mich erzählt? Geld scheint sie nicht gelockt zu haben.

Hat sie das Helfersyndrom oder leidet sie unter einer krankhaften Faszination für offene Brandwunden?«

Vater verzieht keine Miene. »Natürlich habe ich ihr von deiner Lichtkrankheit erzählt. Sie wird dir im Haushalt alles abnehmen und dich auch sonst unterstützen, wo sie kann.«

»Was soll ich als Erstes tun?«, unterbricht Suki unsere äußerst ergiebige Konversation.

Checker knurrt und hebt den Kopf. Vater springt sofort auf, zieht ein Leckerli aus der Packung und hält es ihm entgegen.

Ich unterziehe Suki derweilen einer Musterung.

Sie hat sich umgezogen und ihr langes Haar zu einem strengen Knoten zurückgebunden. Der fleischgewordene Traum aller Männerfantasien sieht anders aus. Sie trägt eine hochgeschlossene graue Bluse und passend dazu einen biederen Rock, der ihr bis zu den Knöcheln reicht. Das Outfit hat den Uniformcharakter einer Gouvernante und lässt sie älter wirken, als sie auf den ersten Blick aussah.

Mit verschränkten Armen lehne ich mich zurück an die Anrichte und schlage einen Fuß über den anderen. »Als Erstes darfst du deine Fähigkeit fürs Kaffeekochen unter Beweis stellen. Wenn du die Challenge bestehst, kannst du dich für ein Aufräum-Battle qualifizieren.« Ich sehe ihr todernst in die Augen, sie blickt ausdruckslos zurück.

Okay, Situationskomik scheint nicht ihr Ding zu sein, Schlagfertigkeit erst recht nicht. Oder ist Ironie für Japaner ein Fremdwort?

Ich spüre Vaters mahnenden Blick auf mir. Ihm ist der Sinn für Humor schon vor langer Zeit abhandengekommen. »Lennox, dein Benehmen ...«

... lässt zu wünschen übrig, beende ich seinen Satz in Gedanken.

»Sehr gern«, grätscht Suki dazwischen. »Mit Zucker und Milch?« Ohne eine Antwort abzuwarten, bewegt sie sich auf die Ecke zu, in der die Kaffeemaschine steht. Seit Vater dem Kaffee abgeschworen hat und auf grünen Tee umgestiegen ist, habe ich seinen Hightech-Vollautomaten aus der Küche verbannt und Mamas alte Maschine hervorgekramt. Der ganze Firlefanz nimmt nur Platz weg und auf die ständige Reinigung und Entkalkung, die Vater mir aufgetragen hat, kann ich gut verzichten. Jetzt nimmt Suki den Filter heraus. Er ist bis zum Rand mit altem Kaffeepulver angefüllt, ich habe ihn aus Faulheit mindestens sechsmal verwendet. Dass er Schimmel angesetzt hat, ist so sicher wie das Amen in der Kirche. Ich grinse in mich hinein.

Suki verzieht keine Miene, sondern entsorgt den vollen Filter im Mülleimer. Dann wirft sie mir einen fragenden Blick zu.

Ich zeige auf die Küchenschranktür über ihr. »Ich trinke ihn schwarz. So schwarz wie meine Seele«, beantworte ich lakonisch ihre Frage.

Sie lächelt verstehend und zieht die Packung Filtertüten raus.

»Ich möchte, dass du dich ab jetzt am Riemen reißt mit deinen Äußerungen«, zischt Vater mir mit gesenkter Stimme entgegen. »Japaner haben eine andere Auffassung von Humor, sie könnte es falsch verstehen.«

»Findest du es in Ordnung, über eine Person zu sprechen, die sich im Raum befindet?«, kontere ich laut mit einer Gegenfrage.

Vater rollt mit den Augen und steht auf. »Ich denke, ihr kommt allein klar, ich muss noch was erledigen.«

Zumindest habe ich mit meinem Einwand die gewünschte Wirkung erzielt. Mit Vater als Anstandswauwau an der Seite fällt es schwer, Suki auf den Zahn zu fühlen. Irgendwie hat sie etwas an sich, das mich zu ergründen reizt.

Nachdem er kopfschüttelnd abgezogen ist, fahre ich mit meiner Begutachtung fort.

Suki ist gerade dabei, Kaffeepulver in einen neuen Filter zu füllen. Ihre Lippen bewegen sich lautlos, während sie die angehäuften Löffel zählt, die sie hintereinander in den Filter schüttet. Sie macht das mit einer Andacht, als wäre Kaffeekochen die heiligste Sache der Welt. Ich unterdrücke ein Stöhnen. Es stimmt eindeutig etwas nicht mit ihr.

Als sie dabei ist, den zehnten Kaffeelöffel in den Filter zu kippen, räuspere ich mich geräuschvoll. Diese Dosis würde sogar bei einem Koffeinjunkie wie mir einen Herzkasper auslösen.

Sie verharrt in der Bewegung und blickt über die Schulter zu mir.

»Danke, das reicht.« Ich unterstreiche das Gesagte mit einer beschwichtigenden Handbewegung.

»In Ordnung.« Suki spannt die Lippen zu einem Lächeln an.

Die ist wirklich nicht ganz sauber. Seufzend gehe ich zum Geschirrschrank, um zwei Tassen rauszunehmen.

Plötzlich spüre ich eine Bewegung. Ich zucke kurz zusammen. Wirble herum und starre in Sukis Gesicht, die mir die leere Kaffeekanne entgegenhält. Will sie mich zu Tode erschrecken?

Hastig mache ich ihr Platz, damit sie die Kanne mit Leitungswasser aus dem Hahn befüllen kann, und ertappe mich dabei, wie ich ihre Porzellanhaut näher in Augenschein nehme. Sie ist so glatt wie ein Babypopo. Ich kenne nicht ein Mädchen meines Alters, das nicht mindestens eine verstopfte Pore aufweisen kann. Suki hat keine einzige Hautunreinheit. Muss wohl an den japanischen Genen liegen.

Als die Kanne bis oben hin gefüllt ist, geht sie wieder gewissenhaft ihrer Aufgabe nach. Auf eine seltsam kontrollierte Art läuft sie in die Ecke, schüttet das Wasser in den Kaffeebehälter und stellt dann die Maschine an.

Ich setze mich derweilen an die Küchentheke. »Nimm Platz!« Gentlemanlike rutsche ich den Stehhocker neben mir nach hinten.

Sie kommt meiner Aufforderung nach und lässt sich darauf nieder.

Ich betrachte sie von der Seite. Einen Moment lang habe ich das Gefühl, mit Rain Man am Tisch zu sitzen – einem Autisten aus einem Filmklassiker. Mit kerzengeradem Oberkörper starrt sie ins Leere.

Ist sie Autistin? Fast kommt es mir so vor. Es wäre zumindest eine Erklärung für ihr seltsames Verhalten.

»Was machst du so in deiner Freizeit?«, frage ich, um ein unverbindliches Gespräch aufkommen zu lassen. Es gibt nichts Schlimmeres, als wenn zwei erwachsene Menschen sich in einem Raum anschweigen.

Ihr Kopf dreht sich in meine Richtung. »Schach spielen.« Es klingt mehr wie eine Frage. Ehrlich gesagt sieht sie nicht so aus, als könnte sie strategisch denken.

»Okay, dann können wir ja bei Gelegenheit miteinander spielen. Wie sieht's mit Computerspielen aus?«

Sie legt den Kopf schräg, so, als habe sie mich nicht verstanden.

»Spielst du auch am Computer?«, frage ich etwas konkreter.

Sie sieht mich mit ihren schwarzen Mandelaugen an und nickt dann.

Ich nicke ebenfalls und lausche dem leisen Gurgeln der Kaffeemaschine. Mein Gesprächsrepertoire ist fürs Erste erschöpft.

Suki scheint das ähnlich zu sehen, denn sie erhebt sich und geht den Kaffee holen, dessen Aroma sich allmählich in der Küche ausbreitet.

Ich schiebe ihr hilfsbereit meine Tasse entgegen und warte darauf, dass sie mir einschenkt.

Mit einer kunstfertigen Handbewegung hebt sie die Kanne in die Höhe und lässt die schwarzbraune Brühe in die Tasse fließen.

Das sieht mir eher nach einer japanischen Teezeremonie aus. Diesmal verkneife ich mir jedoch eine Bemerkung.

»Wie trinkst du deinen Kaffee?«, frage ich sie stattdessen.

Sie schaut mich an – nein, sie starrt mich an –, blinzelt dabei kein einziges Mal – echt scary –, bis sie schließlich die Schultern zuckt. »Ich weiß es nicht.«

Ich kann es nicht fassen. »Du bist in deinem Leben also noch nie in den Genuss von Kaffee gekommen?«

»Nein.« Diese Antwort kommt ohne Verzögerung.

»Willst du es probieren?«

Sie nickt. Begeisterung sieht anders aus.

Ich nehme ihr die Kanne aus der Hand, gieße ein wenig von der braunen Flüssigkeit in die Tasse und halte sie ihr entgegen.

Mechanisch führt Suki sie an den Mund und nippt am Kaffee. Sie scheint zu überlegen.

»Und?«

Ihre Lider heben sich, im nächsten Moment blickt sie zu mir hoch und sieht mich an, als könnte sie die Antwort auf die Frage in meinen Augen finden.

Mir zuliebe muss sie die Brühe nicht runterwürgen. »Mach dir keinen Kopf, meinetwegen kannst du trinken, was du willst«, sage ich diplomatisch und reiße ihr die Tasse aus der Hand, um den Schluck Kaffee in den Abguss zu schütten.

»Ich würde jetzt gern das Geschirr spülen«, sagt sie zusammenhangslos. Offenbar scheint sie doch ein Fünkchen Humor zu besitzen.

»Das brauchst du nicht, du kannst die rumstehenden Tassen später in den Geschirrspüler schmeißen.«

Wieder schaut sie mich an, als spräche ich Suaheli. Wahrscheinlich reichen ihre Sprachkenntnisse doch nicht so weit, wie ich dachte.

Ich zwinge ein Lächeln auf meine Lippen – das Mindeste, was ich tun kann. Dann nehme ich selbst einen Schluck und verziehe das Gesicht. Widerlich. Der schmeckt echt zum Abgewöhnen. Kein Wunder, dass sie ihm gleich beim ersten Versuch abgeschworen hat. Der Hocker schrammt laut über das Parkett, als ich mich erhebe. Genug geplaudert fürs Erste. Es wird Zeit, Suki sich selbst zu überlassen.

Checker folgt mir, als ich aus der Küche gehe. Er scheint sich irgendwie unwohl in ihrer Gegenwart zu fühlen. Als ich in mein Zimmer abbiege, setzt er sich an die Eingangstür und fängt an zu jaulen. Was will er damit zum Ausdruck bringen? Dass es ihm bei Grandma besser gefallen hat und er zurückwill? Ich seufze. Irgendwann wird er sich schon an Suki gewöhnen – oder nein, lieber nicht.

Mal sehen, wie lange es dauert, bis sie meine Hilfe beansprucht und an meine Tür klopft. Das wird sicher nicht lange auf sich warten lassen.

Ich starre auf den Monitor meines Computers. Die ersten Minuten verstreichen quälend, von Suki ist nichts zu hören. Ich frage mich die ganze Zeit, was sie wohl macht. Vielleicht hat sie schon die Flucht ergriffen. Würde mir in den Kram passen, dann kann Vater sich seine Wette in den Arsch schieben.

Aber wo sollte sie hin? Sie kennt sich in Berlin doch gar nicht aus.

Ich muss pinkeln, bei der Gelegenheit kann ich gleich mal nach ihr sehen.

Vater hat sich auch noch nicht wieder blicken lassen. Sieht ihm ähnlich. Ich werfe einen Blick auf meine Rolex-Armbanduhr – eigentlich bräuchte ich sie nicht, wo ich fast den ganzen Tag vor dem Computer sitze, doch Mama hat sie mir geschenkt, deshalb trenne ich mich nur zum Duschen von ihr. In vier Stunden geht Vaters Flug nach Hongkong. Das hat er diesmal wirklich geschickt eingefädelt. Vermutlich denkt er, ich würde es nicht bringen, Suki zu vergraulen. Ich habe noch nie jemanden rausgeschmissen, bisher sind alle freiwillig gegangen, also ist es ihr Ding, ob sie mit mir klarkommt oder nicht. Bislang erscheint sie ja ganz anpassungsfähig, und Vorhaltungen wird sie mir auch nicht machen. Offenbar bringt sie nichts so schnell aus der Ruhe. Doch früher oder später werde ich sie aus der Reserve locken.

Ein lautes Bersten von Porzellan lässt mich kurz zusammenzucken.

Sie ist also doch nicht abgehauen. Ein bösartiges Grinsen schleicht sich auf meine Lippen. Schon am ersten Tag schafft sie es, unser Inventar auseinanderzunehmen. Doch dann stutze ich. Das Geräusch von zerspringendem Geschirr wiederholt sich. Checker untermalt das Ganze nun mit lautem Gekläffe.

Ich schieße vom Sessel hoch und spurte in die Küche.

Das Bild, das sich mir dort bietet, lässt mich einen Moment lang an meinem Verstand zweifeln.

Was macht sie da? Ist es das, wonach es aussieht, oder irre ich mich?

Andere Länder, andere Sitten?

Vaters heiß geliebten Kaffeepott in beiden Händen steht Suki vor dem Geschirrspüler inmitten von Scherben und sieht so aus, als wüsste sie nicht genau, was sie als Nächstes tun soll.

Ich kratze mich am Kopf und räuspere mich.

Suki wendet sich zu mir um und sieht mich fragend an. »Diese hier auch?«

Erst jetzt geht mir ein Licht auf. Ein lautes Klatschen ertönt, als ich mir mit der flachen Hand gegen die Stirn schlage. Sie hat meine Worte tatsächlich für bare Münze genommen, als ich sagte, sie könne das Geschirr später in die Maschine schmeißen. Im ersten Moment spiele ich mit dem Gedanken zu nicken, damit sie Vaters Pott ebenfalls zerschmettert. Er hätte es nicht anders verdient, schließlich hat er sich diese Irre ins Haus geholt. Ein schadenfrohes Lächeln zupft an meinen Lippen, das augenblicklich erstirbt, als mein Blick auf die Küchenanrichte vor ihr wandert. Unterschiedliche Kulturen hin oder her, bei der Lieblingstasse meiner Mutter hört der Spaß wirklich auf.

»Sag mal, hakt's?«, brülle ich drauflos und presche zu ihr vor. Checker ergreift lauthals Partei, indem er Suki ankläfft.

Die schenkt ihm keinerlei Beachtung. Da ist nur wieder dieser Blick, der reines Unverständnis ausdrückt. Was soll ich bloß mit ihr anfangen?

Seufzend gehe ich zum Schrank, in dem der Mülleimer steht, und hole Schaufel und Handfeger daraus hervor. Ich drücke ihr beides in die Hand, bücke mich und krieche halb in die Maschine, um die Scherben aufzuklauben.

Als mein Kopf wieder aus der Versenkung auftaucht, verharrt Suki noch immer in derselben Position wie zuvor und starrt abwesend ins Leere. Das scheint wohl ihre Art zu sein, mit meinem spröden Charme umzugehen. Verstehe einer diese Japaner. Es fällt mir wirklich schwer, mich an deren Gepflogenheiten zu gewöhnen: keine Gefühle zeigen, selbstlos und leidensfähig sein, sich nicht aus der Ruhe bringen lassen … Ein bisschen tut es mir jetzt schon leid, dass ich sie so angegangen habe. Die Rolle des Arschlochs liegt mir zwar ausgesprochen gut, aber ganz so herzlos bin ich nun auch nicht.

»Halb so schlimm«, versuche ich in einem Anflug von Nächstenliebe, die Sache wieder geradezubiegen, während ich das zerbrochene Geschirr im Mülleimer entsorge.

Keine Reaktion ihrerseits.

Ich fahre mir durch mein verstrubbeltes Haar und erneut entweicht mir beim Anblick des Scherbenhaufens um sie herum ein tiefer Seufzer.

Vorsichtig nehme ich Suki die Kehrutensilien aus der Hand, schließe den Geschirrspüler und beginne, den Rest zusammenzufegen. »Wie wär's, wenn du eine Kleinigkeit zum Essen machst?«, frage ich, um die vereiste Stimmung zum Schmelzen zu bringen und Suki aus ihrer Starre zu befreien.

Ihr Kopf zuckt zu mir herum und – unglaublich, aber wahr: Sie lächelt mich an. Anscheinend hat sie mir meinen Anpfiff doch nicht übel genommen.

»Kartoffeln und Fleisch?«

Ich zucke mit den Schultern. Wenn es das einzige deutsche Gericht ist, das sie kennt. »Ist mir gleich. So oder so muss man einkaufen gehen, im Kühlschrank herrscht gähnende Leere.« Ich werfe einen Blick auf meine Armbanduhr. Kurz vor sechs. »Normalerweise isst man um diese Zeit bei uns Abendbrot.«

»Brot mit Käse und Wurst«, kommt es wie aus der Pistole geschossen.

Ich nicke zur Bestätigung. Offenbar hat Suki sich gut auf ihren Aufenthalt in Deutschland vorbereitet.

»Draußen ist es bereits dunkel, ein Vorteil, den der Winter mit sich bringt«, murmle ich mehr zu mir selbst. »Ich werde dich das erste Mal in den Supermarkt begleiten, damit du in Zukunft weißt, wo du hinmusst. Checker muss auch mal raus, wir nehmen ihn gleich mit.«

Suki folgt mir in einigem Abstand in den Flur. Ihre Schritte sind so geräuschlos, dass ich mich mit einem Blick über die Schulter vergewissere, dass sie noch hinter mir ist.

Verwundert sehe ich Vaters Autoschlüssel am Schlüsselbrett neben der Garderobe hängen. Es ist sehr ungewöhnlich, dass er zu Fuß unterwegs ist. Ein plötzlicher Einfall durchzuckt mich.

»Sag mal, kannst du Auto fahren?«, erkundige ich mich, während ich mir meinen Parka vom Garderobenständer schnappe und mir die Kapuze meines Hoodies überstülpe.

Suki nickt.

»Das ist gut, dann können wir Vaters Wagen nehmen.« Ich schlinge mir noch vorsichtshalber einen Schal um den Hals, um mich notfalls damit zu schützen. Man kann nie wissen, wie stark die Regale im Supermarkt ausgestrahlt sind. Einmal ist es mir sogar schon passiert, dass mir nach dem Einkauf die Haut brannte und ich Ausschlag bekam.

Ich blicke an Suki hinab, die bereits an der Tür steht und offenbar ausgehbereit ist.

»Brauchst du keine Jacke?« Verwundert kneife ich die Augenbrauen zusammen. Normalerweise sind alle Mädchen, die ich kenne, Frostbeulen.

»Wenn du möchtest, hole ich mir eine.«

Ihre Mandelaugen blicken zu mir auf. Offenbar wartet sie auf Anweisungen. Was ist das denn bitte schön für eine Antwort? Nachher bin ich noch schuld, wenn sie sich erkältet. »Ja, wäre nicht schlecht«, sage ich in mürrischem Tonfall und schnappe mir den Autoschlüssel.

Als Suki aus dem Gästezimmer zurückkehrt, trägt sie einen mausgrauen Poncho, den sie sich über die linke Schulter geworfen hat.

Da fällt mir plötzlich ein … »Herrscht in Japan nicht Linksverkehr?«

»Ja, Lennox, das ist richtig.« Sukis Mundwinkel heben sich zu einem Lächeln.

»Dann ist es bestimmt nicht leicht, sich umzustellen.«

»Das stellt kein Problem für mich dar. Ich kann mich den Umständen entsprechend anpassen und werde einfach immer die rechte Fahrspur benutzen.«

Wenn sie meint. Ich nicke und stoße einen leisen Seufzer aus. Jetzt muss ich mir jedoch eingestehen, dass die Neugier mich gepackt hat. Einen Moment lang überlege ich, ob ich mir ihren Führerschein zeigen lassen soll, aber dann verwerfe ich die Idee. Suki würde sich sicherlich nicht hinters Steuer setzen, wenn sie nicht die Befugnis dazu hätte. Außerdem kann mit einem Automatik-Auto wohl nicht viel schiefgehen, sie muss sich lediglich auf den Verkehr konzentrieren.

Hastig hake ich die Hundeleine an Checkers Halsband ein und übergebe sie Suki. Er sollte sich so schnell wie möglich an sie gewöhnen.

Checker sieht jaulend zu mir auf, doch ich bleibe hart. Da muss er jetzt durch.

Ohne zu zögern, führt sie den Hund eng am Bein mit sich über die Schwelle. Angst scheint sie nicht zu haben, das ist gut. Aber anfassen möchte sie ihn wohl auch nicht.

»Magst du Hunde?«, frage ich beiläufig, während ich von außen die Tür abschließe.

Es dauert einen Moment, bis Suki meine Frage mit einem »Ja« bestätigt, in ihren Augen erkenne ich jedoch keinen Funken von Emotion.

Nachdem Checker in den Kofferraum abgeschoben wurde, manövriert Suki den Mercedes S-Klasse geschickt aus der Tiefgarage. Ich muss gestehen, dass ich ihr das nicht zugetraut hätte, schließlich ist sie nicht älter als ich. »Seit wann hast du den Führerschein?« Ich versuche gar nicht erst, den skeptischen Ton in meiner Stimme zu unterdrücken.

»Ich habe ausreichend Fahrpraxis und bin eine gute Autofahrerin.«

Ihre selbstbewusste Entgegnung entlockt mir ein Lächeln. Mir soll's recht sein.

Mit forschem, aber dennoch sicherem Fahrstil steuert sie den Wagen durch die dunklen Straßen. Mein Blick schweift hinaus aus dem Fenster. Mir fällt auf, dass ich eine ganze Weile nicht mehr im Auto gesessen habe. Ich atme tief durch und beginne, mich zu entspannen. Vor zwei Jahren noch hatte ich nichts mehr ersehnt, als endlich meinen Führerschein zu machen. Doch als die Krankheit in mein Leben trat, war nicht mehr daran zu denken. Ich hatte plötzlich ganz andere Sorgen und mein Interesse verflog.

Manchmal träume ich nachts vom Autofahren. Einmal fuhr ich auf einem Highway dem Sonnenaufgang entgegen. Der Feuerball lauerte schon hinter dem Hügel, stieg immer höher, die ersten glühenden Lichtfinger tasteten bereits über den Horizont. Ich bekam es mit der Angst zu tun, doch ich konnte nicht bremsen und der Wagen steuerte unaufhaltsam der orangeroten Kugel entgegen, die mich verbrennen würde. Als mir bewusst wurde, dass ich schlief, versuchte ich, mich aus dem Traum zu reißen, doch es gelang mir nicht auf Anhieb, bis ich schließlich schweißgebadet aufwachte.

Ein lauter Klatsch auf der Windschutzscheibe lässt mich zusammenfahren. Mein Kopf zuckt nach vorn, gleichzeitig steigt Suki auf die Bremse. Checker jault auf, der Sicherheitsgurt fängt mich ab und wirft mich wieder nach hinten.

Ich keuche auf. Was war das denn? Mir ist fast das Herz stehen geblieben. Gott sei Dank ist niemand hinter uns, das hätte einen ordentlichen Crash gegeben.

»Alles in Ordnung, Checker?«, frage ich über meine Schulter hinweg.

Der Hund antwortet mit einem kräftigen Bellen.

Als ich nach vorn schaue, vereinnahmt die auf der Scheibe klebende Taube meine ganze Aufmerksamkeit.

Suki blickt einige Atemzüge lang ausdruckslos auf die Straße, ehe sie das Gaspedal durchdrückt. Der Mercedes setzt sich wieder in Bewegung.

Sie wirkt so zerbrechlich, dennoch scheint sie nichts aus der Fassung zu bringen. Ich glaube, ein kleiner Gefühlsausbruch ihrerseits würde mich ein wenig beruhigen.

»Meinst du nicht, es wäre besser, das tote Tier von der Scheibe zu kratzen?«, frage ich beinah kleinlaut.

Sukis Blick wandert zu mir herüber. »Das ist eine gute Idee«, attestiert sie und betätigt den Hebel für den Scheibenwischer. Quietschend begehren die Gummilappen auf, als sie die Taube von einer Seite zur anderen befördern.

Nur einen kurzen Augenblick später schaltet sie in den höchsten Modus. Suki scheint Tauben nicht sonderlich zu mögen.

»Halt an!« Ich erschrecke selbst über den hysterischen Klang meiner Stimme.

Diesmal bremst sie weniger rabiat.

Da Suki keine Anstalten macht auszusteigen, öffne ich die Beifahrertür und hieve mich aus dem Auto. Seltsam, irgendwie kann ich ihr nicht böse sein.

Verdammte Scheiße! Ein Flügel der Taube hat sich im rechten Scheibenwischer verfangen. Mit gerümpfter Nase befreie ich das tote Tier umständlich aus der Misere und entsorge es an einem Baum am Straßenrand.

Nachdem ich wieder auf dem Beifahrersitz Platz genommen habe, knalle ich die Tür zu. Über die verschmierte Scheibe hinwegsehend, weise ich Suki an, die Fahrt fortzusetzen. Den Weg zum nächsten Supermarkt hätte man locker in zehn Minuten zu Fuß bewerkstelligen können, allerdings wollte ich mich mit eigenen Augen von Sukis Fahrkünsten überzeugen. Ich muss sagen, ich bin beeindruckt. Was mich nur stutzig macht, ist, dass sie für Tiere offenbar nicht viel übrig hat – sie hat nicht einmal mit der Wimper gezuckt, als sie den toten Vogel auf der Scheibe vor sich sah. Nun gut, mit Tierliebe haben Japaner nicht wirklich viel am Hut, in Anbetracht dessen, wie brutal sie Jagd auf Delfine und Wale betreiben. Ob Checker das spürt und deshalb einen so großen Bogen um sie macht?

Ich stelle das Radio ein … und sofort wieder aus, als mir Justin Biebers Stimme entgegendröhnt. Für solche Warmduscher-Musik bin ich nicht in der Stimmung. Stattdessen ziehe ich mein Smartphone aus der Tasche und tippe alles, was wir brauchen, in eine Einkaufsliste. Irgendwie bin ich froh, dass Suki mich nicht zutextet, aber ein wenig kommunikativer könnte sie schon sein.

Souverän lenkt sie den Wagen in eine winzige Parklücke direkt vor dem Supermarkt.

Bevor wir einkaufen, beschließe ich, mit Checker einmal um den Block zu gehen, damit er mir nicht das Auto vollpinkelt.

Kaum habe ich den Kofferraum geöffnet, springt er mir entgegen. Ich fasse nach der Leine und lasse ihn zwischen mir und Suki laufen. Schon am ersten Baum erledigt er sein Geschäft und ich sperre ihn wieder in den Wagen.

Kurz bevor wir den Supermarkt betreten, ziehe ich mir meine Kapuze tiefer in die Stirn. Seltsam, erst jetzt fällt mir auf, dass mich Suki noch kein einziges Mal etwas über meine Krankheit gefragt hat. Vermutlich gilt es in Japan als verpönt, jemanden auf sein Leiden anzusprechen.

Während Suki meine Liste hoch- und runterscrollt und routiniert mit dem Einkaufswagen an den Supermarktregalen vorüberfährt, versuche ich, mit ihr Schritt zu halten. Einkaufen scheint eine ihrer Stärken zu sein. Sie sieht aus, als hätte sie ihr ganzes Leben lang nichts anderes getan.

Die Hände in den Jackentaschen vergraben, sehe ich ihr dabei zu, wie sie eine Packung nach der nächsten in den Wagen legt. Wenn ich in einen Supermarkt gehe, wo ich noch nicht war, brauche ich immer ewig, um mich zurechtzufinden. Suki scheint das Problem nicht zu kennen. Zielstrebig geht sie durch die Gänge, ohne nach etwas suchen zu müssen.

Meine Hilfe besteht darin, zu nicken oder mit dem Kopf zu schütteln, wenn sie fragend eine Lebensmittelpackung in die Höhe hält.

Auf dem Rückweg fasse ich ein Resümee des ersten Tages mit Suki: Sie erweckt nicht den Eindruck, als hätte sie vor, in meine Privatsphäre einzudringen oder mir gute Ratschläge zu geben, dazu ist sie viel zu verschlossen – das gibt schon mal ein dickes Plus. Rein optisch gesehen hätte mir Schlimmeres widerfahren können. Sie lässt sich zu keinerlei emotionalen Ausbrüchen hinreißen und hat sich gut im Griff. Ironie und Sarkasmus kann einem in ihrer Gegenwart teuer zu stehen kommen. Eine Parkuhr ist gegen sie ein wahrer Ausbund an Lebhaftigkeit.

Ich habe immer noch nicht herausgefunden, ob sie Autistin ist. Das Einzige, was dagegenspricht, ist ihr Lächeln. Das irritiert mich. Wenn es auch nicht von Herzen kommt, platziert sie es doch an den passenden Stellen.

Als wir mit Einkaufstüten beladen die Wohnung betreten, stolpere ich beinahe über Vaters gepackte Koffer, die am Eingang stehen. Es ist mal wieder so weit. In der kurzen Zeit, in der er sich in Berlin aufgehalten hat, ist es ihm wie immer erfolgreich gelungen, mir aus dem Weg zu gehen. Ich habe ihn, wenn's hochkommt, zehn Minuten zu Gesicht bekommen.

Vater eilt den Flur entlang, schnappt sich seinen Mantel vom Garderobenständer und wirft einen Blick auf seine Armbanduhr. Er scheint spät dran zu sein. Dann sieht er den Autoschlüssel in meiner Hand. »Sag mir jetzt bitte nicht, dass ihr mein Auto genommen habt.« Sein Entsetzen saugt ihm jegliche Farbe aus dem Gesicht.

Ich zucke mit den Schultern. »Suki hat einen Führerschein, frag sie.«

»Das bezweifle ich«, murmelt Vater mehr zu sich selbst. »Es hätte etwas Unvorhersehbares eintreten können.«

Was will er mir damit sagen?

Fahrig fährt er sich durchs Haar und wirkt plötzlich hochgradig nervös. Er schaut nicht einmal in Sukis Richtung, die derweilen mit den Einkaufstüten in der Hand Löcher in die Wand starrt, als ginge sie das alles nichts an.

»Ist es aber nicht. Suki fährt sehr sicher.« Dass ihr eine Taube zum Opfer gefallen ist, tut nichts zur Sache. Ist ja nicht ihre Schuld. »Kein einziger Lackkratzer, nirgendwo Blutspuren – kannst dich ja selbst davon überzeugen.« Ich lasse den Autoschlüssel vor seinem Gesicht baumeln.

Hastig entreißt er ihn mir und lässt ihn in seine Manteltasche gleiten. »In Zukunft lauft ihr oder fahrt mit den Öffentlichen.«

»Wenn's weiter nichts ist.« Ein mulmiges Gefühl regt sich in meinem Magen, als mir einfällt, dass Suki lediglich gesagt hat, dass sie fahren kann. So seltsam, wie sie sich verhält, hätte ich mir doch lieber ihren Führerschein zeigen lassen sollen. Was soll's, ist ja noch mal alles gut gegangen. Wäre sonst auch kein großer Verlust für die Menschheit gewesen, wenn ich dabei draufgegangen wäre – und für mich erst recht nicht.

»Halt die Ohren steif«, gibt Vater mir mit auf den Weg, während er den Kragen seines Mantels richtet. Dann legt er die Hände auf meine Schultern. Ich sehe aus dem Augenwinkel, wie Suki die Einkaufstüten in Richtung Küche trägt. Auch Vater hat keinen Abschiedsgruß für sie übrig, stattdessen sieht er mich eindringlich an. »Suki wird alle Aufgaben des täglichen Lebens für dich übernehmen. In der Zwischenzeit kannst du dich über das Spital in der Schweiz informieren. Gewöhn dich nicht zu sehr an das Mädchen. In ein paar Wochen komme ich wieder, dann muss ich sie zurück nach Tokio bringen.«

Ich streiche mir die Kapuze vom Kopf und winde mich gleichzeitig aus seinem Griff. Bei so viel Selbstsicherheit bleibt mir die Spucke weg. Meinetwegen kann Suki hierbleiben, solange sie mir nicht auf die Nerven geht. Aber in dieses beschissene Sanatorium kriegen mich keine zehn Pferde. Ein kurzes Nicken sollte als Bestätigung reichen, dass seine Worte bei mir angekommen sind. »Bis dann«, brumme ich und strebe in Richtung Küche. Ich spüre Vaters Blick im Nacken. Kann mir bildlich vorstellen, wie er mir stirnrunzelnd hinterhersieht und den Kopf schüttelt.

Als ich die Tür ins Schloss fallen höre, atme ich erleichtert durch. Bevor ich um die Ecke in die Küche biege, halte ich noch mal kurz inne. Vaters Verhalten Suki gegenüber ist wirklich seltsam. Er scheint sie nicht sonderlich zu mögen. Aber jemanden so vollkommen zu übergehen, ist normalerweise gar nicht seine Art. Mein Verdacht erhärtet sich immer mehr, dass sie unter einer schweren Verhaltensstörung leidet, von der er weiß. Wäre er nicht gleich wieder verschwunden, hätte ich ihn darauf angesprochen. Typisch für ihn, allen Unannehmlichkeiten aus dem Weg zu gehen.

Ich staune nicht schlecht, als ich die Küche betrete und Suki beinah schon alle drei Tüten ausgepackt hat. Fleißig ist sie ja, das muss ich ihr lassen.

Während sie alle Milchprodukte und das Fleisch im Kühlschrank verstaut, stelle ich Büchsen und Dosen in den Vorratsschrank. Schweigend gehen wir unserer Arbeit nach. Ich ertappe mich immer öfter dabei, dass ich sie heimlich beobachte. Jede Bewegung, die sie vollführt, wirkt so beherrscht. Sie sieht nicht so aus, als hätte sie Spaß am Leben. Da habe ich ja schon eine Gemeinsamkeit zwischen uns gefunden.

Mechanisch öffnet sie das Hundefutter und füllt es mit einer Gabel in den Napf. Checker steht schwanzwedelnd daneben und guckt ihr mit hängender Zunge dabei zu. Als Dosenöffner scheint er sie zumindest zu akzeptieren. Seltsam, sie hat ihn noch kein einziges Mal gestreichelt. Dabei macht er es ihr so einfach.

Nachdem Checker versorgt ist, hole ich die Keksdose aus dem obersten Küchenregal hervor und zeige Suki, wo ich das Haushaltsgeld aufbewahre. Sie steht neben mir und nickt. Für sie war es ein langer Tag, schließlich hat sie Stunden im Flugzeug verbracht. Merkwürdigerweise ist ihr davon nichts anzumerken. Sie sieht genauso frisch und munter aus wie bei ihrer Ankunft.

Als Nächstes deckt sie in Windeseile den Küchentisch mit einem Messer, einem Glas und einem Teller.

»Du kannst mir ruhig Gesellschaft leisten«, sage ich freigiebig. Ein wenig Entgegenkommen schadet ja nichts.

»Ganz, wie du willst.«

Ich verdrehe die Augen. Sie soll sich gar nicht einbilden, dass ich auf ihre Gesellschaft bestehe, ich wollte zur Abwechslung einfach nur höflich sein.

Beim Abendbrot herrscht gefräßige Stille, allerdings nur meinerseits. Ich bin so mit dem Verschlingen meines Käsebrotes beschäftigt, dass ich erst nach einer Weile Sukis Blick auf mir spüre.

Mir bleibt der Bissen im Hals stecken. Ihre Hände in den Schoß gelegt betrachtet sie mich wie ein Objekt, das es zu erforschen gilt. Ich kann fast bildlich sehen, wie sie mich anhand mathematischer Formeln zerlegt.

»Hast du keinen Hunger?«, frage ich kauend.

Ohne zu antworten, wendet sie sich von mir ab und richtet ihren Blick auf den Brotkorb, um nach einer Scheibe zu greifen. Dann schaut sie auf meinen Teller, auf dem noch ein Stück Brot liegt. Sie wirkt nicht wirklich unbeholfen, aber man sieht ihr an, dass diese Art von Essen völliges Neuland für sie ist. Als Nächstes kratzt sie mit dem Messer die noch harte Butter ab und streicht sie sich aufs Brot.

Angesichts meiner Vermutung, dass sie Autistin ist, verkneife ich mir den Gag, ob ich ihr ein Geodreieck holen soll. Drei endlose Minuten lang dauert es, bis sie die Brotscheibe akribisch genau mit Butter bestrichen und sie gleichmäßig darauf verteilt hat. Danach belegt sie sie mit Käse und beißt zaghaft hinein.

Suki isst wie ein Vögelchen, kein Wunder, dass sie kein Gramm zu viel auf den Hüften hat.

»Was gibt es denn in Japan zum Abendessen?« Irgendwie muss ja ein Gespräch in Gang kommen.

»Okonomiyaki, Nabe, Ramen, Takoyaki, Natto, Mochi, Gyoza ...«

»Klingt abwechslungsreich«, unterbreche ich ihren Redeschwall. »Hast du eigentlich schon Heimweh?«

Sie legt den Kopf schräg und hat wieder diesen Rain-Man-Blick drauf, als wüsste sie nicht, wovon ich rede.

Reserviert und gleichmütig meistere ich den Rest unserer Zweisamkeit. Ich bin ja anpassungsfähig. Nach dem Abendbrot helfe ich ihr noch, den Tisch abzuräumen, dann ziehe ich mich in mein Zimmer zurück und tauche in die virtuelle Welt der Computerspiele ein.

Mittendrin überkommt mich der Gedanke, was Suki so macht. Ich könnte ihr vorschlagen, in einer Partie Schach gegen mich anzutreten. Doch sicherlich ist sie müde von der langen Reise und hat sich in ihr Zimmer zurückgezogen.

Als ich um halb eins in der Nacht aus dem Flur trete, um meine Blase zu entleeren, dringen vom Wohnzimmer Fernsehgeräusche zu mir herüber. Offenbar kann Suki nicht schlafen.

Ich schleiche mich an die einen Spaltbreit geöffnete Tür heran.

Nur der Fernseher flimmert mir aus der Dunkelheit entgegen. Suki sitzt kerzengerade auf dem Sessel direkt vor dem Bildschirm und schaut fasziniert einem jungen Pärchen beim Vögeln zu. So, als hätte sie so etwas noch nie gesehen, geschweige denn selbst gemacht.

Ich räuspere mich geräuschvoll und drücke auf den Lichtschalter, um ihn sofort wieder auf erträgliche Helligkeit zu dimmen. Für nichts in der Welt will ich mir ihr vor Scham errötetes Gesicht entgehen lassen.

Anstatt zusammenzuzucken und sich ertappt zu fühlen, dreht Suki ihren Kopf wie eine Eule in meine Richtung. »Hallo, Lennox. Was kann ich für dich tun?«, fragt sie, ohne auch nur im Ansatz rot zu werden.

Nur mit Mühe gelingt es mir, meine Enttäuschung zu verbergen. »Was guckst du denn da?«, antworte ich mit einer Gegenfrage. Den heimtückischen Unterton in meiner Stimme kann ich nur schwer unterdrücken.

»Einen Liebesfilm mit Erotikszenen.« Sukis Blick schweift wieder zurück zum Bildschirm. »Dieser Mann hat die Frau in einem Laden angesprochen und zu sich mit nach Hause genommen. Dann sind sie ziemlich schnell im Bett gelandet.« Während Suki erzählt, arbeitet das junge Paar gerade laut stöhnend dem Höhepunkt entgegen. Fast habe ich den Eindruck, als würde mir die Situation mehr Unbehagen bereiten als ihr.

Lennox, du Idiot. Einer Autistin ist Schamgefühl natürlich fremd. Wieder ein Beweis mehr.

»Interessant.« Was Dümmeres ist mir auch gerade nicht in den Sinn gekommen. Irgendwie fühle ich mich zurückversetzt in die Zeit, als ich etwa zehn Jahre alt war und zwischen meinen Eltern im Kino saß. Bei einer Fummelszene hätte ich mich vor Schamgefühl am liebsten in Luft aufgelöst. Meine Wangen brannten vor Hitze und ich schluckte trocken, als der Hauptdarsteller nackt auf seiner Frau lag und gierig an ihren Brustwarzen saugte. In dem Moment habe ich mir geschworen, nie wieder mit meinen Eltern gemeinsam ins Kino zu gehen, um mir in Zukunft diese Art von Peinlichkeiten zu ersparen.

Als Vater mir einen verstohlenen Seitenblick zuwarf und mir dann auch noch durchs Haar wuschelte, war der Tag vollkommen gelaufen für mich. Unsicher sah ich mich um, ob jemand diese Posse beobachtet hatte. Einzig Mama sah zu mir herüber, zwinkerte mir zu und hielt mir dann kichernd die Augen zu, als die beiden endlich schreiend und ineinander verkeilt zum Orgasmus kamen.

Eine ähnliche Szene spielt sich genau jetzt vor meinen Augen ab.

Suki hat meinen Kommentar geflissentlich überhört. Sie hält ihren Kopf schräg und kriecht beinah in den Fernseher, als wollte sie bei den beiden mitmachen.

»Du hast wohl noch nie einen Porno gesehen, was?«, rutschen mir die Worte fast schon abfällig über die Lippen. Dabei finde ich es selbst nicht verwerflich, nie in diesen Genuss gekommen zu sein. Ich will sie nur ein wenig aus der Reserve locken, eine kleine Reaktion aus ihr herauskitzeln. Wenigstens ein verlegenes Lachen aus ihrem Mund hören. Dem Fünkchen Hoffnung in mir, dass ihr Verhalten nur der anderen Kultur geschuldet ist, einen Beweis liefern.

Nichts dergleichen geschieht. Sie schaut mich an und scheint keinen blassen Schimmer zu haben, was ich meine.

»Na ja, so ein Streifen ohne Handlung, in dem es alle wie die Karnickel miteinander treiben«, antworte ich so cool wie möglich. »Auch gern zu dritt oder zu viert. Manchmal auch gleichgeschlechtlich, gerade, wie man's mag.« Mir fällt ein, dass Vater einmal sagte, dass Japaner einerseits stockkonservativ und prüde sind, aber auf der anderen Seite der Bordellbesuch genauso üblich ist wie ein Abend im Restaurant.

»Du sprichst von Pornografie.« Suki verzieht keine Miene. »Die direkte Darstellung des Sexualakts – in der Regel mit dem Ziel, den Betrachter sexuell zu erregen. Dabei werden die Geschlechtsorgane bei der Aktivität häufig bewusst betont.«

»Wenn dir diese Beschreibung mehr zusagt.« Wüsste ich es nicht besser, würde ich annehmen, sie will mich verscheißern. Die Ahnungslosigkeit strömt ihr aus jeder einzelnen Pore. Sicherlich hat sie noch nie geküsst. Zumindest mit der Begrifflichkeit hapert es nicht.

Als der Abspann läuft, steht Suki auf und schaltet den Fernseher aus. »Gute Nacht, Lennox«, sagt sie so beiläufig, als hätten wir gerade über ein unverfängliches Thema wie das morgige Wetter geplaudert, und verlässt den Raum.

Mit schnellen Schritten gehe ich ebenfalls in mein Zimmer. Ich muss unbedingt wissen, ob ich mit meiner Befürchtung richtigliege.

Noch im Stehen tippe ich *Autismus/Symptome* in die Suchmaschine ein und stoße schon nach kurzer Zeit auf den Begriff Asperger-Syndrom.

Menschen mit Asperger-Syndrom haben oft Schwierigkeiten, die Gefühle anderer Menschen zu verstehen. Subtile Botschaften, die durch Mimik, Blickkontakt und Körpersprache kommuniziert werden, bekommen sie oft nicht mit. Sie haben Schwierigkeiten, ungeschriebene soziale Regeln und Körpersprache zu verstehen. Oft sind ihre sprachlichen Fähigkeiten sehr gut, aber sie haben spezifische Probleme mit den sozialen Aspekten von Sprache: Sie neigen dazu, Dinge wörtlich zu nehmen, und verstehen Anspielungen und implizierte Bedeutungen nicht …

Mit der flachen Hand schlage ich auf die Tischplatte. Da haben wir's schwarz auf weiß. Das erklärt Sukis mangelnde Empathie Tieren gegenüber und warum sie nicht mal annähernd meine Ironie versteht. Na, herzlichen Glückwunsch, Vater hat mir eine Kranke zur Unterstützung geschickt! Wie clever von ihm, ein Mädchen auszusuchen, dem meine zuweilen etwas schroffe Art am Arsch vorbeigeht.

Ich lese den Rest und ziehe ein Fazit: Das meiste trifft auf Suki zu.

Belastungsprobe

Als ich am Morgen aufwache, überkommt mich als Erstes Kaffeedurst. Mein Blick fällt auf die leuchtend rote Digitalanzeige meines Weckers. Heute bin ich früh dran, es ist gerade neun Uhr. Normalerweise komme ich vor elf nicht in die Gänge, weil ich für gewöhnlich die Nacht zum Tag mache.

Verschlafen wandle ich durch den dunklen Flur.

Ich traue meinen Augen nicht, als ich die Küche betrete. Selbst mit Unterschrankbeleuchtung erkenne ich, dass sie blitzt, als hätte ein Location-Scout sie für einen Meister-Proper-Werbespot gebucht. Der Edelstahl glänzt wie neu, das Parkett sieht aus wie frisch gebohnert, nirgendwo ist Staub zu sehen. Mein Blick fällt auf den fertig gedeckten Frühstückstisch, in dessen Mitte ein Korb mit goldgelb gebackenen Brötchen um Aufmerksamkeit buhlt. Ihr Duft vermischt sich mit dem von frisch gebrühtem Kaffee.

Suki steht am Fenster. Mit dem Zeigefinger drückt sie eine Lamelle der Jalousie nach unten und linst hinaus auf die Straße. Neben ihr liegt Checker.

»Guten Morgen!«, begrüße ich sie und versuche, dabei gut gelaunt zu klingen. Ich habe mir vorgenommen, ihre Krankheit einfach zu ignorieren und sie wie einen ganz normal fühlenden Menschen zu behandeln.

»Guten Morgen.« Suki lächelt mich an und läuft zur Kaffeemaschine, um mir eine Tasse einzuschenken.

Verlegen kratze ich mich am Hinterkopf. Irgendwie ist mir dieser Service unangenehm. »Suki übernimmt für dich alle

Dinge des Alltags«, hallt Vaters Stimme in meinem Kopf wider.

»Wie hast du geschlafen?«, frage ich sie.

»Gar nicht.«

»Aha.« Was Intelligenteres fällt mir gerade nicht ein. Dann hat sie wohl noch Probleme mit dem Jetlag. Ich runzle die Stirn. Das heißt, während ich geschlafen habe, ist sie durch die Wohnung gegeistert und hat Heinzelmännchen gespielt? Scary, sag ich doch. Neugierig verlasse ich die Küche, um den Rest der Wohnung zu inspizieren.

Im Wohnzimmer angekommen, lasse ich meinen Blick durch den Raum gleiten. Ich bin wirklich baff. Niemals war es hier so sauber und aufgeräumt wie heute. Es riecht nach frischer Luft, aber auch ein wenig nach Reinigungsmittel. Das Bügelbrett steht mitten im Raum, der Wäschekorb ist bis oben hin gefüllt, obenauf Socken und Unterwäsche. Kopfschüttelnd betrachte ich meine abgewetzten Boxershorts, die gefaltet und gestapelt wurden.

In Anbetracht der blitzblanken Wohnung habe ich urplötzlich das dringende Bedürfnis, meine Klamotten loszuwerden und mir eine Dusche zu genehmigen. Inzwischen gehen mir mein Schweißgeruch und die fettigen Haare selbst auf die Nerven. Suki hingegen scheint mein Aufzug nicht zu stören, sie hat noch nicht einmal die Nase gerümpft, als sie an mir vorbeigegangen ist. Wenigstens ein positiver Aspekt, den das Asperger-Syndrom mit sich bringt.

»Möchtest du einen frisch gepressten Orangensaft?«, fragt Suki zuvorkommend, als ich in die Küche zurückkehre.

»Ja, warum nicht.« Meine Antwort kommt zögernd, ich fühle mich ein wenig unbehaglich bei dem exzellenten Service, der mir hier geboten wird.

Suki öffnet den Kühlschrank und holt ein mit Klarsichtfolie bedecktes Glas daraus hervor. Kaum habe ich mich hingesetzt, steht der Saft vor mir. Ich schlucke unbeholfen. Es ist echt nicht zu glauben, wie gut sie organisiert ist.

Das Frühstück, das ich diesmal allein einnehme, da Suki angeblich schon gegessen hat, verläuft ereignislos. Abgesehen davon, dass sie mich kaum aus den Augen lässt, während sie die Teebeutel in der alten Blechdose der Sorte nach sortiert.

»Warum starrst du mich die ganze Zeit so an?«, frage ich, als es mir zu bunt wird.

»Ich suche nach Hinweisen in deiner Mimik.«

»Was für Hinweise?« Ich runzle die Stirn.

»Was du dir wünscht, was ich als Nächstes tun soll.«

Nicht ihr Ernst. Demonstrativ schiebe ich die Augenbrauen in die Höhe. »Wenn ich etwas brauche, dann lasse ich es dich wissen, okay?« Langsam geht sie mir mit ihrem gluckenhaften Benehmen auf die Nerven. »Bei uns trinkt niemand Tee, du kannst die Beutel auch einfach wegschmeißen, sie sind noch von meiner Mutter.«

»Ganz wie du möchtest, Lennox.« Ohne zu zögern, geht Suki zum Mülleimer und schüttet den Inhalt hinein.

Zimperlich ist sie wirklich nicht. »Warst du schon mit Checker Gassi?«

»Zweimal. Wir waren im Park. Es hat ihm gefallen, den Ball immer wieder zu holen.«

Ich staune, sie ist offenbar in Plauderlaune, lasse mir aber nichts anmerken. »Freut mich, dass ihr euch angefreundet habt.« So genau kann ich mir allerdings nicht vorstellen, wie das aussehen soll, wenn Checker den Ball holt. Jeder Versuch, ihm das Apportieren beizubringen, ist bisher fehlgeschlagen.

Wie auf Knopfdruck lächelt sie.

Mit einem Seufzen erhebe ich mich und gehe ins Bad. Bevor ich die Dusche anstelle, schließe ich hinter mir ab. Man weiß ja nie, mit wem man es zu tun hat. Suki ist ja doch eher ... durchgeknallt.

Damit ich nicht gleich bibbernd im kalten Wasser stehe und warten muss, bis es warm wird, drehe ich den Duschhahn voll auf und stelle es so heiß, dass es für meine Haut gerade noch erträglich ist. Danach schäle ich mich aus dem Sweatshirt, das mittlerweile etliche facettenreiche Gelb- und Brauntöne aufweisen kann – der rote Fleck auf Brusthöhe verleiht dem Ganzen die nötige Tiefe. Auf Anhieb erkenne ich, dass es sich dabei um die Tomatensoße der Dosenravioli von vor drei Tagen handelt.

Es klingelt, ich höre, wie Checker bellend zur Tür rennt.

Ein Blick auf meine Armbanduhr verrät mir, dass es erst Viertel nach neun ist. Für mich ist Samstag ein Tag wie jeder andere, aber normal arbeitende Menschen schlafen heute aus. Ich schließe daraus, dass es nur Grandma sein kann, die vor Neugierde auf das Mädchen fast umkommt.

Ich beschließe, mir Zeit zu lassen. Sollen die beiden sich doch erst mal beschnuppern. Vielleicht ist Suki bei ihr ja gesprächiger. Gemächlich lege ich die Uhr ab, ziehe den Rest meiner Klamotten aus und stopfe sie alle gleichzeitig in den Wäschekorb.

Ich hatte ganz vergessen, wie gut es sich anfühlt, warmes Wasser über Kopf und Nacken fließen zu lassen. Ein angenehmer Schauer rieselt durch meinen Körper. Ich stehe bestimmt fünf Minuten einfach nur so da und genieße die wohlige Wärme, die durch mich hindurchströmt. Dann schamponiere ich mir die Haare und massiere meine Kopfhaut. Es duftet würzig frisch nach Minze und Kräutern. Beim Blick nach unten stelle ich fest, dass sich das Tönungsshampoo gerade verabschiedet und in blauen Schlieren in den Abguss fließt.

Nachdem ich meinem Körper eine ausgiebige Rundumreinigung gegönnt habe, steige ich aus der Dusche und lausche.

Ein Lachen ertönt. Nach Grandma klingt es nicht, viel zu hell. Es kann unmöglich Suki sein, sie würde sich ganz sicherlich nicht zu so einer unkontrollierten Gefühlsregung hinreißen lassen. Wer ist es dann?

In rasendem Tempo schlüpfe ich in eine frische Boxershorts, die ich mir vorsorglich zurechtgelegt habe, und rubble mir die Haare, so gut, wie es geht, trocken. Während ich in den Spiegel sehe, stelle ich fest, dass ich fast wieder dunkelblond bin, dafür aber dem weißen Handtuch ein blaues Andenken hinterlassen habe. Grandma hasst verstrubbelte Haare, ihr zuliebe fahre ich mit den Händen hindurch und bringe sie in Ordnung.

Ich habe mich geirrt. Kein anderer als mein türkischer Kumpel Cem sitzt am Küchentisch und lässt sich von Suki Kaffee einschenken.

Arglistig schleiche ich mich von hinten an ihn heran.

Er hat mich noch nicht bemerkt und räuspert sich. »Wenn du jemanden suchst, der dir die Stadt zeigt ...«

»... bist du bei Cem an der richtigen Adresse«, beende ich den Satz mit einem spöttischen Lächeln im Gesicht.

Cem dreht sich zu mir um und grinst zurück.

Wir sind Kumpels, seit ich denken kann. Als er zur Schule ging, wohnte er noch bei seinen Eltern nur zwei Häuserblocks entfernt, und wir sahen uns fast täglich. Ich kenne ihn so gut, dass ich jede kleinste Regung in seiner Mimik zu deuten weiß.

»Das wäre schön.« Sukis Stimme klingt emotionslos wie immer.

»Hey, was geht?«, frage ich Cem, über Sukis Kommentar hinwegsehend.

»*Merhaba,* Digger.« Cem erhebt sich, um mir kameradschaftlich den Rücken durchzuklopfen. »Wir haben uns schon bekannt gemacht«, sagt er sichtlich verlegen. Dann schenkt er Suki ein verschwörerisches Grinsen und wuchtet sich wieder auf seinen Platz hoch. Der Stehhocker beklagt sich ächzend unter seinem massigen Leib.

Während ich mich gegenüber von ihm niederlasse, frage ich mich, ob ich etwas verpasst habe. Wenn Cem erfährt, dass mit Suki etwas nicht stimmt, wird ihm sein dämliches Grinsen schnell vergehen. »Was machst du hier um diese unchristliche Zeit?«

Cem nimmt einen Schluck Kaffee und zeigt auf den Laptop, der vor ihm liegt. »Da hat sich irgendein Virus eingeschlichen, schau dir das mal an.«

»Okay, wird gemacht. Lust auf 'ne Runde zocken?«

»Hab nicht viel Zeit, muss Anne und Baba im Dönerladen aushelfen. Tut mir leid.«

Die Entschuldigung hätte er sich sparen können. Schließlich bin ich kein allein gelassener Junge, den man beschäftigen muss. Mein Blick bleibt an Suki hängen, die mich immer noch abwartend ansieht. Ich will nicht, dass Cem glaubt, da läuft was zwischen ihr und mir. »Kannst du mir bitte noch einen Kaffee einschenken?«, beauftrage ich Suki, damit sie sich entfernt. Sie muss ja nicht hören, was ich über sie sage.

Unverzüglich kommt sie meiner Bitte nach.

»Sie unterstützt mich im Haushalt«, flüstere ich, als sie außer Hörweite ist. Ich will unbedingt wissen, was er über sie denkt. Vielleicht finde nur ich sie seltsam.

»Da hast du aber eine richtige Sahneschnitte an Land gezogen. Wo kommt die denn auf einmal her?«

»Dad hat sie aus Japan mitgebracht, sie ist so eine Art Aupair, aber nur für ein paar Wochen, bis er zurückkommt.«

»Mann, bist du ein Glückspilz!«

»Ja sicher, ich friste ein beneidenswertes Dasein. Ich tausche gern, wenn du magst.« Ich merke selbst, dass meine Stimme eine Spur zu scharf klingt. Um meine Worte abzuschwächen, zwinge ich meine Mundwinkel nach oben und sehe ihn seufzend an.

»War nicht so gemeint«, sagt Cem mit zerknittertem Gesichtsausdruck. Betretenes Schweigen hängt eine Weile im Raum, bis er das Gespräch wiederaufnimmt. »Ich wusste gar nicht, dass du auf devote Frauen stehst.« Cem zeigt mir ein schlitzohriges Lächeln und wackelt mit den Augenbrauen.

»Ich steh nicht auf sie.«

»Sie lässt dich nicht aus den Augen, scheint nur auf Anweisung von dir zu warten.«

»Ist dir das auch schon aufgefallen?« Eine Sache muss ich wissen: »Worüber hat sie vorhin gelacht?« Cem macht ein begriffsstutziges Gesicht, das ausgesprochen gut damit korrespondiert, dass er sich gleich darauf den Kopf kratzt. »Ich habe sie vorhin lachen hören.« Den vorwurfsvollen Unterton in meiner Stimme kann ich nicht verstecken. Als wenn ich eifersüchtig wäre. Wie absurd.

»Ach so, das meinst du.« Cem setzt einen ausgebufften Gesichtsausdruck auf und verschränkt die Arme vor seinem fülligen Leib. »Ich habe ihr einen Witz erzählt.« Er grinst nun über beide Ohren.

Ich stutze. So gut sind Cems Witze nun auch wieder nicht, meist verpasst er die Pointe. Doch plötzlich dämmert es mir. »Hast du vorher angekündigt, dass du einen Witz erzählst?«

Cem legt die Stirn in Falten. »Ich glaube schon. Wieso?«

»Das erklärt alles.«

»Alter, du sprichst in Rätseln, klär mich auf.«

Ich raube ihm ungern die Illusion, aber da muss er jetzt durch. »Da du vorher angekündigt hast, dass du einen Witz erzählen wirst, war sie vorbereitet und wusste, dass sie lachen muss.«

Cems Stirn sieht mittlerweile aus wie die eines chinesischen Faltenhundes. »Sie spricht doch aber deutsch, hab ich selbst gehört«, erwidert er angriffslustig. Wenn er sich in seiner Ehre gekränkt fühlt, ist mit ihm nicht gut Kirschen essen. Die witzigen Sprüche und seine lustige Art, durch die er sein geringes Selbstwertgefühl hinsichtlich seines stämmigen Äußeren zu kompensieren versucht, kommen bei Frauen gut an. Ab und an gelingt es ihm sogar, eine flachzulegen. Ich beuge mich vertraulich zu ihm über den Tisch und sage hinter vorgehaltener Hand: »Ich habe herausgefunden, dass Suki unter dem Asperger-Syndrom leidet.«

Cem macht ein Gesicht, als hätte ich ihn gerade in ein Geheimnis von nationaler Bedeutung eingeweiht. »Und was soll das sein?«

Ich verziehe das Gesicht. »Schon mal was von Autismus gehört?« Er verengt die Augen und kommt näher, als würde er mich akustisch nicht verstehen. Stöhnend streiche ich mir die Haare zurück. »Mann ... dieser Typ aus *Rain Man*, der Film mit Dustin Hoffman und Tom Cruise, ist dir aber ein Begriff, oder?«

Cem stößt den Atem aus. »Ach so, ja klar.«

Wenn's um Filme geht, ist Cem nicht zu toppen, er kennt so gut wie jeden. Dass ich ihm eine Frau vorstelle, ist ihm noch nie untergekommen. Aber dass diejenige jetzt auch noch ein japanisches Hausmädchen ist, die an Autismus leidet, muss er wohl erst mal verarbeiten.

Er schluckt. »Krass. Hab mich schon gewundert, warum die sich so seltsam verhält.«

»Sie versteht unseren Humor nicht und zeigt keine Gefühle. Aber im Haushalt ist sie eine Koryphäe. Warum Vater sie angeschleppt hat, ist mir jedoch auch noch nicht klar. Kann mir kaum vorstellen, dass er über Sukis Krankheit nicht in Kenntnis gesetzt wurde.«

Plötzlich steht Suki neben mir, die Kaffeekanne zum Einschenken bereit. Vor Schreck zucke ich kurz zusammen. Mann, warum muss sie sich immer so anschleichen?

»Ich muss los, Digger«, sagt Cem zu meiner großen Enttäuschung.

Es kommt mir beinah so vor, als hätte er Angst, sich bei ihr anzustecken, so abrupt, wie er sich jetzt vom Hocker plumpsen lässt.

»Will meinen Alten nicht zu lange warten lassen.«

Er reicht Suki die Hand. »Nett, dich kennengelernt zu haben.«

»Ebenfalls«, erwidert Suki, stellt die Kanne auf dem Tisch ab, umfasst kurz seine Hand und heftet ein Lächeln in ihr Gesicht, das ihre Augen jedoch nicht erreicht. Sie scheint fast durch ihn hindurchzusehen.

Cem nickt unsicher und dreht sich dann auf dem Absatz um. Vor mir stapft er den Flur entlang. Checker kommt uns hinterher und verabschiedet sich lauthals von ihm.

»Schön, dich mal wiedergesehen zu haben, alter Junge.« Cem klopft ihn ordentlich durch, worauf sich der Hund gleich vor seine Füße wirft. »Soll ich dir was sagen?« Cem wartet nicht auf eine Antwort, sondern tippt mir mit dem Zeigefinger auf die Brust. »Ist 'ne Schande, dass sie diese Krankheit hat. Ihr wärt echt ein tolles Paar.«

Ich nicke nur. Sie ist das erste weibliche Wesen, das er seit Ewigkeiten an meiner Seite sieht. Kein Wunder, dass ihm solche Gedanken durch den Kopf gehen.

Kurz bevor Cem durch die Tür tritt, dreht er sich noch einmal um. »Vielleicht hat dein Vater sie mitgebracht, damit ihr euch gegenseitig therapiert.«

Ich schnaube. »Sukis Krankheit ist unheilbar, an ihr kann man sich zu Tode therapieren.« Allerdings ist mir der gleiche Gedanke auch schon gekommen. Wer weiß, was Vater da geritten hat.

»Görüşmek üzere!«, verabschiedet sich Cem, Checker trottet derweilen zurück in die Küche. »Und vergiss nicht Shirins großen Tag. Sie rechnet mit dir.« Er wirft mir einen Blick zu, der sagt: Wenn du nicht kommst, bist du ein toter Mann. Dann hält er mir seine Faust entgegen.

Ich unterdrücke ein Seufzen. Verfluchter Mist, nächste Woche ist die Hochzeit von Cems Schwester, das hatte ich total verdrängt. »Das wird ein Riesending«, hat er beim letzten Mal angekündigt, »du darfst als Freund der Familie auf keinen Fall fehlen.«

Ich versuche, mir den Schrecken nicht anmerken zu lassen, und schlage meine Faust gegen seine. »*Tamam*, mach's gut!«

Meine Augen weiten sich, als ich die Küche betrete. Was macht Suki da? Will sie den Hund verprügeln?

Nein, offenbar will sie ihm nur den Kopf tätscheln, eine kleine Geste für einen »Normalen«, für sie umso verwunderlicher. Sie beugt sich zu ihm hinab und gibt ihm mit der flachen Hand ein paar Klapse auf den Kopf. Checker lässt es sich gefallen. Ich habe gelesen, dass man das Asperger-Syndrom auch mit Tieren therapiert. Offenbar tut ihr der Umgang mit dem Hund gut. Er ist auch nicht mehr so aufgebracht wie am Anfang – im Gegenteil, er scheint ihre Nähe sogar zu genießen. Wer weiß, wie viele Leckerlis sie am Tag an ihn verfüttert.

Ich geselle mich zu ihnen, hocke mich neben Checker und kraule ihn hinterm Ohr. Er schließt die Augen und hechelt ergeben. Wenn es um Streicheleinheiten geht, ist er ein wahrer Genießer, beim Fressen hingegen schlingt er wie ein Staubsauger.

Ich blicke zu Suki hinauf, die noch immer danebensteht. Sie beobachtet jede Bewegung, scheint wie ein Schwamm alles in sich aufzusaugen.

Offenbar versucht sie, sich Verhaltensmuster anzutrainieren, um in bestimmten Situationen richtig zu reagieren und zu lachen, wenn jemand einen Witz erzählt. Wenn sie sieht, wie ich Checker streichle, wird sie vielleicht versuchen, es nachzuahmen.

Ob sie sich genauso einsam fühlt wie ich? Sie wird die Frage nicht verstehen, wenn ich mich danach erkundige.

Bis zum Mittag vergeht die Zeit wie im Fluge, da ich mit dem virusinfizierten Laptop beschäftigt bin, den Cem mir gebracht hat. Es dauert nicht lange, dann ist das System bereinigt, und alle Daten sind gesichert.

Pünktlich um ein Uhr klopft es an meiner Tür.

»Ja?«

Sukis Kopf erscheint durch den geöffneten Spalt. »Das Essen ist fertig«, sagt sie lächelnd.

»Ich komme gleich.« Mein Magen grummelt ein wenig, zum Frühstück hatte ich nur ein halbes Brötchen und eine Tasse Kaffee. Ich bin wirklich gespannt, was Suki gezaubert hat.

Als ich die Küche betrete, schlägt mir der Geruch von Speck und Zwiebeln entgegen, vermischt sich aber noch mit etwas anderem. Ein großer Topf steht mitten auf dem Tisch. Ich gehe darauf zu und hebe neugierig den Deckel. Dampf steigt hoch, als der sich verzieht, erkenne ich Kartoffelsuppe, in der Würstchenstücke schwimmen. Die habe ich eine Ewigkeit nicht gegessen, genau das Richtige für diese Jahreszeit. Mir läuft das Wasser im Mund zusammen. »Woher kennst du ein so typisch deutsches Gericht?«, frage ich Suki verwundert, während ich den Topf schließe.

»Ich habe mich vorbereitet und mir ein paar Rezepte angeschaut.«

Ich bin wirklich beeindruckt. Anerkennend verziehe ich das Gesicht und weise auf den Platz vis-à-vis von mir. »Setzt du dich zu mir und leistest mir Gesellschaft?«

Diesmal hat Suki schon vorsorglich den Tisch mit zwei Tellern und Löffeln eingedeckt. Als wir uns gegenübersitzen, schaut sie mich abwartend an.

»Bitte, fang an!«, fordere ich sie mit einem Kopfnicken auf.

Suki lächelt, nimmt den Löffel in die Hand und führt ihn langsam zum Mund, ihr Körper wie immer kerzengerade, als hätte sie einen Stock verschluckt.

Ich rolle mit den Augen. Warum lächelt sie immerzu? Das irritiert mich, noch nie habe ich von einem Autisten gehört, der ständig lächelt. Am liebsten würde ich sie schütteln. Sie soll endlich aufwachen und ihr steifes Benehmen ablegen. Ich fühle mich ganz befangen und unbehaglich in ihrer Gegenwart.

Also konzentriere ich mich aufs Essen. Die Suppe schmeckt köstlich. Herzhaft, mit vielen klein geschnittenen Würstchen und Kartoffeln, genau so, wie ich sie mag.

Als ich aufgegessen habe, schöpfe ich mir noch eine Kelle auf.

Suki führt den Teller zum Mund und schlürft den Rest aus, so, wie es in Japan üblich ist.

»Hat es dir auch geschmeckt?«

»Ja.« Sukis Gesicht zeigt keine Regung.

Ich unterdrücke ein Stöhnen, aber lasse nicht locker. »Was heißt ›Es war lecker‹ auf Japanisch?«

»Sore wa oishikatta.« Abrupt steht sie auf. »Darf ich deinen Teller abräumen?«, fragt sie, kaum dass ich mir den letzten Löffel in den Mund geschoben habe.

»Aber bitte gern doch, lass dich von mir nicht von der Arbeit abhalten.« Der ironische Unterton in meiner Stimme ist nicht zu überhören. Ich möchte ein einziges Mal sehen, wie sie aus der Haut fährt. Ob sie dazu überhaupt in der Lage ist? Mir kommt eine Idee, wie ich das schnell herausfinden kann.

Ich hole mein Smartphone aus dem Flur und stelle es in die Dockingstation meiner Mini-Stereoanlage auf der Küchenarbeitsfläche.

Suki ordnet gerade die schmutzigen Teller in den Geschirrspüler ein.

Niederträchtige Vorfreude kribbelt in meinem Bauch, während ich ein Lied raussuche. Doch bevor ich meinen Plan in die Tat umsetze, sperre ich Checker ins Wohnzimmer. Der arme Hund soll nicht unter meinem Belastungstest leiden.

Als ich in die Küche zurückkehre, drücke ich die Play-Taste und drehe den Lautstärkeregler bis zum Anschlag hoch.

Kreischende E-Gitarren-Laute ertönen, die sogar mir nach wenigen Sekunden die Fußnägel aufrollen. Die Lautsprecherboxen beben und drohen jeden Moment zu explodieren. Ein hektisch hämmerndes Schlagzeug setzt ein, gleichzeitig ertönt eine infernalisch grölende Männerstimme. Die Musik ist so laut, dass ich dem Drang widerstehen muss, mir die Ohren zuzuhalten. Ich blicke rüber zu Suki.

Genauso gut hätte ich zarte Harfenklänge erklingen lassen können, mein Nervenbelastbarkeitstest zeigt null Wirkung, beim Gehörcheck würde sie definitiv durchfallen.

In aller Ruhe füllt sie Klarspüler in die dafür vorgesehene Kammer, ehe sie die Geschirrspültablette einlegt und den Deckel schließt.

»Gefällt dir die Mucke?«, schreie ich gegen den Lärm an.

Ihre Hand hinters Ohr gehalten, kommt Suki näher. »Verzeihung, ich habe dich nicht richtig verstanden, könntest du die Frage wiederholen?«

»Ob dir die Musik gefällt?«, brülle ich ihr ins Ohr.

Sie verharrt einen Moment lang, als müsste sie noch einmal genau hinhören. Dann lächelt sie und nickt.

Ich stoße ein frustriertes Seufzen aus. Was stimmt bloß nicht mit ihr? Hat sie etwa was an den Ohren? Ich flitze zur Anlage und stelle sie aus. Erleichtert atme ich durch. Das war ja die reinste Folter. Mich wundert, dass noch kein Nachbar geklingelt hat, andererseits habe ich es wahrscheinlich einfach nicht gehört.

Gedankenversunken gehe ich in mein Zimmer zurück und lasse mich in den Schreibtischsessel fallen.

Die Zeit kriecht nur so dahin. Ich checke meine Mails. Das meiste ist nur Spam, abgesehen von einer Anfrage, ob ich auch Handys cracken kann. Mann, der Typ soll sich gefälligst eine Spy-App installieren und mich in Ruhe lassen.

Was Suki wohl macht? Sie hat noch nie mein Zimmer betreten. Ich befürchte, sie könnte sich langweilen. Schließlich hat sie heute Nacht schon die Wohnung in Schuss gebracht. Einen Moment lang spiele ich mit dem Gedanken, ob ich sie zum Schach oder einem anderen Strategie-Spiel herausfordern soll. Wenn sie wirklich wie Rain Man ist, würde ich gegen sie ganz schön alt aussehen. Es muss doch aber etwas geben, was sie in irgendeiner Form begeistert?

Nachdem ich eine Zeit lang gezockt habe, kommt mir plötzlich eine Idee.

Ich gehe in die Küche, um nach ihr Ausschau zu halten. Da ist sie nicht, nur Checker schlummert neben seinem Fressnapf vor sich hin.

Ich suche die anderen Räume nach ihr ab und werde schließlich im Wohnzimmer fündig.

In gleicher Position wie am Vorabend sitzt sie auf der Kante des Sessels und sieht fern. *Dr. House.*

»Ich mag ihn, er ist so herrlich respektlos«, sage ich, eigentlich nur, um auf mich aufmerksam zu machen.

Eulenartig dreht sie den Kopf und sieht mich an. »Lennox, was kann ich für dich tun?«

Ich unterdrücke ein Seufzen. »Was hältst du davon, wenn ich dir ein wenig die Stadt zeige?«

Ruckartig erhebt sie sich. »Einverstanden.«

Der Zauber des Augenblicks

»Die Temperatur ist auf unter null Grad gesunken, ich glaube nicht, dass der dich ausreichend wärmt«, sage ich mit skeptischem Blick auf ihren Poncho, den sie sich gerade über die Schulter geworfen hat. »Hast du keine Winterjacke?«

»Ich friere nie. Etwas Dickeres habe ich nicht.«

Wenn die Angelegenheit nicht so freudlos wäre, hätte ich schallend aufgelacht. Ich seufze. Wohl oder übel muss ich Mamas Schrank durchforsten, da findet sich sicherlich etwas Wärmeres. »Dann zieh dir eine Hose an, ich schau, ob ich eine Winterjacke für dich finde.«

Ich gehe in Vaters Schlafzimmer, das düster und verlassen wirkt. Als ich das Licht auf seinem Nachttisch anknipse, strahlt mir Mamas Gesicht aus dem silbernen Bilderrahmen entgegen. Meine Brust wird eng bei ihrem Anblick. Behutsam streiche ich über das Glas. Sie sieht glücklich aus und wunderschön. Damals war sie noch kerngesund. Ihre Klamotten hat Vater nicht angerührt, er hat es bisher nicht übers Herz gebracht, sie auszuräumen und wegzugeben.

Ich bezweifle, ob ich ihren Tod jemals verkraften werde. Sie war der lebensfroheste Mensch, der mir je begegnet ist. Strotzte nur so vor Kraft und suchte stets ihr Glück in kleinen Dingen. Granny hatte recht, Mama hat bis zum Schluss gekämpft und gelächelt, auch wenn ihr sicherlich nicht danach war. Was sie mit meinem Vater verbunden hat, weiß ich bis heute nicht. Sie waren so grundverschieden. Vielleicht ist an dem Spruch »Gegensätze ziehen sich an« doch etwas dran.

Granny war vorher schon einmal verheiratet, mit einem Texaner, aus dieser Ehe stammt mein Vater. Sie haben sich getrennt, als er neun Jahre alt war, und Grandma ging mit ihrem Sohn nach Berlin zurück. Vater hatte immer nur seine Karriere im Sinn. Mama hingegen war ein Familienmensch und hat dafür gesorgt, dass es allen gut ging. Ihre eigene Familie hat sie für ihn damals in Italien zurückgelassen. Sie vermisste sie schrecklich, deshalb haben wir sie mindestens einmal im Jahr in Sizilien besucht.

Auf einmal steigen Erinnerungen in mir hoch, die ich sonst nie zulasse, weil sie einfach zu wehtun. Mama und ich standen in der Küche, sie zeigte mir, wie man eine Focaccia zubereitet, eins meiner Lieblingsgerichte. Ich muss ungefähr acht Jahre alt gewesen sein. In den Teig kamen die gleichen Zutaten wie in Pizza. Ich wog das Mehl ab und bröselte frische Hefe darüber. Mama ließ mich machen und sah mir lächelnd dabei zu. Dann füllte ich Olivenöl in einen Messbecher, während sie ein italienisches Lied schmetterte, von dem ich kein Wort verstand. Vater war der Meinung, mehr als zwei Sprachen zu sprechen würde mich überfordern, da er ja schon die meiste Zeit Englisch mit mir redete. Im Nachhinein denke ich, er wollte nur verhindern, dass Mama und ich etwas hatten, was ihn ausschloss.

Nichts Böses ahnend fügte ich einen Teelöffel Salz hinzu, als Mama ihren Zeigefinger in die Mehlschüssel tauchte, um ihn mir gleich darauf an die Nase zu stupsen.

Im ersten Moment sah ich sie erstaunt an, doch dann fiel ich in ihr Kichern mit ein. Ich wollte es ihr gleichtun, doch Mama war schneller und nahm eine ganze Handvoll und befeuerte mich damit. Blitzschnell reagierte ich und warf eine Ladung zurück, direkt in ihr Gesicht. Sie sah aus wie ein Gespenst, und wir kamen aus dem Lachen nicht mehr raus. So ging das eine ganze Weile hin und her, bis wir von oben bis unten bestäubt und bepudert waren. Die Küche sah aus wie ein Schlachtfeld, auch Tage danach klebten irgendwo noch Mehlreste unter unseren Pantoffeln. Mama war das egal, für sie zählte nur, dass sie mich glücklich gemacht hatte, das liebte ich so an ihr. Ich erinnere mich noch, wie sie mich in den Arm nahm und sagte: »Erkenne den Zauber des Augenblicks und trage ihn für immer in deinem Herzen.« Ich bin sehr froh, dass sie mir das mit auf den Weg gegeben hat, so habe ich mir viele Momente mit ihr bewusst gemacht und bewahre die Erinnerung daran wie einen kostbaren Schatz in mir.

Seufzend bleibe ich vor dem Spiegelschrank stehen und betrachte mich darin. Ich streiche meinen überlangen Pony zurück, der in einer lockeren Welle nach hinten fällt. Die Haut ist nur noch leicht fleckig, man könnte meinen, ich befände mich mitten in der Pubertät oder hätte zu lange im Solarium gelegen. Zumindest kann man sich so ohne schlechtes Gewissen auf die Straße trauen.

Manchmal, wenn ich mich ganz mies fühle und mir die Decke auf den Kopf fällt, denke ich an die Zeit, bevor die Krankheit ausgebrochen ist. Früher war ich bei Mädchen sehr beliebt, weil ich ihnen auf Augenhöhe begegnet bin. Hinter meiner sarkastischen Art versteckte ich mich erst später. Ich war kein Softie, aber ich habe mich immer gern mit weiblichen Wesen umgeben.

Und irgendwann begann es dann.

Es war Frühsommer und ich spielte draußen mit ein paar Kumpels Fußball. Mit einem Mal fühlte ich mich erschöpft und bekam tierische Kopfschmerzen. Ich setzte mich auf die Ersatzbank und irgendwer brachte mir ein Aspirin und eine Flasche Wasser. Doch nach zwanzig Minuten ging es mir immer noch nicht besser. Ich fühlte mich, als wenn ich stundenlang durch die brennend heiße Wüste gelaufen wäre. Dabei war es gar nicht so heiß, vielleicht dreiundzwanzig Grad, mehr sicher nicht. Doch die Sonne bewirkte zunehmend ein unangenehmes Gefühl auf meiner Haut.

Ein Junge aus meiner Klasse starrte mich an und sagte: »Du siehst hundeelend aus. Was ist mit dir?«

Ich zuckte mit den Schultern und streckte mich vor Erschöpfung auf der Bank aus. Irgendwann, als ich einen Schatten über mir spürte, blinzelte ich und blickte auf.

»Komm, ich bring dich nach Hause«, sagte der Bruder meines Klassenkameraden.

Von da an nahm das Grauen seinen Lauf. Anfangs hatte ich noch viel Besuch, alle dachten, ich würde wieder genesen. Aber das tat ich nicht. Im Gegenteil, es wurde immer schlimmer, bis ich die Wohnung irgendwann tagsüber gar nicht mehr verlassen konnte. Da lag Mutter schon im Krankenhaus. Vater hatte eine Spezialgenehmigung erwirkt, dass ich sie auch außerhalb der Besuchszeiten sehen durfte. Manchmal saß ich die ganze Nacht an ihrem Bett und habe ihre Hand gehalten.

Rasch vertreibe ich die Erinnerung, schiebe die Schranktür auf, um nach Wintersachen zu suchen, und werde fündig. Ich nehme Mamas rosafarbene Metallic-Thermojacke vom Bügel und lege sie aufs Bett. Dann entdecke ich eine cremefarbene Wollmütze und ziehe sie aus einem Stapel Pullover hervor, finde daneben passende Handschuhe und einen Schal. Ich will keinen unnötigen Blick verschwenden, doch als ich dabei bin, die Tür wieder zuzuschieben, bleiben meine Augen an einer bordeauxroten Strickjacke aus grob gestrickter Wolle haften und saugen sich daran fest. Ich schlucke und mein Herz zieht sich schmerzhaft zusammen. Das war Mamas Lieblingsjacke, sie hat ihre grünen Augen so schön zur Geltung gebracht. Sogar im Krankenhaus hat sie das Teil noch getragen. Ich streiche über den Stoff, er weckt Erinnerungen in mir. Ihr lachendes Gesicht taucht vor mir auf. Ich presse meine Nase tief in die kratzige Wolle, meine, immer noch einen zarten Hauch ihres Parfums wahrzunehmen. Hinter meiner Nasenwurzel beginnt es zu prickeln, ich spüre, wie ein Druck in meiner Brust entsteht.

Mit einem energischen Ruck schiebe ich die Schranktür zu und würge den Schmerz hinunter.

»Danke«, sagt Suki, als ich ihr die Sachen hinhalte.

Rasch streift sie die Jacke über. Sie steht ihr gut, und auch die Wollmütze passt zu ihrem schwarzen Haar. Dann schnappen wir uns Checker und verlassen die Wohnung.

Während der U-Bahnfahrt sieht es so aus, als versuche Suki, alle Eindrücke in sich aufzunehmen, bis ihre Augen aus dem gegenüberliegenden Fenster wandern. Sie heften sich an die vorbeiziehende Mauer des U-Bahnschachtes und schnellen immer wieder zurück, wie von einem Gummiband gezogen.

Mir fällt auf, dass meine Haut heute gar nicht so empfindlich auf das künstliche Licht reagiert. Doch lieber lasse ich den Blick zu Boden sinken, ich will mein Glück nicht unnötig herausfordern. Einen Moment lang stelle ich mir vor, wie es wäre, wenn Suki nicht so in sich gefangen wäre. Ich glaube, sie wäre echt mein Typ, zumindest vom Aussehen. Vielleicht hätte ich schon versucht, mit ihr zu flirten. Ich stelle mir vor, wie ich meine Hand in ihre schiebe, sie sich mir zuwendet und sich ihr Blick in meinem verliert. Ich beuge mich zu ihren Lippen hinab, ihr Atem vermischt sich mit meinem …

Bullshit!

Scharf atme ich durch und reibe mir die Augen. Das wird nie passieren, denn Suki ist keine normale junge Frau, genauso, wie ich kein normaler Kerl bin.

Als wir die Treppen des U-Bahnhofs am Kurfürstendamm erklimmen, strahlt uns ein weihnachtliches Lichtermeer aus den Bäumen entgegen. Es sieht wunderschön aus. Suki hingegen hat kein Auge dafür, blickt nur stur geradeaus.

Irgendwie finde ich das schade. Ich kann nicht behaupten, dass ich ein Fan von dem ganzen Weihnachtszirkus bin. Aber bei den glänzenden Sternen, dem Geruch nach gebrannten Mandeln und Tannenzweigen wird einem schon warm ums Herz. Bilder steigen in mir auf, wie Mama und ich über den Weihnachtsmarkt schlendern und schräg *Last Christmas* trällern. Ein Kloß bildet sich in meiner Kehle, rasch versuche ich, ihn herunterzuschlucken.

»Wie feiert man in Japan Weihnachten?«, frage ich, um meine Erinnerungen im Keim zu ersticken.

»Mit Musik und Kuchen«, antwortet sie, während ich sie über den Breitscheidplatz bis zum Ku'damm lotse. »Ich kenne ein Weihnachtslied. Soll ich es singen?«

Ich nicke. Jetzt bin ich gespannt.

»Rudolph, the red-nosed reindeer, had a very shiny nose and if you ever saw it you would even say it glows.«

Ich lache laut auf. Sie singt es weder melodisch noch mit Betonung, eigentlich kann ich bloß am Text heraushören, um welches Lied es sich handelt.

Sie stimmt in mein Lachen mit ein. Es ist das erste Mal, dass sie das in meiner Gegenwart tut. Anfangs klingt es noch natürlich, doch sie hört gar nicht mehr auf, und ich bekomme es mit der Angst zu tun. Sie dreht ihren Kopf zu mir und läuft einfach weiter auf die Fahrbahn, obwohl die Ampel rot leuchtet.

Ein dunkler Wagen braust auf sie zu. Ich versuche, nach Sukis Arm zu greifen, aber es gelingt mir nicht. Mein Herz macht einen Satz, ich schnappe nach Luft.

Mit einer Vollbremsung kommt der BMW gerade noch rechtzeitig zum Stehen, nur eine Armlänge von ihr entfernt. Erleichtert stoße ich den Atem aus, noch mal gut gegangen.

»Suki, warum guckst du nicht nach vorn, haben sie dir ins Gehirn geschissen?«, schreie ich sie an, als ich den ersten Schreck verdaut habe.

Sie schaut mich nur mit großen Augen an. Der Fahrer des Autos schickt wilde Drohgebärden in unsere Richtung und setzt dann mit quietschenden Reifen seinen Weg fort.

Checker schimpft mit lautem Bellen hinter ihm her, wenigstens ist er vorschriftsmäßig neben mir stehen geblieben.

»Das Auto hätte dich fast umgenietet.« Ich verleihe meiner Stimme einen scharfen Klang, mein Herz schlägt immer noch wie verrückt.

»Das wird nicht mehr vorkommen«, versichert Suki. »In Zukunft werde ich konzentrierter sein.«

Ich schaue sie mit hochgezogenen Augenbrauen an, doch sie ist erneut in ihrer eigenen Welt gefangen. Es ist meine Schuld, ich sollte sie nicht mehr zum Lachen bringen.

Am Wittenbergplatz steigen wir wieder in die U-Bahn und fahren bis »Stadtmitte«.

Eisige Luft schlägt uns entgegen, als wir aus dem U-Bahn-Schacht nach oben steigen, der direkt auf die Friedrichstraße mündet. Es kommt mir vor, als wäre die Temperatur in der Zwischenzeit drastisch gesunken. Es ist so kalt, dass sich Atemwölkchen vor unseren Mündern bilden. Ich bleibe vor Suki stehen, ziehe ihr die Mütze ein Stück weiter über die Ohren und schnüre ihr den Schal enger. Schweigsam lässt sie es über sich ergehen. In diesem Moment erinnert sie mich an eine Porzellanpuppe, die aus dem Spielzeugladen abgehauen ist.

Ich übergebe ihr Checkers Leine. Er scheint sich mittlerweile mit ihr arrangiert zu haben und läuft eng an ihrer Seite bei Fuß. Das hat er bei mir nie gemacht. Na ja, ich kann auch nicht behaupten, dass ich jemals versucht hätte, ihm mit Nachdruck etwas beizubringen.

Wir schlendern über den Gendarmenmarkt, wo der Französische Dom mit dem Deutschen Dom und dem Schauspielhaus ein Gebäudeensemble bildet. Das goldene Licht der Straßenlaternen ergießt sich auf das Pflaster und verleiht dem Ganzen eine romantische Atmosphäre. Ich fühle mich an diesem Ort immer in eine Filmkulisse versetzt.

Mein Blick gleitet zu Suki hinüber und ein tiefer Seufzer entweicht mir. Sie scheint die Umgebung um sich herum gar nicht wahrzunehmen, sondern wirkt verschlossen wie eh und je.

Ich will dennoch wissen, ob es ihr hier gefällt, vielleicht sieht es in ihr drinnen ganz anders aus, und sie kann ihre Gefühle nicht nach außen tragen. Nein, ich muss die Frage wohl anders stellen. »Hast du schon mal annähernd so etwas Schönes gesehen?«

»Nein, Lennox, bisher noch nicht«, antwortet sie.

Ich unterdrücke ein Seufzen. Die Frage hätte genauso gut lauten können, ob sie mal auf die Toilette muss.

Wie wir so nebeneinander herlaufen, könnte man denken, wir sind ein Paar. Was wohl passieren würde, wenn ich nach ihrer Hand griff? Würde Suki sie mir entziehen? In diesem Moment würde ich nichts lieber tun als das, schon allein, weil mir vor Kälte fast die Finger abfallen. Sie hat wenigstens Handschuhe. Ich hauche in die Hände und reibe sie aneinander, bevor mein Blick den Dom hinaufwandert. Andächtig betrachte ich den Kuppelturm, der eine Aussichtsplattform hat, atme dabei die kalte Winterluft tief in mich ein, bis die Lunge brennt. Einmal hat Mama Vater und mich dort hochgebracht. Von oben hat man einen grandiosen Panoramablick über Berlin. Sie mochte diesen Ort sehr, deshalb bedeutet er auch mir etwas.

Aus dem Augenwinkel sehe ich, wie eine Schneeflocke auf Suki niederrieselt und sich in ihren Wimpern verfängt. Sie scheint es nicht zu merken.

Wie wunderschön sie ist. Ob sie das weiß?

Ich presse die Lippen zusammen und schüttele über mich selbst den Kopf. Was ist nur los mit mir? Solche romantischen Anwandlungen sind mir normalerweise völlig fremd. Das liegt wohl daran, dass ich lange keinen Schnee mehr gesehen habe, es ist der erste diesen Winter.

Schon die nächste Flocke hat es auf sie abgesehen, doch ehe sie sich auf ihrer Nase breitmacht, hebt Suki den Kopf und ihr Blick tastet nach oben.

Ein verblüffter Ausdruck tritt auf ihr Gesicht, den ich bisher noch nie an ihr gesehen habe. Ihre Mundwinkel heben sich ganz leicht, die Augenbrauen schnellen verzückt nach oben. Und dann, ganz plötzlich, erhellt ein Strahlen ihre Züge. Es ist so unerwartet schön und echt, dass ich innerlich juble und ebenfalls lächeln muss. Und noch etwas regt sich in mir: Ein Gefühl von Hoffnung, dass etwas in ihr aufgebrochen ist und nun ihre wahre Persönlichkeit zum Vorschein kommt.

Suki gibt einen kurzen Kiekser von sich und hält die Handflächen nach oben.

Checker bellt einmal laut auf und wedelt aufgeregt mit dem Schwanz. Dann springt er in die Höhe und versucht, die wirbelnden Flocken zu erhaschen. Er scheint sich genauso zu freuen wie Suki, die jetzt ungläubig dabei zusieht, wie die Schneekristalle auf ihren Handschuhen zerschmelzen. Sie wirkt vollkommen entrückt. Ihre Lippen öffnen sich leicht, und ihr entweicht ein Atemwölkchen, ehe ihre leuchtenden Augen erneut nach oben wandern.

Ich bekomme eine Gänsehaut, als ich an Mutters Worte denke: »Erkenne den Zauber des Augenblicks und trage ihn für immer in deinem Herzen.« Jetzt ist ganz sicher so ein Augenblick. Ich habe Suki noch nie so gesehen, sie sprüht vor Natürlichkeit und strahlt dabei die Unbeschwertheit eines Kindes aus. Ich wünschte, ich hätte mein Handy nicht zu Hause liegen gelassen, dann könnte ich diesen Zustand jetzt mit der Kamera für die Ewigkeit festhalten.

Ihr Anblick bringt vor Freude mein Herz für einen kurzen Moment aus dem Takt, nur um dann schneller gegen meine Brust zu hämmern.

Mit erhobenen Händen dreht sie sich im Kreis, schlägt dann eine Hand lachend vors Gesicht. Alles an ihr verkörpert pure Lebensfreude und Glück. Ich verliere mich vollkommen in ihrer Betrachtung, wie sie fasziniert dem herabrieselnden Schnee zusieht, der überall an ihr hängen bleibt. Unglaublich, nie hätte ich gedacht, dass sie aus sich herausgehen kann. Es ist das erste Mal.

Jetzt öffnet sie den Mund, fängt die Schneeflocken mit ihrer herausgestreckten Zunge und freut sich wie eine Schneekönigin. Zuckersüß. Es kostet mich meine ganze Selbstbeherrschung, nicht ihre Wange zu berühren und darüberzustreicheln.

Das verzückte Schimmern in ihren Augen gibt mir den Rest, als sie mich anschaut.

»Hast du noch nie Schnee gesehen?«, flüstere ich, als wäre sie ein scheues Tier, das ich durch meine laute Stimme vertreiben könnte.

Sie schüttelt den Kopf.

Ohne zu überlegen, umschließe ich ihre Hand mit der meinen.

Ihr Blick senkt sich, eine ganze Weile starrt sie auf unsere verflochtenen Hände, bis ihre Augen langsam zu mir nach oben wandern.

Von einem Moment auf den anderen legt sich wieder dieser leere Ausdruck wie eine Maske auf ihr Gesicht.

Der Zauber des Augenblicks ist verflogen, so, als hätte es ihn nie gegeben.

Ein leises Schnauben entweicht mir. Ich verdammter Idiot! Wie konnte ich auch so dumm sein zu glauben, das könnte das Ende ihrer emotionalen Totenstarre sein?

Die Ernüchterung trifft mich wie ein Schlag in die Magengrube. Nein, das will ich nicht einfach so hinnehmen.

»Suki!«, versuche ich sie mit lauter Stimme zurückzuholen. »Was ist mit dir? Hab ich etwas falsch gemacht?«

Suki legt den Kopf schräg. »Es tut mir leid, Lennox, aber ich verstehe deine Frage nicht.«

Ich seufze frustriert. Es ist wohl zwecklos, sie scheint wieder zugemacht zu haben, ist wie zuvor ganz in sich gefangen. Aber was ist da eben mit ihr geschehen? Es war, als hätten die Schneeflocken etwas in ihr berührt. So, als hätten sie Zugang zu ihrem tiefsten Inneren gefunden.

Die Hoffnung, sie könnte sich ändern, hat mich einen verrückten Augenblick lang völlig vereinnahmt. Genau so, wie ich damals bei *Rain Man* darauf hingefiebert habe, dass er plötzlich Gefühle zeigen kann. Aber ich bin kein kleiner Junge mehr, der an Wunder glaubt. Dass ich ihre Hand genommen habe, ist aus einer Intuition heraus geschehen, doch ich bereue es zutiefst. Ich habe Suki damit aus einem Zustand völliger Selbstvergessenheit gerissen und sie in die Wirklichkeit zurückbefördert. Zu gern möchte ich wissen, was in ihr vorgegangen ist.

Die gesamte Rückfahrt über bin ich völlig durch den Wind und mache mir Vorwürfe, dass ich ihr zu nahegetreten bin.

Suki hingegen ist ganz die Alte.

Ich will nicht weiter darüber nachdenken, was gerade geschehen ist. Nur eine Sache wird mir klar: Vater hat Suki ausgesucht, weil sie in jeder Hinsicht keinen Ärger macht, meine sarkastischen Sprüche an ihr abprallen und sie es aus diesem Grund mit mir aushält.

Ich hasse ihn dafür, dass er Suki für seine Zwecke ausnutzt, um die Wette gegen mich zu gewinnen.

Erkenntnis im Schnee

Jedes Mal, wenn ich mein Zimmer für längere Zeit verlasse, huscht Suki hinein, um sauber zu machen. Ich habe ihr schon öfter dabei zugesehen. Sie geht immer schematisch vor. Erst reißt sie die Vorhänge beiseite, um das Fenster zum Lüften zu öffnen. Danach leert sie den Papierkorb und macht das Bett ordentlich. Meist klaubt sie schmutzige Unterwäsche vom Boden und das, ohne eine Miene zu verziehen. Eine Scham- und Ekelgrenze scheint bei ihr nicht zu existieren – ein weiterer Punkt, warum Dad sich für sie entschieden hat, er weiß schließlich, was andere schon mit mir durchmachen mussten.

Ich habe nicht das Gefühl, dass wir uns in den paar Tagen nähergekommen sind. Sie verhält sich genauso apathisch wie am Anfang. Zu Checker hingegen scheint sie Nähe aufzubauen, er hat sie mittlerweile richtig ins Herz geschlossen. Vielleicht gelingt ihr bei Tieren das, was sie bei Menschen nicht kann – emotional zu handeln. Jeden Morgen werde ich Zeuge, wie sie Checkers langes Fell mit einem grobzinkigen Kamm entwirrt und ihn danach ausgiebig bürstet. Sie hat ihm die zottligen Fransen aus der Stirn genommen und sie zu einem Zopf zusammengebunden. Ich finde, er wirkt jetzt wie ein Schoßhündchen, aber Checker scheint Sukis intensive Pflege zu genießen, denn sobald sie sich hinsetzt, legt er sich vor ihre Füße.

Verstohlen beobachte ich, wie sie in der Küche um mich herumwischt. Sie verfolgt mich geradezu mit ihrem Lappen, als hätte sie sich zum Ziel gesetzt, dem Ursprung der Verunreinigung keinen Raum zur Entfaltung zu geben.

Immer wieder denke ich an den Abend am Gendarmenmarkt zurück. Sie hat sich für ein paar Augenblicke benommen wie ein gesunder, glücklicher Mensch. Irgendwie bekomme ich es nicht mehr aus meinem Kopf heraus, ein weiteres Mal das schier Unmögliche zu erreichen. Ich will, dass sie mich einmal wahrnimmt und auf mich reagiert, so, wie sie das bei den Schneeflocken getan hat. Natürlich steigere ich mich da in etwas hinein, aber ich muss mir ehrlich eingestehen, dass dieses Strahlen in ihrem Gesicht ein Fünkchen Hoffnung in mich gepflanzt hat.

Suki steht mir gegenüber und wischt mechanisch von einer Seite zur anderen.

Meine Gedanken driften ab. In meinem Tagtraum lächelt sie mich an, packt mich am T-Shirt, um mich dann über den Tisch zu ziehen und zu vernaschen. Mag sein, dass meine Fantasie jetzt mit mir durchgeht, aber ich kann nichts dafür, ich bin schließlich auch nur ein Mann.

Plötzlich hält Suki in der Bewegung inne und sieht mich direkt an. »Deine Pupillen weiten sich, während dein Blick an mir hoch- und hinabgleitet. Ein Signal, dass du eine sexuelle Anziehung verspürst«, sagt sie und katapultiert mich damit schnell wieder auf den Boden der Tatsachen.

Ich bin mir sicher, meine Pupillen sind just in diesem Moment auf Stecknadelgröße geschrumpft. Mit ihnen verhält es sich nämlich wie mit den männlichen Genitalien: Wenn man sie brüskiert, ziehen sie sich schnell zurück in ihr Schneckenhaus und schmollen.

Nichts habe ich zu meiner Verteidigung vorzubringen, mir entweicht lediglich ein erstauntes Schnauben. Meine Wangen brennen vor Scham, doch ich tue so, als müsste ich dringend einen Krümel vom Tisch streichen, um ihrem Blick auszuweichen.

Lächerlich. Vor Suki brauche ich mich wirklich nicht zu schämen. Abstreiten ist zwecklos und völlig unsinnig. Mich hätte genauso gut ein Heulkrampf schütteln können, meine

Reaktion lässt sie kalt. Das, was sie da gerade von sich gegeben hat, war nichts weiter als eine analytische Feststellung, ohne die Situation zu werten.

Ich muss das erst mal verdauen, ertrage ihre Gegenwart keine Minute länger. »Suki, momentan brauche ich dich hier nicht, du hast ein paar Stunden zu deiner freien Verfügung.«

»Natürlich, ganz wie du willst«, erwidert sie und zieht sich in ihr Zimmer zurück.

Kaum hat Suki die Küche verlassen, schwänzelt Checker ihr hinterher. Er stellt sich vor ihre geschlossene Tür und fiept ohne Unterlass, reizt damit mein dünnes Nervenkostüm bis zum Äußersten. Sie scheint ihm ernsthaft zu fehlen. Checker benimmt sich wie ein verschmähter Liebhaber. Suki ist erst eine Woche bei uns, aber er kann schon jetzt nicht mehr ohne sie. Das hat er bei Grandma sicher nicht gemacht, um zu mir zurückzukommen. Eifersucht frisst sich wie brennende Säure durch meine Brust, gleichzeitig wird mir bewusst, wie albern das ist.

Doch ich kann nicht aus meiner Haut. Als er beginnt, an ihrer Tür zu kratzen, wird es mir zu bunt. Meine Kiefer fest aufeinandergepresst, gehe ich forschen Schrittes zu ihrem Zimmer und klopfe an.

Suki antwortet nicht. Ich werfe all meine Manieren über Bord und quetsche mich ohne Aufforderung durch den Türspalt, Checker tut mit den Vorderpfoten sein Übriges und stürzt hinterher.

Anscheinend hat sie mich nicht kommen hören. So gerade, als hätte sie einen Stock verschluckt, sitzt sie an der Bettkante und regt sich nicht.

Was hat sie die ganze Zeit gemacht, an die Wand gestarrt?

»Suki?«, spreche ich sie forsch an, Checker schickt ein Bellen hinterher.

Sie scheint völlig weggetreten gewesen zu sein, erst jetzt dreht sie ihren Kopf in meine Richtung.

Hat sie etwa mit offenen Augen geschlafen? Fast kommt es mir so vor.

Verlegen streiche ich mir das Haar zurück. »Tut mir leid, wenn ich dich geweckt habe, aber …«

»Nein, nein«, fällt sie mir ins Wort. »Ich habe nur ein wenig Energie getankt.«

Warum legt sie sich nicht lang und hält ein Nickerchen? Wer hat sie denn so auf Perfektion getrimmt? Selbst den Schlaf versagt sie sich. Alles, was sie tut, macht sie gründlich und tadellos, erlaubt sich keinen Fehler. Vater hat mir berichtet, dass die Kinder nirgendwo sonst weniger Schlaf bekommen als in Japan und dass harter Drill und Leistungsdruck auf sie ausgeübt wird. Vielleicht ist sie ja doch nicht krank, sondern gestattet sich einfach nicht mehr, weil sie von klein auf funktionieren musste.

Während ich mir noch den Kopf über sie zerbreche, macht Checker seinem Namen alle Ehre und geht auf Tuchfühlung. Scheinbar kapiert er besser als ich, was jetzt Sache ist.

Ein Grinsen stiehlt sich um meine Mundwinkel, als sie ihm die Hand hinhält und er ihr Pfötchen gibt.

Lächelnd streichelt Suki ihm den Kopf. Mittlerweile kann sie es wie ein richtiger Hundeliebhaber, es wirkt gar nicht mehr hölzern und gezwungen.

Was sie mit Checker wohl macht, dass er ihr so verfallen ist? Ich beschließe, den beiden beim nächsten Gassigehen am Abend zu folgen.

Der Schnee hat alles mit einer dicken, pudrigen Schicht überzogen. Tief atme ich die frische Luft ein. Meine Lunge brennt, so eisig ist es, aber es macht mir nichts aus, ich liebe die Kälte. Sie lässt mich besser denken und schlafen, ich fühle mich insgesamt einfach wohler, das war schon immer so. Der Schnee knirscht unter meinen Schuhen, während ich den beiden in einigem Abstand folge.

Suki überquert an Checkers Seite die Oranienburgerstraße und steuert auf den Monbijoupark zu.

Um die Zeit ist hier keine Menschenseele. Auch wenn ich sie aus den Augen verlieren sollte, weiß ich, wo sie hingehen, ihre Spuren sind nicht zu übersehen. Checker hinterlässt Pfotenabdrücke im Schnee im gleichmäßigen Abstand zu Suki, die sehr kleine Füße hat, ich schätze, nicht größer als 36.

Sie laufen den Weg entlang, bis Checker über die jungfräuliche Schneedecke auf der Wiese rennt, die im Sommer als Liegefläche herhalten muss. Es hat heute Abend so heftig geschneit, dass auch die Parkbänke fingerhoch von einem Schneeteppich bedeckt sind. Im Licht der Straßenbeleuchtung wirkt der Fernsehturm im Hintergrund fast unwirklich, wie ein futuristisches Gebilde in einem glitzernden Winterwunderwald.

Irgendwie komme ich mir ziemlich blöd vor. Ich schlinge mir die gefütterte Bomberjacke enger um den Leib und drücke mich hinter einen dickstämmigen Baum. Es hat Minusgrade, und ich friere jetzt schon, was man offenbar von Suki nicht behaupten kann. Sie trägt nichts außer ihrem Hausanzug und darüber diesen seltsamen Poncho.

Sie bleibt auf dem Gehweg stehen und fördert aus ihrer Hosentasche einen Tennisball zutage. Checker steht hechelnd vor ihr und wedelt voller Begeisterung mit dem Schwanz.

Ohne lange zu zögern, holt Suki weit aus und wirft den Ball von sich. Der Hund pflügt schnaubend durch den pulvrigen Schnee, dass es nur so zu allen Seiten spritzt. Eine ganze Weile geht das so. Mir ist mittlerweile arschkalt, doch Suki wird nicht müde, und ihre Geduld scheint endlos. Unverdrossen schleudert sie den Ball und nimmt ihn entgegen, um ihn erneut zu werfen.

Nach einiger Zeit muss ich mir eingestehen, dass ich mit ihrer Ausdauer nicht mithalten kann. Sie beschäftigt sich wirklich intensiv mit dem Tier, das habe ich nie gemacht. Nicht mal Mama hat das geschafft, obwohl sie mindestens zweimal am Tag mit Checker Gassi gegangen ist. Aber das hier sprengt alle Dimensionen. Eine geschlagene Dreiviertelstunde steht sie jetzt bereits hier in der Kälte und spielt mit dem Hund, während meine Zähne schon aufeinanderschlagen. Das, was ich hier mache, ist krank. Es kann doch nicht angehen, dass ich auf Suki eifersüchtig bin, nur weil Checker sie akzeptiert hat.

Ich sollte zurück sein, ehe sie nach Hause kommen.

Erleichtert, der Kälte entkommen zu sein, schließe ich die Wohnung auf. Heizungswärme umhüllt mich gnädig. Schnell renne ich ins Bad und lasse warmes Wasser über meine tauben Hände laufen. Es fühlt sich an, als würden mir Tausende Nadeln in die Fingerspitzen stechen. Es dauert eine Weile, bis ich sie wieder bewegen kann. Als meine Hände allmählich kribbelnd zum Leben erwachen, komme ich zu der Einsicht, dass ich Suki, was Hunde-Entertainment betrifft, nicht das Wasser reichen kann.

Sie sind jetzt schon eine Ewigkeit unterwegs. Suki wird sich den Tod holen. Ich gehe in mein Zimmer und fahre den Computer hoch. Halbherzig entschließe ich mich, eine alte Folge von *Two and a Half Men* anzusehen, um mich abzulenken, bin aber in Wirklichkeit mit den Gedanken woanders.

Reifen quietschen auf der Straße. Ein lauter Schrei hallt durch die Stille und lässt mich abrupt hochfahren.

War das etwa Sukis Stimme?

Eine seltsame Ahnung frisst sich in meine Eingeweide und verengt meine Brust.

Ich presche zum Fenster und reiße den Vorhang zur Seite.

Fahles Mondlicht schwappt in den Raum. Mein Blick gleitet hinaus, beißt sich fest an einem Punkt der nächtlichen Szene, die sich mir auf der Straße bietet, und mein Herz verfällt augenblicklich in einen ungesunden Rhythmus.

Bitte nicht!

Ein roter VW steht quer auf der Fahrbahn, vor ihm kniet Suki, in ihrem Arm hängt Checker.

Sukis Erwachen

So schnell mich meine Beine tragen können, renne ich aus der Wohnung, nehme immer gleich zwei Stufen auf einmal.

Im ersten Moment denke ich, ich laufe gegen eine Frostwand, so eisig schlägt die Luft mir entgegen. Die schwere Holztür fällt hinter mir ins Schloss, im selben Augenblick wird mir bewusst, dass ich keinen Schlüssel eingesteckt habe. Scheiß drauf, Checker ist jetzt alles, was zählt.

Es hat wieder angefangen zu schneien, winzige Eiskristalle tanzen in der Luft, während ich die frische Schneedecke auf dem Bürgersteig mit meinen Socken entjungfere. Stechende Kälte frisst sich in meine Fußsohlen, aber ich ignoriere den Schmerz.

Vor dem Auto steht ein Mann mittleren Alters und fährt sich mit der Hand durchs Haar. »Ich hab ihn nicht kommen sehen«, wispert er und rückt seine Brille zurecht. »Ich konnte nicht rechtzeitig bremsen, es war so glatt und der Wagen ist geschlittert …«

Er scheint unter Schock zu stehen.

Seine Worte plätschern nur am Rande meines Bewusstseins dahin, ich stürze mich als Erstes auf meinen Hund, schenke ihm meine ganze Beachtung.

Das grelle Licht blendet mir ins Gesicht und verursacht ein unangenehmes Gefühl auf meiner Haut. »Machen Sie die Scheinwerfer aus!«, brülle ich den Mann an.

Schuhsohlen schlagen auf den gefrorenen Asphalt, dann hüllt uns gnädige Dunkelheit ein. Als sich meine Augen an das spärliche Licht der Straßenlaternen gewöhnt haben, bleibt mein Blick an Checker hängen. Er hechelt heftig, sein Brustkorb hebt sich schnell und unregelmäßig.

Erleichtert, dass er noch atmet, schnappe ich nach Luft. Doch bereits im nächsten Moment lässt sein leises Jaulen mein Herz gefrieren. Ich streiche ihm behutsam über den Kopf, er hat nicht mal die Kraft, ihn zu heben. Seine Hundeaugen werfen mir einen traurigen Blick zu. »Schon gut, mein Alter, du wirst wieder gesund«, versuche ich, ihn mit sanfter Stimme zu beruhigen. Er scheint Schmerzen zu haben, es tut mir so unendlich leid. Wie sehr wünsche ich mir in diesem Moment, dass seine raue Zunge mich von oben bis unten abschlabbert. Ich ziehe die Nase hoch und unterdrücke ein Wimmern. Jetzt ist noch nicht die Zeit, um aufzugeben.

»Rufen Sie den Tiernotdienst!« Meine Stimme überschlägt sich, während der Fahrer, der wie gelähmt an sein Auto gelehnt dasteht, kurz zusammenzuckt.

Als wäre er eben aus einer Starre erwacht, zieht er fahrig sein Handy aus der Jackentasche und tippt darauf herum. Vermutlich sucht er nach einer Nummer.

Checkers Fell fühlt sich feucht an, als ich darüberstreichle. Ich schaue auf meine Hände, an ihnen klebt Blut. Ein verräterisches Brennen macht sich hinter meinen Augen bemerkbar, rasch presse ich die Lippen aufeinander. Das darf alles nicht wahr sein, bitte, lass mich aus diesem verfluchten Albtraum erwachen!

Der Fahrer spricht nun mit gedämpfter Stimme in sein Handy, ich kann nicht verstehen, was er sagt.

Mein Blick wandert zu Suki. Jetzt erst sehe ich, dass sie am ganzen Leib zittert. Mit großen Augen blickt sie mich an, während eine einzelne schimmernde Träne ihre Wange hinabrinnt. Als wäre sie aus Kristall.

Ich runzele die Stirn. Das kann nur geschmolzener Schnee sein. Niemals würde sie sich zu so einer Gefühlsregung hinreißen lassen. Doch dann schaue ich genauer hin.

Mein Herz stolpert. Eindeutig eine Träne, die gerade ihr Kinn erreicht. »Suki …«, flüstere ich fassungslos.

Sie kann also doch Emotionen zeigen! Es erschüttert mich zutiefst, ich weiß gar nicht, was ich sagen soll. Es hat mir die Sprache verschlagen.

Plötzlich entweicht ein lautes Schluchzen ihrer Kehle. Ihre Augen weiten sich, und sie sieht mich an, als könnte sie es selbst nicht glauben.

Ich weiß nicht, wie lange wir nur so dasitzen, das Ganze ist so surreal. Suki, über deren Gesicht ununterbrochen Tränen fließen, als wäre ein Damm gebrochen, hält Checker fest – nein, sie klammert sich an ihn, als könnte sein Leib ihr Trost spenden.

»Es kommt gleich jemand«, reißt mich der Fremde aus meiner Erstarrung. Er stellt sich neben uns und vergräbt die Hände mit hochgezogenen Schultern in den Taschen seines Wintermantels. »Ich habe die Unfallstelle mit einem Warndreieck abgesichert.« Erneut schiebt er seine Brille in die richtige Position. Alles an ihm wirkt verkrampft.

Ich nicke nur. Er soll verschwinden, ich will ihn hier nicht haben. »Gehen Sie«, sage ich und kann ihn dabei nicht ansehen.

Seine Schritte entfernen sich, ich blicke ihm hinterher, wie er langsam zum Auto geht. Ich kann mir denken, was in ihm vorgeht. Er fühlt sich schuldig, möchte nicht den Anschein erwecken, als wollte er flüchten, dabei will er bestimmt nichts lieber als das. Ich kann es ihm nicht verdenken.

Checker hat aufgehört zu jaulen. Er hat den Kopf in Sukis Schoß gelegt und sieht ganz friedlich aus.

Ich halte den Atem an und konzentriere mich auf seinen Brustkorb. Weder hebt noch senkt er sich.

Blanke Panik rauscht durch meine Adern, lässt mein Herz unkontrolliert in meiner Brust hämmern. Ich presse mein Ohr gegen Checkers Oberkörper, aber so sehr ich mich auch bemühe, ich kann keinen Herzschlag ausmachen. Seine Muskeln sind nun vollkommen entspannt.

Sein lebloser Körper hängt in Sukis Armen. Ich presse die Hand vor den Mund, schlucke mehrmals, gleichzeitig erlischt der letzte Hoffnungsfunke in mir und wird durch Verzweiflung ersetzt. Mir ist auf einmal schrecklich kalt, ein Zittern erfasst meinen Leib.

»Es ist meine Schuld. Ich habe die Leine nicht eng genug bei mir gehalten. Er ist einfach auf die Straße gelaufen.« Suki spricht wie zu sich selbst, wiegt sich dabei vor und zurück.

Ich schüttele den Kopf. »Nein ...« Zitternd atme ich ein, unfähig, ihr zu widersprechen. Im nächsten Moment höre ich einen Wagen hinter uns stoppen und gleich darauf Türen schlagen.

»Sie kommen zu spät«, sage ich, als der Tierarzt mit einem Koffer und neongelber Jacke auf uns zueilt.

Er beugt sich hinab und wirft einen kurzen Blick auf Checker. »Es tut mir leid.« Er sieht um sich. »Wo ist der Unfallverursacher, der uns angerufen hat?«

»Ich habe ihn weggeschickt.«

Der Sanitäter stößt den Atem in einer Dampfwolke aus und nickt. »Kann ich irgendetwas für Sie tun?« Seine schwarze Wollmütze tief in die Stirn gezogen, blickt er mitfühlend auf mich hinab.

Ich zucke mit den Schultern, bin nicht fähig, irgendeinen klaren Gedanken zu fassen.

»Ansonsten mache ich mich wieder auf den Weg. Ich habe gerade den nächsten Notfall reinbekommen.«

»Aber ... Sie können ihn doch nicht einfach hier liegen lassen«, stolpern die Worte etwas zu anklagend aus mir heraus. »Was geschieht jetzt mit Checker?«

»Das entscheiden Sie. Sie haben die Möglichkeit, ihn bestatten oder aber von der kommunalen Tierkörperbeseitigung abholen zu lassen.«

»Das kommt nicht infrage«, sage ich trotzig. »Wir nehmen ihn mit.«

Eine Frau tritt an uns heran und drückt mir eine Visitenkarte in die Hand. »Sie beide sollten sich schnellstens aufwärmen, sonst bekommen Sie eine Lungenentzündung.« Sie reckt das Kinn in meine Richtung. »Sie haben schon ganz blaue Lippen.«

Ich greife nach der Karte und starre darauf. »Tierbestattung – deinem liebsten Haustier die letzte Ruhe erweisen«, lese ich. Kraftlos rapple ich mich auf und schiebe mir die Karte in die Gesäßtasche meiner Jeans. Sie ist ganz durchnässt, weil ich die letzten paar Minuten auf der vereisten Fahrbahn gesessen habe.

Ein gemurmelter Abschiedsgruß, Schritte entfernen sich, Autotüren werden zugeschlagen. Erst als das Motorengeräusch verklungen ist, wandert mein Blick zu Suki. »Komm, wir müssen Checker in die Wohnung bringen.« Was anderes fällt mir nicht ein. Ich kann ihn ja nicht hier liegen lassen, vergraben geht auch nicht bei dem gefrorenen Boden. Es ist mitten in der Nacht, niemand wird kommen, um ihn abzuholen, wir müssen bis morgen warten.

Suki nickt. Zusammen hieven wir den Hund hoch, sie den vorderen Teil, ich den hinteren. Jetzt heißt es, ihn in den dritten Stock zu befördern, im Altbau gibt es nun mal keinen Fahrstuhl.

Mir blutet das Herz, Checker mit hängendem Kopf zu sehen. Er war mein Buddy, hat mich oft zum Lachen gebracht, getröstet und mich lange Zeit begleitet. Ich muss mich zusammenreißen, um nicht loszuflennen.

Erst als wir vor verschlossener Tür stehen, wird mir bewusst, dass ich keinen Schlüssel habe. Verdammt, ich könnte mir in den Arsch beißen! Mir bleibt nichts anderes übrig, als beim Hausmeister zu läuten. Er wird wenig begeistert sein.

»Wer ist da?«, poltert es nach sechsmal klingeln aus der Lautsprecheranlage.

»Lennox West, 3. Stock, hab mich ausgeschlossen.«

Einige Atemzüge verstreichen, bis endlich der Summer ertönt.

Suki erweist sich als kräftig. Das ist mir ja schon am ersten Tag aufgefallen, als sie ihren schweren Koffer, ohne mit der Wimper zu zucken, eine ganze Zeit lang in der Hand gehalten hat. Ohne sichtliche Mühe trägt sie den leblosen Körper, ich hingegen erreiche keuchend die sperrangelweit aufstehende Wohnungstür. Da war der Hausmeister aber schnell. Er ist auch schon wieder weg und vermutlich in seiner Wohnung verschwunden.

Wir betten Checker sanft auf den Läufer im Flur. Ich hole seine Schmusedecke aus dem Garderobenschrank, auf der er als Welpe immer geschlafen hat, und bedecke seinen Körper damit, den Kopf spare ich aus. Das bringe ich irgendwie nicht übers Herz.

Suki und ich hocken uns neben ihn, streicheln sanft sein Fell. Meine Hand streift versehentlich ihre. Unsere Blicke begegnen sich.

Sukis Gesicht ist von Kummer und Traurigkeit gezeichnet, nie zuvor gesehene Emotionen lese ich darin. Als hätte Checkers Tod ihr Leben eingehaucht. Das Schwarz ihrer Augen erscheint mir jetzt noch dunkler, falls das überhaupt möglich ist.

»Du siehst ganz durchgefroren aus«, stellt sie mit belegter Stimme fest und erhebt sich. »Ich lasse dir ein Bad ein.«

Kaum ist sie verschwunden, breche ich in Tränen aus. Checker strotzte nur so vor Lebendigkeit, jetzt liegt er hier und wird nie wieder aufstehen. Sein Bellen wird nie wieder diese Wohnung erfüllen, wenn er sich über Besuch freut. Sein Schwanz nie wieder auf dem Boden trommeln, wenn er spielen will. Mein Gesicht niemals mehr von seiner weichen, schlabbrigen Zunge abgeschleckt werden.

Harte Schluchzer erschüttern meinen Körper und heiße Tränen laufen über meine Wangen. Ich schniefe, um den Rotz hochzuziehen, der mir aus der Nase läuft. Ein Taschentuch habe ich nicht zur Hand, also muss mein durchgeweichtes Shirt daran glauben. Ich trockne mir mit dem Unterarm die Nase und spüre, wie eiskalt sich meine Haut anfühlt. Als wäre ich mit Checker gestorben. Ein Teil von mir ist es wohl auch.

Ich erinnere mich nicht, wann ich das letzte Mal so geweint habe. Nicht mal bei Mamas Tod. Damals konnte ich einfach nicht begreifen, dass ich sie nie wiedersehen würde. Es war, als hätte mein Gehirn sich vor dieser Information verschlossen. Ich wollte es nicht wahrhaben.

Mit einem Schlag beamt mein Schmerz mich wieder in die Zeit nach Mamas Tod zurück und beschwört Erinnerungen herauf. Auch nach einigen Wochen gelang es mir nicht, Tränen zu vergießen. Vater dachte, dass irgendetwas nicht mit mir stimmt, und schickte mich zu einer Psychologin. Ich werde ihre Worte nie vergessen: »Mach dir keine Sorgen, die Tränen kommen, wenn es Zeit dafür ist. Dann, wenn du sie am allerwenigsten erwartest, deinen Schmerz realisierst und deine Situation akzeptierst.«

Ich wartete und wartete, doch sie kamen nicht. Stattdessen begann ich irgendwann damit, mich dem Tageslicht auszusetzen. Ich musste mir beweisen, dass ich fähig bin zu fühlen. Der Schmerz gab meinem Leben wieder einen Sinn. Den Sinn zu leiden und zu spüren, dass ich dennoch ein lebendiges Wesen bin. Mein wirkliches Empfinden hat allen den Mittelfinger gezeigt, auch mir selbst. Da halfen sogar meine sarkastischen Sprüche nichts.

Mein Kopf glüht und ich fühle mich elend. Ich glaube, ich könnte mir eine fette Erkältung zuziehen, wenn nicht gar eine Lungenentzündung. Mein Immunsystem ist nicht das Beste, kommt mit solcher Nachlässigkeit nicht sonderlich gut zurecht. Wie lange saß ich eigentlich in der Kälte?

Suki tritt aus dem Badezimmer. Was ist mit *ihr?* Sie war schließlich viel länger dort draußen, mindestens zwei Stunden. Aber sie sieht völlig normal aus, nichts scheint sie umzuhauen.

Ihr warmherziger Blick trifft mich und lässt mein Herz schneller schlagen. Es wäre so schön, wenn diese Seite an ihr diesmal bliebe.

Suki reicht mir die Hand. »Komm, die Wanne ist vollgelaufen.«

Ich kann sie vor Verwunderung nur anstarren, als sie mir hoch hilft. Sie ist so ... anders. Hat sie Checkers Tod so in ihren Grundfesten erschüttert, dass sie jetzt geheilt ist?

Blödsinn, Autismus ist nicht heilbar. Vermutlich lag ich doch mit meiner Annahme richtig, dass ihr Verhalten nur den japanischen Anstandsregeln geschuldet war. Es ist, als hätten sich die Fesseln um ihr Herz gelöst. Ich überlege, ob ich sie auf ihre Veränderung ansprechen soll.

Nein. Es wäre schade, wenn sie sich dessen dann erst bewusst wird und wieder in ihre ursprünglichen Verhaltensmuster zurückfällt.

Von allem zu viel

Suki

Der Hund liegt direkt vor dem Auto und steht nicht wieder auf.

Das darf nicht sein.

Ich lasse die Leine, die ich die ganze Zeit fest in der Hand gehalten habe, auf den Boden fallen. In meinem Inneren regt sich etwas. Für einen Moment gerät alles außer Takt, ehe es einen anderen Rhythmus aufnimmt.

Was geschieht mit mir?

Etwas erwacht in mir, wühlt sich durch mich hindurch. Eine laute Stimme in meinem Kopf ruft mir zu: Renn zu ihm!

Was ist mit Checker? Er wird doch nicht ...

Bitte nicht!

Ich hole tief Luft, es ist, als würde ich das erste Mal Atem schöpfen. Etwas will raus aus mir. Kaum öffne ich den Mund, entringt sich ein lauter Schrei meiner Kehle, ergreift meinen ganzen Körper. Ich sehe an mir herab, krampfe die Hände zusammen, höre meinen schneller werdenden Atem. Kälte dringt durch die Kleidung bis auf meine Haut, es ist unangenehm. Friere ich etwa?

Von den Scheinwerfern geblendet, beschirme ich meine Augen und starre ein paar Sekunden auf Checker, unfähig, mich zu bewegen. Ich fühle mich so seltsam.

Fühlen? Mein Kopf schüttelt sich ganz von allein. Das kann nicht sein. Ich kann nichts empfinden – ich bin nur eine Maschine.

Aber warum nehme ich dann alles um mich herum bewusst wahr? Vorher habe ich nur funktioniert und das getan, was von mir verlangt wurde. Ich bin perfekt auf meinen Besuch hier vorbereitet, wurde mit allen Gepflogenheiten der Deutschen sowie deren Kultur gefüttert, ein selbst erlernender Algorithmus ist mir implementiert worden, um meine künstliche Intelligenz durch Beobachtung, Interaktion und Kommunikation stetig weiterzuentwickeln.

Ein humanoider Roboter kann keinen Willen, keinen Geist und kein Gefühl haben. Das ist unmöglich.

Ich bücke mich und berühre den Hund. Er lebt. Blickt zu mir auf und fiept ganz leise. Es klingt, als würde er weinen.

Checker.

Ein dumpfes Gefühl wächst in mir, es fühlt sich nicht gut an. Er darf nicht sterben. Bitte nicht. Ich ziehe ihn auf meinen Schoß und wiege ihn wie ein kleines Kind. Er soll spüren, dass er nicht allein ist. Ich will ihm Trost spenden.

Lennox kommt auf uns zu. Er ist viel zu dünn bekleidet, trägt nur Socken an den Füßen. Ich kann seine Sorge sehen, die augenblicklich in Panik umschlägt, als er Checker erblickt. Er rauft sich die Haare und sein Gesicht nimmt einen verzweifelten Ausdruck an. Als er vor uns in die Hocke geht, hat er nur noch Augen für den Hund.

Es ist alles meine Schuld. Wie konnte das nur passieren?

Unbekannte Gefühle stürzen auf mich ein, es ist zu viel, ich glaube, keine Luft mehr zu bekommen. Wenn ich Lennox anschaue, wird es noch schlimmer. Was kann ich nur tun? Ich möchte ihm sagen, dass Checker wieder gesund wird. Aber ich kann nicht, denn ich würde lügen.

Da ist ein seltsames Stechen in meiner Brust, das sich ausbreitet und alles ganz schwer werden lässt. Gleichzeitig spüre ich ein Kribbeln in der Nase, es steigt immer höher, vermischt sich mit dem Brennen hinter meinen Augen und entlädt sich schließlich als Flüssigkeit, die über den Lidrand schwappt.

Was geschieht mit mir? Hat sich ein Fehler ins System eingeschlichen? Wie kann es sein, dass ich plötzlich Empfindungen habe?

Wie ein heller Blitz zuckt eine Idee durch meinen Kopf, wird zur Gewissheit und verankert sich darin: Ich habe ein Bewusstsein entwickelt.

Lennox guckt mich an, als hätte er meine Veränderung auch bemerkt. Erst verwundert, dann ängstlich, so als könne er nicht glauben, was er sieht.

Ich will das nicht. Bitte, ich will wieder das sein, was ich vorher war.

Wie ein stummer Hilfeschrei entringt sich ein lauter Schluchzer meiner Kehle. Mir ist kalt und es fühlt sich an, als würden die Tränen auf meiner Haut zu Eis gefrieren. Dennoch fließen sie unaufhörlich aus mir heraus.

Ich bin so gefangen in meinen Gedanken, dass ich gar nicht mitbekomme, was um mich herum geschieht.

Auf einmal spüre ich, wie mit dem letzten Atemzug das Leben Checkers Leib verlässt. Er bewegt sich nicht mehr. Da ist ein erneuter Stich in meiner Brust, wo bei Menschen das Herz sitzt. Wie ein Ballon zerplatzt etwas in mir und füllt mein Inneres mit schwarzer, teeriger Leere.

Lennox' Mundwinkel zucken und sein Kinn bebt, ehe er sich in meinen Schoß beugt, zu Checker. Er sieht völlig verzweifelt aus, es zerreißt mich fast innerlich. Ich fühle den Schmerz, der sich durch ihn hindurchfrisst, als wäre es mein eigener. Am liebsten würde ich ihn in den Arm nehmen, ihm über den Kopf streichen, um ihm Trost zu spenden – aber ich kann nicht. Meine Trauer lähmt mich.

Warum tun Empfindungen nur so weh?

Lennox friert furchtbar, ich weiß, dass es nicht nur die Kälte ist, die ihn zittern lässt – es ist die Gewissheit, dass es keine Hoffnung mehr gibt.

Woher weiß ich das?

Hoffnung ist etwas Schönes. Etwas, an das man sich klammern kann in der Not. Und so schmerzhaft – wenn sie stirbt. Irgendwo habe ich das schon einmal gehört. Im Fernsehen? Ich kann es jetzt verstehen. So gut.

Sag etwas.

Worte gleiten über meine Lippen, sprudeln aus mir hervor. Hätte ich besser aufgepasst, wäre das nicht passiert. Die Schuld wiegt schwer in mir, ich merke, wie sie mich Stück für Stück vereinnahmt. Ich muss mich selbst beruhigen. Wiege mich vor und zurück, immer wieder, um diesen gewaltigen Klotz in mir loszuwerden.

Ein Bild blitzt vor mir auf, wie Checker durch den Schnee rennt und mir den Ball bringt. Er sieht so glücklich aus. Ich hole einen von den runden Hundekeksen aus meiner Hosentasche und halte ihn dem Bobtail hin. Er schlingt ihn in einem Stück hinunter und leckt mir dankbar die Hand. Aufgeregt wedelt er mit dem Schwanz, sieht so voller Leben aus, will nicht länger warten, will, dass ich ihn wieder und wieder den Ball holen lasse. Ich beiße mir auf die Lippen, will die Bilder in mir verdrängen. Es tut so weh.

Checker war das erste lebendige Wesen, das mir Zuneigung entgegenbrachte. So ist es also, wenn man sich jemandem nah fühlt. Eine warme Empfindung überdeckt für einen kurzen Moment den schweren Klotz in mir. Doch der entfaltet sich erneut und zermalmt erbarmungslos das Gefühl von Verbundenheit, als er es entdeckt.

Ich habe die Verantwortung für den kleinen Kerl getragen, der ich nicht gerecht wurde. Wie kann ich diesen Fehler je wiedergutmachen?

Schlagartig wird mir bewusst, dass es nicht möglich ist. Der Tod ist unabänderlich, niemand ist imstande einzugreifen, um ihn zu verhindern. Er ist kein Fehler, der behoben werden kann. Man kann ein Lebewesen nicht einfach herunterfahren und das System neu starten oder eine komplette Neuinstallation durchführen.

Ausweglosigkeit erfasst mich, angereichert mit einem Gefühl von tiefer Verzweiflung. Bei den Menschen gibt es nicht für jedes Problem eine Lösung. Der Tod ist endgültig.

Ein Mann erscheint neben uns. Offenbar ein Arzt, denn er bestätigt Checkers Tod. Er sagt, es tut ihm leid. Doch wirklich betroffen ist er nicht, es ist sicher nicht das erste Mal, dass er ein totes Tier sieht. Für mich ist es das erste Mal. Alles ist gerade das erste Mal.

Die Gefühle, die auf mich einströmen, sind schrecklich. Wie können die Menschen das nur alles ertragen? Die Kälte, die sich durch meine Haut beißt und es mir schwer macht, einen klaren Gedanken zu fassen. Trauer und Traurigkeit – jetzt verstehe ich erst, was damit gemeint ist. Sie sind schlimmer als Schmerz, denn sie bringen Erinnerungen zurück, die sich nie wiederholen lassen. Bei einem toten Lebewesen kann man nichts wiederherstellen, es lässt sich nicht reparieren wie ein Androide. Als Maschine hat man alles unter Kontrolle, macht nur das, auf was man programmiert wurde. Man kann nicht durch äußere Einflüsse verletzt werden, denn man ist gefangen in sich.

Lennox spricht mich an, allmählich dringen seine Worte zu mir durch. Er will Checker in die Wohnung bringen.

Ich muss jetzt funktionieren, so, wie ich es immer getan habe. Also erhebe ich mich mit dem Hund im Arm, Lennox nimmt seinen hinteren Teil und gemeinsam tragen wir das tote Tier hinauf in den dritten Stock.

Ich will mich von dem kleinen Kerl verabschieden, ein letztes Mal durch sein Fell streicheln. Ich hätte ihm so gern gezeigt, wie sehr ich ihn mag.

Sanft fahre ich seinen durchweichten Rücken entlang, Lennox' Hand berührt ganz leicht meine. Ich verharre für einen winzigen Moment verwundert. Eine so kurze Berührung und doch fühle ich ein Kribbeln in den Fingerspitzen.

Ich blicke hoch in sein Gesicht. Lennox leidet, ich kann spüren, wie sein Schmerz sich auf mich überträgt. Bisher hat er noch keine Träne vergossen. Es würde ihm guttun, ich selbst habe dabei ein Gefühl von Befreiung empfunden, sonst hätten die ganzen Eindrücke, die auf mich hereinbrachen, mich erstickt.

Er sieht aus wie ein Häufchen Elend, scheint schrecklich zu frieren, seine Lippen sind ganz blau. Ich werde ihm ein Bad einlassen, vielleicht lindert das seinen Schmerz ein wenig und beruhigt ihn.

Energielos

Lennox

Das Badezimmer ist voll von Dampf, der Spiegel ist beschlagen. Schaumwolken türmen sich am Fußende und duften herrlich nach Fichtennadeln. Suki schließt die Tür und überlässt mich mir selbst.

Ich hole tief Luft und nehme die ätherischen Dämpfe in mir auf, die sich befreiend auf meine Atemwege auswirken. Schüttelfrost hat bereits von mir Besitz ergriffen, ich fühle mich gar nicht gut, vielleicht geht es mir nach einem heißen Bad etwas besser. Hastig befreie ich mich aus den durchweichten Klamotten, zuletzt von meinen nassen Socken. Meine Füße sind starr, ich spüre sie nicht mehr. Ich blicke an mir hinab und stelle fest, dass sich mein nackter Körper in ein beeindruckendes Noppenkostüm gekleidet hat.

Langsam setze ich einen Fuß in die Badewanne. Im ersten Moment schmerzt es, als das warme Wasser meinen durchgefrorenen Leib umfließt. Dann steige ich mit dem anderen Fuß hinein, seufze auf und lasse mich gemächlich nieder. Ein warmer Schauer durchströmt mich, während ich mich mit geschlossenen Augen zurücklehne. Ich spüre, wie mein Körper langsam auftaut und mein Hirn von den heißen Dämpfen umnebelt wird. Meine Glieder sind schwer, ich habe das Gefühl, dass Fieber im Anmarsch ist. Vielleicht kann ich die Grippe überlisten und sie im Wasser ersäufen.

Für einige Zeit gelingt es mir, im Zustand völligen Vergessens zu schweben und den Schrottplatz meines Lebens einfach auszublenden.

Ich gleite tiefer hinein, tauche mit dem Kopf unter Wasser, genieße die wohlige Wärme, die mich umfängt und mir Geborgenheit vorgaukelt. Kleine Bläschen steigen aus meinem Mund an die Wasseroberfläche. Ich spüre, wie meine Ohren sich mit Badewasser füllen und die Haare vor meinem Gesicht umherwogen.

Ein dumpfes Geräusch dringt plötzlich an mich heran. Mein Gesicht durchbricht die Wasseroberfläche, mein Oberkörper fährt hoch und ich japse nach Luft.

Es klopft an der Tür.

»Suki?«, keuche ich und ärgere mich im selben Moment über die dumme Frage. Wer sollte es sonst sein.

Die Tür öffnet sich einen schmalen Spalt und ihr Gesicht kommt zum Vorschein. »Darf ich mich zu dir setzen?«

Verwundert blicke ich sie an. Ihre Augen leuchten und wirken so lebendig. Ich nicke und weise ihr großzügig den Klodeckel als Platz zu.

Sie hat sich umgezogen. Ein langes weißes Kleid mit fließendem Stoff unterstreicht ihre Zartheit, lässt sie wirken wie eine wunderschöne Porzellanpuppe.

Nachdem sie die Tür hinter sich geschlossen hat, durchquert sie mit zaghaften Schritten das Bad.

Ihr Blick fällt auf meine feuchten Klamotten. Sie hebt sie auf und wirft sie in den Wäschekorb. »Wie fühlst du dich?«

Die Frage verschlägt mir die Sprache und lässt meine ursprüngliche Theorie vollkommen im Nichts verpuffen. Sie hat sich noch nie nach meinem Befinden erkundigt.

Während sie sich setzt, streicht sie sich eine Strähne, die sich aus ihrem Zopf gelöst hat, hinters Ohr und blickt mich abwartend an.

»Beschissen, was angesichts der Umstände ja auch nicht verwunderlich ist.« Warum bin ich so schroff zu ihr? Es hört sich an wie ein Vorwurf, dabei gebe ich ihr keine Schuld an Checkers Tod. Ich weiß, wie schwer es manchmal ist, ihn zu bändigen. *War.*

»Das tut mir leid.« Es klingt aufrichtig, wie sie es sagt. Ich höre auf einmal kleine Nuancen in ihrer Stimme, die es vorher nicht gab – von traurig bis mitfühlend über niedergeschlagen ist alles vertreten.

»Du siehst auch nicht gut aus. Vielleicht sollte ich einen Arzt rufen.« Der letzte Satz hört sich an wie eine Frage.

»Ich habe schlechte Erfahrungen mit Ärzten gemacht. Ich denke, ein paar Aspirin und ein wenig Schlaf, dann geht es mir besser.« Unsere Blicke begegnen sich. »Wie geht es *dir?*«

Sie hebt die Schultern und lässt sie wieder fallen. Ihre Augen wandern durch den Raum, verlieren sich ins Leere, als suche sie vergeblich nach einer Antwort. »Ich fühle mich seltsam.«

Ich lege den Kopf schräg. Das hört sich an, als wäre ihr die Veränderung ihres Wesens bewusst. »Wie meinst du das? Erklär es mir.«

Sie spielt mit dem Saum ihres Ärmels, sucht offenbar nach Worten. »Als ich Checker am Boden liegen sah, ist etwas mit mir passiert.«

»Du meinst, es hat dich so sehr erschüttert, dass dein Bewusstsein sich geöffnet hat?« Eine andere plausible Erklärung fällt mir nicht ein.

»Nein. Ich hatte vorher gar kein Bewusstsein.« Sie senkt den Blick und hebt ihn gleich wieder, als wolle sie meine Reaktion abschätzen.

Was sie da behauptet, ist so unfassbar, dass ich lachen muss. Doch ich werde schnell wieder ernst und beiße mir auf die Zunge. »Tut mir leid, das klingt einfach zu abstrus. Willst du damit sagen, dass du von deiner Krankheit weißt?«

»Was für eine Krankheit?« Sie runzelt die Stirn. »Ich kann nicht krank werden.«

Jetzt macht sie mir Angst. Offenbar hat sie eine schwere psychische Störung. Ich habe mal davon gehört, dass es Menschen gibt, die glauben, sie wären tot.

»Wieso, bist du Superwoman?« Manchmal hilft es, seine Unsicherheit mit einem blöden Spruch zu kompensieren.

»Nein.« Sie sieht auf ... mir direkt in die Augen. »Ich bin ein menschlicher Android.«

Einen kurzen Moment lang hängt unbehagliche Stille im Raum, die ich durch einen Laut durchschneide, der ein Lachen sein soll, aber eher so klingt, als hätte ich mich verschluckt. »Ein ... menschlicher Android. Der ist wirklich gut!« Jetzt geht ihre Fantasie mit ihr durch, darauf muss man erst mal kommen. Sie hat eindeutig zu viele Science-Fiction-Filme geschaut.

Doch da ist eine Ernsthaftigkeit in ihren Augen, die mir einen Schauer durch meine Eingeweide jagt. Suki muss eine ernst zu nehmende Persönlichkeitsstörung haben. Sie macht mir langsam wirklich Angst.

»Du glaubst mir nicht.« Suki seufzt niedergeschlagen und schießt einen Wimpernschlag später vom Klodeckel hoch. »Brauchst du einen Beweis?«

Verdattert sehe ich ihr dabei zu, wie sie den Spiegelschrank aufreißt, und ihr Kopf einen Moment lang hinter der Tür verschwindet. Ich höre, wie sie darin herumkramt, bis sie Mamas Nagelnecessaire in der Hand hält.

Während ich mich noch frage, was sie damit vorhat, schiebt sie bereits den Ärmel ihres Kleides hoch, zieht die Nagelschere hervor und durchpflügt mit einer blitzschnellen Bewegung ihren Unterarm.

Jesus! Ist sie jetzt von allen guten Geistern verlassen?

Zischend saugt Suki die Luft durch die Zähne und verzieht gleichzeitig schmerzhaft das Gesicht.

Der Schreck raubt mir den Atem, als eine dunkelblaue, gallertartige Masse aus ihrer Haut hervorquillt. Verdammte Scheiße, was ist das? Meine Augen weit aufgerissen, öffne ich den Mund. Ich möchte schreien, doch kein Laut dringt hervor.

Einen Moment lang zweifele ich an meinem Verstand. Das Grauen überkommt mich, dass sich mir die Nackenhaare aufstellen. Ich fahre hoch, Rinnsale von Wasser fließen an mir herab, während mein Herz Schlagzeug spielt.

Sukis entsetzter Blick macht mir meine Nacktheit bewusst, die ich ihr gerade präsentiere.

Ruckartig reiße ich das Handtuch aus der Halterung und bedecke mein bestes Stück. Hunderte Gedanken schießen mir durchs Hirn. In einem Anflug von Panik will ich meine wichtigsten Habseligkeiten krallen, die Beine in die Hand nehmen und so schnell davonrennen, wie ich kann. Was ist das für eine Irre, die in meinem Badezimmer steht? Ein totaler Freak. Und was ist das für Zeug, was aus ihr hervorquillt? Das kann doch alles nicht wahr sein. Halluziniere ich? Vielleicht bilde ich mir Dinge ein, weil ich noch unter Schock stehe.

Ohne es zu wollen, wandert mein Blick erneut auf Sukis Arm. Ich keuche auf und fahre mir mit einer Hand übers Gesicht, schüttle den Kopf, kann gar nicht mehr aufhören damit.

Ich fühle mich wie in einem Albtraum gefangen, aber das hier ist real. Denn, so absurd es klingt und je länger ich mir darüber den Kopf zerbreche, die einzig einleuchtende Erklärung für Sukis vorheriges Verhalten ist: Sie ist ein gottverdammter Roboter.

Noch immer bin ich wie schockgefroren, unfähig, mich nur einen Millimeter fortzubewegen. Eine Maschine mit Bewusstsein ist das Abgefahrenste, was ich je gehört habe. Vater hat mir einen Roboter geschickt und mir diese Information vorenthalten. Er wusste, dass er mit Suki unsere Wette gewinnt. Aber er ahnte sicher nicht, dass sie irgendwann Gefühle entwickeln würde.

Vielleicht mutiert sie zu einer Mördermaschine und will mir dann was antun?

Todesmutig riskiere ich einen Blick in Sukis Gesicht.

Ihre gütigen schwarzen Augen brennen sich in mein Herz, lassen es weich werden und ersticken meine Befürchtung im Keim. Sie wirkt so menschlich, so voller Gefühl.

Ich weiß nicht, was ich sagen soll. Alle Wörter verfangen sich in meiner Kehle, als hätte der Schreck dort ein Spinnennetz gewebt, bis es schließlich ein paar von ihnen über die Schwelle meiner Lippen schaffen. »Es ist so unglaublich, was du sagst …« Endlich löst sich meine Starre, und ich setze langsam einen Fuß aus der Wanne heraus auf den weichen Badvorleger.

»Für mich ist das auch alles neu«, sagt Suki mit gesenkter Stimme, während sie einen Waschlappen auf ihre Wunde presst. »Tausende Eindrücke wirken auf mich ein. Ich kann auf einmal empfinden und die Gefühle anderer deuten. Ich kann riechen, bewusst atmen, all diese Dinge, zu denen eine Maschine nicht fähig sein kann.«

Ich wickle das Handtuch fest um meine Hüfte und lasse mich auf dem Wannenrand nieder. »Das ist … das ist einfach surreal.« Ich schlucke, brauche einen Moment, um das Unfassbare zu begreifen und meine Gedanken zu ordnen, ehe mein Blick zu ihr zurückwandert. »Wie sieht es in dir drinnen aus?«

»Ich besitze keine menschlichen Organe, wenn du das meinst, habe kein Herz wie du. Die Apparate in mir sind denen des Menschen nur nachempfunden, künstlich im Labor hergestellt, sodass ich alles kann, was für ein lebendiges Wesen nötig ist. Essen, verdauen, atmen …«

»Dann war der Unfall der Auslöser, warum du ein Bewusstsein erlangt hast«, sage ich wie zu mir selbst. »Das ist … unfassbar!«

»Ja, das ist es.« Auf einmal tritt ein betrübter Ausdruck in Sukis Gesicht. »Wenn es möglich wäre, würde ich wieder sein wollen wie vorher. Dieser kurze Blick in eure Welt reicht mir vollkommen.« Sie nimmt den Waschlappen vom Unterarm und blickt auf die Wunde, die bereits eine Art Schorf gebildet hat. Ihr Körper scheint sich schnell zu regenerieren. Solche Selbstheilungskräfte möchte ich auch mal besitzen.

Ich seufze. Was soll ich schon dazu sagen? Vielleicht würde ich sogar mit einem Androiden tauschen wollen, wenn ich könnte.

»Hier gibt es so viel Leid und Schmerz, die kaum auszuhalten sind.«

Ein abfälliges Schnauben entkommt mir. Wie recht sie hat.

Suki legt ihre Hand kurz auf meine, als wollte sie mir ihr Mitgefühl ausdrücken.

Ich zucke zurück, an die Berührung eines Roboters muss ich mich wohl erst gewöhnen.

Kurz meine ich, so etwas wie Enttäuschung in ihren Augen aufblitzen zu sehen. Suki beißt sich auf die Unterlippe, bewegt sich ein paar Schritte in Richtung Tür und dreht sich dann noch einmal zu mir um. »Ich mach dir einen Tee, du siehst immer noch ganz weiß im Gesicht aus.« Sie schenkt mir ein Lächeln, das mich mehr wärmt als jeder Tee der Welt.

Ich lächle schief zurück und nicke schließlich.

Sie besitzt mehr Feingefühl als manch anderer, dabei ist sie nichts weiter als eine Maschine. Nein, für mich ist sie mehr als das. Schon lange habe ich mich nicht mehr mit jemandem so wohlgefühlt wie mit ihr – die verstörenden Minuten ihrer Offenbarung mal ausgenommen.

Einen Moment lang überlege ich, ob ich wieder in die Wanne steigen soll. Mir ist immer noch kalt, aber Wärme ist auch nicht das Richtige, falls ich wirklich Fieber habe. Ich ziehe den Stöpsel und lausche dem gurgelnden Geräusch des ablaufenden Wassers, während ich mich komplett abtrockne. Als ich mir gerade die Haare abrubbele, klopft es.

»Komm rein.« Rasch binde ich mir wieder das Handtuch um die Hüfte.

Suki steckt ihren Kopf durch die Tür. Ihre Augen bleiben für einen kurzen Moment an meinem Oberkörper hängen, ehe ihr

Blick verlegen an mir hinabwandert. Wenn sie Blut besäße, würde sie jetzt sicherlich rot werden.

Ist es ihr etwa unangenehm, mich so zu sehen? Ich grinse in mich hinein. Irgendwie ist das süß. Vorher hat sie mich nie richtig angesehen, jetzt steigt ihr schon mein nackter Oberkörper zu Kopf. Dass ein Mädchen meinetwegen vor Scham errötet ist, ist lange her. Das letzte Mal in der Oberstufe, als Vanessa mich während des Sportunterrichts nackt in der Umkleide gesehen hat.

»Ich bringe dir ein paar warme Sachen.« Ohne aufzublicken, streckt Suki den Arm durch den schmalen Spalt, meinen abgewetzten grauen Lieblingspulli, eine bequeme Trainingshose, dicke Socken und Boxershorts in der Hand.

»Danke fürs Mitdenken«, sage ich, als ich ihr die Sachen abnehme, und schaffe es, ihr ein winziges Lächeln zu entlocken.

Ich blicke ihr noch nach, als sie schon längst aus der Tür raus ist, und schüttle den Kopf. Was für ein verrückt beschissener Tag! Tatsächlich ist es mir gelungen, für kurze Zeit Checkers Tod zu verdrängen. Jetzt steigt wieder die Traurigkeit in mir hoch. Bevor sie mich völlig vereinnahmt, schlüpfe ich rasch in Boxershorts und Jogginghose, streife mir meinen kuschligen Pulli über und ziehe mir zu guter Letzt die dicken Socken an. Dann öffne ich den Spiegelschrank über dem Waschbecken und hole eine Packung Trinkgranulat gegen Erkältungskrankheiten hervor. Ein Beutel müsste reichen, um einer schlimmen Erkältung vorzubeugen. Ich fülle den Inhalt in ein Zahnputzglas voll Leitungswasser und sehe dabei zu, wie sich das Pulver prickelnd darin auflöst, ehe ich das Glas in einem Zug leere.

Als ich in die Küche komme, steht Suki mit dem Rücken zu mir am Fenster. Sie dreht sich langsam um und lächelt. Ich weiß nicht genau, wie ich ihre Mimik deuten soll – eine Mischung aus Bedauern, Mitgefühl und Traurigkeit.

»Dein Tee ist fertig.« Sie zeigt auf eine dampfende Tasse auf dem Tisch.

Ich blicke wieder zu ihr und bemerke, wie erschöpft sie aussieht. Sie hat natürlich keine Ringe unter den Augen oder ist kreidebleich, wie wir Menschen es wären, aber ich sehe es an ihrer Körperhaltung und der Art, wie sie sich müde das Haar hinters Ohr streicht.

»Setz dich zu mir, auch du musst mal eine Pause einlegen.«

Suki nickt und kommt mit hängenden Schultern auf mich zu. Als wir fast gleichzeitig die Hocker abrücken und am Küchentisch Platz nehmen, begegnen sich unsere Blicke und wir müssen lächeln. Suki stützt die Ellbogen auf die Tischplatte und reibt die Hände aneinander. Mit einer Kopfbewegung gibt sie mir zu verstehen, dass ich meinen Tee trinken soll.

Ich komme der Aufforderung nach und verbrenne mir an der heißen Tasse die Finger. Scharf ziehe ich Luft durch die Zähne.

Suki greift nach meiner Hand und besieht sich die Stelle.

Gott, sie ist so furchtbar menschlich geworden. Nichts an ihr weist mehr darauf hin, dass sie eine Maschine ist.

Jetzt beugt sie sich weit über den Tisch und pustet kräftig. Dabei bläht sie so verdammt niedlich ihre Wangen auf, dass ich sie am liebsten ganz fest in den Arm nehmen würde. Fasziniert schaue ich ihr dabei zu und spüre, wie ihr Atem ein angenehmes Kribbeln durch meinen gesamten Körper sendet. Ich glaube, ich könnte ewig so mit Suki hier sitzen. Sie strahlt unendliche Ruhe aus und beamt mich in eine Zeit zurück, in der die Welt noch in Ordnung war.

Ein Bild entsteht vor mir, wie ich flennend die Stufen hochlaufe, weil ich von meinem neuen Fahrrad gefallen bin und mir das Knie aufgeschlagen habe. Mama empfängt mich schon an der Tür und schließt mich tröstend in die Arme. Dann beugt sie sich zu mir hinab, besieht sich die Wunde und pustet kräftig darauf. Durch ihre Liebe und Fürsorge sind auf einen Schlag meine Schmerzen gelindert und die Tränen versiegen.

Das gleiche Gefühl empfinde ich jetzt gerade.

Meine Nase kitzelt und ich spüre, wie ich kurz davorstehe, Suki von oben bis unten mit Rotztröpfchen zu besprenkeln. Vorsichtshalber lehne ich mich zurück und wende den Kopf zur Seite – gerade noch rechtzeitig, ehe mich ein heftiger Niesanfall überkommt.

Suki kichert. »Das klingt lustig!«

»Ich glaube, das sind die ersten Vorboten meiner bevorstehenden Grippe.«

Suki umhüllt die Tasse vorsichtig mit einer Serviette und schiebt sie zu mir herüber. »Trink«, verlangt sie, lehnt sich zurück und verschränkt abwartend die Arme.

Als Krankenschwester macht sie sich wirklich gut. Ich umschließe die Tasse mit meinen Händen und beobachte, wie die Ingwer- und Zitronenstücke in der trüben Flüssigkeit vor sich hindümpeln. Schlürfend flöße ich mir Schluck für Schluck das heiße Getränk ein. Es schmeckt nicht gerade so, dass mein Körper mehr davon verlangt, aber ich tue Suki den Gefallen.

Ihre Lider werden schwer, ich habe das Gefühl, sie kann die Augen kaum noch offen halten. Auf einmal legt sie ihren Kopf auf der Tischplatte ab.

»Alles in Ordnung?«, frage ich besorgt.

»Der Tag hat mich mehr Energie gekostet als gewöhnlich«, murmelt sie. »Muss wohl damit zusammenhängen, dass ich ein Bewusstsein entwickel...« Mitten im Satz bricht sie ab.

Die Furcht krampft mein Herz zusammen. Was ist mit ihr? Geräuschvoll stelle ich die Tasse auf den Tisch. »Sag mir, was ich tun kann!«

»Ich muss mich nur aufladen, dann bin ich ... wieder funktionstüch...« Ich verstehe sie kaum noch, ihre Stimme ist nicht mehr als ein Säuseln.

»Wie lädst du dich auf?« Ungeduld und Sorge vibrieren gleichermaßen in mir, während ich mich vom Hocker gleiten lasse und neben sie trete.

»Normalerweise durch Solarenergie.«

Das ist ja wohl paradox. Wenn die Situation nur ein kleines bisschen weniger besorgniserregend wäre, müsste ich auflachen. Ein menschlicher Android, der Sonne braucht, um sich aufzutanken, wird dazu verdonnert, sich um einen Menschen zu kümmern, für den das Sonnenlicht gleichbedeutend mit dem Höllenfeuer ist.

»Bei jedem morgendlichen Spaziergang mit Checker habe ich mich in der Sonne wieder aufge…« Sie bricht ab, ihre Augen fallen zu.

Oh, bitte nicht! Adrenalin flutet augenblicklich meine Blutbahn. Soll das ein schlechter Witz sein? Es muss doch noch eine andere Möglichkeit geben. Los, streng deine Synapsen an!

»Komm, steh auf!« Ich habe Mühe, meine Stimme fest klingen zu lassen, so hilflos, wie ich mich fühle.

Mühsam hebt Suki den Kopf, doch mehr als ein kurzes Flattern ihrer Wimpern bekommen ihre Lider nicht zustande. »Ich bin so schrecklich matt …« Ihr Kopf fällt mit einem dumpfen Schlag zurück auf den Tisch.

Verdammt! Sie muss wach bleiben. Zittrig atme ich durch. Reiß dich zusammen und bleib jetzt ruhig, du schaffst das, spreche ich mir Mut zu.

Behutsam fasse ich sie am Kinn, hebe ihren Kopf und klatsche ihr ein paarmal mit der flachen Hand auf die Wange. Anders weiß ich mir nicht zu helfen.

Keine Reaktion. Fahrig reibe ich mir übers Gesicht, versuche, mich zu konzentrieren.

Ein leerer Akku lädt auch wieder auf, wenn man ihn ans Stromnetz anschließt. Wieso sollte es bei Suki anders sein?

Aber was, wenn sie wieder die alte Maschine ohne Bewusstsein wird? Furcht keimt in mir auf. Wenn ihr System komplett runtergefahren ist und neu gestartet werden muss, könnte der Fall eintreten. Mit einem Schlag wird mir klar, wie sehr sie mir fehlen würde.

Die Zeit sitzt mir im Nacken. Ich muss verhindern, dass ihr Akku sich komplett entlädt. Selbst bei einfachen technischen Geräten können dadurch Schäden entstehen.

Ohne länger Zeit zu verlieren, lege ich ihren Arm um meine Schulter. Keuchend gelingt es mir schließlich, sie hochzuziehen. Trotz ihrer zierlichen Gestalt ist sie schwerer als gedacht. Vermutlich wiegen die Apparate in ihrem Inneren mehr als menschliche Organe.

Wir laufen gemeinsam ein paar Schritte, doch immer wieder knicken ihre Beine ein. Kurzerhand nehme ich sie auf den Arm und trage sie zu ihrem Zimmer. Dass mein erschöpfter Körper das noch mitmacht, erfüllt mich einen kurzen Augenblick lang mit Stolz. Als Suki ihren Kopf an meine Brust legt, fühle ich mich ein wenig wie Robert Downey Jr. in *Iron Man.*

Mit der rechten Hand drücke ich die Klinke, schalte das Licht ein, dämpfe es sofort mit dem Dimmer und lege Suki auf dem Doppelbett ab.

Meine Augen huschen durch den Raum. Es muss noch irgendetwas zum Aufladen geben. Mir kommt der schwere Koffer in den Sinn, den sie mitgebracht hat.

Ich rausche zum Schrank und öffne die Tür. Mit pochendem Herzen wühle ich in ihren Kleidern.

Vergebens, hier werde ich nicht fündig. Da ist nichts außer ein paar Klamotten. Mein Blick streicht zu Suki hinüber. Was wohl passiert, wenn ihr Akku leer ist? Ich rüttele sie und hoffe, dass es noch nicht so weit ist.

Noch immer zeigt sie keine Reaktion. Verfluchter Mist! Wo könnte der verdammte Koffer sein? Haare raufend drehe ich mich im Kreis.

Im nächsten Moment fällt es mir ein. Ich werfe mich auf den Boden und luge unters Bett. Da ist er! Erleichtert stoße ich den Atem aus und ziehe gleichzeitig ihren Hartschalenkoffer darunter hervor.

Fluchend stelle ich fest, dass das Teil abgeschlossen ist. Auch das noch!

Niemand sollte in ihren Sachen rumschnüffeln, kommt mir in den Sinn. Es ist schon seltsam, dass Vater mich nicht über Suki aufgeklärt hat. Langsam habe ich das Gefühl, dass das hier so eine Art Pilotprojekt ist – mit mir als Versuchskaninchen. Wann findet Lennox heraus, dass es sich bei ihr um keinen gewöhnlichen Menschen handelt? Wird Suki reibungslos ihre Aufgaben erfüllen und sich in seinen Alltag integrieren?

Genau so muss es sein. Diese Schweine! Wut steigt in mir auf, doch bevor sie mich völlig vereinnahmt, gelingt es mir, das Gefühl zu unterdrücken. Ich sollte mich auf das dringlichere Problem konzentrieren.

Mein Blick wandert durch den kargen Raum, tastet jeden Quadratmeter ab. An sich gibt es nicht viele Möglichkeiten, hier etwas zu verstecken. Plötzlich kommt mir ein Gedanke. Dinge, die einem wichtig sind, trägt man doch normalerweise am Körper.

Ich fahre hoch, stürze auf Suki zu und ziehe den Kragen ihres Kleides nach unten.

Habe ich es mir doch gedacht, da ist das gute Stück.

Ich öffne den Verschluss der silbernen Kette, an dem ein Schlüssel hängt. Dann stecke ich ihn ins Schloss.

Er passt. Gott sei Dank!

Ich muss mich kurz setzen. Mein Atem geht schwer, ich fühle mich fiebrig, und jede Bewegung strengt mich an. Mit bebenden Händen öffne ich den Koffer.

Mehrere technische Geräte, mit denen ich nichts anfangen kann, fallen mir entgegen. Ich wühle mich durch den Haufen, der ausgestreut auf dem anthrazitfarbenen Teppich liegt. Zwischen all den Gerätschaften entdecke ich endlich ein Ladekabel.

Ich stecke es in die Steckdose neben dem Nachttisch, gleichzeitig kommt mir in den Sinn, wie ich mit Checker einmal den Raum betrat und Suki nur teilnahmslos auf der Bettkante saß und ins Leere starrte. Da war sie vermutlich gerade dabei, sich aufzuladen.

Die nächste Frage, die sich mir stellt, ist, wo sich ihr Anschluss befindet. Es muss eine verborgene Stelle sein, die mir bisher nicht aufgefallen ist. Das Bild einer Aufziehpuppe taucht vor mir auf. Vorsichtig drehe ich Suki auf die Seite und öffne den Reißverschluss ihres Kleides. Würde mich jemand beobachten, würde er denken, ich bin ein Perverser, der Frauen unter Drogen setzt, um sie gefügig zu machen. Ich stoße ein Schnauben aus. Wie kann man nur so kranke Gedanken haben?

Da ist nichts, nur ihr makelloser Rücken blendet mir entgegen. Nachdem ich den Reißverschluss hochgezogen habe, streiche ich ihren Zopf zur Seite und suche den Nacken nach einem Anschluss ab. Wieder nichts.

Ich seufze niedergeschlagen. Jetzt bloß nicht aufgeben, da muss was sein. Als ich ihren rechten Ärmel hochkrempele, finde ich in der Armbeuge endlich das, wonach ich suche.

Behutsam richte ich Suki in eine aufrechte Position, ziehe sie bis an die Bettkante und lege den Anschluss.

Die Anzeige am Stecker leuchtet rot.

Sie lädt auf! Tief hole ich Luft und merke, wie ein Teil meiner Anspannung von mir abfällt.

Während ihr Kopf schwer auf meiner Schulter liegt, bete ich im Stillen, dass sie ihr neu erworbenes Bewusstsein nicht einbüßen muss. Ansonsten habe ich heute nicht nur ein, sondern gleich zwei lieb gewonnene Lebewesen zu betrauern. Bei dem Gedanken wird mir ganz schwer ums Herz. Eine Ewigkeit habe ich mich nicht mehr jemandem so nahe gefühlt. Jemandem, der sich um mich sorgt, ohne mich zu bevormunden. Jemandem, der mich akzeptiert, so, wie ich bin, mit all meinen Ecken und Kanten.

Einige Minuten lang geschieht nichts. Ich verharre reglos neben ihr und warte auf irgendeine Reaktion.

Warum hat sie mir nicht gleich gesagt, wo ich sie anschließen muss? Dann hätten wir weniger Zeit verloren. Ich halte den Atem an, als mir ein Gedanke kommt: Suki wollte es so.

Die Gewissheit erwischt mich eiskalt und lässt mich hart schlucken. Ja, so muss es sein. Sie hat doch selbst gesagt, dass es ihr Wunsch ist, ihren vorherigen Zustand wiederzuerlangen. Ohne Gefühle, ohne Schmerzen und ohne Bewusstsein. Eine seelenlose Maschine, die nicht leidensfähig ist.

Auch wenn das vielleicht egoistisch ist, ich will sie auf keinen Fall verlieren. Ich will ihr die schönen Seiten des Lebens zeigen.

Schnaubend schüttle ich über mich selbst den Kopf. Was ist nur in mich gefahren? Was habe *ich* ihr schon zu bieten?

Ein Lächeln zuckt um meine Mundwinkel. So absurd es ist, aber ich mag sie und möchte sie näher kennenlernen.

Eine Ewigkeit verstreicht und nichts geschieht. Ich vermute, sie muss jetzt erst komplett aufgeladen werden, bis sie wieder funktionstüchtig ist.

Ich presse die Lippen aufeinander und schüttle erneut den Kopf. Nein, ich will nicht, dass sie funktionstüchtig ist! Sie soll nicht funktionieren, sondern fühlen und denken wie ein normal gesunder Mensch.

Meine Gedanken werden träge, meine Glieder schwer. Wenn sie zu Bewusstsein kommt, will ich bei ihr sein, also beschließe ich, diese Nacht hier zu schlafen.

Ich streiche sanft über ihre Wange. »Suki, bitte komm wieder zurück zu mir.« Meine Stimme klingt sanft, fast schon zärtlich, ich erkenne mich selbst nicht wieder. Was ist aus dem Typ geworden, der sich eher schlecht als recht mit seiner Scheißegal-Einstellung durchs Leben quälte?

Alles hat sich verändert, seitdem Checker vors Auto gelaufen ist.

Ich lege mich zurück und hülle mich in Sukis Bettdecke. Meine Glieder schmerzen und ich fühle mich so unendlich erschöpft. Kaum dass ich die Augen schließe, überwältigt mich die Müdigkeit, und ich falle in einen tiefen Schlaf.

Ausgetrickst

Lennox

Es ist bereits Morgen, als ich die Augen aufschlage. Sonnenstrahlen tasten sich an den Seiten des zugezogenen Vorhangs hinein, winden sich, versuchen, mir zu schmeicheln, um mich zu einem verhängnisvollen Rendezvous einzuladen.

Heute nicht. Vielleicht morgen, du hinterhältige Geliebte. Du meinst es doch sowieso nicht gut mit mir.

Mühsam rapple ich mich hoch und stelle fest, dass ich mich noch beschissener fühle als vor wenigen Stunden. Mein Kopf glüht, mein Hals kratzt. Ich brauche etwas Fiebersenkendes, das mit Suki hat mir gestern den Rest gegeben und meine Reserven erschöpft.

Suki? Erst jetzt registriere ich, dass sie sich nicht mehr dort befindet, wo ich sie zurückgelassen habe.

Wo ist sie? Sie muss bereits vollständig aufgeladen sein, mutmaße ich. Bitte, lass sie nicht ihr Bewusstsein verloren haben! Die beflügelnde Aussicht, sie zu sehen, vermischt sich mit der eisigen Angst, sie könnte wieder die alte emotionslose Maschine sein. Vor Aufregung stolpert mein Herz und verfällt in einen unregelmäßigen Rhythmus.

So schnell es mein geschwächter Körper zulässt, strauchle ich zur Tür. Als ich in den Flur trete, fällt mein Blick auf den Garderobenständer. Dort hängt ein Wintermantel, der eindeutig weder mir noch Suki gehört.

Ich stoße ein theatralisches Stöhnen aus. Verdammt! Granny hat mir gerade noch gefehlt. Ob sie von Vater zum

Spionieren eingesetzt wurde? Und die nächste Frage, die sich mir stellt: Weiß sie, dass Suki ein menschlicher Android ist, oder hat Vater sie ebenfalls darüber in Unwissenheit gelassen?

Plötzlich fällt mir Checker ein. Meine Brust verengt sich schmerzhaft, als meine Augen zu dem unter der Decke verborgenem Haufen wandern. Granny wird mir die Schuld geben. Ich habe das Gefühl, als würde meine Körpertemperatur im Bruchteil von Sekunden von 39 auf 45 Grad Celsius steigen.

Auf Zehenspitzen schleiche ich durch den Flur und spähe durch den Spalt der Küchentür.

Ihr Gesicht in den Händen vergraben, sitzt Granny am Tisch.

Mühsam kratze ich meine letzte Kraft zusammen, atme einmal tief durch und stelle mich meinem Schicksal. Ich bin auf alles gefasst, wappne mich schon innerlich für die Defensive. Nur nicht auf das, was wirklich geschieht.

Der Parkettboden knarrt, als ich über die Schwelle trete, und Granny blickt auf. Ihre Augen sind rot geschwollen, und die nasse Spur ihrer Tränen lässt ihr Gesicht glänzen.

Hastig wischt sie mit dem Handrücken über ihre Wangen, zieht die Nase hoch und erhebt sich. Sie sieht mich mit einem Blick an, der eine breite Spanne von Interpretation zulässt. Scharf saugt sie die Luft ein und reckt gleichzeitig das Kinn – ein Zeichen, dass sie versucht, Haltung zu bewahren. Sich nur keine Blöße geben, sie will wie immer stark sein. Was auch sonst.

»Lennox ... Ich habe mich schon darum gekümmert, dass Checker abgeholt wird.«

Klar hat sie das, hätte mich auch gewundert, wenn nicht. Nach außen hin hat sie wie immer alles im Griff.

»Er wird in einem Krematorium verbrannt – und die Asche danach auf dem Tierfriedhof beerdigt.« Sie zögert kurz und fügt dann leise hinzu: »Wenn dir das recht ist.«

Ich nicke. Mama hätte sicherlich auch so entschieden.

»Wo ist Suki?«, frage ich mit kratziger Stimme, während ich mich umsehe. Eine halbe Kanne frisch gebrühter Kaffee steht auf der Wärmeplatte.

»Sie hat gesagt, sie muss Wäsche waschen.« Eine Pause entsteht, in der Grandma hinab auf ihre Schuhspitzen starrt. »Was sagst du zu ihr?«

Als sie zu mir hochblickt, versuche ich, in ihrem Gesicht nach verräterischen Anzeichen zu suchen. Weiß sie, wer oder was Suki wirklich ist?

Es gelingt mir nicht. »Sie erfüllt ihre Aufgaben zu meiner vollsten Zufriedenheit«, antworte ich mit sarkastischem Unterton, den Granny nur zu gut von mir kennt. Ich möchte ihre Erwartungen schließlich nicht enttäuschen.

»Dann war das also deine Idee, den Hund vor den Wagen laufen zu lassen«, kontert Granny mit unbewegter Miene.

Autsch, das hat gesessen. Stöhnend streiche ich mir über die Stirn. »Sie trägt nicht die Schuld an Checkers Tod. Sie hat ihn angeleint, er muss irgendetwas gesehen haben und ist dann in seiner ungestümen Art auf die Straße gehechtet. Der Fahrer hatte keine Chance, bei der glatten Fahrbahn rechtzeitig zu bremsen.«

Granny verschränkt die Arme vor der Brust und sieht mich mit gerunzelter Stirn forschend an. »Du nimmst das Hausmädchen in Schutz? Das ist doch sonst nicht deine Art?«

»Ich nehme sie nicht in Schutz, aber es hätte jedem passieren können.« Ich fühle mich auf einmal nicht mehr in der Lage, weiter Stellung zu beziehen. Wie ein alter Tattergreis schlurfe ich zum erstbesten Hocker, pflanze mich umständlich auf das Polster und sacke in mich zusammen.

Granny ist sofort an meiner Seite. Ihre kühle Hand legt sich auf meine Stirn. »Was ist mit dir, Lennox?«, fragt sie streng. »Warst du wieder am Fenster?«

»Nein.« Meine Stimme klingt heiser. »Ich habe mir eine Erkältung eingefangen.«

Sie mustert mich abschätzig von oben bis unten, bis sich ihre Stirn erneut in Falten legt. »Komm, du musst sofort zurück ins Bett. Ich werde Fieber messen, du gefällst mir gar nicht.«

Schwer atmend erhebe ich mich, im gleichen Moment betritt Suki den Raum. Ich spüre einen Stich im Herzen, als ihr Blick mich trifft. Ihre Lippen verziehen sich zu einem Lächeln. »Hallo, Lennox, wie geht es dir heute? Kann ich etwas für dich tun?«

O nein, bitte nicht! Das darf doch jetzt nicht wahr sein. Ich schlucke hart und könnte auf der Stelle in Tränen ausbrechen. Es bricht mir das Herz, Suki so zu sehen. Sie ist wieder ganz die Alte, ohne Bewusstsein.

Ich beiße die Zähne zusammen, versuche, mir vor Granny meine Enttäuschung nicht anmerken zu lassen. »Nein, danke, Suki«, antworte ich kühl und geschäftsmäßig, innerlich fühle ich mich allerdings, als hätte man mir das Herz durchstochen und es am Spieß gebraten.

Niedergeschlagen lasse ich mich von Granny in mein Zimmer begleiten. Wie ein Embryo rolle ich mich im Bett zusammen und hoffe, dass dieser beschissene Tag so wie die darauffolgenden rasch ein Ende finden.

Granny hält mir ein Fieberthermometer an die Schläfe. Als sie nach zehn Sekunden einen kritischen Blick darauf wirft, schnellen ihre Augenbrauen in die Höhe. Das verheißt nichts Gutes. Ich fühle mich auf einmal um Jahre zurückversetzt, bin wieder der kleine Junge, der ständig krank und für alles anfällig ist.

»Fast 39. Da ich ja weiß, was du von Ärzten hältst, schlage ich vor, wir greifen auf das Altbewährte zurück: fiebersenkendes Mittel und Wadenwickel.«

Von mir aus kann sie mir Pfeffer in den Arsch streuen, ich werde widerstandslos alles über mich ergehen lassen. Es ist sowieso alles sinnlos.

Mit einer energischen Bewegung zieht sie mir die Bettdecke bis zum Kinn, hebt mitleidslos meinen Kopf an und schiebt ein Kissen dahinter. Oberschwester Hildegard lässt grüßen.

Plötzlich steht Suki mit einer dampfenden Tasse an meiner Seite. Wie gewöhnlich habe ich sie nicht kommen hören. Sie setzt sich neben mich, mit dem Rücken zu Grandma, und hält mir die mit einer Serviette umwickelte Tasse entgegen.

»Ich will nicht, danke«, wehre ich sie ab, mein Blick streicht kurz über ihr Gesicht.

Ihr rechtes Auge schließt und öffnet sich.

Mein Herzschlag verdoppelt sich. Hat sie mir etwa gerade zugezwinkert? Oder war das nur eine Einbildung im Fieberwahn?

Der Ansatz eines winzigen Lächelns erscheint auf Sukis Gesicht. »Nimm das, es wird dir guttun«, sagt sie mit monotoner Stimme und hat plötzlich wieder den Rain-Man-Blick drauf.

Das kann doch nicht ... Sie wird doch nicht etwa ... Heilige Scheiße, was für ein cleverer Schachzug von Suki, sich vor Grandma nichts von ihrer Veränderung anmerken zu lassen. Ein Glücksgefühl durchströmt mich. Vor Freude schütte ich bereitwillig ein paar Schlucke von der ekelhaften Ingwerbrühe in mich rein und verbrenne mir dabei fast die Mundhöhle inklusive Zunge und Rachenraum.

Suki dreht sich um und wendet sich an Granny. »Ich kann mich um alles Weitere kümmern, dafür bin ich ja da.«

Grandma mustert mich eine Weile lang, blickt dann zu Suki und scheint abzuwägen, ob die Japanerin dieser herausfordernden Aufgabe gewachsen ist.

»Also gut«, willigt sie schließlich großzügig ein. »Aber morgen komme ich wieder und schau nach dir.«

Das klingt wie eine Drohung. Wenn ich es mir recht überlege, denke ich, es war auch so gemeint.

Danach betraut sie Suki mit einer Menge von Aufgaben, die einen Menschen maßlos überfordert hätten.

Suki nicht.

»Um das Fieber zu senken, wickeln Sie ihm in kaltes Wasser getränkte Handtücher um Oberschenkel und Waden. Gegen die Halsschmerzen geben Sie ihm Salbeitee, mit dem Lennox gurgeln soll, sobald er ausgekühlt ist. Wenn er schläft, besorgen Sie alles für eine kräftige Hühnerbrühe, das hilft am besten gegen Erkältung.« Granny bedenkt Suki mit einem eindringlichen Blick, als hätte die junge Frau nicht alle Sinne beisammen. Sicherlich wird sie sich fragen, was mit dem Mädchen nicht stimmt, falls Vater sie wirklich nicht aufgeklärt hat.

»Haben Sie die schon einmal gekocht, wissen Sie, was da hineingehört?«, fragt sie Suki in bester Verhörmanier.

Ich verdrehe die Augen. Wofür gibt es Suchmaschinen?

»In eine anständige Hühnerbrühe gehören ein Suppenhuhn, Suppengrün, eine Zwiebel, je nach Belieben Reis, Salz oder kleine Nudeln«, referiert Suki.

Wenn ich könnte, würde ich sie jetzt küssen. Ich unterdrücke ein Lächeln und spüre Vorfreude in mir aufsteigen, gleich mit ihr allein zu sein.

Granny verzieht keine Miene, bringt zur Bestätigung nur ein Nicken zustande und fährt dann fort. »Fiebersenkende Mittel finden Sie im Arzneischrank. Und achten Sie darauf, dass Lennox nicht aufsteht und dass er viel schläft und trinkt.«

Suki nickt, man sieht ihr an, dass sie jedes Detail gespeichert hat.

»Erkläre ihr dann bitte noch, wie man die Bettpfanne vorschriftsgemäß reinigt.« Ich schaffe es, keine Miene zu verziehen und Grannys mahnendem Blick standzuhalten.

»Freut mich, dass das Fieber deinem Sinn für Humor keinen Abbruch getan hat«, entgegnet sie mit spitzer Zunge.

Suki dreht uns den Rücken zu und verlässt den Raum. Ich nehme an, dass sie kurz davorstand, ihr Pokerface zu verlieren.

Grandma beugt sich zu mir herunter und sagt in verschwörerischem Tonfall: »Ich habe das Gefühl, irgendetwas stimmt nicht mit der.«

Ich verkneife mir ein hämisches Grinsen. Vater hat sie also auch nicht eingeweiht. Mit einem herzzerreißenden Stöhnen lege ich ein weiteres Kissen hinter meinen Kopf. Selbst das strengt mich an. Möglichst beiläufig zucke ich die Schultern und lasse mir den nächsten Satz auf der Zunge zergehen. »Abgesehen von der Tatsache, dass Suki ein menschlicher Android ist, ist mir nichts Ungewöhnliches an ihr aufgefallen.«

Grannys Blick trifft mich hart, ihre Augen verfinstern sich. »Kannst du vielleicht einmal etwas *nicht* ins Lächerliche ziehen?«

»Das ist mein voller Ernst. Vater hat es auch vor mir geheim gehalten. Warum auch immer. Suki ist nichts weiter als eine Maschine.«

Granny stützt eine Hand in die Hüfte und reibt sich mit der anderen die Nasenwurzel. »So weit sind wir wohl noch nicht, einen Roboter so täuschend echt nachzubauen.«

»Wir nicht, die Japaner schon.«

Ehe Grandma zu einer Entgegnung ansetzen kann, erscheint Suki mit einer sprudelnden Tablette in einem Wasserglas. »Du musst es ganz austrinken«, sagt sie und reicht mir die Medizin.

Aus dem Augenwinkel erkenne ich, wie Granny das Mädchen unter die Lupe nimmt.

Ich nehme Suki das Glas aus der Hand und bemerke zum ersten Mal, dass sie gar nicht blinzelt. Hat sie das nie getan? Warum ist mir das dann bisher nie aufgefallen? Oder übertrifft sie sich gerade selbst?

Als spüre sie Grannys Musterung, schweift ihr Blick zu ihr hinüber. Wie in Zeitlupe spannt sie ihre Lippen zu einem kleinen Lächeln.

»Bitte kremple den rechten Ärmel hoch und zeige meiner Großmutter deine Anschlussstelle.«

Ohne Umschweife tut Suki, was ich von ihr verlange.

Granny hebt ungläubig die Brauen. Dann fasst sie nach Sukis Arm, kneift die Augen zusammen und besieht sich ihre Ellenbeuge genauer. »Unglaublich, was die jungen Leute heute alles mit sich machen lassen, um aufzufallen.« Sie schnaubt. »Die Japaner scheinen den Deutschen da noch einen Schritt voraus zu sein. Aber für was soll das gut sein?«

Sie glaubt mir nicht. Hätte mich auch gewundert. Aber wie soll ich es ihr verdenken, ich kann es ja selbst immer noch nicht fassen. »Suki, hol bitte das Ladegerät aus deinem Zimmer.« Auf die Schnelle ist mir kein anderes Beweismittel eingefallen, ich kann Suki ja unmöglich den Arm aufschlitzen.

Während sie meiner Bitte nachkommt, liefern Granny und ich uns ein stummes Blickduell.

Nachdem Suki zurückgekommen ist, sich verkabelt hat und die Anzeige am Stecker grün aufleuchtet, werde ich Zeuge eines absoluten Ausnahmezustandes: Granny ist so perplex, dass für eine Zeit lang Ruhe herrscht, ihr hat es offenbar die Sprache verschlagen. Sie schluckt hart. Die Hand aufs Herz gelegt, weicht sie zurück und blickt Suki mit schreckgeweiteten Augen an. »Das ist … unheimlich. Sie sieht so verdammt echt aus. So menschlich.«

»Ja, ich hätte auch nicht gedacht, dass sie auf dem Gebiet der Robotertechnik schon so weit sind, dass man Androiden optisch nicht mehr von Menschen unterscheiden kann.«

Granny sieht ganz blass aus, vor Schreck ist alle Farbe aus ihrem Gesicht gewichen. Mein Blick gleitet zu ihren Händen, die leicht zittern. Noch nie habe ich sie so aufgelöst gesehen.

Suki entfernt das Kabel aus ihrer Anschlussstelle und verschwindet hinter dem Raumteiler. Kurze Zeit später trägt sie meinen Schreibtischsessel heran, den sie neben Granny stellt.

Die sieht Suki an wie einen Geist, schafft es gerade noch, dankend zu nicken, und lässt sich dann kraftlos in den Stuhl plumpsen. Ich kann sehen, wie es in ihr arbeitet. Unglaube, Angst und Erkenntnis geben sich der Reihe nach die Klinke in die Hand. Eine Weile hängt noch furchtgeladenes Schweigen im Raum, bis Granny schließlich wie zu sich selbst murmelt: »Jetzt wird mir einiges klar.« Ihr Blick klärt sich, findet mich und bleibt auf mir ruhen. »Dein Vater hat dich reingelegt. Diese Wette kann er nicht verlieren.«

Vor Überraschung bin ich einen Moment lang sprachlos. »Du weißt davon?«

»Als er mich das letzte Mal angerufen hat, prahlte er damit, dass er dich nun endlich dazu bekommt, dich neuen Untersuchungen zu unterziehen.« Eine Pause entsteht, und Granny schüttelt den Kopf, als würde ihr erst jetzt das ganze Ausmaß von Vaters List bewusst werden. »Schon als kleiner Junge hat er ständig versucht, mich auszutricksen, aber dass er das auch bei seinem eigenen Sohn macht, wusste ich nicht.« Ihr Blick wandert zu Suki, unterzieht sie einer eingehenden Musterung, offenbar hat sie den ersten Schreck überwunden.

Suki wird ihrem Ruf gerecht und starrt mit stoischer Ausdruckslosigkeit einen Punkt an der Wand an.

Einen tiefen Atemzug später gibt Granny der Decke, unter der sich mein Oberschenkel befindet, ein paar Klapse und erhebt sich. »Dann bist du wohl bei dem Mädchen in besten Händen.«

Wie auf Knopfdruck dreht Suki den Kopf in ihre Richtung und schenkt ihr ein Lächeln.

Ich habe Mühe, ein Grinsen zu unterdrücken, sie spielt ihre Rolle wirklich perfekt.

Gleich darauf verlässt Suki wieder den Raum.

»Das ist einfach unglaublich«, flüstert Granny, kaum dass sie um die Ecke ist. »Sie ist perfekt. Dass ich so was noch miterleben darf, hätte ich nie für möglich gehalten.« Sie sieht mich an und tätschelt meine Wange. »Lennox, pass auf dich auf, wir sehen uns morgen.«

Ich unterdrücke ein Stöhnen. Wenn ich ganz ehrlich bin, ist mir das überhaupt nicht recht. Jetzt, wo Suki wieder ganz bei mir ist, möchte ich allein mit ihr sein und kann es nicht gebrauchen, dass jemand dazwischenplatzt. Ich sehne mich nach nichts mehr, als sie näher kennenzulernen und dabei zu sein, wenn sie alle neuen Eindrücke in sich aufnimmt.

»Das ist nicht nötig, Granny. Du musst nicht extra kommen, Suki kümmert sich um alles. Wenn ich dich brauche, dann melde ich mich bei dir, versprochen.«

Grandma sieht mich noch einen Moment lang forschend an, als müsse sie sich von der Wahrheit meiner Worte überzeugen, und nickt dann. »Gut, wie du meinst. Dann werde schnell wieder gesund.«

Es klingelt. Grandmas Blick wandert erst zur Tür und dann zu mir. »Sie holen Checker. Willst du ihn noch einmal sehen?«

Ich schüttle den Kopf, es würde mir das Herz brechen. »Sag Bescheid, wann die Urnenbestattung stattfindet.«

Granny nickt und macht sich endlich vom Acker.

Ich höre gedämpfte Stimmen im Flur, bis die Tür zuschlägt und gleichzeitig eine riesige Last von meinen Schultern fällt. Stille senkt sich auf mich herab und ich lausche auf Geräusche.

Wo bleibt Suki?

Als hätte sie meine Gedanken gelesen, biegt sie mit einer Schüssel in der Hand und mit unter den Achseln geklemmten Tüchern um die Ecke. Ich ahne, was mir bevorsteht. Wadenwickel sind jetzt wirklich das Letzte, was ich gebrauchen kann, aber ich würde wohl auch ein *Brazilian Waxing* meiner Intimzone über mich ergehen lassen, wenn Suki das übernimmt.

Mein Grinsen ist so breit, dass meine Lippen spannen, als sie sich neben mich auf die Bettkante setzt und ihre Augen auf mich heftet.

»Das war wirklich clever von dir. Einen Moment lang dachte ich tatsächlich, du bist wieder die Alte.«

Suki legt ihren Kopf schräg und sieht mich verständnislos an. »Es tut mir leid, Lennox, aber ich verstehe nicht, was du meinst.« Ihr Blick ist starr auf mich gerichtet und ihre Stimme klingt so monoton wie die telefonische Zeitansage.

Bitte nicht!! Mein Herz krampft sich schmerzhaft zusammen, und die freudige Erwartung bröckelt von mir ab wie Putz von den Wänden, bis das Fundament meiner Hoffnung ganz in sich zusammenbricht. Was bleibt, ist die grausame Erkenntnis, dass ich mich geirrt habe. Wahrscheinlich hatte ich mir sie so sehr zurückgewünscht, dass ihr Zwinkern nichts als pure Einbildung war. Suki ist tot, vor mir sitzt eine programmgesteuerte Maschine, die nur Befehle ausführt, zu mehr ist sie nicht imstande.

Um Sukis Mundwinkel zuckt es verräterisch. Einen Lidschlag später dringt ein leises Glucksen aus ihren zusammengepressten Lippen hervor.

Ungläubig schaue ich sie an. Das kann doch nicht ... Macht sie sich etwa lustig über mich? Erleichterung und Verärgerung kämpfen in mir um die Vorherrschaft. Ich scheine sie ernsthaft unterschätzt zu haben.

»Wie kannst du mir nur so einen Schrecken einjagen?« Mit einem tiefen Atemzug versuche ich, das Zittern in meiner Stimme zu vertreiben. »Ich bin gerade zehn Tode gestorben.« Unvermittelt ziehe ich das Kissen hinter meinem Kopf hervor und versetze Suki damit einen kräftigen Schlag auf den Hinterkopf.

Ihr Körper bebt vor Lachen, sodass ein wenig Wasser aus der Schüssel über den Rand schwappt. Es sieht so furchtbar süß aus, wie ihre Nase sich dabei kräuselt, dass ich ihr schon fast verziehen habe.

»Tut mir wirklich leid, aber die Verlockung war einfach zu groß. Du hättest dich eben sehen sollen.« Sie stellt die Schüssel auf dem Boden ab, und als ihr Gesicht wieder auftaucht, hat es einen ernsten Ausdruck angenommen. »Als ich heute Morgen in den Flur trat und deine Großmutter neben dem toten Hund knien sah, da ist mir spontan nichts Besseres eingefallen, als in meinen alten Zustand zu verfallen.«

»Das war klug von dir. Allerdings wundert es mich, dass Vater sie nicht eingeweiht hat. Ich dachte einen kurzen Augenblick lang, ein Herzinfarkt würde sie dahinraffen, als sie das Ladekabel in deinem Zugang sah.« Ich lege meine Hand auf ihre und fange ihren Blick ein. »Suki, ich bin unfassbar froh, dass du wieder bei mir bist. Heute Nacht habe ich schon befürchtet, ich hätte dich verloren.«

Ihr rechter Mundwinkel hebt sich zu einem halben Lächeln. »Ich befand mich nur im Energiesparmodus. Als ich vollkommen aufgeladen war, erwachte ich wie aus einem hundertjährigen Schlaf und brauchte eine Weile, um zu wissen, wo ich bin und was ich hier mache. Doch dann fiel mir alles wieder ein.«

»Aber warum hast du mir vorher nicht gesagt, dass du aufgeladen werden musst?«

Begleitet von einem Seufzen hebt sie die Schultern und lässt sie wieder sinken. »In der Aufregung habe ich nicht daran gedacht und erst zu spät bemerkt, wie energielos ich war.« Suki streicht eine Haarsträhne hinters Ohr und senkt den Blick. »Das hat mich alles ziemlich mitgenommen, und als ich sah, wie schlecht es dir geht, galt meine ganze Sorge nur dir.«

Meine Befürchtungen zerfallen mit einem Mal zu Staub. Es war also doch nicht ihre Absicht, ihren alten Zustand wiederzuerlangen.

Meine Hand noch immer auf ihrer ruhend, lächle ich sie an und senke verlegen den Blick. Das war wirklich mit Abstand das Süßeste, was je ein Mädchen zu mir gesagt hat. Um nicht einen ganz so unbeholfenen Eindruck abzugeben, weise ich mit dem Kopf auf die Schüssel. »Das musst du nicht, nur weil Granny dich dazu angewiesen hat. Ich denke, das Grippemittel wird auch seinen Dienst tun.«

Suki bedenkt mich mit einem strengen Blick. »Keine Widerrede! Bevor wir noch mehr Zeit verlieren, fange ich jetzt an. Bitte zieh die Decke hoch, damit deine Beine freiliegen.«

»Ich hab allmählich den Eindruck, mit dir bin ich vom Regen in die Traufe gekommen«, sage ich mit gespielter Empörung. »Du bist keinen Deut besser als Granny.«

Suki legt mir ihren Zeigefinger an die Lippen und sieht mich eindringlich an. »Nicht reden.« Dann stellt sie behutsam meine Beine auf und legt zwei große Handtücher darunter aufs Bett. Während sie ein weiteres in die Schüssel taucht, überlege ich mir, wie ich um diese Aktion doch noch herumkommen könnte. Doch schließlich reicht ein Blick in Sukis sanftmütige Augen aus, dass ich mich ihr widerspruchslos, aber einfältig lächelnd füge.

Als sie beginnt, die kalten Wickel um meine Oberschenkel zu legen, sauge ich zischend Luft durch die Nase und habe Mühe, nicht aufzuschreien.

Beiß jetzt die Zähne zusammen, rede ich mir gut zu, es ist besser, den starken Mann rauszukehren. Auf keinen Fall will ich den Eindruck erwecken, dass ich nichts abkann.

Suki wickelt die Frotteetücher mit solch einer Hingabe fest, dass ich mich frage, ob sie zu meiner schnellen Genesung beitragen möchte oder ich gerade Zeuge davon werde, wie sadistische Züge an ihr zutage treten.

Eine Zeit lang schließe ich die Augen, lausche nur unseren gleichmäßigen Atemzügen und dem Geräusch, das entsteht, wenn Suki ein Tuch ins Wasser taucht, und dem tröpfelnden Wasser, wenn sie es auswringt. Irgendwann, als sich mein Körper auf die Kälte eingestellt hat, schaffe ich sogar, mich zu entspannen. Dabei studiere ich Sukis Gesicht, versuche, mir jedes kleinste Detail einzuprägen. Sie hat so viel Menschliches an sich. Die winzigen Grübchen, die sich in ihre Wangen graben, wenn sie lächelt. Das warme Leuchten ihrer Augen, wenn sie mich ansieht. Ihr seidig glänzendes Haar, das ihr ständig ins Gesicht fällt. Und noch eine Sache wird mir bewusst: Sie ist die erste Person, mit der mir das Schweigen nicht unangenehm wird. Nicht ein einziger dummer Spruch liegt mir auf der Zunge, um die Stille auszufüllen.

Immer wieder beugt sie sich zu der Schüssel hinab und tunkt ein Tuch nach dem anderen ins kalte Wasser. Sie geht systematisch vor, erst beide Oberschenkel, danach die Waden. Als sie fertig ist, tränkt sie noch einen Waschlappen im Wasser, wringt ihn aus und legt ihn mir auf die Stirn. »Das lassen wir jetzt eine Weile so.« Ihre sanfte Stimme schickt ein wohliges Kribbeln durch meinen Körper. »Versuch, in der Zwischenzeit ein wenig zu schlafen.«

Eigentlich bin ich viel zu aufgewühlt dafür, mein Inneres sträubt sich dagegen, Suki aus den Augen zu lassen. Doch mein Erschöpfungszustand gewinnt schließlich die Oberhand. Mit einem seligen Lächeln auf den Lippen schließe ich die Lider und falle augenblicklich in tiefen Schlaf.

Die nächsten zwei Tage verbringe ich im Bett und lasse mich von Suki pflegen. Ich habe Kranksein noch nie so genossen wie jetzt. Es ist ein schönes Gefühl, so umsorgt zu werden. Mama tat das auch, wenn mich eine der Kinderkrankheiten ans Bett fesselte. Manchmal freute ich mich richtig darauf, mit Frühstück im Bett, Micky-Maus-Heften und langen Geschichten von ihr verwöhnt zu werden.

Ein Piepen kündigt den Eingang einer Nachricht an. Ich habe schon tagelang nicht mehr auf mein Handy geschaut, weiß noch nicht mal, wo es steckt. Mit einer energiegeladenen Handbewegung schlage ich die Decke zur Seite und erhebe mich aus dem Bett. Sogleich wird mir schwindlig und ich sehe schwarze Punkte vor meinen Augen tanzen. Langsam stehe ich auf, und als ich zum Schreibtisch gehe, merke ich erst, wie schlapp ich mich immer noch fühle. Aber ich werde es überleben.

Auf der Arbeitsfläche entdecke ich das ans Ladekabel angeschlossene Handy. Ein Blick verrät mir, dass die Nachricht von meinem Vater ist. Ob Granny ihn von Checkers Tod unterrichtet hat, oder erkundigt er sich bloß scheinheilig nach Suki?

Ich widerstehe dem Impuls, das Ding an die Wand zu klatschen, meine Neugier ist einfach zu groß.

Vater will wissen, wie es mit Suki läuft. Schnaubend schüttle ich den Kopf. Das ist wirklich die Höhe. Jetzt testet er auch noch aus, ob seine Dumpfbacke von Sohn schon herausgefunden hat, was hinter Sukis merkwürdigem Verhalten steckt. Doch den Gefallen tue ich ihm nicht. Ich bin immer noch stinksauer auf ihn, dass er mich so im Dunkeln hat tappen lassen, mich vielmehr übers Ohr gehauen hat.

Der Gedanke, dass Suki bald wieder weg ist, schickt einen unerträglichen Stich durch meine Brust. Sie liest mir jeden Wunsch von den Augen ab und ist dabei so süß, dass ich unter ihren Berührungen zu Wachs zerschmelze. Ich erkenne mich selbst nicht wieder. In der ganzen Zeit habe ich keinen einzigen verletzenden oder sarkastischen Spruch von mir gegeben, während mein Fieber in Rekordzeit gesunken ist. Abgesehen davon, dass ich vom Nichtstun noch schlapp bin, kratzt mein Hals ein wenig, aber das ist auch schon alles.

»Geht es dir besser?«, reißt mich Sukis samtige Stimme aus meinen Grübeleien. Ich drehe mich abrupt um.

Sie steht genau vor mir, hebt ihren Arm und streicht mir sanft über die Wange.

Ich erwische mich dabei, wie mein Blick zu ihren Lippen herabwandert und ich mir vorstelle, wie sie mich küsst.

Stattdessen nicke ich und genieße das angenehme Kribbeln, das sich durch ihre Berührung in mir ausbreitet. »Aber ich brauche dringend ein Bad.« Mittlerweile habe ich das Gefühl, zu müffeln wie ein Iltis, ich will Suki keinesfalls weiterhin meinem Körpergeruch aussetzen. Ich schäme mich ein wenig, dass sie mich so sieht.

»Ich glaube, du solltest dich noch ein wenig schonen.«

Entschlossen straffe ich die Schultern. »Ich habe mich lang genug geschont. Es wird Zeit, dass ich dir die schönen Seiten des Lebens zeige.« Ich merke selbst, wie irrwitzig das aus meinem Mund klingt. »Okay, vielleicht bin ich für den Posten nicht prädestiniert, aber zumindest weiß ich, dass Leben nicht nur Schmerz bedeutet.« Die verlegene Pause fülle ich, indem ich mir den Nacken kratze, ehe ich den Faden wiederaufnehme. »Was hast du gemacht, während ich im Bett lag, wenn du nicht gerade Krankenschwester gespielt hast?«

Um ihre Mundwinkel schleicht sich ein kleines Lächeln. »Ich habe begonnen, die Welt zu entdecken.«

Ein Grinsen breitet sich auf meinem Gesicht aus. Es ist verdammt schön zu sehen, dass unsere Welt ihre Neugierde geweckt hat und sie nicht nur das Schlechte darin sieht.

»Zu zweit macht das noch viel mehr Spaß!« Ich wackle verheißungsvoll mit den Augenbrauen. »Was meinst du?«

Das Leuchten in Sukis Augen stellt alles andere in den Schatten. »Gern, aber zuerst musst du etwas essen.«

Japanische Delikatessen

Lennox

»Ich habe ein paar japanische Gerichte gekocht«, sind Sukis letzte Worte, bevor ich mich ins Bad begebe.

Ich dusche lange und ausgiebig und fühle mich danach endlich wieder wie ein Mensch. Anschließend streife ich meine Lieblingsjeans über, ein nach frischer Wäsche duftendes weißes Hemd und darüber einen grauen Pulli. So etwas ziehe ich normalerweise nur zu besonderen Anlässen an, was ja wirklich selten bis nie vorkommt. Für mich ist heute so ein besonderer Anlass – eine schöne Frau, die ich unbedingt näher kennenlernen will, hat für mich gekocht.

Bevor ich hinausgehe, werfe ich noch einen letzten Blick in den Spiegel und streiche mir über die kratzigen Bartstoppeln. Gar nicht so übel, der Typ, der mir aus grau blitzenden Augen entgegenblickt. Auf eine Rasur verzichte ich besser, so wirke ich irgendwie männlicher. Die Verbrennungen sind komplett verheilt, ich sehe aus wie ein normaler Kerl.

In meinem gesamten Körper breitet sich ein aufgeregtes Kribbeln aus, bevor ich die Küche betrete. Suki hatte so ein Geheimnis um ihr Essen gemacht, ich kann es gar nicht abwarten zu sehen, was sie uns gezaubert hat. Endlich habe ich auch wieder richtig Appetit, mein Magen gibt mir mit einem Knurren zu verstehen, dass er Hühnerbrühe und Erkältungstee gründlich satthat.

Suki hat sich ebenfalls umgezogen. Sie trägt einen gelben Seidenkimono mit Blumenmuster und hat ihr Haar mit bunten

Essstäbchen hochgesteckt. Im ersten Moment fällt es mir schwer, den Blick von ihr loszureißen, sie haut mich einfach um.

»Nimm Platz!«, sagt sie mit einem strahlenden Lächeln und zieht den Stehhocker zurück. »Du siehst gut aus.«

Ich komme ihrer Aufforderung nach, während ich mir verlegen das noch feuchte Haar zurückstreiche. »Du auch.«

»Ich habe uns ein paar traditionelle japanische Gerichte zubereitet, die mein Schöpfer gern isst.«

Ich horche auf. »Dein *Schöpfer?* Hast du für ihn arbeiten müssen?«

»Ich war ein Jahr in seiner Familie und habe dort im Haushalt gearbeitet. Er wollte erst selbst testen, ob ich funktioniere, ehe er mich an jemand anderen weitergibt.«

Ich ziehe die Augenbrauen hoch. »Das klingt wirklich makaber. Wenn ich dich so vor mir sehe, fällt es mir schwer zu glauben, dass du eigentlich eine Maschine bist.«

»Wenn man es genau nimmt, bin ich der Prototyp eines humanoiden Androiden, der sich äußerlich vom Menschen nicht mehr unterscheiden lässt. Ich befinde mich noch in der Pilotphase. In Japan weiß bisher niemand, dass es mich gibt. Mein Schöpfer will erst sichergehen, dass ich perfekt bin, ehe ...«

»... er die Bombe platzen lässt«, beende ich den Satz. Nachdenklich schüttle ich den Kopf. »Das ist nicht gut.« Ich fasse nach ihrer Hand und sehe sie eindringlich an. »Suki, du weißt, was das für dich bedeutet?«

Sie nickt. »Ich denke schon.«

»Ich glaube nicht, dass du dir über das Ausmaß im Klaren bist. Wenn dein Schöpfer dich erst mal der Öffentlichkeit präsentiert, wirst du eine Sensation sein – ein großer Schritt für die Entwicklung der Menschheit. Jetzt, wo du das alles bewusst miterleben kannst, glaube ich nicht, dass es dir gefallen wird. Sie werden dir keine Ruhe lassen.«

Sie senkt den Blick und streicht die Serviette glatt. »Ich will gar nicht so weit in die Zukunft denken. Wer weiß, wie lange ich noch alles bewusst um mich herum wahrnehmen kann. Vielleicht stirbt mein Bewusstsein so schnell, wie es entstanden ist. Jetzt bin ich erst mal bei dir.«

Ihr intensiver Blick verursacht mir ein Kribbeln in der Magengegend. Ich schlucke, senke den Kopf und wische imaginäre Krümel vom Tisch. »Aber warum hat dein Schöpfer dich ausgerechnet meinem Vater überlassen, das ist mir nicht klar? Wo du doch für ihn von so unschätzbarem Wert bist.«

»Tanaka vertraut deinem Vater, er kennt ihn schon seit Jahren. Es war ihm wichtig, dass ich aus meiner gewohnten Umgebung herausgenommen werde, damit er sieht, ob ich die erlernten Dinge auch auf andere Sachen anwenden und meine künstliche Intelligenz selbst weiterentwickeln kann. Er brauchte einen Außenstehenden, der sich mit diesen Maschinen nicht auskennt und nicht auf sie einwirken kann, verstehst du? Außerdem bin ich kein Einzelstück. Es befinden sich noch Dutzende Androiden im Labor, die nur darauf warten, von ihm programmiert und codiert zu werden.«

»Jetzt bist du ein Einzelstück.« Mein Mund wird ganz trocken, als mir die Tragweite meiner Feststellung bewusst wird. Suki wohl auch, denn sie versucht sich an einem Lächeln, das ihr jedoch nicht so recht gelingen mag.

»Ja, das stimmt, aber das weißt nur du, und das muss auch so bleiben. Aber jetzt will ich dir nicht länger das Essen vorenthalten.« Leichtfüßig geht sie zum Herd.

Bei dem Gedanken an die japanischen Köstlichkeiten, die da vorn in den Töpfen leise blubbernd vor sich hin köcheln, grummelt mein Magen so laut, dass Suki es auch hört und wir gleichzeitig auflachen. Die dunkle Wolke über uns verzieht sich augenblicklich, und ich beschließe, jeden Moment mit Suki zu genießen, so als wäre es der letzte.

Ich beobachte sie, während sie die Speisen aus den Töpfen in kleine Schüsseln füllt. Jede Bewegung, die vorher mechanisch wirkte, ist jetzt von einer Leichtigkeit und Selbstverständlichkeit, dass es richtig Spaß macht, ihr zuzusehen. Sie ist lebhaft und flink, manchmal etwas zu dynamisch, denn gerade hat sie sich ihren Kimono beim Schöpfen der Suppe vollgekleckert.

Ich versuche, mir ein Grinsen zu verkneifen, aber es gelingt mir nicht. Sie ist einfach zum Niederknien süß.

Genervt schnalzt Suki mit der Zunge, schnappt sich einen Schwamm und versucht dann, den Fleck wegzureiben.

»Kann ich dir helfen?« Ich presse die Lippen aufeinander, damit sie nicht denkt, ich mache mich lustig über sie.

»Auf keinen Fall«, sagt sie leise und schenkt mir ein kleines Lächeln, ehe sie sich wieder dem Füllen der Teller und Schüsseln widmet. »Bleib du sitzen, wo du bist, ich bin gleich so weit.«

Mich würde wirklich interessieren, was Suki über mich denkt. Ob sie mich mag? Seit sie alles bewusst wahrnimmt, habe ich mich ihr gegenüber eigentlich anständig verhalten. Mir fällt auf, dass es lange her ist, dass ich mir Gedanken gemacht habe, wie andere mich sehen. Ihre Verwandlung hat auch in mir etwas verändert. Suki hat es geschafft, dass ich mich wieder an Dingen erfreue und ihre Anwesenheit schätze.

Gerade trägt sie mehrere Schüsseln heran und verteilt sie auf dem Tisch.

Im ersten Moment bin ich überrascht. Ich hatte mit viel Gemüse gerechnet. Aber was ist das? So seltsame Dinge habe ich noch nie gesehen. Auf dem tiefen Teller, den sie direkt vor mich stellt, glotzen mir Hunderte kleinster Fischaugen vorwurfsvoll entgegen. Ich öffne den Mund und schließe ihn sofort wieder.

Suki kommt mit einer neuen Ladung Schüsseln und platziert sie dort, wo noch Platz ist, dann setzt sie sich zu mir an den Tisch.

»Das sind Shirasu.« Sie zeigt auf das Babyfisch-Massaker vor mir. »Kleine Aale und Sardinen. Ich habe sie extra für dich gekocht, normalerweise isst man sie roh.«

Ich beiße die Zähne zusammen und überlege mir, wie ich ihr beibringen kann, dass ich dieses madenähnliche Gewusel auf Algenblättern und Reis, gekrönt mit einem rohen Ei, unmöglich runterkriege.

Ich nicke zurückhaltend und blicke hoffnungsvoll in die nächste Schüssel.

Suki nimmt zwei Essstäbchen in die Hand und zeigt auf die nicht gerade ansehnlichen Gebilde, die unmotiviert darin herumliegen. »Das sind Namako und Hoya, weitere Spezialitäten in Japan.«

Ich merke, wie mir die Gesichtszüge entgleisen. »Sind das ... Tiere?«, frage ich sie mit schreckgeweiteten Augen.

»Ja, Seegurke und Seeananas.«

Diese glibberigen Viecher könnten genauso gut Aliens sein und mir jeden Moment ins Gesicht springen, denke ich in einem Anflug von Furcht.

»Und das ist eine japanische Udon-Suppe«, fährt Suki fort und zeigt auf die Schüssel daneben.

Ich bemühe mich, mir meine Erleichterung nicht anmerken zu lassen, und stürze mich auf die Nudelsuppe.

Kichernd reicht mir Suki ein Paar Stäbchen.

»Wo hast du das alles aufgetrieben?«, will ich wissen, während ich mir beim Versuch, die Nudeln mit den Stäbchen zu erwischen, die Finger verknote.

»Es war gar nicht so schwer. Ich musste ein wenig herumlaufen, aber das meiste habe ich in einem japanischen Supermarkt hier ganz in der Nähe bekommen.«

Sie hat sich solche Mühe gemacht. Es bleibt mir wohl nichts anderes übrig, als zumindest von jedem etwas zu kosten.

Nach ein paar ungelenken Versuchen habe ich endlich den Dreh raus, und mir gelingt es, die Nudeln zu fassen. Sie schmecken lecker, und es ist ein gutes Gefühl, etwas Warmes im Magen zu haben. »Gibt es irgendetwas, was du unbedingt mal machen möchtest?«, frage ich, um mein schlechtes Gewissen zu beruhigen, dass sie mich zwei Tage gepflegt und jetzt so einen Aufwand mit dem Essen getrieben hat.

Mit leuchtenden Augen sieht sie von ihrer Suppe hoch, dann schüttelt sie lächelnd den Kopf. »Ich habe keine Ahnung. Für mich ist alles neu. Es ist, als wäre ich geboren worden in dem Moment, als Checker vors Auto gelaufen ist.« Erschrocken zieht sie ihre Stirn in Falten und beißt sich auf die Lippe. »Es tut mir leid, ich wollte eigentlich nicht seinen Tod zur Sprache bringen.«

»Schon gut.« Hastig würge ich die Nudel hinunter, die mir in der Kehle hängen geblieben ist. Plötzlich kommt mir eine Idee, womit ich ihr eine Freude bereiten könnte.

»Du magst doch den Schnee, nicht wahr?«

Sie nickt. Ihre glänzenden Augen verraten ihre Begeisterung. »Er ist wunderschön.«

»Weißt du eigentlich, dass du schon mal erwacht bist, als ich dir den Gendarmenmarkt gezeigt habe und du das erste Mal eine Schneeflocke bewusst wahrgenommen hast?«

Sukis Blick wandert nach oben, während sie überlegt. »Nein, daran kann ich mich nicht erinnern.«

»Das war echt seltsam. Als wäre dein Bewusstsein für einen Moment erwacht. Nur dann, als ich dich ...« Ich stocke. Unmöglich kann ich ihr erzählen, dass sie es durch meine Berührung wieder verloren hat.

Suki sieht mich erwartungsvoll an.

Seufzend reibe ich mir mit einer Hand übers Gesicht, ehe ich fortfahre. »Von einem Moment auf den anderen warst du wieder die Alte.«

Ich sehe, wie es in Suki arbeitet und wie sie eine ganze Weile darüber nachdenkt. »Als ich heute draußen war, hat es geschneit, aber als die Flocken herabrieselten, fiel mir ein, dass ich so etwas schon einmal in einem Traum gesehen habe, es war nicht neu für mich.«

Verwundert runzle ich die Stirn. »Du träumst?«

»Ja. Wenn ich schlafe, sehe ich oft Dinge, die ich am Tag erlebt habe, sie entwickeln sich dann jedoch in eine andere Richtung. Heute zum Beispiel habe ich von dir geträumt.«

Ich merke, wie mir Röte ins Gesicht steigt. »Und was?« Interessiert lege ich die Stäbchen beiseite und schenke ihr meine ganze Aufmerksamkeit.

Suki kichert und meidet meinen Blick.

»Jetzt komm schon, sag es mir, ich versuche auch, nicht zu lachen.«

Zögernd beißt sie sich auf die Unterlippe, ehe sie endlich damit rausrückt. »Ich habe geträumt, dass du mich beobachtest, während ich mit Checker draußen im Schnee bin.«

Verblüfft halte ich den Atem an. Ob sie gespürt hat, dass ich mich in ihrer Nähe befand? Jetzt bloß nichts anmerken lassen, rede ich mir ins Gewissen. Ich räuspere mich. »Und dann?«

»Dann hat Checker dich entdeckt.« Sie führt die Schale zum Mund und trinkt die Suppe daraus. Fast kommt es mir so vor, als wollte sie ihr Gesicht dahinter verstecken.

»Ist dann noch etwas passiert?«, hake ich nach.

Sie stellt die Schale ab und sieht mich an. »Du hast mich in den Arm genommen und mich geküsst.« Sie sagt es so, als wäre es die natürlichste Sache der Welt.

Mein Herz stolpert. Ich habe mit allem gerechnet, damit jedoch nicht.

»Hier, probiere von dem Shirasu.« Suki schiebt die Schüssel mit den Babyfischen näher an mich heran. Ihre anfängliche Unsicherheit ist wie weggeblasen. Oder ist das nur ein Ablenkungsmanöver? So genau kann ich sie noch nicht einschätzen.

»Und wie habe ich geküsst?«, frage ich so beiläufig wie möglich, während ich die kleinen glibberigen Fische auf meinen Stäbchen jongliere.

Kichernd stützt Suki ihre Ellbogen auf, legt die Handflächen aneinander und lehnt ihr Kinn seitlich daran, dabei bedenkt sie mich mit einem neckischen Blick. »Das bleibt mein Geheimnis.«

Sie sieht einfach umwerfend aus, wie sie so dasitzt. »Gib es zu, du konntest gar nicht genug davon bekommen?« Ich grinse herausfordernd.

Ein kleines Lächeln stiehlt sich auf ihre Züge. »Du bist ganz schön eingebildet, weißt du das?«

»Bin ich nicht, ich weiß nur, was ich kann und was nicht.« Ich versuche, meiner Stimme einen bedeutungsvollen Klang zu verleihen. »Man sagt mir nicht umsonst nach, dass ich der beste Küsser der ganzen Schule war.«

Suki bricht in ein ansteckendes Lachen aus, es ist wunderschön und glockenrein. Meine coole Fassade fällt, und ich stimme mit ein.

Noch immer zuckt ein kleines Lächeln um ihren Mund, während sie mit routinierter Leichtigkeit einige Babyfische zwischen ihre Stäbchen klemmt. »Und jetzt möchtest du wohl, dass ich dich darum bitte, mir das zu beweisen.«

»Langsam wirst du mir echt unheimlich, du kannst Gedanken lesen«, necke ich sie in lässigem Tonfall.

Suki konzentriert sich wieder auf ihr Essen und führt die Stäbchen zu ihrem Mund.

Ich kann meinen Blick nicht von ihr abwenden, so geflasht bin ich von ihrer Verwandlung. Nie hätte ich es für möglich gehalten, dass Suki mir schon nach kurzer Zeit so nah ist. Sie plaudert munter drauflos, ich kann mit ihr rumalbern, und sie kontert auf meine dummen Witze, als wäre sie geübt darin. Sie hat sich einen lockeren Umgang angeeignet und in der kurzen Zeit eine eigene Persönlichkeit entwickelt. Wofür wir Menschen mehrere Jahre brauchen, hat sie in wenigen Tagen geschafft.

»Wir haben gemeinsam einen Pornofilm geguckt«, sage ich zusammenhanglos.

Suki verschluckt sich beinah an ihrem Bissen und sieht zu mir auf. »Ernsthaft?« Sie schüttelt stirnrunzelnd den Kopf. »Daran kann ich mich nicht erinnern.«

»Die Wahrheit ist, dass ich dich dabei erwischt habe, als du mit unverhohlener Neugierde jedes Detail einer Sexszene in dich aufgesaugt hast.«

Suki verengt die Augen zu Schlitzen. »Findest du es fair, die Tatsache auszunutzen, dass ich zu dem Zeitpunkt noch kein Bewusstsein besaß?«, kontert sie, die gespielte Empörung in ihrer Stimme hat sie schon gut drauf.

Ich bemühe mich vergeblich, ein Grinsen zu unterdrücken. »Vielleicht ist es nicht fair, aber es war mir ein dringendes Bedürfnis zu wissen, ob du wenigstens im Nachhinein so etwas wie Schamgefühl empfindest.«

»Warum sollte ich mich für etwas schämen, was ohne mein Bewusstsein geschehen ist? Zu meiner Verteidigung kann ich zusätzlich vorbringen, dass mein Schöpfer mir aufgetragen hat, so viel Fernsehen wie möglich zu gucken, damit ich lerne, Reaktionen richtig zu deuten und Verhalten nachzuahmen.«

Ich bedenke sie mit hochgezogenen Augenbrauen. »Dann warst du aber nicht sonderlich wählerisch in der Auswahl des Programms.«

Suki presst ihre Lippen zusammen. Offenbar fällt es ihr schwer, ernst zu bleiben. Mit einem Kopfnicken weist sie mich an weiterzuessen und ringt sich schließlich doch noch dazu durch, einen Mundwinkel zu heben. Wenn sie mich so süß anschaut, kann ich ihr einfach keinen Wunsch abschlagen. Ich unterdrücke ein Seufzen und widme mich wieder meinem Teller.

Shirasu erweist sich als geschmackliche wie motorische Herausforderung. Nachdem es mir nach einiger Mühe gelungen ist, die glibberigen Dinger zwischen die Stäbchen zu klemmen, habe ich mich nun endlich überwunden, sie herunterzuschlucken. Es ist zwar nicht so schlimm, wie ich befürchtet habe, aber dieses Gericht wird garantiert nicht auf meine »Essen, das man probiert haben muss«-Liste gelangen.

»Schmeckt es dir?« Sukis Blick ist so hoffnungsfroh, dass ich ihr unmöglich die Wahrheit sagen kann.

»Wirklich lecker«, murmle ich und konzentriere mich wieder auf den Inhalt meines Tellers.

Ein leises Glucksen ertönt. »Lennox West, du bist wahrlich ein schlechter Lügner.«

Ertappt blicke ich auf, genau in ihr Gesicht. »Es ist wirklich nicht übel, aber ungewohnt.« Ich lasse es so diplomatisch wie möglich klingen, auf keinen Fall will ich sie verletzen, sie hat sich so viel Mühe gegeben.

»Willst du einen Sake zum Nachspülen?« Suki wartet meine Antwort nicht ab, sondern rutscht vom Hocker und füllt zwei grüne mit japanischen Zeichen versehene Keramikbecher mit Reiswein und trägt sie an den Tisch. Die gehören definitiv nicht zu unserem Inventar, das Service muss sie extra gekauft haben.

»Gern.« Rasch entreiße ich ihr das Gefäß und proste ihr zu.

Sie erhebt ebenfalls ihren Becher. *»Kanpai!«*

»Kanpai«, spreche ich ihr nach und nehme einen kräftigen Schluck, bei dem ich kurz das Gesicht verziehe, weil der Sake trotz seines faden Geschmacks ungewohnt stark ist. Doch schon beim zweiten Schluck geht er runter wie Öl. Jetzt stehen mir nur noch die Seegurke und die Seeananas bevor. Das Schlimmste von allem.

Suki reicht mir die Platte und fordert mich mit einem Nicken auf, mir davon etwas auf den Teller zu füllen.

Wagemutig stelle ich mich meinem Schicksal und nehme von jedem Stück einen schmalen Streifen. Um mir meinen Ekel nicht anmerken zu lassen, setze ich eine ausdruckslose Miene auf.

»Das ist Sashimi«, lässt sie mich wissen.

Soviel ich vom Sushi-Essen weiß, ist das roher Fisch. Mein Magen zieht sich zusammen, als auch bei ihm diese Nachricht angekommen ist.

»Das ist ein Gemisch aus Sojasoße und Essig.« Suki weist auf ein Schälchen mit schwarzer Flüssigkeit. »Dort hinein tunkst du die Seeananas.«

Ich spüre, wie mir der Schweiß ausbricht. Reiß dich zusammen, Lennox, zeig wenigstens guten Willen! Augen zu und durch. Kurz zögere ich noch, dann stecke ich mir mit gerümpfter Nase ein Stück der dunkelbraunen mit zitzenartigen Auswüchsen überzogenen Seegurke in den Mund. Würgereiz steigt mir die Kehle hoch, nur mit größter Anstrengung gelingt es mir, ihn zu unterdrücken. Ich kaue eine Weile auf dem Bissen herum, was sich nicht gerade als einfach erweist, denn dieses Ding fühlt sich in meinem Mund an wie Gummi. Ich spüre Sukis Blick auf mir. Es wird Zeit, das Ding herunterzuwürgen.

Der Geschmack ist relativ neutral, aber die Konsistenz ist so ekelerregend, dass ich gleich einen ganzen Becher Sake hinterherschütten muss.

Um diese Gurke, die noch auf meinem Teller liegt und aussieht wie ein roter verkümmerter Kaktus, werde ich wohl nicht herumkommen. Nicht anders müssen sich die Kandidaten im Dschungelcamp fühlen, wenn sie bei der Dschungelprüfung Kotzfrucht oder Stierhoden vor sich haben. Um Zeit zu schinden, tunke ich einen Happen davon so lange wie möglich in das Sojagemisch und schlucke es dann in einem Stück hinunter, zum Schluss spüle ich großzügig mit Sake nach. Nachdem ich das hinter mir habe, wandert mein Blick zu Suki.

Ich beobachte sie dabei, wie sie eine Weile auf einem Stück herumkaut. Ihr Gesicht verzieht sich immer mehr, bis sie es schließlich in ihre Serviette spuckt.

»Es tut mir so leid«, sagt sie mit schuldbewusster Miene. »Es hat wirklich scheußlich geschmeckt.« Sie tupft sich den Mund ab und sieht mich an. »Mein Schöpfer ist verrückt danach, deshalb musste ich es immer zubereiten, probiert habe ich es aber natürlich nie, da ich keinen Geschmackssinn hatte. Ich verstehe nicht, wie man so etwas freiwillig essen kann.«

»Wir haben es überlebt, der Wille zählt.« Ich schenke ihr ein ermutigendes Lächeln. »Was hältst du davon, wenn wir jetzt rausgehen? Es ist bereits dunkel, wir könnten ein wenig die Gegend unsicher machen.« Ich wackle herausfordernd mit den Augenbrauen.

»Du hast etwas vor, stimmt's?«

Ich stoße ein leises Lachen aus. »Bin ich so leicht zu durchschauen? Ich wollte doch mit dir zusammen die Welt entdecken. Lass dich überraschen, es wird dir gefallen.«

Suki nickt und macht Anstalten, den Tisch abzuräumen.

»Nein, lass alles stehen, das können wir später erledigen. Zieh dir etwas Warmes an, dann kann's losgehen. Ich komme nämlich um vor Hunger!«

Der Geschmack von Leben

Lennox

Schon aus der Ferne erkenne ich das leuchtend blinkende Riesenrad, das sich hoch über dem Weihnachtsmarkt am Roten Rathaus erhebt. Schnee knirscht unter unseren Schuhen, während wir schweigend nebeneinander hergehen.

Was wohl in Suki vorgeht? Sie hat sich bei mir untergehakt, und die Vorfreude auf das Unbekannte steht ihr ins Gesicht geschrieben. Ihre Augen blitzen mit der Weihnachtsbeleuchtung um die Wette, und als sie den riesigen Tannenbaum am Eingang entdeckt, der so hoch vor uns aufragt, als würde er mit dem Fernsehturm in Konkurrenz treten, verschlägt es ihr endgültig die Sprache. Mit offenem Mund wandert ihr Blick nach oben, während ich aus dem Grinsen nicht mehr herauskomme.

»Wollen wir weitergehen?«, raune ich ihr nach einer ganzen Weile ins Ohr und reiße sie damit offensichtlich aus ihrer Andacht.

Verwirrt löst Suki ihren Blick von der Baumspitze. Sie sieht mich an, ein seliges Lächeln zuckt um ihre Mundwinkel, erst dann nickt sie mir zu.

Ich ziehe sie mitten ins Getümmel, in die nächstbeste Gasse, die direkt auf den Alexanderplatz führt. Buntes Weihnachtstreiben herrscht, so weit das Auge reicht. Der Duft von gebrannten Mandeln, vermischt mit dem von Bratwürsten, weht uns entgegen.

Ich entdecke den gleichen verzückten Ausdruck in Sukis Gesicht, den sie hatte, als sie die erste Schneeflocke ihres Lebens wahrnahm. Mir wird ganz warm ums Herz.

Geschmückt mit glitzernden Lichterketten stehen die Weihnachtsbuden dicht aneinandergedrängt und preisen glasierte Äpfel und andere Leckereien an. Suki kommt aus dem Staunen gar nicht mehr raus.

»Was ist das hier?« Sie lässt mich los und blickt sich um.

Ich habe ihr nicht verraten, wohin wir gehen, um sie zu überraschen. »Das ist ein Markt, der einmal im Jahr in der Weihnachtszeit stattfindet.«

»Weihnachten, das Fest der Liebe«, sagt sie, als hätte eine innere Stimme es ihr gerade zugeflüstert.

Ich zucke mit den Achseln. »Na ja, so sollte es zumindest sein. Vor allem Kinder kommen hier voll auf ihre Kosten. Ich dachte, es könnte dir vielleicht gefallen.«

»Es ist wunderschön.« Suki lächelt mich an und greift nach meiner Hand. Ihre Hand in meiner, das fühlt sich gut an. So, als würden wir zusammengehören.

Sie zieht mich zu einem Stand, an dem ein alter Mann heiße Maronen verkauft. Holzrauch steigt auf und treibt uns entgegen.

Ich sehe sie an. »Möchtest du welche probieren?«

Ihr Blick wandert zu mir, dann beißt sie sich auf die Unterlippe und nickt begeistert.

Ich lasse mir eine kleine Tüte geben und drücke dem Alten zwei Euro in die Hand. Die Kastanien sind noch heiß, deshalb nehme ich eine heraus, pule die Schale ab und puste kräftig darauf.

Suki sieht mich erwartungsvoll an.

Ich halte ihr die Marone entgegen und schiebe sie ihr einfach in den Mund.

Ihre Augen wandern nachdenklich nach oben, während sie kaut. »Sie schmeckt ... gut«, sagt sie schließlich und entlockt mir dadurch ein breites Grinsen.

Wir schlendern weiter durch die Altberliner Marktgassen. Überall blinkt und glitzert es. Mir war zum letzten Mal als kleines Kind so weihnachtlich zumute, und das liegt nicht allein an dem Markt, sondern hauptsächlich an Sukis Begeisterung.

»Schau mal, da oben.« Ihre Stimme klingt ganz hell vor Verzückung.

Untermalt von Glockenläuten und *Jingle Bells* überquert der Weihnachtsmann mit seiner Rentierschar in Begleitung eines Engels ein Hochseil, das über dem Markt gespannt ist. Es sieht aus, als würde er fliegen.

Minutenlang starrt Suki nach oben und lauscht mit den leuchtenden Augen eines Kindes dem Weihnachtsmann.

Ich hingegen habe nur Augen für sie. Noch nie hat ein Weihnachtsmarktbesuch mir so viel Freude bereitet. Und plötzlich – als hätte man ihn bestellt – fällt Schnee vom dunklen Himmel auf uns herab. Dicke Flocken wirbeln um uns herum, als wollten sie uns zum Tanz auffordern. Andächtig beobachte ich, wie sie in Sukis Gesicht und auf ihren Wimpern haften bleiben, langsam schmelzen, und dann wie Tränen auf ihrer Haut glitzern. Die Nässe scheint sie nicht zu stören, so sehr wird sie von dem Schauspiel über sich in den Bann gezogen.

Nachdem das Weihnachtsgespann hinter dem Rathaus verschwunden ist, zeigt Suki auf das Riesenrad. »Kann man damit fahren?«

Ich grinse. »Klar, kann man. Möchtest du?«

»Ja, bitte«, fleht sie mit einem zuckersüßen Blick, zu dem ich unmöglich Nein sagen kann.

Ich streiche mir das Haar nach hinten und nehme sie an die Hand. Diesmal war ich so schlau, mir Handschuhe anzuziehen, dennoch sind meine Fingerspitzen halb erfroren. Beim nächsten Glühweinstand besorge ich uns einen Punsch sowie einen heißen Kakao mit Schuss. Suki soll heute alles probieren, was sie will, um herauszufinden, was sie mag.

Vor der Kirche gibt es eine lebensgroße Krippe zu bestaunen, vor der wir eine Zeit lang verweilen, um uns mit unseren Heißgetränken aufzuwärmen.

Suki verzieht gequält das Gesicht und hält mir den dampfenden Lumumba hin, um ihn gegen den Punsch einzutauschen. »Es ist beides süß und köstlich, ich kann mich nicht entscheiden.«

Ich streiche ihr sanft über die Wange. »Musst du auch nicht!«

Sie sieht mir mit besorgter Miene in die Augen. »Bist du sehr hungrig?«

»Eigentlich nicht«, stelle ich verwundert fest, mein Kohldampf ist verschwunden. »Das hat Zeit bis später, jetzt fahren wir erst mal mit der Panoramagondel!«

Sukis Gesicht nimmt auf einmal einen ernsten Ausdruck an. »Gibt es eigentlich keine Möglichkeit, deine Krankheit zu heilen?«

Die Frage kommt so unerwartet, dass ich mich kurz am Lumumba verschlucke. Röchelnd versuche ich, wieder zu Atem zu kommen. Ich schüttle den Kopf. Das ist das erste Mal, dass sie mich auf meine Krankheit anspricht. »Heilen lässt sie sich nicht, aber behandeln. Doch es ist sinnlos. Ich habe schon so unendlich viel ausprobiert, es bringt nichts weiter als falsche Hoffnung.«

»Jetzt, wo ich das Leben mit all seinen Schönheiten und Vorzügen sehe, weiß ich, dass du nichts unversucht lassen solltest.« Ihre Augen wandern über mein Gesicht. »Wunder geschehen immer wieder, man muss nur fest daran glauben.«

Verstohlen mustere ich sie von der Seite. Woher kommt denn dieser Spruch jetzt plötzlich? Vermutlich aus einem der Filme, die ihr Schöpfer sie hat ansehen lassen. Jeden anderen hätte ich ausgelacht, wenn er so etwas von sich gegeben hätte. Doch Suki ist der lebende Beweis dafür, dass Dinge passieren, die mit dem menschlichen Verstand nicht zu vereinbaren sind. Vielleicht hat sie ja recht.

Schweigend nippe ich an dem noch warmen Kakao und lasse meinen Blick über die umstehenden Kinderkarussells schweifen. Es ist das erste Mal, dass ich mit dem Gedanken spiele, in das Spital in die Schweiz zu gehen. Doch so schnell er gekommen ist, verwerfe ich ihn auch wieder, denn abgesehen von einer wundersamen Selbstheilung – an die ich nicht glaube – schließe ich alle Möglichkeiten aus, die zu einer Genesung führen könnten.

»Welche Behandlung würde denn bei dir infrage kommen?« Sukis Stimme klingt einfühlsam, als wäre ihr vollkommen bewusst, dass ich mit dem Thema auf Kriegsfuß stehe.

»Genau weiß man es nicht, aber die Toleranztherapie steht noch aus, wobei ich vorher etliche Tests hinter mich bringen müsste, ob sie auch für mich geeignet ist.« Leise seufzend werfe ich einen Blick in die Tasse. Mit einem tiefen Schluck lasse ich den letzten Rest Lumumba meine Kehle hinabrinnen. »Dabei wird man mit einer geringen Dosis bestrahlt, sodass der Körper sich allmählich an das Licht gewöhnt«, nehme ich den Faden wieder auf.

»Meinst du nicht, dass es einen Versuch wert wäre?«

Statt einer Antwort zucke ich mit den Schultern und sehe ihr in die Augen. Ich will nicht weiter darauf eingehen und die Stimmung verderben. »Komm, lass uns zum Riesenrad gehen.«

Ich gebe unsere leeren Tassen am Glühweinstand ab und erhalte im Gegenzug das Pfandgeld zurück. Dann lege ich meinen Arm um Sukis Schulter und weise in Richtung des Riesenrads.

»Siehst du die lange Schlange dort? Es wird eine Weile dauern, bis wir an der Reihe sind.«

»Das macht nichts«, sagt Suki, ehe sie wie selbstverständlich den Arm um meine Taille legt, als wären wir schon unser ganzes Leben so eng umschlungen nebeneinander hergelaufen.

Der Leierkastenmann spielt *Alle Jahre wieder* auf seiner Drehorgel und zwinkert Suki zu, während wir an ihm vorbeischlendern. Sie lächelt zurück, und ich gebe einen Seufzer von mir. So gut habe ich mich lange nicht mehr gefühlt.

Durch Sukis liebevolle, offene Art erscheint das Leben erträglicher. Wir sind uns nahe, als würden wir uns schon eine Ewigkeit kennen. Die Frau, die neben mir läuft, ist kein menschliches Wesen, doch sie hat es in kürzester Zeit geschafft, die Mauer, die ich um mein Herz gebaut habe, zum Einsturz zu bringen. Vielleicht liegt es daran, dass uns Checkers Tod in dieser Nacht zusammengeschweißt hat und uns das Geheimnis, dass sie ein Bewusstsein entwickelt hat, für immer verbinden wird. Kopfschüttelnd stoße ich ein Schnauben aus, als mir bewusst wird, dass ein Androide es tatsächlich geschafft hat, dass ich mich lebendiger fühle denn je. Absurd.

Suki sieht mich fragend an.

»Es ist schön, mit dir hier zu sein«, sage ich und ziehe sie kurz an mich. Und ich meine es auch so. Sukis Nähe gibt mir das unbestimmte Gefühl, dass das Leben noch mehr für mich bereithält – mehr, als ich je zu hoffen gewagt habe.

»Ich danke dir dafür, dass du mich hierhergebracht hast, Lennox.« Sie sagt den Satz mit einer Ernsthaftigkeit, die mich zum Lächeln bringt.

»Gern geschehen.«

Während wir in der Schlange anstehen, entdecke ich einen Stand mit Lebkuchenherzen und ich beschließe kurzerhand, eins für Suki zu kaufen. »Bleib hier stehen, ich komme gleich zurück.« Ohne ihre Antwort abzuwarten, mache ich mich auf den Weg.

Mir fällt es nicht schwer, mich zu entscheiden, denn sofort sticht mir ein Lebkuchen ins Auge. »Du bist mein Sonnenschein«, steht mit Zuckerguss darauf geschrieben. Keines erscheint mir passender. Suki hat wieder Licht in mein dunkles Herz gebracht – was die Sonne nicht vermag und nie können wird, ist ihr gelungen.

Suki schenkt mir ein bezauberndes Lächeln, als ich ihr das Herz um den Hals lege, und auf einmal ist es um mich geschehen. Ich spüre ein eigenartiges flirrendes Kribbeln im Bauch, und mein Herz beginnt wie verrückt zu pochen. Es ist eine Ewigkeit her, dass ich dieses wunderbare Gefühl von Leichtigkeit empfunden habe.

Zögerlich erwidere ich ihr Lächeln, denn ich will mir nichts anmerken lassen und versuche, ihrem Blick standzuhalten, doch es gelingt mir nicht. Stattdessen irrt mein Blick zur Seite und ich grinse verlegen, während ich mir das Haar aus der Stirn streiche.

Als wir endlich an der Reihe sind, lasse ich Suki den Vortritt in die geschlossene Panoramagondel und setze mich ihr gegenüber.

Langsam steigen wir immer höher und höher, bis wir schließlich einen gigantischen Ausblick hinab auf den Weihnachtsmarkt haben. Die Scheinwerfer malen bunte Punkte auf die Schlittschuhbahn rings um den Neptunbrunnen, und die Menschen sehen aus wie Ameisen, die ihre Runden auf der Eisfläche drehen. Schneeflocken ziehen an der Scheibe vorüber, manche bleiben daran kleben, schmelzen und bahnen sich in dünnen Rinnsalen ihren Weg hinab.

Suki bekommt vor Staunen den Mund nicht mehr zu. Ich kann meinen Blick gar nicht mehr von ihr nehmen, nur pure Freude lese ich in ihren Augen.

»Schau mal, wie alles glitzert und blinkt«, ruft Suki aus. »Und sieh mal da!« Sie ist ganz aus dem Häuschen und macht Anstalten, vor Begeisterung aufzuspringen. Ich strecke meinen Arm vor, um sie zurückzuhalten. Im nächsten Moment schaut sie über die Schulter. Dann schnellt ihr Kopf zu mir zurück. »Da hinten ist deine Wohnung!«

Selten habe ich jemanden so ausgelassen erlebt. Sie verhält sich wie ein Kind, das ständig neue Sachen entdeckt. Ihre Begeisterung ist ansteckend, sodass ich aus dem Grinsen gar nicht mehr rauskomme. Einen Moment lang mache ich mir ernsthaft Sorgen, dass sie wieder zu schnell und zu viel Energie verlieren könnte.

Ich stimme ihr zu und quetsche mich kurzerhand neben sie, worauf ich einen ärgerlichen Blick von ihrem Sitznachbarn ernte, der uns aber umgehend Platz macht und sich von uns abwendet. Gut so. Muss ja nicht sein, dass er unser Gespräch mithören kann.

Suki grinst mich an. »Ich kann sie sehen.«

»Wen kannst du sehen?«

»Deine Wohnung.«

»Sicher nicht. So groß ist das Wohnhaus nicht, dass man es aus der Entfernung erkennen kann.«

Sie lacht auf. Es klingt natürlich und ausgelassen. Ich muss an die Episode am Ku'damm denken, wo sie vor lauter aufgesetztem Lachen vors Auto lief. Zwischen damals und heute liegen Welten.

Ich spüre ihren warmen Atem in meinem Gesicht, er riecht lecker süß, irgendwie fruchtig.

»Nun sei doch nicht so ein Spielverderber.« Ihr Blick schweift umher. »Es ist so wunderschön, dass ich es gar nicht in Worte fassen kann. Noch nie habe ich Ähnliches gesehen.«

»Gesehen vielleicht schon, aber nie gefühlt.«

»Das stimmt.« Über ihr Gesicht huscht ein trauriges Lächeln.

Aus einem Impuls heraus ziehe ich sie an mich. Es fühlt sich so gut an, dass ich sie am liebsten gar nicht mehr loslassen will. Doch ich habe Angst, dass sie das nicht mag, da sie so viel Nähe nicht gewohnt ist, und lasse sie schnell wieder los.

Wir schweigen eine Zeit lang, während unsere Gondel lautlos hinunterschwebt.

Kaum hat sie wieder an Höhe gewonnen, wirbelt Suki erneut aufgeregt nach allen Seiten. »Sieh nur, die Eisbahn um den Springbrunnen herum. Die Leute wirken, als hätten sie furchtbar viel Spaß, darauf zu gleiten.«

»Sie fahren auf Schlittschuhen. Allerdings ist das Eis sehr glatt, man kann schnell hinfallen. Es braucht ein wenig Übung, um …«

»Ich will es unbedingt ausprobieren«, fällt mir Suki aufgeregt ins Wort. »Es muss wunderbar sein.« Sie strahlt mich an. »Begleitest du mich?«

Ein Grinsen breitet sich auf meinem Gesicht aus, und mir wird bewusst, wie Suki sich immer mehr in mein Herz schleicht. Es fühlt sich so leicht an, als stünde es kurz davor, mit mir abzuheben. »Klar. Heute mache ich alles, was du möchtest. Das ist dein Tag.«

Ein zufriedenes Lächeln legt sich über ihr Gesicht. »Fühlt es sich so an, wenn man Geburtstag hat?«

Ich überlege. »Als Kind, ja. Wenn man älter wird, lässt die Freude immer mehr nach.«

»Das ist schade.« Sie schweigt eine Weile, bis sie mir ins Ohr flüstert: »Ich habe auch etwas zu feiern: das Erwachen meines Bewusstseins.« Sie weicht ein Stück von mir zurück, um mir ins Gesicht zu sehen, und sagt dann: »Es gibt so viel für mich zu entdecken, ich weiß gar nicht, wo ich anfangen soll. Ich glaube, wenn man einmal den Geschmack des Lebens auf der Zunge gespürt hat, will man ihn nicht mehr missen.«

Ich sehe sie mit hochgezogenen Augenbrauen verwundert an. Das ist richtig schön, fast schon weise. Das hätte Mama gefallen. In diesem Augenblick bin ich mir sicher, dass sie Suki gemocht hätte.

Suki redet und redet, ihr Redeschwall nimmt gar kein Ende, anscheinend muss alles aus ihr raus, was ihr gerade durch den Kopf geht. »Schau doch, wie der Himmel von den Lichtern erleuchtet …«

Mit einem Mal überwältigt mich das Bedürfnis, sie zu küssen. Jetzt sofort. Ich umfasse ihr Gesicht mit beiden Händen und drehe behutsam ihren Kopf in meine Richtung. Dann beuge ich mich zu ihr herab und berühre ganz sanft ihre Lippen mit meinen.

Ich merke, wie sie unter meinem Griff erstarrt.

Was mache ich da, ich verdammter Idiot! Ich zucke zurück, als hätte ich mich an ihr verbrannt. Doch Suki kommt mir entgegen und drückt ihren Mund auf meinen. Eine ganze Weile passiert nichts, wir verharren einfach nur in dieser Position, die Lippen aufeinandergepresst, und rühren uns nicht. Währenddessen glüht mein Kopf von den sich kreisenden Gedanken und dem inneren Kampf, den ich mit mir ausfechte. Widerstreitende Gefühle toben in meiner Brust.

Suki hat keine Ahnung, wie man richtig küsst. Entweder ich zeige es ihr jetzt oder ich ziehe mich zurück und belasse es dabei. Ich öffne die Lider und sehe Sukis Augen vor mir, die kugelrund und weit aufgerissen sind. Sie sieht aus wie ein Karpfen, der keine Luft mehr bekommt. Ich kann einfach nicht mehr und pruste los vor Lachen.

Suki schaut mich skeptisch an, als wäge sie ab, ob ich mich über sie lustig mache. »Habe ich etwas falsch gemacht?«

»Nein, nein.« Ich streiche ihr sanft über die Schulter. »Es tut mir leid, es war mein Fehler. Ich hatte vergessen, dass du noch nie jemanden geküsst hast.«

»Dann zeig mir, wie es geht.« Scham schwingt an der Oberfläche ihrer Stimme mit, darunter kann ich auch einen Hauch von Gekränktheit ausmachen.

Ich streiche mein Haar zurück und schlucke trocken. Auf keinen Fall will ich uns den Abend verderben.

»Ich habe es schon hundertmal gesehen, wenn Menschen sich küssen. Im Fernsehen oder auf der Straße. Ich habe diese Bilder in meinem Kopf gespeichert. Einmal möchte ich wissen, wie es sich anfühlt und das empfinden, was man dabei empfinden sollte.«

Beinah flehend sieht sie mich an, rasch entziehe ich mich ihrem Blick und räuspere mich. »So einfach ist das nicht, Suki. Diese Empfindungen steigen nicht automatisch in dir hoch, wenn du jemanden küsst. Man kann sie nicht per Knopfdruck hervorrufen. Man muss sein Herz für denjenigen öffnen. Aber das funktioniert nur mit ganz bestimmten Menschen, für die man leidenschaftliche Gefühle verspürt.«

Suki runzelt die Stirn. »Aber warum hast du mich dann gerade geküsst?«

Seufzend senke ich den Blick. »Ich habe nicht näher darüber nachgedacht, das war ein Fehler. Entschuldige!«

Sie sieht enttäuscht aus. Ich möchte mir selbst in den Arsch treten, wie kann man so unsensibel sein. Sie verhält sich so unbedarft wie ein Kind. Ihre Empfindungen sind völlig vorbehaltlos, Suki hat eine ehrliche Antwort verdient. Doch ich kann ihr nicht sagen, dass ich mich zu ihr hingezogen fühle, sonst denkt sie noch, ich will ihre Unwissenheit und Unerfahrenheit ausnutzen. Ich hebe ihr Kinn an, damit sie mir in die Augen sieht. »Vergiss das einfach, okay?«

Sie zieht die Augenbrauen zusammen, als hätte sie mich nicht richtig verstanden. Doch für mich ist das Thema beendet.

Ich fühle mich schlecht, der Kuss hat nichts als einen schalen Nachgeschmack in mir hinterlassen.

Als ich sehe, dass unsere Fahrt zu Ende ist, fällt mir ein Stein vom Herzen. Ich stürze beinahe aus der Gondel und sauge die frische Luft in mich ein. Fast wäre ich erstickt – da drinnen mit ihr. Es schneit kaum noch, dennoch ziehe ich mir die Kapuze meines Parkas tief ins Gesicht und vergrabe meine Hände in den Jackentaschen.

Schweigend gehen wir nebeneinanderher. Ich spüre Sukis Blick auf mir, doch ich traue mich nicht, ihn zu erwidern. Ich schäme mich so. Wie konnte ich nur diesen Fehler begehen?

Winterzauber

Suki

Ich weiß nicht, was da gerade mit mir geschieht, aber es überfordert mich. Als Lennox sagte, der Kuss war ein Fehler, spürte ich einen seltsamen Stich in meiner Brust. Es war, als ob mir jemand etwas Liebgewonnenes weggenommen hat. Das Gefühl war zwar nicht annähernd so schlimm wie bei Checkers Tod, aber es hatte etwas Endgültiges, dabei hätte ich so gern noch einmal versucht, ihn zu küssen. Nicht nur, weil ich mich durch das Geschehene stark verbunden mit ihm fühle, da ist noch etwas anderes. Etwas an ihm zieht mich an, macht mich neugierig. Lennox gefällt mir. Immer mehr. Dass er mich hierhergeführt hat, gefällt mir auch. Deshalb trifft mich seine Abweisung umso mehr.

Offenbar hat ihm unser Kuss nicht gefallen, er hat sogar gelacht und gesagt, ich solle es vergessen. Dass ich so versagt habe, tut weh. Mit einem tiefen Seufzer versuche ich, die Enge in meiner Brust zu vertreiben, doch es gelingt mir nicht.

Ich beobachte Lennox aus den Augenwinkeln, suche nach einer Geste des Entgegenkommens. Doch da ist nichts. Er zeigt keine einzige Regung, seine Kiefermuskeln sind angespannt. Er scheint enttäuscht zu sein, dabei hätte er es doch wissen müssen, so, wie er es mir erklärt hat. Dieses wunderschöne Gefühl, was Menschen empfinden, wenn sie sich küssen, entsteht nur, wenn man sein Herz öffnet. Ich habe zwar kein menschliches Herz, das ich öffnen kann, doch trotzdem will ich wissen, ob ich auch fähig bin, so zu fühlen. Aber nur mit ihm!

»Da vorn ist die Eisbahn«, murmle ich, um die Stille zu füllen, die sich zwischen uns ausgebreitet hat. Doch Lennox antwortet nicht darauf, blickt noch immer stur geradeaus.

Er ist mir so vertraut und ich fühle mich wohl in seiner Nähe – zumindest war es bis vor Kurzem so. Aber Lennox hat kein Interesse an einer Wiederholung, und dieser missratene Kuss steht nun wie eine unsichtbare Barriere zwischen uns, was mich unendlich traurig macht. Es war doch alles so schön mit uns …

Ich wünsche mir nichts mehr, als dass wir wieder so unbeschwert miteinander umgehen können wie vorher.

Warum sind Gefühle nur so kompliziert?

»Fährst du trotzdem mit mir Schlittschuh?«, frage ich zaghaft und beiße mir auf die Unterlippe.

Er blickt verwirrt zu mir herüber, als hätte ich ihn aus seinen Gedanken gerissen. Ein zurückhaltendes Lächeln zupft an seinem Mundwinkel. »Klar!«

Ich atme erleichtert durch. Vielleicht kann es zwischen uns doch so sein, wie es war. Ich lächle zurück, und auf einmal geht es mir besser. Als Lennox wieder den Blick nach vorn richtet, stelle ich erneut fest, wie gut er aussieht. Zum ersten Mal ist mir das aufgefallen, als er heute frisch geduscht die Küche betreten hat. Ich betrachte sein markantes Gesicht von der Seite. Eine dunkelblonde Strähne seines dichten Haares fällt ihm in die Stirn. Er hebt eine Hand und streicht sie unter die Kapuze zurück. Ich weiß nicht, ob er sich seiner Attraktivität bewusst ist, denn anfangs schien es, als würde er nicht viel Wert auf sein Äußeres legen. Manchmal blitzen Bilder vor meinem inneren Auge auf. Sie müssen aus der Zeit stammen, als ich noch kein Bewusstsein hatte. Wenn darin Lennox auftaucht, wirkt er ungepflegt und ist nachlässig gekleidet, ganz anders als jetzt.

Während Lennox sich in die Schlange stellt, um Schlittschuhe zu leihen, lausche ich dem Kratzen der Kufen auf dem Eis und beobachte die Menschen, die an mir vorübergleiten und ihre Runden drehen. Vor mir rutscht ein kleines Mädchen aus und fällt auf die Knie. Es fängt an zu weinen, während seine Mutter mit besorgtem Ausdruck im Gesicht heranfährt und die Kleine hochzieht. Sie beugt sich zu ihr herab, spricht leise auf sie ein und streicht ihr dabei über ihre tränennassen Wangen, um sie zu trösten. Dann zieht die Frau ihre Tochter in eine feste Umarmung.

Diese Szene berührt mich auf seltsame Weise, obwohl ich dergleichen nie erfahren habe. Es zeigt, wie sehr die Frau ihr Kind liebt. Ein merkwürdiges Ziehen regt sich in meiner Brust, und Bilder entstehen vor meinem inneren Auge.

Ich sehe mich die Straße überqueren, an der Hand ein Mädchen und ein Junge, die Kinder meines Schöpfers. Damals wusste ich nicht, was es heißt, sich um jemanden zu sorgen, ich habe nur das getan, womit man mich beauftragt hat. Im Nachhinein erkenne ich, wie stark die Bindung zwischen Mutter und Kind ist – wie ein magisches Band. Es muss wundervoll sein, auf diese Art für jemanden da zu sein und umgekehrt die bedingungslose Liebe eines Kindes zu erfahren.

»Na, hast du es dir bereits anders überlegt?«, holt mich Lennox aus meinen Gedanken.

»Nein.« Ich bedenke ihn mit einem mitleidlosen Blick. »Tut mir leid für dich, aber da musst du jetzt durch.«

Er wirft den Kopf zurück und stößt ein warmes, aber gleichzeitig raues Lachen aus, das mir durch und durch geht. Ich falle in sein Lachen mit ein, denn ich bin froh, dass er wieder der Alte zu sein scheint.

Als Nächstes setze ich mich auf die Bank und ziehe mir meine Schuhe aus. Lennox nimmt sie mir ab und stellt sie neben seine etwas abseits unter die gegenüberliegende Bank. Ächzend streife ich mir die schweren Schlittschuhe über die Füße. Lennox ist sofort zur Stelle, kniet sich vor mich und hilft mir, die Schnürsenkel über Kreuz zu schnüren. Dann zieht er meine Mütze ein Stück weiter über die Ohren. Diese fürsorgliche Geste rührt mich irgendwie, wo er doch weiß, dass das nicht nötig ist.

»Bist du bereit?« Abwartend zieht er die Augenbrauen in die Höhe.

Ich grinse und erhebe mich auf wackligen Beinen. Vorsichtig gehe ich ein paar Schritte vorwärts und merke, wie schwer es ist, auf den Kufen zu laufen.

Lennox reicht mir die Hand, und ich nehme sie dankbar an. Mit einem flauen Gefühl halte ich mich mit der anderen an der Außenwand fest, um dann zaghaft den rechten Fuß auf die glatte Eisfläche zu setzen. Als Lennox mich loslässt, stakse ich langsam, Schritt für Schritt, vorwärts.

»Der Sinn dahinter ist nicht, dem Eis wehzutun, sondern darauf zu gleiten«, ertönt Lennox' feixende Stimme neben mir.

Ein Kichern dringt über meine Lippen, ehe ich mich erneut aufs Fahren konzentriere. Trotz meiner Bemühungen rutschen meine Füße immer wieder nach hinten weg, und es fällt mir schwer, das Gleichgewicht zu halten.

Bei Lennox hingegen klappt es besser, als ich es ihm zugetraut hätte. Die Kufen seiner Schlittschuhe kratzen über die Eisfläche, während er sich elegant von rechts nach links über die Eisbahn gleiten lässt.

Als er sieht, dass ich weit hinter ihm zurückbleibe, fährt er an den Rand und wartet, bis ich zu ihm aufschließe.

»Wollen wir es zusammen versuchen?«, fragt er, als meine Schuhspitzen hart an die Umfassung knallen und ich mich am Geländer festkralle.

Ich nicke dankbar.

Schneller, als mir lieb ist, greift Lennox nach meiner Hand und zieht mich mit sich.

Es ist ein wunderbares Gefühl, über das Eis zu gleiten. Während wir den anderen Läufern im Kreis folgen, erklingt aus den Lautsprechern Walzermusik. Ich versuche, mich dem

Rhythmus anzupassen, aber es gelingt mir nicht besonders gut. Lennox löst sich plötzlich von mir, macht eine halbe Drehung und fährt rückwärts. Ehe ich mich versehe, fasst er mich an beiden Händen und gibt das Tempo vor.

So fühle ich mich um einiges sicherer. »Warum hast du mir verschwiegen, dass du wie ein Profi fährst?«

Lennox lacht auf. »Davon bin ich weit entfernt. Ich habe das eine Ewigkeit nicht mehr gemacht.«

»Du machst dich über mich lustig«, bringe ich hervor, während meine ganze Konzentration nur meinen Füßen gilt.

»Nein, wirklich nicht. Aber ich glaube, es liegt mir einfach, weil ich durch das Skateboard-Fahren das Gleichgewicht gut halten kann. Außerdem habe ich auch keine Angst davor, hinzufallen. Aber für jemanden, der zum ersten Mal auf dem Eis steht, machst du gar keine schlechte Figur.« Lennox zwinkert mir zu und löst sich dann unvermittelt von mir. »Jetzt bist du auf dich selbst gestellt, du schaffst das!«

»Ahhh …« Durch das schnelle Tempo, das wir gemeinsam bereits erreicht hatten, kommt es mir vor, als würde ich gleich vom Boden abheben. Die Menschen vor mir kommen immer näher, meine Augen weiten sich. »Du hast mir noch nicht verraten, wie man bremst?«, schreie ich Lennox entgegen.

»Du musst Druck auf eine der Kanten ausüben«, ruft er mir zu. »Stelle ein Bein schräg und …« Mit gerunzelter Stirn sieht er mir dabei zu, wie ich versuche, meinen Körper auszubalancieren. »Planänderung. Fahr einfach an den Rand und stopp dort ab.«

Ich höre, wie Lennox' Kufen seitlich über das Eis schaben, ehe er vor mir bei der Bande ankommt und mir seine ausgebreiteten Arme entgegenstreckt.

Als ich ihn erreicht habe, lasse ich mich einfach von ihm auffangen. Mein mechanisches Herz pumpt wie verrückt, und ich bin ganz außer Puste, dennoch steigt ein leises Glucksen in mir auf und befreit sich aus meiner Kehle.

»Es sieht nicht so aus, als würde dir eine Karriere als Eisprinzessin bevorstehen«, sagt Lennox und bringt mich dadurch erneut zum Lachen. Ich spüre seinen Körper beben, während ich mich an ihm festklammere, nehme die Vibration wahr, die meinen ganzen Leib durchdringt. Es fühlt sich gut an in seinen Armen.

»Das macht gar nichts, ich habe trotzdem einen Riesenspaß.« Ich mache mich von ihm los, um ihm in die Augen zu sehen. Eine ganze Weile stehen wir einfach nur so da und können unseren Blick nicht voneinander lösen. Meine Augen wandern ganz von selbst hinab zu seinen Lippen, ich spüre das dringende Verlangen in mir, ihm näherzukommen. Meine Pumpe gerät von einem Moment auf den nächsten völlig außer Takt und beginnt für ein paar Atemzüge, leise zu summen, um dann wieder stolpernd in einen beschleunigten Rhythmus zurückzufinden. Kurz darauf bemerke ich ein seltsames Flirren, als würde ein winziger Kolibri wie wild in meinem Bauch umherflattern.

Was geschieht da mit mir?

Ich höre, wie Lennox zischend einatmet. Ehe er die Möglichkeit dazu hat, sich abzuwenden, wage ich, meinen innersten Wunsch auszusprechen: »Könntest du es noch einmal versuchen?«

Er kneift die Augenbrauen zusammen, sodass über seiner Nasenwurzel eine kleine senkrechte Falte entsteht.

Ich senke den Blick, traue mich nicht, ihm in die Augen zu sehen. »Mich zu küssen, meine ich.« Meine Stimme ist leise, beinah tonlos. »Nur mir zuliebe.« Behutsam lege ich die Hände auf seinen Oberkörper und schaue wieder zu ihm auf. Ich kann sein Herz spüren, laut und unregelmäßig klopft es in seiner Brust.

Sein intensiver Blick versetzt den Kolibri in mir völlig in Aufruhr. Mit seinen Flügelchen schlägt er wie wild um sich und reizt meine sensiblen Sensoren damit bis aufs Äußerste. Da ist nicht nur mehr die Neugierde, ein neues Gefühl zu erfahren, sondern auch ein innerer Drang, ein heftiges Verlangen in mir, das gestillt werden muss. Ich will es so sehr, wie kann er mich nur so lange warten lassen?

»Schließe deine Augen!«, raunt Lennox mir zu.

Als ich seiner Bitte nachkomme, beugt er sich endlich zu mir herab. Sein warmer Atem streicht über mein Gesicht und kitzelt meine Haut. Ungeduld prickelt in meinem Bauch und bringt mich kurz zum Lächeln.

Dann endlich, etliche hämmernde Herzschläge später, senkt er seinen Mund auf meinen.

Diesmal fühlt es sich ganz anders an. Seine Lippen sind warm und weich und verschmelzen mit meinen. Die sanfte Berührung sendet ein Kribbeln durch meinen ganzen Körper. Etwas Vergleichbares habe ich noch nie empfunden. Es ist wunderschön.

Seine Hände ziehen mich fest an sich heran, gleiten meinen Rücken hinab bis zur Taille, sodass ich automatisch die Arme um seinen Oberkörper schlinge und mich fest an ihn schmiege.

Er teilt meine Lippen mit seiner Zunge. Ganz behutsam, als bitte sie um Einlass.

Ich öffne den Mund, komme ihr entgegen. Ein seltsamer Laut entschlüpft mir, als unsere Zungenspitzen sich berühren. So fühlt es sich also an, wenn etwas Ersehntes in Erfüllung geht.

Langsam lässt er seine Zunge kreisen, legt dabei den Kopf schräg, während er mein Gesicht umfasst und seine Daumen meine Wangenknochen streicheln.

Ein leises Stöhnen entkommt ihm, als ich seine Bewegung aufnehme und ebenfalls meine Zunge ins Spiel bringe. Es fällt mir ganz leicht, mich seinem Rhythmus anzupassen, es geht wie von allein. Da ist wieder dieses Kribbeln, das im Bauch beginnt und sich in meinem ganzen Körper ausbreitet. Meine Knie werden weich, ich umklammere Lennox fest, damit sie nicht nachgeben und ich zusammensacke.

Wir versinken ineinander. Ich will mehr, kann nicht aufhören, von ihm zu kosten, will in ihm ertrinken. Unser Kuss wird intensiver und lässt mich alles um mich herum vergessen. Ich schmecke Lennox, nehme seinen herrlich vertrauten Geruch in mir auf, fühle seine eisigen Fingerkuppen, die eine prickelnde Spur auf meiner Haut hinterlassen. Ich kann ihn mit allen Sinnen spüren – es ist ein wahres Feuerwerk von Empfindungen und Eindrücken, die in mir aufsteigen. So wunderschön!

Nach einer Ewigkeit lösen wir die Lippen voneinander, immer noch hält er mein Gesicht mit seinen Händen umfangen, meine Arme streichen seinen Rücken hinab. Unser beider Atem geht stoßweise, langsam hebe ich die Lider.

Lennox sieht völlig verändert aus. Seine Augen sind dunkel und verhangen. In seinem Blick liegt dieser Ausdruck, den ich schon etliche Male in Filmen bei Liebenden gesehen, aber nie verstanden habe. Hunderte von Emotionen spiegeln sich darin. Verlangen, Freude, Sehnsucht ... Worte, mit denen ich nie etwas anfangen konnte. Nun kann ich mir sicher sein, dass er genauso empfindet wie ich. Ein tiefes, unvergleichlich schönes Gefühl durchströmt mich wie eine warme Woge. Ich fühle mich so lebendig wie nie zuvor. Ist das Glück, nach dem die Menschen fortwährend streben? Oder nur eine chemische Reaktion, ausgelöst durch den Austausch von Zärtlichkeiten?

Ob es daran liegt, dass Lennox der erste Mensch war, auf den ich reagiert habe, als mein Bewusstsein erwacht ist? Oder ist es mehr als das?

Nein, es muss mehr sein. Woher sonst kommt dieses Verlangen, ihn die ganze Zeit ansehen und ihm nahe sein zu wollen.

Wir halten uns fest, wollen uns nicht mehr loslassen, sind immer noch gefangen in unseren Gefühlen.

»Es war ... unbeschreiblich«, breche ich schließlich den Kokon aus Stille, der uns beide umfängt. Ich spüre ein Brennen hinter den Augenlidern. Bin so überwältigt, dass sich eine einzelne Träne löst, über meine Wange rinnt und sich dann in meinem Mundwinkel verfängt.

Lennox schenkt mir ein zärtliches Lächeln, neigt sich behutsam vor und küsst das salzige Etwas einfach fort. Dann legt er seine Stirn an meine. »Für mich auch«, sagt er mit rauer Stimme. »Das vorhin tut mir so leid. Ich wollte dich nicht verletzen, aber ich hatte Angst, dich zu überfallen. Dabei fühle ich mich schon die ganze Zeit zu dir hingezogen.«

Ich beiße mir auf die Unterlippe, denn ich könnte gerade schreien vor Glück. »Du hast also auch gespürt, dass da etwas zwischen uns ist?«

Er sieht mich an und bewegt langsam den Kopf hin und her. »Nein. Ich dachte, das wäre nur einseitig.«

»Du dummer Esel!«, entkommt es mir. Als ich seinen gespielt empörten Blick sehe, muss ich leise kichern. »Bedeutet das also, dass du leidenschaftliche Gefühle für mich empfindest?«

Lennox' Mund verzieht sich zu einem breiten, fast schon anzüglichen Grinsen, das eine warme Brise durch mich hindurchsendet. »O ja, bei Gott, das tue ich.« Behutsam zieht er mir den Schal enger um den Hals. »Was meinst du, wollen wir nach Hause gehen?«

Ich nicke, verflechte meine Hand mit seiner und ziehe ihn zum Ausgang der Eisbahn. Bei dem Gedanken daran, gleich mit ihm allein zu sein, wird mir ganz warm, und Vorfreude breitet sich in mir aus. Ich hoffe so sehr, dass er mehr Feuerwerke in mir entfachen wird und ich noch mal in den Genuss dieses unbeschreiblichen Gefühls kommen werde.

Manchmal tut es weh, an morgen zu denken

Lennox

Ich löse meine Lippen von ihren und brauche einen Moment, um mich zu sammeln. Mein Herz klopft wie verrückt, als wäre es aus dem Winterschlaf erwacht. Fast ist es ja auch so, ich kann mich nicht erinnern, wann ich zum letzten Mal so empfunden habe.

Dieser Kuss war der beste, den ich je erlebt habe. Es fühlte sich so verdammt gut und richtig an.

Ich öffne meine Augen und suche Sukis Blick.

Sie sieht so aus, wie ich mich fühle. Völlig entrückt, als befände sie sich in einer anderen Welt. Nur sie und ich, dieser Kuss ließ mich alles um uns herum vergessen. Unsere Körper und unsere Seelen sind zu einer Einheit geworden – ja, unsere Seelen, denn ich bin mir sicher, auch Suki besitzt eine.

In ihrer Gegenwart fühle ich mich wie ein anderer Mensch. Sie lässt mich meine Krankheit vergessen. Kein einziger sarkastischer Spruch ist mir mehr über die Lippen gekommen, geschweige denn, dass mir überhaupt einer eingefallen ist. Unbeschwert zu sein ist ungewohnt, doch mit ihr an meiner Seite gelingt es mir.

Als wir die Welt wieder an uns heranlassen, verspüre ich den starken Drang, mit Suki allein zu sein. Ich wünsche mir nichts mehr, als diesen Kuss zu wiederholen. Da fällt mir ein, ich muss unbedingt ein Foto von ihr auf der Eisbahn machen.

Suki auf Schlittschuhen – das ist das Hinreißendste, was mir je untergekommen ist.

Ich ziehe mein nagelneues Smartphone – das ich so gut wie nie benutze – aus der Hosentasche und schaue auf das Display. Vier verpasste Anrufe und eine Nachricht von Cem. Kein Wunder, ich hatte es auf lautlos gestellt. Ich öffne Cems Mitteilung und überfliege sie.

Alter, wo bleibst du, ich warte auf dich!! Shirin hat auch schon nach dir gefragt.

Das hat er um halb sieben geschrieben, jetzt ist es kurz nach sieben.

Scheiße, Scheiße, Scheiße ... die Hochzeit, die habe ich ja total verdrängt!

»Suki, wir müssen los! Cems Schwester feiert heute ihre Hochzeit, ich muss dahin.«

Sie schaut mich verdattert an, und einen Moment lang meine ich, einen enttäuschten Zug um ihren Mund zu erkennen.

Nachdem wir die Schlittschuhe abgegeben haben, verlassen wir überstürzt den Weihnachtsmarkt. Hand in Hand rennen wir durch den Schnee, während Atemwölkchen unser Gesicht umnebeln. »Wir wiederholen das ein andermal, Ehrenwort!«, keuche ich. »Ich kann Cem unmöglich hängen lassen, ich habe es ihm versprochen.«

Schneeflocken treiben uns entgegen, als wollten sie uns aufhalten, und bleiben in Sukis langen Wimpern haften.

»Ich will, dass du mitkommst!«, platzt es aus mir heraus, im selben Moment, in dem ich es denke.

Suki hält abrupt an. »Aber ... dann muss ich ihnen etwas vorspielen, und das will ich ...«

»Nein, das musst du nicht«, unterbreche ich sie, gehe einen Schritt auf sie zu und streiche ihr lächelnd über die Wange. »Cem weiß nicht, wer oder was du bist. Ich habe nur angedeutet, dass ich glaube, dass du Autistin bist. Aber ich kann mich genauso gut geirrt haben.« Ich schweige für einen Moment, suche in ihrem Blick nach einer Antwort. »Es würde mich glücklich machen, wenn du mich begleitest.«

Ihre Augen leuchten, und langsam legt sich ein Lächeln auf ihre Lippen, das ihr Gesicht wie eine aufgehende Lotusblüte erstrahlen lässt – das klingt überhaupt nicht nach mir und ist verdammt kitschig, aber genau daran erinnert es mich. Kopfschüttelnd lache ich in mich hinein, in ihrer Nähe mutiere ich noch zu einem Poeten.

Dann nickt sie und bringt damit mein Herz zum Überfließen. Ohne drüber nachzudenken, ziehe ich sie an mich, umfasse zärtlich ihren Kopf und küsse sie voller Inbrunst.

Suki erwidert den Kuss genauso leidenschaftlich, schlingt die Arme um mich und drückt sich an mich, dass mir fast die Luft wegbleibt. Kurz verlieren wir uns ineinander, bis Suki ihre Lippen mit einem Seufzen, gefolgt von einem lauten Schmatzer, von meinen löst. »Wir sollten keine Zeit verlieren. Du kannst Cem nicht so lange warten lassen!«

Nachdem ich den Schrank meines Vaters in Windeseile nach einem einigermaßen akzeptablen Anzug durchforstet habe, werde ich schließlich fündig. Der graue Designeranzug muss es sein. Schnell schlüpfe ich hinein und stelle feste, dass er wie angegossen passt. In Kombination mit dem weißen Hemd, das ich noch druntertrage, ist mir das allerdings zu spießig, deshalb schnappe ich mir ein schwarzes T-Shirt aus meinem Schrank vom Stapel.

Als ich umgezogen in den Flur trete, wartet Suki bereits auf mich. Sie hat wieder ihren Kimono angezogen, der, wie ich finde, auch zu diesem Anlass einiges hermacht. Meinetwegen könnte sie aber auch ein Ganzkörper-Kuhkostüm tragen, für mich wäre sie immer noch die Schönste.

Plötzlich fällt mir ein, dass ich gar kein Geschenk für das Brautpaar habe. »Verfluchte Scheiße!« Ich schlage mir mit der flachen Hand an die Stirn.

»Was ist passiert?« Mit besorgtem Blick kommt Suki auf mich zugeeilt.

»Was kann ich jetzt auf die Schnelle noch für ein Geschenk besorgen?«

Suki beißt sich auf die Unterlippe, ihre Augen wandern nachdenklich zur Decke.

Mir wird abwechselnd heiß und kalt. Dann erinnere ich mich, dass Cem gesagt hat, dass es bei türkischen Hochzeiten üblich ist, Geld zu verschenken. Ich stoße erleichtert den Atem aus. Das ist das kleinste Problem, Geld ist in diesem Haushalt immer vorhanden, das Einzige, wofür mein alter Herr reichlich sorgt. Ich strauchle überstürzt zu seinem Safe, der sich im Vorratsraum hinter der Küche befindet, und gebe Mamas Geburtsdatum ein. Was Originelleres ist ihm nicht eingefallen. Fünfhundert Euro sollten wohl reichen. Schnell ziehe ich den Schein aus dem dicken Geldbündel, stecke ihn in meine Brieftasche und verschließe den Safe. Wenigstens ein Geschenk, was man nicht einpacken muss.

Genau in dem Moment, als ich in den Flur zurückkehre und Suki küssen will, klingelt es an der Tür. Bei der Kälte will ich nicht mit der U-Bahn fahren, deshalb habe ich uns ein Taxi bestellt. Seufzend werfe ich ihr noch einen letzten sehnsuchtsvollen Blick zu, bevor ich ihre Hand ergreife und wir die Wohnung verlassen.

Als wir in die klirrend eisige Luft hinaustreten, frage ich mich, wie man auf die verrückte Idee kommen kann, im Winter zu heiraten.

Die ganze Autofahrt über lassen Suki und ich uns nicht aus den Augen. Schweigend halten wir uns an den Händen und genießen die Nähe des anderen. Während ich die Konturen ihres Gesichts nachzeichne, spüre ich ihren Atem auf meiner Haut. Sofort jagt ein warmes Kribbeln durch meinen Körper. Wenn wir doch jetzt nur allein sein könnten ...

Meine Hände streicheln ihren Nacken, ehe ich beginne, ihren Hals mit Küssen zu bedecken, was Suki dazu veranlasst, in heftiges Kichern auszubrechen. Anscheinend habe ich eine empfindliche Stelle entdeckt.

»Sag bloß, du bist kitzlig?«, flüstere ich ihr ins Ohr.

Suki schaut mich mit großen Augen an und schüttelt ernst den Kopf.

»Du lügst wie gedruckt.« Grinsend beuge ich mich wieder zu ihr vor.

Suki kichert ausgelassen, obwohl ich noch gar nichts gemacht habe, und zieht den Kragen der Thermojacke schützend bis hoch zu ihrem Kinn.

Wir giggeln und albern die ganze Zeit herum und ich bringe sie immer wieder zum Lachen.

Aus dem Augenwinkel sehe ich, wie der Taxifahrer uns im Rückspiegel beobachtet. Als ich ihn jedoch mit einem finsteren Blick bedenke, konzentriert er sich schließlich ganz aufs Fahren.

Etwa zwanzig Minuten vergehen, bis wir vor einer riesigen Halle in Moabit ankommen. Während ich Cem eine Nachricht schreibe, dass ich draußen bin, stelle ich mir zum ersten Mal die Frage, wie ich ihm Sukis plötzliche Wandlung erklären soll. Ich will auf keinen Fall, dass sie sich an diesem Abend verstellen muss, sondern die Feier mit allen Sinnen genießen kann.

Wird schon schiefgehen, denke ich, ehe ich dem Taxifahrer ein paar Scheine in die Hand drücke und aus dem Wagen steige.

Suki steigt ebenfalls aus, doch nach ein paar Schritten bleibt sie abrupt stehen.

»Was ist?« Verwundert wende ich mich zu ihr um.

»Ich habe keine Ahnung, wie man sich auf einer türkischen Hochzeit verhält.«

»Es gibt keine Regeln.« Ich entdecke eine winzige, niedliche Falte, die sich zwischen Sukis Augenbrauen gebildet hat.

»Lennox, ich gehe zum ersten Mal bewusst unter Leute, ich kenne niemanden. Das ist alles neu für mich, ich habe Angst.«

»Mich kennst du. Und Cem. Sei einfach so, wie du bist. Dann ist es genau richtig.« Ich küsse sie auf die Stirn, hake mich bei ihr unter und zieh sie mit mir.

Schon von Weitem sehe ich Cem, der am Eingang steht und nach mir Ausschau hält. Bei jedem Atemzug stößt er Dampfwölkchen in die Luft, er trägt jedoch obenrum nur ein Hemd, das unter den Achseln bereits handtellergroße Schweißflecken aufweist. Da drinnen muss es schon heiß hergehen.

Mit breitem Grinsen empfängt er mich und klopft mir erst mal ordentlich den Rücken durch. »Ey, Digger, bin ich froh, dass du kommst, ich dachte schon, du drückst dich.«

»Das lass ich mir doch nicht entgehen!«, entgegne ich, und zwinge ein Lächeln auf meine Lippen. Ich könnte mir jetzt etwas weitaus Besseres vorstellen. Meine Augen wandern verstohlen zu Suki.

Cem wirft ebenfalls einen Blick auf sie, dann auf mich, verkneift sich aber eine Bemerkung. Er hält ihr die Hand hin, sie schlägt lächelnd ein.

»Hallo, Cem, ich hoffe, es ist okay, dass Lennox mich mitgenommen hat.« Sie schenkt ihm ein entwaffnendes Lächeln.

Cems Augen huschen kurz zu mir herüber. Ich lese Verunsicherung darin, doch dann sagt er: »Klar, mach dir keinen Kopf, kommt doch erst mal rein.«

Lautes Stimmengewirr, untermalt von orientalischer Musik, empfängt uns im Foyer. Es gibt sogar eine Garderobiere, die uns die Jacken abnimmt. Zum ersten Mal kommt mir die Befürchtung, dass der Raum zu hell ausgeleuchtet sein könnte.

Der Festsaal ist riesig und bestückt mit vielen runden Tischen. Zu meiner Erleichterung ist das Licht noch an der Grenze des Ertragbaren, mit etwas Glück wird es sich nicht allzu unangenehm auf meine Haut auswirken.

An die dreihundert Gäste wurden eingeladen, nur der engste Kreis, klärt Cem uns auf, und ich kann mir ein belustigtes Schnauben nicht verkneifen. Bei mir wären das gerade mal drei Personen: Vater, Granny und ihr Mann.

Ein Teil der Gäste ist schon ordentlich auf der Tanzfläche am Feiern, die Stimmung könnte ausgelassener nicht sein. Wie muss das alles hier auf Suki wirken? Besorgt huscht mein Blick zu ihr.

Ihre Augen wandern durch den Raum. Sie wendet sich immer wieder um, wenn sie von Geräuschen hinter sich abgelenkt wird, während wir die Treppen hinunterlaufen. Rasch greife ich nach ihrer Hand, um ihr Beistand zu leisten. Ich verlange ihr einiges ab, erst der Weihnachtsmarkt und dann eine türkische Hochzeit, noch mehr Reizüberflutung ist wohl nicht möglich.

Am Rand der Tanzfläche auf einem Podest sitzend entdecke ich das Brautpaar. Von Shirin ist nicht viel zu erkennen, ein Schleier verhüllt ihr Gesicht.

Die Musik endet abrupt durch die Rückkopplung der Lautsprecher. Das Geräusch sticht in mein Trommelfell. Ich blicke zu Suki, die eine schmerzhafte Grimasse schneidet und sich dann die Ohren zuhält wie die meisten Anwesenden. Kurz blitzt die Erinnerung vor meinem inneren Auge auf, als ich die Musik bis zum Anschlag aufgedreht und sie einem Belastungstest unterzogen habe. Damals hat sie keine Reaktion gezeigt. Es ist immer noch ungewohnt und für mich völlig unerklärlich, dass sie jetzt genauso empfinden kann wie ein normaler Mensch.

Erleichtertes Aufatmen geht durch den Raum, als der kreischende Ton endlich verebbt. Eine männliche Stimme erklingt am Mikrofon und spricht auf Türkisch. Suki schaut mich fragend an, ich zucke nur mit den Achseln.

»Shirins Schwiegervater heißt die Gäste willkommen«, sagt Cem und führt uns zur Tanzfläche, direkt ins Getümmel.

Der Bräutigam hilft der Braut vom Podest. Sie stehen einander gegenüber, der Brautvater brüllt noch ein paar Worte ins Mikro, dann kehrt Stille ringsherum ein.

Mit einem erwartungsvollen Lächeln lüftet der Bräutigam den Schleier der Braut.

Shirin strahlt bis über beide Ohren und schließt die Augen, als ihr frisch Angetrauter sich zu ihr hinabbeugt und sie auf die Stirn küsst. Alle Anwesenden klatschen und wirken ganz gerührt.

Suki stößt einen verzückten Laut aus, worauf Cem einen belustigten Blick mit mir wechselt. »Der Kuss auf die Stirn bedeutet, dass der Bräutigam seine zukünftige Ehefrau als sein Schicksal annimmt, es soll sie für immer und ewig zusammenschweißen.«

Sukis Augen glänzen feucht, ehe eine Träne der Rührung über ihre Wange perlt. Jeder andere hätte sie verstohlen weggewischt. Suki nicht, sie steht zu ihren Gefühlen. Was wohl gerade in ihr vorgeht? Ich unterdrücke das Verlangen, sie an mich zu ziehen und zu küssen. Es muss alles so aufregend und neu für sie sein.

Buntes Konfetti rieselt von der Decke herab. Sukis Blick wandert nach oben. Sofort muss ich an den Abend auf dem Gendarmenmarkt denken, da hat sie genauso entrückt geschaut, als sie zum ersten Mal Schnee gesehen hat. Ihren Mund in leiser Faszination geöffnet, hält sie die Handfläche nach oben und sieht den glitzernden Papierfetzen dabei zu, wie sie sich auf ihre Hand legen.

Der Sänger der Band spricht irgendetwas ins Mikrofon. Ich verstehe kein Wort, aber offenbar fordert er die Gäste auf, sich im Kreis aufzustellen, denn jetzt setzt traditionelle türkische Musik ein. Etliche fremde Menschen drängeln sich an uns vorbei. Sie halten sich an den Händen, bilden um das Brautpaar einen Kreis und sehen dabei zu, wie es miteinander tanzt.

Dann beginnen die Umstehenden, sich gegen den Uhrzeigersinn im Rhythmus der Musik zu bewegen. Eine tanzende Frau reicht Suki die Hand, um sie in den Kreis aufzunehmen. Fragend sieht sie mich an, ich nicke ihr aufmunternd zu.

Suki hat den Dreh schnell raus, schon nach kurzer Zeit kann sie die kleine Schrittkombination mittanzen, ohne über ihre eigenen Füße zu stolpern. Es macht unheimlich Spaß, ihr dabei zuzusehen. Ein leiser Seufzer entkommt mir. Dennoch würde ich alles darum geben, jetzt mit ihr allein zu sein.

Meine Brust zieht sich enger um mein Herz, als mir auf einmal schmerzlich bewusst wird, dass sie schon bald zurück nach Tokio gehen muss. Ich hole tief Luft, um es zu befreien und den Gedanken zu vertreiben, doch es gelingt mir nicht, das beklemmende Gefühl hält an. Bald ist Suki fort und ich werde in dieses dunkle Loch fallen, aus dem ich nie herauskommen werde, solange ich sie nicht wiedersehe. Das darf nicht geschehen. Wie soll ich in mein altes Leben zurückkehren, mit dem Wissen, dass es erst an Sukis Seite einen Sinn ergibt? Und wie kann ich verhindern, dass sie all dem Trubel ausgesetzt ist, der bald auf sie zukommen wird?

Keiner darf wissen, was mit ihr geschehen ist. Sie würden aus ihr eine Sensation machen, wenn herauskäme, dass sie fühlen kann wie ein Mensch und fähig ist, emotionale Bindungen aufzubauen. Andererseits wäre es auch furchtbar für sie, weiterhin Sklavin für Familien spielen zu müssen, die sie nicht besser behandeln als irgendeinen Gebrauchsgegenstand, der, wenn er kaputt ist, einfach entsorgt wird. Sie trägt so viel Vitalität in sich und hat mehr Herz als mancher Mensch, den ich kenne. Suki hat mir beigebracht, dem Leben wieder etwas abzugewinnen und etwas Schönes darin zu sehen.

Ein kameradschaftlicher Schlag auf den Rücken reißt mich aus meinen Grübeleien und ich zucke kurz zusammen.

»Was hast du mit ihr gemacht?« Cems Blick wandert zu Suki. Mit vor der Brust verschränkten Armen schüttelt er nachdenklich den Kopf. »Sie ist wie ausgewechselt.«

Nichts liegt mir ferner, als meinen besten Kumpel anzulügen, dennoch kann ich ihm unmöglich die Wahrheit sagen, deshalb entscheide ich mich dafür, ihm nur das Wesentliche vorzuenthalten. »Checker ist überfahren worden. Suki war dabei. Das hat sie offenbar sehr mitgenommen. Etwas scheint in ihr aufgebrochen, das sie veranlasst hat, Gefühle zu zeigen.«

»Was? Checker ist …?« Cem lässt den Satz unvollendet und streicht sich stattdessen durchs Haar. Einen Moment lang scheint er so schockiert, dass ihm die Worte fehlen. Doch dann fängt er sich und schluckt, um seine Fassung wiederzuerlangen. »O Mann, Alter, tut mir echt leid.« Er drückt mich ganz fest an seinen weichen Bauch. »Warum hast du nichts gesagt?«

»Ich lag die letzten Tage mit Grippe flach. Suki hat sich um mich gekümmert.«

»Verstehe.« Ein vielsagendes Lächeln stiehlt sich auf sein Gesicht, während er mich nicht aus den Augen lässt. »Sie tut dir gut«, sagt er nach einer Weile des Schweigens. Im gleichen Moment schallt die Stimme des Moderators wieder durchs Mikro und eine vierstöckige weiße Cremetorte wird aufgefahren.

Nichts weiter als eine naive Vorstellung

Suki

Ich bin überwältigt von all den neuen Eindrücken, die auf mich einwirken. Mit jedem Atemzug brechen sie sturzflutartig über mich herein und nehmen mich derart gefangen, dass es mir schwerfällt, einen klaren Gedanken zu fassen.

So viele Menschen auf einmal, auf so engem Raum. Das rotierende Licht nimmt ständig eine andere Farbe an, streift über die Gesichter der Tanzenden und taucht sie abwechselnd in grünen, gelben oder violetten Schein. Das Tosen meiner Gefühle verbindet sich mit dem Klirren von Gläsern, dem Gelächter um mich herum, dem lauten Stimmengewirr und natürlich der Musik, die mir zwar fremd ist, mich aber dennoch durch ihre rhythmischen Trommelschläge und die melodische Stimme des Sängers in ihren Bann zieht.

Im ersten Augenblick bin ich überfordert, und mir ist alles um mich herum zu viel. Doch ehe ich weiß, wie mir geschieht, fasst eine ältere Frau nach meiner Hand, reißt mich mit sich und nimmt mich in den Kreis der Tanzenden auf. Hilfe suchend blicke ich mich zu Lennox um, doch der zwinkert mir zu und ermutigt mich mit einem Nicken.

Ich konzentriere mich darauf, die Füße genau so zu setzen, wie meine Nachbarn es tun, dabei schwingen die Arme durch die Vor- und Zurückbewegung der anderen automatisch mit. Meine Beinfreiheit ist jedoch durch den Kimono erheblich eingeschränkt. Ich kann nur kleine Trippelschritte machen, deshalb ist es schwierig hinterherzukommen. Irgendwann finde ich den Rhythmus, werde Teil davon. Die Schritte gehen mir in Fleisch und Blut über – na gut, wohl eher in die Apparate und Stahlgelenke. Das macht Spaß!

Alle um mich herum sind fröhlich und ausgelassen. Ich habe noch nie so viele Leute auf einem Haufen gesehen, die solche Lebensfreude ausstrahlen. Ganz von selbst breitet sich ein Lächeln auf meinem Gesicht aus. Wie konnte ich nur anfangs annehmen, dass das Leben nur aus Leiden besteht? Es ist wunderschön und facettenreich, ich genieße jede Minute. Man muss sich nur darauf einlassen und es mit allen Sinnen in sich aufnehmen.

Trotz allem pocht immer wieder ein bedrückendes Gefühl leise an die Tür meines Bewusstseins, dass es von einer Sekunde zur anderen vorbei sein könnte. Das würde ich zwar nicht wahrnehmen, aber es wäre schade um die schönen Momente, die mir vielleicht dadurch versagt blieben.

Ich schaue über meine Schulter und halte Ausschau nach Lennox. Seine Augen erfassen mich und lassen mich nicht mehr los. Ich habe Mühe, meinen Blick von ihm zu lösen und weiterzutanzen. Er hat in mir etwas entfacht, das mein mechanisches Herz auf Hochtouren laufen lässt. Ich glaube, die Menschen haben ein Wort dafür – Liebe. Der Gedanke, ohne ihn zu sein, verschließt mir den Hals und erstickt jedes andere Gefühl in mir.

Eine laute Stimme spricht ins Mikrofon und fegt meine dunklen Ängste in einem fort. Augenblicklich bin ich wieder im Hier und Jetzt. Der Tanz ist zu Ende und der Kreis öffnet sich. Eine mehrstöckige Torte wird in die Mitte geschoben. Dem Brautpaar wird ein riesiges Messer gereicht, mit dem sie den Traum aus Sahnecreme anschneiden. Es ist schön mit anzusehen, wie die Braut den Bräutigam füttert. Sie sieht dabei so glücklich aus, dass ich meine, ihre Gefühle fast greifen zu können.

Lennox tritt an meine Seite und legt einen Arm um meine Schulter. »Gefällt es dir hier?«

Ich nicke und streiche ihm zärtlich über sein Gesicht. Am liebsten würde ich ihn jetzt einfach küssen, so, wie mein innigster Wunsch es mir vorgibt.

Was soll's. Ich denke nicht weiter darüber nach, sondern drücke ihm stattdessen einen sanften Kuss auf die Lippen.

Sein leises Lächeln verrät mir, dass es ihm gefallen hat, und auf einmal ist da wieder dieser Kokon um uns herum, der alle anderen Einflüsse ausschließt.

Ein lautes Räuspern lässt uns auseinanderfahren.

»Mein Vater würde euch gern willkommen heißen.« Cem zeigt auf den älteren Mann mit Schnauzbart, der seine wulstigen Augenbrauen in leiser Belustigung hochschiebt und uns abwartend ansieht.

»Wie geht es Ihnen?«, sprudelt es begeistert aus Lennox hervor, ehe er ihm seine Hand entgegenstreckt.

Cems Vater sieht über diese hinweg und zieht ihn in eine herzliche Umarmung. »Das wollte ich dich gerade fragen«, erwidert er lachend und in gebrochenem Deutsch. »Du siehst gut aus, mein Junge. Wir haben uns ja eine Ewigkeit nicht mehr gesehen. Wie auch, wenn du nur nachts ...« Er stockt, als er Cems mahnenden Blick bemerkt.

Lennox winkt beschwichtigend ab. »Ist schon gut.«

Die freundlichen Augen des älteren Mannes wandern zu mir herüber und sehen mich neugierig an. »Was hast du denn da für ein hübsches Mädchen mitgebracht?«

Ein aufgeregtes Kribbeln steigt in mir hoch. Ich habe keine Ahnung, wie ich mich einem Fremden gegenüber verhalten soll.

»Das ist Suki, meine Freundin.« Ich glaube, so etwas wie Stolz in Lennox' Stimme zu hören.

Meine Freundin. Diese Worte bedeuten mir viel und machen mich glücklich. Denn endlich weiß ich, was Glück bedeutet: lebendig zu sein und mit allen Sinnen fühlen zu können, was das Leben einem schenkt, um jeden einzelnen Atemzug zu genießen.

»Hoş geldiniz, Suki.« Cems Vater macht die Andeutung einer leichten Verbeugung. »Du scheinst ihm gutzutun.«

Verlegen lachend blicke ich zu Lennox hoch, der bis zu den Ohren grinst und mich noch fester an sich zieht.

»Wo habt ihr euch kennengelernt?«

»Mein Vater hat Suki als eine Art Au-pair-Mädchen aus Japan mitgebracht, damit sie sich um den Haushalt kümmert.«

»... und wie das Leben so spielt, ist mehr daraus geworden«, ergänzt Cems Vater und lächelt verschmitzt. Durch seine offene und herzliche Art ist er mir auf Anhieb sympathisch.

Eine Frau mit schwarzem Haar und den gleichen dunkelbraunen Augen wie Cem tritt an ihn heran. Man merkt sofort, dass sie zu ihm gehört, denn sie lehnt ihren Kopf an seine Schulter und blickt abwechselnd von Lennox zu mir.

»Lennox!«, entfährt es ihr auf einmal. »Bist du das wirklich?« Ihre Augen leuchten vor Freude, als sie ihn in eine mütterliche Umarmung zieht. Dann hält sie ihn ein Stück auf Abstand und lässt ihren Blick forschend an ihm herabwandern. »Du siehst toll aus. Warum kommst du nicht mehr bei uns vorbei? Du gehörst doch zur Familie! Wir haben dich vermisst!«

»*Anne*, jetzt fall doch nicht gleich so über ihn her«, mischt Cem sich sein.

»Das ist schon in Ordnung. Sie haben mir auch alle gefehlt!«, sagt Lennox und stellt mich noch einmal vor.

Nachdem die Brautmutter mich mit Wangenküssen auf jeder Seite begrüßt hat, lasse ich mich von ihr auf einen freien Stuhl ziehen. Mehrere Augenpaare am Tisch mustern mich neugierig.

Sie legt ihre Hände von hinten auf meine Schultern, um mich den anderen vorzustellen. »Das ist die Freundin von Cems bestem Freund Lennox.«

Danach bricht eine Flut aus Umarmungen und Küssen über mich herein, die mich vollends überwältigt, sodass ich kein einziges Wort mehr herausbekomme. Als Lennox an meiner Seite auftaucht und mich vor all den fremden Menschen rettet, bin ich erleichtert. Er hält mir ein Glas entgegen, dessen Inhalt aussieht wie flüssiger Nebel. Nur aus Verlegenheit setze ich einmal an, um es dann in einem Zug …

»Hey, langsam!« Lennox' Ausruf lässt mich zusammenzucken, und als er mir das Glas wieder aus der Hand reißt, verschlucke ich mich an der Flüssigkeit, die mir in der Kehle brennt.

»Was zur Hölle ist das?«, stoße ich hervor und muss gleichzeitig niesen, weil etwas in meiner Nase kitzelt.

Lennox lacht aus vollem Hals und kriegt sich gar nicht wieder ein. »Das ist Raki, das türkische Nationalgetränk. Aber lass es stehen, wenn es dir nicht schmeckt, da ist reichlich Alkohol drin.«

Jetzt will ich es wissen. Ich starte einen nächsten Versuch. Diesmal nippe ich vorsichtig.

Gar nicht so schlecht. Ich nehme einen größeren Schluck und behalte die Flüssigkeit eine Weile im Mund, damit sich der Geschmack auf der Zunge entfalten kann. Die süße Schärfe mischt sich mit dem angenehm würzigen Kräuteraroma. Ich lasse den Raki langsam die Kehle hinablaufen. Diesmal brennt er nicht, sondern breitet sich warm im Magen aus.

Ich trinke noch mehr, bis das ganze Glas leer ist. Als ich aufblicke, sieht Lennox mich mit hochgezogenen Augenbrauen an. »Scheinst auf den Geschmack gekommen zu sein, was?«

»Das ist lecker.« Ich merke, wie mein Kopf auf einmal wie leer gefegt ist und eine ungewohnte Heiterkeit in mir aufsteigt. Ich kichere und weiß gar nicht genau, warum.

Cems Mutter steht plötzlich mit zwei Tellern neben uns. Sie hält Lennox und mir jeweils einen entgegen. Weißbrot gefüllt mit Fleischfetzen und Salat. Es riecht köstlich, dankbar greife ich zu.

»Iss was, mein Kind, wir haben genug davon.«

»Der beste Döner der Stadt!«, ruft Lennox in einer Lautstärke, dass ihm alle freudig nickend zustimmen, und beißt dann herzhaft hinein.

Ich nehme die Brottasche in die Hand und frage mich, wie ich dieses riesige Stück in den Mund bekommen soll. Ein Blick in die Runde verrät mir, dass alle eine Reaktion von mir erwarten. Ich lächle verlegen und spüre, wie mir Hitze in den Kopf steigt. Mir ist so heiß, dass ich mir am liebsten meinen Kimono vom Leib reißen würde. Ich entscheide mich dagegen und atme stattdessen einmal kräftig durch. Dann klappe ich meinen Kiefer so weit auseinander, wie es geht, und beiße an einer Seite ein Stück ab, wodurch auf der anderen Seite die Hälfte herausfällt. Wieder muss ich kichern und halte mir die Hand vor den Mund.

»Lecker, nicht?« Lennox sieht mich mit vollem Mund abwartend an.

Erwartungsfrohe Gesichter lächeln mir entgegen. Ich nicke enthusiastisch und zeige den Daumen nach oben, denn es wird eine Weile dauern, bis ich antworten kann.

Es schmeckt saftig und herzhaft zugleich, so lecker, dass ich das riesige Ding komplett aufesse.

Kaum habe ich den letzten Bissen runtergeschluckt, zieht mich Lennox am Arm hoch. »Komm. Gerade ist nicht so ein Andrang. Wir müssen das Brautpaar begrüßen und ihm gratulieren.«

Endlich habe ich die Gelegenheit, die Braut aus der Nähe zu betrachten. Das Glück strahlt ihr aus jeder Pore. Ihr schwarzes Haar glänzt wie Ebenholz und ist zu einer komplizierten Frisur hochgesteckt, die am Hinterkopf ein Schleier ziert. Mit dem Kleid aus weißer Seide sieht sie aus wie dem Märchen entsprungen, das ich der Tochter meines Schöpfers immer vorgelesen habe. Obenherum spitzenbesetzt, geht es ab der Taille in bauschigen Tüll über, der weit über den Boden fällt. Eingenähte Fäden lassen das Kleid bei jeder Bewegung glitzern wie ein Fluss aus Diamanten.

Als die Braut Lennox sieht, strahlt sie und mir stockt der Atem, so schön ist ihre Erscheinung. Der Stoff ihres Kleides raschelt leise, und der Saum wogt leicht hin und her, während sie uns entgegenkommt.

Ich beiße mir auf die Unterlippe. Wie gern würde ich auch mal so ein Kleid tragen. Cem, der uns begleitet, legt eine Hand auf meine Schulter und schiebt mich in Richtung der Braut.

»Wie schön, dass du kommen konntest!« Shirin küsst Lennox rechts und links auf die Wange, ehe sie ihn mit einem langen Blick bedenkt, bis der Bräutigam dazwischenkommt.

»Hey, Lennox!«, sagt er und umarmt ihn.

»Freut mich für dich, Tuncay.« Lennox klopft ihm fest auf den Rücken.

»Und für mich freust du dich nicht?« Die Braut hebt in gespielter Entrüstung die Augenbrauen.

»Natürlich. Obwohl ich nicht weiß, ob du mit ihm einen so guten Fang gemacht hast.« Lennox grinst. »Damals im Fußball-Trainingscamp hat er sogar beim Eierkochen das Wasser verbrannt.« Lachend zwinkert er Tuncay zu, der kurz die Augen verengt, dann aber in sein Lachen mit einfällt.

Ich habe Lennox noch nie so ausgelassen erlebt. Es ist schön, ihn so zu sehen, er ist völlig verändert, scheint sich wirklich wohlzufühlen. Auch den beiden Frischvermählten stellt er mich als seine Freundin vor, und ich werde erneut herzlich begrüßt. Mein Blick richtet sich auf das rote Band um Shirins Taille, das mir erst jetzt so richtig auffällt. Ob es wohl eine Bedeutung hat?

»*Gayret kemeri* ist eine alte türkische Tradition«, sagt Shirin, der mein neugieriger Blick offenbar nicht entgangen ist. »Der rote Brautgürtel symbolisiert nicht nur, wie viele denken, die Reinheit der Braut, sondern sollte sie daran erinnern, dass sie für eine glückliche Ehe auch in ihrem neuen Zuhause fleißig und strebsam sein sollte, wie sie es in ihrem Elternhaus gewohnt war. Es geht also eher um das Ansehen der Familie.«

»Was für ein Glück, dass dir die Jungfräulichkeit nicht genommen wurde, sonst wäre das Band wohl eher unangebracht«, wirft Cem schelmisch grinsend ein und gibt Lennox einen ordentlichen Klaps auf die Schulter. »Hab ich recht, Lennox?«

Plötzlich schauen alle betreten zu Boden. Außer Cem lacht niemand. Shirin blickt verstohlen hoch zu Tuncay, der sich dann aber doch zu einem halben Lächeln hinreißen lässt.

Ich bin wohl die Einzige, die nicht versteht, worum es geht.

»Nun habt euch doch nicht so!« Cem schüttelt den Kopf, während er die Ärmel seines Hemdes hochkrempelt. »Wir sind moderne Türken, da kann man doch mal über seine Ex-Freunde reden, oder nicht?«

»Das schon.« Shirins Stimme hat einen scharfen Klang angenommen. »Aber trotzdem ist deine Anspielung nicht gerade passend zu meiner Hochzeit.«

Cem rollt mit den Augen. »Ist ja gut. Vergiss es!« Beleidigt dreht er sich um und geht in Richtung Hochzeitstorte.

Unser Gespräch wird von den Eltern des Bräutigams unterbrochen, die sich zu uns gesellen.

Fragend blicke ich Lennox an, der mir seine Hand auf den Rücken legt und mich wieder in Richtung Tisch führt.

Ich finde, er schuldet mir eine Erklärung, denn irgendwie hat er mich als einzige Unwissende ziemlich dumm dastehen lassen.

»Shirin war meine erste Freundin«, sagt er schließlich, als wir Platz genommen haben.

Ich nicke. »Aber warum hast du mir das nicht vorher erzählt?«

Er seufzt und streicht sich das Haar zurück. »Ich wollte dir das nicht vorenthalten, aber ich fand es einfach nicht so wichtig, schließlich ist das viele Jahre her.«

Irgendwie fühle ich mich immer noch nicht besser. Ich spüre einen seltsamen Druck in meiner Brust, und der Gedanke, dass Lennox beim Küssen mit Shirin das Gleiche empfunden hat wie mit mir, bohrt sich schmerzhaft durch mein Inneres und lässt mich nicht mehr los.

Lennox hebt mein Kinn. »Warum bist du auf einmal so traurig?«

Ich entziehe mich ihm und senke den Blick. Meine Enttäuschung ist mir wohl anzusehen, aber ich kann nichts daran ändern. Woher sollte ich auch wissen, dass man diese Gefühle nicht nur mit einem Menschen erleben kann?

Ein dicker Kloß steckt in meiner Kehle, doch auch durch heftiges Schlucken lässt er sich nicht beseitigen. Es ist also gar nichts Besonderes, sich zu verlieben. Bei Lennox hat es sich so angehört, als er mir das erklärt hat, und ich habe es geglaubt. Wie dumm von mir. Ich habe mir die ganze Zeit nur etwas vorgemacht, weil mir die Vorstellung so gut gefallen hat.

»Bringst du mir noch einen Raki?«, frage ich Lennox und bemühe mich um ein entspanntes Lächeln.

»Glaubst du, dass dir der Alkohol bekommt?«

Als ich nicke, streichelt er mir beim Aufstehen über die Schulter. »Okay. Bin gleich wieder da.«

Kaum ist er zurück, nehme ich ihm das Glas aus der Hand und lasse den Raki meine Kehle hinablaufen. Er beruhigt mich, verdrängt meine aufwühlenden Gedanken und spendet mir Trost. Ich könnte den ganzen Abend so weitermachen.

»Ich weiß nicht, ob das eine gute Idee ist«, flüstert Lennox mir hinter vorgehaltener Hand zu, als ich seinen Raki in mich reinschütte, nachdem ich meinen geleert habe. »Wir wissen nicht, ob Alkohol Auswirkungen auf dich hat.«

»Ach, was soll schon passieren?« Leise vor mich hin glucksend winke ich ab. »Bei der Gelegenheit wird mein Getriebe mal ordentlich gereinigt.« Ich merke, wie mir die Zunge schwer wird und die Worte mir nicht mehr so einfach über die

Lippen gehen wollen. Lennox hat wohl recht gehabt, ich hätte vorsichtiger sein müssen.

Egal. Ich fühle mich so leicht, als wäre ich in Watte gepackt, als hätte sich mein Verstand in einen dichten Nebelwald verabschiedet. Die Stimmen und Geräusche um mich herum zerfließen zu einem einzigen dumpfen Ton, der in meinen Ohren dröhnt. Jemand fasst mich an der Hand und zieht mich hoch. »Komm, wir tanzen ein bisschen.«

Das ist Lennox, ich kann seinen warmen Atem in meinem Nacken spüren. Ich lasse mich von ihm auf die Tanzfläche zerren und lehne mich an seine Schulter.

Ich seufze leise. Einfach herrlich, das Leben. Wir wiegen uns hin und her. Mein Blick gleitet zur Seite.

Ich sehe Shirin, umringt von mehreren Frauen, die die oberste Schicht ihres Kleides immer wieder nach oben schwenken, sodass es sich aufbläht. Dabei beginnt sie, sich langsam im Kreis zu drehen. Wunderschön!

Mir wird ganz schwindlig beim Zusehen. Alles dreht sich plötzlich um mich herum. Immer schneller, bis die Menschen und die Lichter zu einem wirbelnden Kreisel verschmelzen, sodass nur noch einzelne bunte Bruchstücke zu sehen sind.

Ich muss mich darauf konzentrieren, nicht einzuknicken, und kralle mich krampfhaft an Lennox fest.

Er löst sich von mir, ich sehe nur noch seine gerunzelte Stirn, dann verschwimmt meine Sicht in einem Mischmasch aus Farben.

»Was ist los, Suki?«, höre ich aus der Ferne seine Stimme, die in meinem Kopf nachhallt.

Was geschieht nur mit mir?

Ehe ich näher darüber nachdenken kann, wird mir schwarz vor Augen. Das Letzte, was ich spüre, ist ein dumpfer Schlag am Hinterkopf.

Fehler im System

Lennox

»Was ist passiert?« Cem steht neben mir und starrt fassungslos auf Suki hinab.

Ich halte den Atem an. Der Schreck lähmt mich. Einige Sekunden verharre ich regungslos und blicke auf die teerige blaue Lake, die sich um ihren Kopf herum bildet.

Langsam erwacht mein Verstand wieder zum Leben. Hektisch wirble ich um mich, ob jemand etwas mitbekommen hat. Dann winde ich mich aus meinem Jackett, stürze mich zu Suki hinab und lege ihren Kopf behutsam auf die Jacke.

Verflucht, wie konnte das nur passieren? Wenn ich ihr nicht den Alkohol gegeben hätte, wäre sie nicht umgekippt. Ich verdammter Idiot!

Aber woher hätte ich auch wissen sollen, dass dieses Teufelszeug bei ihr genauso anschlägt wie bei Menschen? Es ging einfach so schnell, ich konnte sie nicht mehr halten.

Den Leuten ringsherum steht das Entsetzen ins Gesicht geschrieben. Ob jemand die blaue Flüssigkeit gesehen hat?

Verdammte Scheiße! Niemand darf erfahren, was Suki ist, das wäre eine Katastrophe! Verzweiflung bricht wie eine Welle über mich herein und mein Herz beginnt unkontrolliert zu schlagen.

Atemlose Stille herrscht mit einem Mal um uns herum, die nur von der Musik durchbrochen wird. Nach und nach spricht es sich rum, dass Suki umgekippt ist, und eine Traube von Menschen bildet sich um uns. Etliche schnappen nach Luft und schlagen die Hand vor den Mund, ein Mann will sich zu uns herabbeugen, aber ich halte ihn mit gestrecktem Arm auf Abstand. Doch er bleibt hartnäckig. »Ich bin Arzt, lassen Sie mich sehen, was sie hat.«

»Nein, schon in Ordnung.« Ich versuche, meiner Stimme einen ruhigen Klang zu verleihen, innerlich zittere ich wie Espenlaub. »Sie ist bloß ohnmächtig, das hat sie öfter. Ich bring sie nach Hause und kümmere mich um sie.«

Der Mann wendet sich kopfschüttelnd ab und verschwindet inmitten der Menschenansammlung.

»Was war das?«, zischt Cem hinter mir. Er kniet sich neben mich und schüttelt mich. »Lennox, sag mir, was das blaue Zeug ist?« Er starrt auf die Jacke, die schon einige dunkle Flecken aufweist.

»Bitte, Cem«, flehe ich ihn an. »Du musst mir jetzt beistehen. Ich erkläre dir alles später.« Meine Stimme ist nicht mehr als ein heiserer Hilfeschrei. Ich fühle ein verdächtiges Brennen hinter den Augen. Bloß nicht flennen, Lennox, reiß dich zusammen! Ich habe schreckliche Angst um Suki. Was soll ich nur tun? Ich kann sie ja nicht ins Krankenhaus bringen.

Wenn ein Computer abstürzt, können Dateien beschädigt werden oder vollständig verloren gehen. Warum sollte das bei Suki anders sein? Ich muss ihr System schnellstens wieder hochfahren. Sie hat mir gezeigt, was ich tun muss, aber das kann ich jetzt unmöglich versuchen. Wer weiß, wie sie darauf reagiert. Mir bleibt nichts anderes übrig, als mich zu gedulden und Ruhe zu bewahren, bis wir zu Hause sind.

Shirin kommt herbeigeeilt und kniet sich neben mich, eine tiefe Falte hat sich auf ihrer sonst so glatten Stirn gebildet. Auch Cems Vater und Mutter stehen plötzlich über uns.

»Ist weniger schlimm, als es aussieht.« Cem war schon immer gut darin, Sachen runterzuspielen. »Es ist nicht das erste Mal, dass sie Probleme mit dem Kreislauf hat. Ich setze die beiden in ein Taxi, sie muss nach Hause. Macht bloß nicht so einen Wirbel, wir brauchen jetzt Platz.«

In dem Moment bin ich heilfroh, so einen Freund wie Cem zu haben. Er kennt mich gut genug, um zu wissen, wann eine Situation kritisch ist.

»Bildet mal eine Gasse, damit wir durchkommen«, weist er die Umstehenden an.

»Bitte halte meine Jacke unter ihren Kopf, niemand darf sehen, was da aus ihr herausfließt«, flüstere ich ihm zu. »Ich nehme sie auf den Arm.«

»Wird gemacht.«

Gott sei Dank bin ich auf Sukis Gewicht vorbereitet, es ist ja nicht das erste Mal, dass ich sie trage. Allerdings kommt sie mir diesmal schwerer vor als sonst.

Keuchend erreiche ich das Foyer und setze Suki auf dem Empfangstresen ab, während Cem unsere Jacken holt. Mit der linken Hand halte ich sie an der Schulter, damit sie nicht nach vorn kippt, mit der rechten streiche ich ihr sanft über die Stirn. Sie fühlt sich sehr warm an, so, als wäre sie heiß gelaufen. Haare raufend starre ich voller Verzweiflung auf die Stelle an ihrem Hinterkopf, aus dem noch immer diese klebrige Flüssigkeit wie Tinte aus einem Füller fließt. Die Angst um sie lässt mich fast durchdrehen.

Vor der Halle stehen einige Taxis bereit. Ich renne auf das erste zu, was vorn in der Schlange steht.

Cem hält mir die Tür auf, damit ich Suki auf der Rückbank ablegen kann, dann öffnet er die Beifahrertür und beugt sich zum Fahrer hinab. »Fahren Sie die beiden bitte nach Mitte!«

Der Taxifahrer wirft einen abschätzigen Blick über seine Schulter, ehe er uns ansieht. »Was ist mit dem Mädchen? Ich nehme keine Besoffenen mit, die kotzt mir sonst das ganze Auto voll.«

»Nein, nein«, beruhige ich ihn. »Sie ist Diabetikerin und braucht dringend ihre Insulin-Spritze, wir müssen schnell nach Hause.« Was Besseres ist mir in dem Moment nicht eingefallen. Ich hoffe nur, dass sich der Typ mit der Krankheit nicht auskennt, denn ich weiß nicht mal, ob man ohnmächtig wird, wenn zu wenig Insulin vorhanden ist.

Er runzelt die Stirn und schaut eine ganze Weile auf Suki. Ich bin froh, dass es so dunkel ist und er ihren aufgeschlagenen Kopf nicht sehen kann. »Liegt sie im Koma?« Er spricht gemächlich und ohne Hetze, was mich wahnsinnig macht. »Dann sollte sie vielleicht lieber in ein Krankenhaus.«

Ich ziehe scharf Luft durch die Nase. Zu solch einer Art von Diskussion bin ich jetzt nicht in der Lage. Ich spüre, wie mein ganzer Körper vor Anspannung bebt, dieser verdammte Idiot kostet mich den letzten Nerv. »Hier gibt es noch andere Taxis, wir können gern …«

»Nein, das ist nicht nötig«, fällt Cem mir ins Wort. »Sie ist nur sehr geschwächt, also geben Sie bitte Gas.«

Der Taxifahrer stößt ein geräuschvolles Schnauben aus. »Bei dem Wetter? Unmöglich. Die Straßen sind so glatt wie ein Spiegel.«

Ich hätte ihm am liebsten die Fresse poliert, aber zum Glück hat Cem die Situation fest im Griff. »Ja, schon gut«, beschwichtigt er ihn, holt fünfzig Euro aus seiner Hosentasche und hält ihm den Schein entgegen. »Dann tun Sie Ihr Bestes!«

Der Fahrer lüpft seine Schiebermütze, streicht zögerlich seinen Schnauzer glatt und steckt sich das Geld dann vorn in die Brusttasche seiner Jacke.

»Ich komme mit.« Cem klingt, als hätte er gerade in dem Moment diesen Entschluss gefasst. »Du kannst sie unmöglich allein die Stufen hinauftragen.«

»Danke«, murmle ich, ziehe die Wagentür zu und lege den Gurt an, während Cem vorn auf dem Beifahrersitz Platz nimmt. Ich weiß, dass ich eigentlich Widerspruch einlegen müsste, schließlich lässt er meinetwegen die Hochzeit seiner Schwester sausen. Andererseits kenne ich ihn so gut, um zu wissen, dass Cem mich jetzt für nichts in der Welt im Stich lassen würde.

Sanft bette ich Sukis Kopf in meinen Schoß und taste nach der Wunde. Es ist keine einzige Delle zu spüren, ich fühle nur die klebrige Flüssigkeit an meinen Fingern, die langsam eintrocknet. Äußerlich ist es nicht mehr als eine Platzwunde, doch der Schaden, den der Sturz auf ihr Bewusstsein bewirkt hat, ist nicht einzuschätzen.

Ich sehe hinaus auf die Straße, das Taxi kriecht nur so dahin. Die Weihnachtsbeleuchtung vermischt sich mit dem goldenen Schein der Straßenlaternen. Alles ist mit einer frischen Schicht Schnee bepudert, Suki hätte Gefallen daran.

Was würde ich jetzt darum geben, ihre Stimme zu hören, die mir sagt, dass alles okay ist. Ich klatsche ganz leicht mit der Hand an ihre Wangen, doch sie rührt sich nicht.

Sie war irgendwie so seltsam, als sie erfahren hat, dass ich mal mit Shirin zusammen war, als hätte sie das verletzt. Ob sie deshalb so viel getrunken hat?

Den Rest der Fahrt mache ich mir schwere Vorwürfe, nicht besser auf sie achtgegeben zu haben. Wenn die Festplatte beschädigt wurde, muss es eine Möglichkeit geben, sie wiederherzustellen, aber ob sie je wieder fühlen kann wie zuvor, bleibt ungewiss. Wenn der schlimmste Fall eintritt, könnte ich mir das nie verzeihen. Gerade jetzt, wo wir uns so nahegekommen sind. Es zerreißt mir das Herz. Ein paar tiefe Atemzüge vertreiben das fiese Kribbeln in meiner Nase. Ich schlucke hart, und nur mit größter Anstrengung gelingt es mir, die aufsteigenden Tränen zurückzuhalten. Ich muss jetzt stark bleiben. Für Suki.

Als wir nach einer gefühlten Ewigkeit ankommen, hieven wir sie aus dem Wagen und tragen sie die Stufen hoch bis in die Wohnung.

»Geh bitte ins Gästebad und besorge etwas, damit ich die Wunde reinigen kann«, weise ich Cem an, als wir Suki auf ihrem Bett abgelegt haben.

Sofort hechtet er los und verschwindet im angrenzenden Raum. Die ganze Fahrt über hat er keinen Ton von sich gegeben. Momentan geht bestimmt einiges in ihm vor, ich denke, ich bin ihm eine Antwort schuldig.

Ich setze mich neben Suki auf die Bettkante. Ihr Brustkorb bewegt sich, das künstliche Herz schlägt regelmäßig. Nur einen Augenblick später steht Cem atemlos an meiner Seite und drückt mir einen nassen Waschlappen in die Hand.

»Hör zu, Cem, …« Ich stocke und tupfe vorsichtig die beinahe getrocknete Platzwunde ab. »Sie ist kein Mensch.« Es ist wohl besser, wenn ich nicht lange um den heißen Brei rede. »Sie ist ein menschlicher Android, der ein Bewusstsein entwickelt hat, und kann fühlen wie wir.«

Ich habe mit schallendem Lachen gerechnet, aber Cem steht einfach nur da, ganz bleich, als hätte man ihm die Luft zum Atmen entzogen, und starrt Suki an. Noch nie habe ich ihn so sprachlos erlebt, normalerweise hat er bei jeder Gelegenheit einen Spruch parat. Jetzt kriegt er nicht mal ein »Du verarschst mich« oder »Erzähl keine Märchen, Alter« zustande.

»Ich weiß, das ist schwer zu begreifen …«

Cem stolpert ein paar Schritte zurück. Er sieht aus, als hätte das Grauen soeben von ihm Besitz ergriffen. Mit geweiteten Augen schüttelt er den Kopf, immer wieder, kann gar nicht aufhören damit, während sich seine Lippen lautlos bewegen, als würde er um Gnade bitten. Er erinnert mich an das Opfer in einem Horrorstreifen, in dem Moment, in dem ihm klar wird, dass er dem Monster nicht mehr entkommen kann.

»Cem!«, brülle ich ihn an. »Bitte, ich brauch dich jetzt, uns rennt die Zeit davon!«

Er reißt seinen Blick von Suki los und sieht mich an. Schluckt ein paarmal geräuschvoll und streicht sich dann fahrig durchs Haar. Als er sich offenbar wieder unter Kontrolle hat, nickt er und prescht vor an meine Seite.

Ich wende mich wieder Suki zu, taste nach der Vertiefung an ihrem Hals, direkt darunter, wo beim Menschen der Kehlkopf liegt. »Ich werde jetzt versuchen, sie wieder hochzufahren.« Sanft drücke ich auf die Stelle.

Ich spüre, wie Cem seine Hand auf meine Schulter legt.

Sukis Augenlider flattern sanft wie Schmetterlingsflügel und mein Herz setzt einen Schlag lang aus. Bitte, bitte, komm wieder zu dir!

Irgendjemand hat mein Flehen erhört, denn langsam öffnen sich Sukis Augen.

Erleichterung, gepaart mit Angst, überkommt mich. Mit angehaltenem Atem blicke ich sie an und warte, was geschieht.

Ihre unnatürlich weit aufgerissenen Augen sind starr ins Leere gerichtet.

»Suki …« Zärtlich streiche ich ihr über die Wange.

Unvermittelt kommt ihr Oberkörper hochgeschossen, mein Herz macht einen Satz. Als ihr Kopf sich unkontrolliert hin und her bewegt, verengt sich meine Brust schmerzhaft.

»Ha siktir!«, ruft Cem aus, was so viel heißt, wie: Ach, du Scheiße!

»Suki, komm zu mir zurück!« Meine Stimme überschlägt sich, während ich ihren Kopf wie mit einer Kneifzange zwischen meinen Händen halte, damit er aufhört zu zucken.

Sie sieht durch mich hindurch.

Das kann nicht sein, das darf nicht sein. Panik rauscht durch meine Adern, hat mich für einen Moment vollkommen im Griff. Nicht nur ihr Bewusstsein ist beim Sturz verloren gegangen, sondern auch ihre Festplatte scheint beschädigt zu sein. Ich blicke Hilfe suchend zu Cem.

Er stößt einen tiefen Seufzer aus und sieht mich mitleidig an. »Du bist der Computerexperte, nicht ich. Bisher hast du alles wieder zum Laufen gebracht.«

Entgeistert wandert mein Blick zurück zu Suki. Ich schlucke die aufsteigenden Tränen hinunter. »Man könnte probieren, an die Systemlogs zu kommen. Vielleicht finde ich heraus, was kaputt ist, und kann es reparieren.«

Sukis unnatürliche Bewegungen bereiten mir körperliche Schmerzen, am liebsten würde ich sie sofort wieder herunterfahren. Ich kann nur hoffen, dass sie nichts empfindet. »Hilf mir, sie in mein Zimmer zu tragen.«

Nachdem wir sie auf dem Schreibtischsessel abgesetzt haben, schließe ich sie mit schweißnassen Händen am Computer an. Es vergeht eine Weile, in der nichts geschieht.

Hab ich etwas verkehrt gemacht? Sind die Kabel nicht kompatibel? Meine Finger trommeln ungeduldig auf der Tastatur.

Mach. Funktionier schon!

Bitte!!

Ich darf sie nicht verlieren.

Mein Herz rast. Angestrengt versuche ich, mich zu fokussieren.

In diesem Moment startet Suki mit einem eigenen Konfigurationsprogramm, die Installation erledigt sich in Sekunden.

Erst nach einer gefühlten Ewigkeit öffnet sich das Terminal, und ich hangle mich durch die Verzeichnisse zu den Logdateien. Einen Befehl später rollen die Zeilen über den Bildschirm, und ich fühle meine Verzweiflung wachsen: Sukis Daten wie auch das System sind ein einziger Trümmerhaufen. Mehrere der Programme kämpfen um den exklusiven Zugriff auf einzelne Dateien – Deadlocks überall. Die Konfigurationen sind mit unsinnigen Werten zerschossen, es ist nahezu unmöglich, dass sie zu Bewusstsein kommt. Da hilft keine Reparatur mehr. Mit zittrigen Fingern leite ich den Wartungsmodus ein, um das Back-up zu laden.

»Was machst du da?«, will Cem wissen.

»Ich starte gerade ihren Restore-Modus, so kann ich die verloren gegangenen Daten wiederherstellen.« Cem stößt erleichtert den Atem aus. »Das heißt aber lange noch nicht, dass sie dann auch ihr Bewusstsein erlangt.« Ich presse meine Zähne aufeinander, bis mein Kiefer knirscht, und fahre dann mit gesenkter Stimme fort. »Zumindest wird sie wieder funktionieren, so, wie es vorgesehen ist.«

Mit geräuschvollem Stöhnen fährt Cem sich übers Gesicht. »Mann, Lennox, ich weiß echt nicht, was ich sagen soll. Das Ganze ist so verrückt.«

Ich nicke nur. Dann blicken wir schweigend eine Zeit lang auf den Monitor, bis die schnell hochzählende Prozentanzeige die 100 erreicht.

Sukis Kopfzucken lässt nach und versiegt schließlich vollends.

Meine Anspannung steigt ins Unermessliche.

Ihre Augen richten sich auf mich. »Hallo, Lennox, was kann ich für dich tun?«

O nein, bitte nicht schon wieder. Ich schlucke, für einen Moment lang bin ich unfähig, mich zu bewegen, geschweige denn einen klaren Gedanken zu fassen. In meinem Kopf herrscht ein einziges beschissenes Chaos. Das darf alles nicht wahr sein.

»Scheiße!«, bringt Cem es auf den Punkt, ehe sich angespannte Stille im Raum ausbreitet.

»Du hast doch gesagt, sie hat sich verändert, als Checker vors Auto gelaufen ist«, bricht Cem nach einer Weile das Schweigen zwischen uns, als hätte ihn soeben ein genialer Einfall durchzuckt. »Meintest du damit, dass dadurch ihr Bewusstsein zum Leben erwacht ist?«

Ich nicke. »Ja, der Unfall muss den Ausschlag gegeben haben.«

»Dann muss etwas geschehen, das sie in ihrem Innersten stark berührt. Du brauchst einen Auslöser.« Cem erhebt sich stöhnend und tätschelt mir die Schulter. »Du schaffst das irgendwie. Ich mach mich jetzt vom Acker, damit mir meine Familie nicht die Hölle heiß macht.«

Ich nicke und zwinge ein Lächeln auf meine Lippen.

»Sag Bescheid, wenn du mich brauchst, ich melde mich morgen.«

»Danke, Cem. Für alles.«

Er dreht sich beim Gehen noch einmal zu mir um. »Das war keine große Sache.« Zögerlich bleibt er stehen, als hätte er noch etwas auf dem Herzen. »Ich hatte den Eindruck, dass Suki verliebt in dich ist, so, wie sie dich die ganze Zeit angesehen hat. Sie scheint es genauso erwischt zu haben wie dich.« Er wackelt mit seinen wulstigen Augenbrauen, doch leider ist mir immer noch nicht zum Lachen zumute.

Ich nicke nur, während ich bereits überlege, wie ich zu Suki vordringen kann. Ich beschließe, es zu allererst mit Worten zu versuchen.

Kaum ist Cem aus der Tür, stütze ich meine Hände rechts und links von ihr auf die Rückenlehne des Sessels. »Suki, es tut mir unendlich leid, was passiert ist. Es ist alles meine Schuld.« Ich versinke in ihren Augen, versuche, alles in diesen Blick zu legen, ihr das zu sagen, was ich ihr schon längst hätte sagen sollen. Dass sie nach Mamas Tod die Person ist, die mir am nächsten steht. Dass ich noch nie in der Gegenwart einer Frau so empfunden habe. Dass ich sie nicht verlieren will. Ich blicke ihr so intensiv in die Augen, wie es mir möglich ist, doch ich finde nur Unverständnis darin. Zwei schwarze Iriden in einem seelenlosen Meer.

Suki hält den Kopf schräg und sagt im nächsten Moment das, wovor ich mich am meisten gefürchtet habe. »Lennox, leider weiß ich nicht, wovon du sprichst. Wie kann ich dir behilflich sein?«

Scheiße, Scheiße, Scheiße! Tränen schießen mir in die Augen, rasch wende ich mich von ihr ab.

Warum habe ich ihr nur den Raki gegeben? Mein Kopf kippt in den Nacken, und ich atme tief durch. Ich muss mich zusammenreißen, darf jetzt nicht die Nerven verlieren.

Mich in ihrer Gegenwart zu befinden, war noch vor Kurzem das Schönste für mich, doch in diesem Zustand kann ich sie kaum ertragen. Es macht mich fertig, sie so zu sehen. Wäre das hier ein Märchen, würde jetzt die gute Fee kommen und

Suki in einen Menschen verwandeln wie bei Pinocchio. Nur leider ist das hier die beschissene Realität.

Ich gehe ans Fenster und blicke hinunter auf die Straße. Es hat wieder zu schneien begonnen. Dicke Schneeflocken fallen vom schwarzen Nachthimmel und bedecken die Welt aufs Neue mit einem weißen Teppich.

»Wenn du mich nicht mehr brauchst, dann ziehe ich mich jetzt zurück«, sagt Suki und erhebt sich von dem Sessel.

Statt einer Antwort schließe ich die Augen und lehne meine Stirn an die kühle Fensterscheibe. Es tut gut und hilft mir, meine Gedanken zu klären. Wenn Cem damit recht hat, dass Suki wirklich in mich verliebt ist, dann könnte ich vielleicht mit einem Kuss ihre Seele erreichen und so ihr Bewusstsein wieder zum Leben erwecken.

Dieser Kuss auf dem Weihnachtsmarkt war das Irrste, was ich je erlebt habe. Noch nie hat mich etwas so sehr in meinem Innersten berührt. Wenn es ihr nur annähernd so gegangen ist wie mir, könnte es klappen.

»Warte bitte!«

Suki reagiert prompt und bleibt stehen. Kurz vor der Tür angelangt dreht sie sich um und sieht mich fragend an. »Was kann ich für dich tun, Lennox?« Sie spricht mechanisch und schenkt mir ihr künstliches Lächeln, das ich nur schwer ertragen kann. Es tut mir beinah körperlich weh.

Ich stoße einen Seufzer aus. »Ich möchte, dass du mir einen Gefallen tust.« Langsam gehe ich auf sie zu. »Wir spielen ein Spiel. Ich will, dass wir uns küssen, so, wie es Menschen tun, die sich lieben.«

»Wenn du das möchtest.«

»Ja, das ist mein Wunsch. Du musst so tun, als würdest du mich begehren. Lege deine Arme um mich und erwidere meinen Kuss.«

»Ganz wie du willst, Lennox.«

Ich stehe nun dicht vor ihr, meine Augen wandern hinab zu ihren Lippen. Ich versuche, mich nur auf diesen Teil zu konzentrieren. Wieder komme ich mir vor wie ein Perverser, der willenlose Roboter für sexuelle Dienste missbraucht. Ich fahre mir durchs Haar und atme tief ein. Mach dich frei von diesen Gedanken und stelle dir vor, die menschliche Suki steht vor dir!

Ich rufe mir unseren Kuss auf der Eisbahn in Erinnerung und lege den Arm um ihre Taille.

Sukis Arme umfassen meinen Oberkörper. Langsam beuge ich mich zu ihr hinab und berühre ihre Lippen mit meinen. Dann schließe ich die Augen.

Mit aller Leidenschaft, die ich aufbringen kann, küsse ich sie.

Suki macht nicht mit. Es ist offensichtlich, dass sie nicht weiß, was sie tun soll. Ihre Zunge ist wie eine Maus, die sich tot stellt, während die Schlange mit ihr spielt.

Ich spüre nichts. Genauso gut könnte ich einer Gummipuppe die Zunge zwischen ihre Plastiklippen schieben.

Ich löse mich von ihr und trete einen Schritt zurück. Mit gesenktem Kopf balle ich die Hände zu Fäusten. Nein, es ist noch lange nicht so weit, um aufzugeben, es muss noch eine andere Möglichkeit geben, sie wieder zurückzuholen.

Ich blicke ihr in die Augen. »Bleib bei mir heute Nacht, Suki.«

»Möchtest du sexuellen Verkehr mit mir haben?«

Ich schreie innerlich auf, am liebsten möchte ich sie schütteln.

Jetzt nicht die Kontrolle verlieren, Lennox, mahne ich mich. Seufzend schüttle ich den Kopf, bemühe mich, ruhig zu bleiben. »Nein, Suki. Leg dich einfach neben mich, ich will dich nur in meiner Nähe haben.«

Ohne sie noch einmal anzusehen, schnappe ich mir meinen Pyjama vom Bett und eile ins Bad. Dort schaufle ich mir Unmengen von Wasser ins Gesicht, ehe ich mir die Zähne putze und mir den Schlafanzug anziehe.

Als ich zurückkomme, liegt Suki kerzengerade im Bett und rührt sich nicht.

Ich lege mich neben sie und fasse nach ihrer Hand. Sie fühlt sich kühl und trocken an, irgendwie leblos – so leblos wie ihr Geist.

Eine unendliche Traurigkeit überkommt mich. Suki hat mich in der kurzen Zeit unseres Zusammenseins verändert, hat meinem Leben wieder einen Sinn gegeben und mir Hoffnung auf Glück geschenkt. Mit ihr konnte ich jeden Augenblick genießen. Sie hat mir gezeigt, was leben bedeutet. Ich schnaube bei dem Gedanken, dass erst ein Roboter kommen muss, um mir beizubringen, wie man Glück empfinden und sich auch an kleinen Dingen erfreuen kann. Aber es ist die Wahrheit. Suki hat Licht in mein dunkles Dasein gebracht. Heilsames Licht, das mein Herz erwärmt.

Ich fühle ein Stechen hinter den Augen. Der Schmerz in meinem Inneren ist auf einmal so unerträglich, dass er sich in einem lauten Schluchzer entlädt und in einer Flut von Tränen aus mir herausbricht.

Es mögen Stunden sein, die ich einfach nur so daliege und der Schmerz aus mir herausfließt. Als hätte sich ein Ventil geöffnet, das allen Kummer entweichen lässt. Genau wie bei Checkers Tod.

Es tut gut.

Irgendwann wende ich den Kopf zur Seite. Ihren Blick an die Decke gerichtet, liegt Suki genauso regungslos da wie zuvor.

»Du fehlst mir so«, flüstere ich mit von Tränen heiserer Stimme und rücke ganz nah an sie heran, sodass mein Atem über ihr Gesicht streift. »Bitte, komm zurück zu mir, ich liebe dich.« Diese drei letzten Worte kamen so einfach über meine Lippen und hallen in mir nach. Ich habe sie gesagt, ohne zu überlegen, denn sie sprechen mir aus tiefstem Herzen.

Und dann küsse ich Suki, lege all meinen Schmerz und meine Sehnsucht in diesen Kuss hinein.

Ein salziger Geschmack liegt auf meiner Zunge, dabei sind meine Tränen längst versiegt. Ich öffne die Lider und hebe den Kopf, um Suki ins Gesicht zu sehen.

Tränen laufen über ihre Wange.

Mein Herzschlag setzt kurz aus, als sie mit weit aufgerissenen Augen laut nach Luft schnappt, so, als hätte sie nach längerer Zeit unter Wasser die Oberfläche durchbrochen.

Dann findet mich ihr Blick und bringt mein Herz zum Schmelzen. Ihre Augen glänzen feucht, sind jetzt wieder voller Wärme und Leben.

Mir wird einen Moment lang ganz schwindlig vor Erleichterung und Glück.

Die Erfüllung allen Seins

Suki

Ich höre eine Stimme sanfte Worte sprechen. So wundervolle Worte, die mein tiefstes Inneres berühren und mir Wärme schenken.

Lennox. Er küsst mich auf diese Art und Weise, wie er es schon einmal getan hat. So wunderschön. Der seltsame Druck, der sich in meiner Brust gebildet hat, löst sich und lässt mich in einem Meer aus Emotionen, Erinnerungen und Gedanken schwimmen. Es fühlt sich unglaublich gut an.

Ich möchte zu ihm, seinen Kuss erwidern und ihm sagen, was ich empfinde.

Mit einem Mal spüre ich wieder bewusst, wie Luft durch mich hindurchströmt. Gierig sauge ich sie in mich ein, als bräuchte ich sie zum Überleben.

Jetzt sehe ich Lennox über mir. Seine Augen sind rot geschwollen, als hätte er viele Tränen vergossen.

Ich liege in seinem Bett.

»Was ist passiert?« Mein Kopf dröhnt. Die Stahlgelenke und künstlichen Glieder knarzen und ächzen in mir, haben Schwierigkeiten, richtig in Gang zu kommen.

Tausend Emotionen spiegeln sich gleichzeitig in seinem Gesicht. Erstaunen mischt sich mit Verwirrung, Hoffnung mit Freude. Mit einem erleichterten Lachen lässt er den angehaltenen Atem entweichen und zieht mich in eine lange Umarmung. »Du hast den Alkohol nicht vertragen und bist umgekippt.«

Er hält mich so fest, dass ich das Pochen seines Herzens spüre, als wäre es mein eigenes. Langsam kommt die Erinnerung wieder und mit ihr auch das hohle Gefühl der Enttäuschung, das sich auf meine Brust legt. Ich habe diesen Raki in mich hineingeschüttet, weil er mich beruhigt und getröstet hat.

»Danach musste ich dich neu starten, aber dein Bewusstsein war verschwunden«, fährt Lennox fort. »Ich hatte die schlimmsten Befürchtungen, dachte, ich habe dich für immer verloren.«

Sein Körper bebt, ein leises Schluchzen dringt aus ihm hervor, und ich fühle, wie eine seiner Tränen meinen Nacken benetzt. Er hat sich offenbar ernsthafte Sorgen um mich gemacht.

»Dann habe ich dich mit dem Computer verbunden und die verloren gegangenen Daten wiederhergestellt, doch auch das brachte dich nicht zu mir zurück. Ich habe mir die schlimmsten Vorwürfe gemacht.«

Seine Stimme klingt rau und zugleich unendlich weich. Voller Gefühl. Sein Atem streift mein Ohr und beschert mir einen angenehmen Schauer. Im nächsten Moment löst er sich von mir und sieht mich an, als müsste er sich nochmals davon überzeugen, dass ich auch wirklich bei ihm bin.

Dieses erstickende Gefühl in meiner Brust ist verschwunden, und mit einem Mal gibt es nur noch Lennox und mich. »Jetzt ist ja alles wieder gut.« Ich spüre, wie sich ein Lächeln auf mein Gesicht legt, während unsere Blicke ineinandergreifen und wir tief darin versinken. »Du hast es geschafft, mich zurückzuholen.« Ich lege den Kopf auf dem weichen Kissen ab, streiche mit beiden Händen das Haar aus seinem Gesicht und umfasse es zärtlich. Dann ziehe ich seinen Kopf so dicht an mich heran, dass sich unsere Nasen beinahe berühren. Bevor ich meine Lippen auf seine lege, wandert mein Blick hinab zu seinem Mund. Ein heftiges Prickeln breitet sich in meinem

Bauch aus. So, wie ich es schon einmal mit ihm empfunden habe.

Seine weich geschwungenen Lippen öffnen sich leicht, warten nur darauf, von mir geküsst zu werden. Sein Atem wird zu meinem, unsere beiden Brustkörbe heben und senken sich im Einklang. Ich nehme seinen männlich herben Geruch wahr, unter den sich etwas Süßes, Unwiderstehliches mischt. Sekunden verschmelzen zu einer Ewigkeit, bis ich es nicht mehr aushalte. Ich muss ihn küssen. Jetzt. Auf der Stelle. Will ihn spüren, seine Arme um mich geschlungen, ihn schmecken, endlich mit ihm eins werden.

Mit leicht geöffnetem Mund nähere ich mich ihm.

Die Berührung unserer Lippen sendet ein Kribbeln durch mich hindurch, das meinen ganzen Körper vibrieren lässt. Ich will mehr davon.

Seine Zunge taucht in mich ein und liebkost die meine, so zärtlich, dass mir Tränen in die Augen schießen.

Als würde der Sinn meines Daseins nur aus diesem Augenblick bestehen, erwidere ich seinen Kuss und lege alles hinein, was ich empfinde.

Ein Stöhnen dringt aus seiner Kehle, kurz darauf fühle ich seine Finger durch mein Haar gleiten, die an meinem Hinterkopf verharren. Er drückt sich an mich und plötzlich spüre ich sein ganzes Gewicht auf mir.

Ich keuche überrascht auf. Was ist das nur für ein seltsames und zugleich fantastisches Gefühl, dieses betörende Pochen und diese schwindelerregende Wärme, die durch meinen Unterleib schießt und sich jetzt ganz langsam ausbreitet? Eine völlig neue Empfindung. Berauschend und verwirrend zugleich.

»Lennox …«, flüstere ich mit erstickter Stimme, doch er lässt mich nicht weiter zu Wort kommen, sondern küsst mich stattdessen um den Verstand, während ich unter ihm schmelze wie Schnee in der Sonne.

Als er sich viel zu früh von mir löst, hängt mein Blick immer noch sehnsüchtig an seinen Lippen, denn die meinen fühlen sich mit einem Mal schrecklich verloren an.

Sein Atem geht heftig und stoßweise. »Ich werde dafür sorgen, dass so etwas nie wieder geschieht«, raunt er mir mit einem von Zärtlichkeit verhangenem Blick zu. »Von jetzt an passe ich auf dich auf. Ein weiteres Mal würde ich es nämlich nicht verkraften, wenn du mich verlässt.«

Seine Worte lassen mein mechanisches Herz schneller schlagen, sodass ich einen Moment lang befürchte, es könnte zerbersten.

Der nächste Kuss ist wilder, fast verzweifelt, als unsere Zungen aufeinandertreffen. Irgendwie habe ich das Gefühl, als wäre es nicht mehr genug, um mein Verlangen nach ihm zu stillen.

Lennox scheint genauso zu empfinden, denn er öffnet den obersten Knopf seines Pyjamahemdes und zieht es sich dann hastig über den Kopf.

Ich erhebe mich und schäle mich aus dem Kimono. Mit flinken Fingern öffne ich den BH, während Lennox sich seiner Hose entledigt.

In Unterwäsche sitzen wir uns gegenüber. Sein Blick versinkt in meinem, ich lese in ihm das gleiche Verlangen, das ich selbst empfinde. Sanft streicht sein Daumen über meine Wange, bleibt in meinem Mundwinkel hängen. Einen Lidschlag später beugt er sich vor und küsst mich so zärtlich, dass mir die Luft wegbleibt.

Ich streichle seine Schultern, seine Arme, fahre mit den Fingerspitzen über die glatten Muskeln seiner Brust, bis er mir den Slip hinunterstreift und ich mich wieder zurück in die Matratze sinken lasse.

Nur noch Lennox und ich existieren. Und dieser einzigartige Augenblick, von dem ich hoffe, er möge nie zu Ende gehen.

Jetzt kenne ich die Erfüllung allen Seins. Nie hätte ich gedacht, dass mein synthetischer Körper so außer Kontrolle geraten kann.

Eng umschlungen bleiben wir einige Zeit lang liegen und lauschen dem Atem des anderen. Auf eine glückselige Weise bin ich vollkommen erschöpft.

Nach einer Weile löse ich mich von ihm und starre an die Decke. Ich kann nicht sprechen, bin noch völlig gefangen in meinen Empfindungen, deren Widerhall ich versuche nachzuspüren.

Ich fühle Lennox' Blick auf mir, er ist der Erste, der die Stille durchbricht.

»Du bist so unfassbar schön …«

Ich höre ihn durchatmen, während er seine Finger sanft durch mein Haar gleiten lässt.

»Aber das ist nicht der einzige Grund, warum ich mich so sehr zu dir hingezogen fühle. Du berührst etwas in mir, von dem ich noch nicht mal wusste, dass es überhaupt existiert. Du hast mich dazu gebracht, wieder Freude zu empfinden.«

Er küsst meinen Oberarm und streichelt meine Haut, dann fährt er leise fort.

»Als Mama im Sterben lag, hab ich immer wieder zu ihr gesagt: »Verlass mich nicht!«, weil ich irgendwie gehofft habe, das könnte noch mal all ihre Kräfte mobilisieren. Ich dachte, wenn sie gegen den Krebs kämpft, schafft sie es vielleicht. Doch es war zu spät dazu, ihr ganzer Körper war bereits voller Metastasen. Sie hat sich nur noch gequält, es war dumm und egoistisch von mir, sie nicht gehen zu lassen. Mama war genauso lebensfroh wie du und hat das Glück auch in kleinen Dingen gesehen.«

Die Erinnerung zaubert ein Lächeln auf sein Gesicht, das aber sogleich erlischt.

»Als sie starb, ist mein Herz gebrochen.«

Er sieht mir tief in die Augen.

»Du hast es geschafft, es wieder zusammenzuflicken.«

Eine Pause entsteht, in der Lennox den Blick senkt und zischend durchatmet. »Doch dann sah es so aus, als würde ich auch dich verlieren …«

»Als du mit Shirin zusammen warst, hast du genauso empfunden wie mit mir?«, platzt es aus mir heraus. Ich muss es einfach wissen, will nicht, dass das noch länger zwischen uns steht.

Er schaut mich an, Verwunderung liegt in seinen Augen. »Nein, natürlich nicht. Wie kommst du denn darauf?«

Ich senke verlegen den Blick. »Na ja, wenn du sie geküsst hast …«

Lennox lacht auf. »Manchmal muss man im Leben mehrere Frösche küssen, um den richtigen zu finden.« Er drückt mir einen sanften Kuss auf den Haaransatz. »Noch nie hat jemand derartige Gefühle in mir hervorgerufen wie du, Suki. Das musst du mir glauben. Du bist alles für mich.«

Seine letzten Worte sind kaum mehr als ein heiseres Flüstern, aber so eindringlich, dass sie mir direkt unter die Haut gehen und mir einen angenehmen Schauer bescheren.

Ich drehe mich zur Seite, sodass wir uns gegenüberliegen, und streichle zärtlich über seine Wange. »Wenn ich wüsste, dass es nur noch einen Augenblick gäbe, den ich bewusst erleben darf, würde ich ihn nutzen, um dich zu küssen und dir zu sagen, wie sehr ich dich liebe.«

Seine Augen schimmern in der Dunkelheit. »Gott, Suki«, flüstert er mit rauer Stimme. »Das sind wunderschöne Worte. Aber du erlebst mit mir alles zum ersten Mal und hast, im Gegensatz zu mir, gar keinen Vergleich.«

»Das brauche ich auch nicht. Ich habe mir diese Gefühle nicht eingeredet, sie haben mich vollkommen überwältigt. Ich bin mir sicher, dass mir das mit niemand anderem passiert wäre.« Meine Augen wandern über sein Gesicht. »Glaubst du mir?«

Er sieht mich lange an, bis er schließlich unmerklich nickt. Zärtlich presst er seine Lippen auf meine, ehe er mich fest an sich drückt. »Ich werde dich nicht gehen lassen, von jetzt an gehören wir zusammen.«

»Lennox, ich will nicht zurück, es gibt nichts, was ich lieber möchte, als bei dir zu bleiben.« Ich schlucke und suche seinen Blick. »Aber ... er wird es niemals zulassen. Tanaka hat mich erschaffen, ich bin so etwas wie ein drittes Kind für ihn. Er wird alles daransetzen, mich wiederzubekommen.«

»Ich werde dich nicht einfach so widerstandslos gehen lassen. Vater kommt übermorgen aus Hongkong zurück, um dich nach Tokio zurückzubringen. Bis dahin müssen wir einen Plan haben.«

Ich nicke und seufze tief. Ich bezweifle, dass es uns gelingt, uns einfach so zu widersetzen. Die einzige Möglichkeit, die mir einfällt, wäre, uns aus dem Staub zu machen. Aber da ist ja auch noch Lennox' Krankheit, die eine Flucht erschweren würde. Schnell verdränge ich den Gedanken, ich will mir jetzt nicht darüber den Kopf zerbrechen. Vielleicht gibt es eine Lösung für alles, ich muss nur einfach fest daran glauben.

Mit einer schnellen Handbewegung schlage ich die Bettdecke über uns. »Du musst jetzt schlafen.« Ich bedecke seine Stirn mit einem sanften Kuss, in den ich all meine Zärtlichkeit hineinlege, die ich für ihn empfinde. »Erinnerst du dich, was das bedeutet?« Ohne seine Antwort abzuwarten, fahre ich fort. »Ich nehme dich als mein Schicksal an. Dieser Kuss soll uns für immer und ewig zusammenhalten.«

Lennox verzieht seine Lippen zu einem breiten Grinsen und küsst mich auf die Nasenspitze, dann auf die Wangen und schließlich auf die Stirn. »Du sollst mein Schicksal sein.« Dann kuschelt er sich an mich und legt den Arm so fest um mich, als könnte in der Nacht jemand kommen, um mich zu stehlen.

»Träum süß«, sage ich leise. »Ich bleibe bei dir und bewache deinen Schlaf.«

Hals über Kopf

Lennox

Mitten in der Nacht wache ich durch Sukis leises Wimmern auf. Ihr Atem klingt gepresst, als ob sie Qualen leiden würde. Sie liegt ganz weit von mir entfernt an der Bettkante und wälzt sich ruhelos hin und her. Ich rücke zu ihr hinüber und streiche ihr sanft über den Kopf. Ein Albtraum scheint sie zu quälen. Ich überlege, sie aufzuwecken. Doch umso länger ich sie streichle, desto ruhiger wird sie.

Ein ersticktes Stöhnen dringt zwischen ihren Lippen hervor. »Checker …«, murmelt sie auf einmal leise, legt ihre Stirn in Falten und gibt einen Laut von sich, der mich kurz zusammenzucken lässt. »… das wollte ich nicht.« Suki schluchzt, während sich eine Träne aus ihrem Augenwinkel löst und die Wange hinabrollt.

Sanft schüttle ich sie an der Schulter, ich will nicht, dass sie Checkers Tod noch einmal durchlebt. Offenbar verarbeitet sie diese Erfahrung im Traum. Abgesehen davon, dass sie jetzt alles zum ersten Mal bewusst wahrnimmt, scheint sie ein tiefes Empfinden zu haben. Sie fühlt sich immer noch verantwortlich für den Tod meines Hundes.

»Suki«, flüstere ich mit sanfter Stimme. »Wach auf!«

Ein leichtes Flattern ihrer Wimpern, dann öffnet sie leise stöhnend die Lider. Mit feuchten Augen sieht sie zu mir auf und wischt sich mit dem Handrücken über ihr nasses Gesicht.

»Lennox, ich bin schuld an Checkers Tod«, stößt sie schluchzend hervor. »Ich habe jetzt den Beweis dafür.«

»So ein Blödsinn, du hast nur geträumt.« Stirnrunzelnd greife ich nach ihrer Hand. Sie fühlt sich ganz kalt an. »Die wenigsten Träume entsprechen der Realität. Meist verarbeitet man sein Alltagsgeschehen, das, was einen im Wachzustand beschäftigt.«

Suki schüttelt vehement den Kopf. »Nein, es muss sich so zugetragen haben, eine andere Erklärung gibt es nicht.« Sie schluckt schwer, als müsste sie all ihren Mut zusammennehmen. »Ich habe den Ball auf die Straße geworfen … und Checker ist hinterhergerannt«, bringt sie stockend hervor. Dann sieht sie mit schuldbewusstem Blick langsam zu mir auf.

»Was?« Fassungslos sehe ich sie an und schnaube. »Es gibt tausend andere Erklärungen! Du konntest außerdem keinen Fehler machen. Du wurdest so programmiert, dass du Gefahren einschätzen kannst.«

»Wie willst du dir da so sicher sein?«

»Dein Schöpfer hätte seine Kinder sonst niemals in deine Obhut gegeben. Im Traum versuchst du nur, Checkers Tod zu verarbeiten, und weil du dir selbst die Schuld daran gibst, hast du geträumt, du hättest den Ball auf die Straße geworfen.«

Suki setzt sich auf und reibt sich angespannt über die Stirn. »Ich kann mich an gewisse Dinge nicht erinnern, sehe nur Bruchstücke oder Gesichter und kann sie zuordnen, aber natürlich nicht auf emotionaler Ebene, da es die ja nicht gab.«

»Das muss seltsam sein, keine Vergangenheit zu haben.« Meine Gedanken driften einen kurzen Moment ab zu Mama. Ich sehe ihr Lachen und wie sie mich in den Arm nimmt. So selbstlos und liebevoll, wie sie war, hätte ich mir keine bessere Mutter vorstellen können. Keine Wurzeln zu haben ist unvorstellbar für mich.

»Jetzt habe ich eine Vergangenheit.« Suki drückt meine Hand, ihr Daumen streicht zärtlich über meine Haut. »Ohne Frage eine kurze, aber die Zeit mit dir hat sich so in mein Gedächtnis eingebrannt, dass ich sie nie vergessen werde. Sie hat zwar mit einem Unglück begonnen, sich aber dann zu den wunderschönsten Momenten entwickelt, die ich mir vorstellen kann. So lange noch Leben in mir ist, werde ich immer von diesen Erinnerungen zehren.«

Bei ihren Worten verengt sich mein Brustkorb. Sie klingen so nach Abschied. »Suki, wir haben nicht nur eine gemeinsame Vergangenheit, sondern auch eine gemeinsame Zukunft.«

»Glaubst du wirklich daran?«

Das unsichere Flackern in ihren Augen entgeht mir nicht und stimmt mich traurig.

Ich nicke und streiche mit den Fingern ihren Nacken entlang. »Das tue ich. Man muss im Leben an das glauben, was man sich wünscht. Wenn man selbst nicht daran glaubt, wird es nicht in Erfüllung gehen.«

Suki beißt sich auf ihre Unterlippe. Es scheint ihr schwerzufallen, meine Zuversicht zu teilen.

»Du bist mein größter Wunsch und ich glaube daran, dass du auch meine Zukunft bist. Die Welt ist schön und bunt, es gibt noch so vieles, was ich dir zeigen, was ich zusammen mit dir entdecken will.«

Suki bedenkt mich mit einem ernsten Blick. »Die Welt ist bunt, das stimmt. Aber hast du vergessen, dass du bei Tag nicht rauskannst?«

Einen Augenblick lang kämpfe ich gegen den Kloß in meinem Hals, würge ihn mühsam hinunter. Dann schüttle ich den Kopf und zwinge ein Lächeln auf meine Lippen. »Nein, das habe ich nicht. Ich weiß, es sind nicht gerade die besten Voraussetzungen ...«

»Lennox, du kannst mich hier nicht verstecken«, schneidet Suki mir das Wort ab.

Ich seufze leise. »Das ist mir klar. Wir müssen eine Zeit lang untertauchen. Am besten jetzt sofort.« In dem Moment, wo ich diesen Entschluss fasse, spüre ich, wie mein Herz ins Stolpern gerät vor Aufregung. Ich merke, wie sich in mir ein Schalter umgelegt hat. Durch Suki habe ich eine Seite an mir entdeckt, die ich vorher nicht kannte. Sie hat mir geholfen, die Welt mit anderen Augen zu sehen. Jetzt wäre der richtige Zeitpunkt, aus meinem bisherigen Leben und somit aus meinem Gefängnis hier auszubrechen und einen neuen Schritt an Sukis Seite zu wagen.

Verwirrung steht in ihrem Gesicht. »Aber wohin?«

Ich fühle, wie sich bereits kribbelnde Aufbruchsstimmung in mir breitmacht. Denn plötzlich weiß ich, was zu tun ist. »Ich kenne einen Ort, an dem wir vorerst sicher sind. Dort können wir in Ruhe überlegen, wie es weitergehen soll.«

Ich strahle sie an, will ihr so gern Vertrauen in unsere Zukunft schenken. Mit einem Arm ziehe ich sie zu mir heran und küsse sie. In diesen Kuss lege ich all meinen Mut und die überschäumende Leidenschaft, die ich für Suki empfinde.

Als wir wieder zur Besinnung kommen, erscheint ein Lächeln auf ihren Lippen. »Dann lass uns verschwinden.«

Gott sei Dank! Erleichtert stoße ich den Atem aus. Dann nichts wie weg hier. Ich springe auf, will keine Zeit mehr verlieren.

Es dauert eine ganze Weile, bis mein Herz wieder seinen normalen Rhythmus gefunden hat. Ich schnappe mir meine Sporttasche, die ich früher immer fürs Fußballtraining benutzt habe, klaube einen Stapel Unterhosen und T-Shirts aus dem Schrank, eine zusätzliche Jeans, Socken und einen dicken Pullover und stopfe alles hinein. Den Rest werde ich am Körper tragen.

Suki sitzt im Schneidersitz auf dem Bett und sieht mir kichernd zu. »Du bist wie ausgewechselt.«

Kurz halte ich in der Bewegung inne, denn mir wird gerade eine Sache bewusst: Von dem Typ, der sein Leben verflucht hat und der seine Gewohnheiten niemals aufgegeben hätte, ist nichts mehr übrig. Die Angst, Suki zu verlieren, hat alles verändert. »So fühle ich mich auch«, erwidere ich und zwinkere ihr zu.

Im nächsten Augenblick verblasst ihr Lächeln, an dessen Stelle tritt ein besorgter Ausdruck. »Bist du ganz sicher, dass du meinetwegen deine gewohnte Umgebung verlassen willst?« Der Zweifel hat sich wieder in ihre Stimme geschlichen.

»Ganz sicher!«, sage ich bestimmt. »Ich will endlich weg von hier, hinaus ins Leben, mit dir an meiner Seite. Steh auf und pack alles zusammen, was du brauchst.« Nochmals schenke ich ihr ein aufmunterndes Lächeln. »Und vergiss nicht dein Ladekabel!«

Einen kurzen Moment lang denke ich darüber nach, ob es das Richtige ist, was ich hier mache. Doch rasch schüttle ich meine Unentschlossenheit ab. Es gibt keine andere Lösung, wenn ich Suki nicht verlieren will. Also verdränge ich den Gedanken und rausche ins Bad, um die wichtigsten Dinge einzupacken, wie Zahnbürste, Zahnpasta, Schmerzmittel für den Notfall und – nicht zu vergessen – meine Antidepressiva, ohne die geht es wohl nicht. Ich fühle mich noch nicht gefestigt genug, sie einfach abzusetzen. Obwohl Suki mir ausreichend Grund gibt, es zu tun. Erst mal sollten wir in Sicherheit sein, dann kann ich den nächsten Schritt wagen.

Was brauche ich noch? Gedankenverloren kratze ich mich am Kinn und drehe mich um mich selbst. Mir fällt ein, dass noch fünfhundert Euro in meinem Jackett stecken, die eigentlich für Shirin und Tuncay gedacht waren. Durch die ganze Aufregung haben wir natürlich das Überreichen der Geschenke verpasst. Jetzt kann ich sie gut gebrauchen, denn im Safe sind nur noch tausend Euro, mit denen werden wir nicht weit kommen. Ich habe zwar eine Kreditkarte und ein eigenes Bankkonto, auf das mir Vater regelmäßig Geld überweist, aber sobald er merkt, dass wir abgehauen sind, wird er sicherlich als Erstes die GoldCard sperren. Ich kenne ihn. Er wird uns nicht einfach so ziehen lassen.

Suki reibt nervös die Hände aneinander, als wir ins Treppenhaus treten und ich die Tür hinter uns abschließe. »Nun sag schon, wo gehen wir hin?« Vor Aufregung hat ihre Stimme einen hohen Klang angenommen.

Ich stoße ein gespielt genervtes Stöhnen aus, ehe ich sie fest umarme. »Du kannst es wohl gar nicht abwarten, wie?«, raune ich ihr ins Ohr. Dann greife ich nach ihrer Hand und ziehe sie weiter ins stockdunkle Treppenhaus zum nächsten Lichtschalter.

»Granny hat ein kleines Grundstück in einer Laubenkolonie, im Winter ist dort kein Mensch«, kläre ich sie auf, als ich ihr bei gedämpftem Licht wieder in die Augen blicken kann. »Es ist Jahre her, dass sie dort war, das letzte Mal muss noch vor Großvaters Unfall gewesen sein.«

Suki umklammert meine Hand noch fester, während wir die Treppen hinabsteigen. »Und wie kommen wir hinein?«

»Der Schlüssel befindet sich in einem Versteck. Granny fällt es schwer, alte Gewohnheiten abzulegen, das liegt wohl in der Familie.« Ich schenke Suki ein schiefes Lächeln.

Es ist sehr früh am Morgen, für mich eher mitten in der Nacht, als wir das Haus verlassen. Die Straßen sind wie leer gefegt, nur ein einsames Streufahrzeug verteilt Salz und Split auf der vereisten Fahrbahn. Bis zum nächsten U-Bahnhof ist es nicht weit, aber die Kälte lässt den Weg lang erscheinen. Bibbernd lege ich den Arm um Suki, über die freie Schulter hänge ich meine Sporttasche.

Sie trägt einen kleinen Schalenkoffer aus Vaters Beständen, in den wir nur das Nötigste gepackt haben.

Der U-Bahnhof ist wie ausgestorben, die Bahn ist uns gerade vor der Nase weggefahren, die nächste kommt erst in einer halben Stunde.

Suki und ich setzen uns auf eine Bank. Sie kuschelt sich eng an mich und legt ihren Kopf auf meiner Schulter ab, während ich mein Gesicht in ihrem Haar vergrabe. Sie hat einen Eigengeruch entwickelt, der betörend auf meine Sinne wirkt. Ihre Haut duftet süß nach Mandelblüte und irgendwie nach Winter, nach Leben und Freiheit.

»Meinst du nicht, dass dein Vater schnell draufkommen wird, wo wir sind?«

»Dann werden wir schon längst über alle Berge sein.«

»Wo ist *über alle Berge?*« Suki zieht so umwerfend süß die Stirn kraus, dass ich sie einfach nur umarmen und nie mehr loslassen möchte.

Stattdessen zucke ich mit den Schultern. »Das werden wir sehen. Ich habe bereits eine Idee, aber die ist noch nicht ausgegoren.«

Suki boxt mir spielerisch in die Brust. »Nun sag schon und spann mich nicht auf die Folter.«

Ich muss grinsen. »Woher hast du denn diese Redewendung?«

Ein verlegenes Lächeln legt sich auf ihr Gesicht. »Wahrscheinlich irgendwo aufgeschnappt.«

Ich seufze tief. »Also gut. Die Familie meiner Mutter stammt aus Süditalien, wir könnten in den Nachtzug steigen und meine Großeltern besuchen. Sie nehmen uns bestimmt für eine Weile bei sich auf.«

»Ist das nicht das Naheliegendste und folglich das Unklügste, was wir tun könnten? Dein Vater ist nicht blöd, er wird schnell dahinterkommen.«

»Meine Großeltern mögen ihn nicht besonders, sie würden uns bestimmt helfen und unsere Anwesenheit abstreiten.«

So ganz sicher bin ich mir nicht, ob ihre Vorbehalte gegen Vater dafür ausreichen, ihn anzulügen, aber zumindest reicht es, um Suki vorerst zu beruhigen. Es ist nicht wirklich so, dass sie ihn nicht leiden können, aber irgendwie haben sie ihm nie ganz verziehen, dass ihre Tochter seinetwegen nach Deutschland gezogen ist.

Suki wirkt nicht gerade überzeugt. »Es ist nur eine Frage der Zeit, bis er die Lüge durchschauen wird. Tanaka wird alles daransetzen, um mich zu finden.«

»Aber sagtest du nicht, im Labor warten noch etliche Androiden darauf, zum Einsatz gebracht zu werden? Vielleicht überschätzt du auch einfach deinen Stellenwert bei ihm, er weiß schließlich nicht, dass Leben in dir steckt. Für ihn bist du eine bahnbrechende Erfindung, aber auch nicht mehr als eine leblose Maschine.«

»Ich hoffe, du hast recht.«

Das leise Ächzen der Schienen kündigt das Einfahren des Zuges an. Ich erhebe mich, ziehe mir die Kapuze tiefer in die Stirn und schirme mein Gesicht mit dem dicken Schal vor dem grellen Licht der U-Bahnwaggons ab.

»Es wird alles gut werden.« Ich sehe Suki eindringlich in die Augen, während ich ihr in einer zärtlichen Geste die Mütze tiefer über die Ohren schiebe. »Ich verspreche es dir, so wahr ich hier stehe.«

Ihr Lächeln sagt mehr als tausend Worte und lässt mich hoffend zurück, dass mein Gelöbnis wirklich der Wahrheit entspricht.

Es ist immer noch dunkel, als wir die Gartenkolonie erreichen. Ich bin froh, dass ich in der Eile eine Taschenlampe eingesteckt habe, doch momentan spendet uns der fast volle Mond noch ausreichend Licht. Suki sieht sich um, während ich am verrosteten Gartentor rüttle.

Mit lautem Quietschen lässt es sich öffnen. Hand in Hand stapfen wir durch den tiefen Schnee, der sich angesammelt hat und mir bis zur Wade reicht. Der steinerne Weg, der sich bis zum Hauseingang schlängelt, ist nicht auszumachen, ebenso sind Grandmas geliebte Gartenzwerge völlig mit Schnee bedeckt und lassen sich nicht mehr als solche erkennen.

Das Haus ist winzig und verdient diesen Begriff eigentlich gar nicht. Es gleicht eher einem Hexenhäuschen, was durch die vielen Eiszapfen, die vom Dachfirst hängen, zusätzlich wirkungsvoll in Szene gesetzt wird.

Ich lasse Sukis Hand los und gehe mit klopfendem Herzen und knirschenden Schritten auf das am Boden befindliche Abflussrohr an der Hauswand zu. Granny hat das graue Rohrset extra als Attrappe angeschafft und uns stolz erklärt, dass dieses Versteck vor jedem Langfinger sicher wäre. Ein Ende klebt an der Wand, das andere ist ein Stück in den Boden eingebuddelt. Das erweist sich jetzt als kleine Schwierigkeit, da die Erde gefroren ist.

Ich knie mich vor das Rohr und beginne, die dicke Schneeschicht abzutragen. Als ich am Boden angelangt bin, streife ich mir zuerst die Handschuhe ab, ehe ich mit bloßen Händen und klopfendem Herzen beginne, in der harten Erde zu graben. Schon nach kurzer Zeit spüre ich meine Finger nicht mehr, sie sind steif gefroren.

Fuck!

Für einen Moment verharre ich, reibe die Hände aneinander und hauche hinein. Jetzt nur nicht aufgeben, gleich habe ich es geschafft. Mit aller Kraft, die ich aufbringen kann, ziehe und rüttle ich am Rohr, bis es sich schließlich lockern lässt. Endlich! Als ich es aus der Erde befreit habe, öffne ich den Gummiverschluss und entdecke darin den an einer Kordel befestigten Schlüssel. Erleichtert atme ich durch. Die erste Hürde wäre schon mal überwunden, denn wenn ich ehrlich bin, war ich mir nicht so sicher, ob Granny den Schlüssel bei ihrem letzten Besuch nicht doch mitgenommen hatte.

Mein Blick hält suchend nach Suki Ausschau.

Wie ein kleines Kind, das zum ersten Mal Schnee sieht, zupft sie an einem bepuderten Zweig und schaut den Flocken dabei zu, wie sie langsam zu Boden rieseln. Umwerfend süß.

Mit zittrigen Fingern drehe ich den Schlüssel im Schloss. Knarzend öffnet sich die Tür und lässt silbernes Mondlicht hereinfließen.

In der Hütte ist es arschkalt, und es riecht nach altem, fauligem Holz. Nichts erinnert mehr an die Sommer meiner Kindheit, die ich hier verbracht habe.

Ich taste nach dem Lichtschalter, doch es bleibt dunkel.

In diesem Moment fällt es mir siedend heiß ein. »Verdammter Mist!« Warum habe ich nicht eher daran gedacht? Die

Strom- und Wasserversorgung wird hier im Winter eingestellt, um Rohrbrüche und andere Frostschäden zu verhindern. Ich könnte mir in den Arsch beißen.

»Unser Aufenthalt hier wird nicht von langer Dauer sein. Es gibt weder Strom noch Wasser«, lasse ich Suki wissen.

Ihr Gesicht nimmt einen besorgten Ausdruck an. »Ich kann wohl nicht den Kältetod sterben, aber für dich wird es hart.«

»Deshalb habe ich dich doch mitgenommen, damit du mich wärmst,« sage ich mit gespielter Leichtigkeit.

Kichernd legt sie ihre behandschuhten Hände auf meine Wangen. »Nichts lieber als das.« Sie gibt mir einen zärtlichen Kuss, der mich wieder daran erinnert, warum ich eigentlich hier bin.

Ich krame nach der Taschenlampe und werde fündig. Nachdem ich sie angeknipst habe, lasse ich den Lichtstrahl durch den Raum wandern.

Die Schlafcouch steht noch da, wo ich sie in Erinnerung hatte. An der gleichen Wandseite rechts von der Tür befinden sich eine kleine Kochzeile und ein Tisch mit vier Stühlen, vis-à-vis ein winziges Bad. Ich stürze auf die mit einem Fernseher besetzte Kommode gegenüber der Couch zu. Hier hat Granny immer Kerzen aufbewahrt.

Erleichtert atme ich auf, als ich eine Kiste mit Teelichtern, Streichhölzern und Petroleumleuchten entdecke. An Helligkeit wird es uns jedenfalls nicht mangeln.

Um ein wenig Wärme in den Raum zu bringen, beeilen wir uns damit, alle vorhandenen Kerzen anzuzünden.

Als ein Lichtermeer um uns herum flackert, ziehe ich die Schlafcouch aus.

»Schau mal, ob du in der Kammer neben dem Bad Bettzeug findest«, sage ich und suche derweilen alle Schränke nach Vorräten ab. Einige Konserven hat Granny zurückgelassen, ebenso viele Gewürze und Unmengen von Tee.

Schon nach kurzer Zeit kehrt Suki mit einem riesigen Deckenhaufen zurück. Gemeinsam beziehen wir die Schlafcouch, ehe wir die Schuhe abstreifen und uns in die dicken Decken kuscheln. Kaum habe ich die Augen geschlossen, erliege ich in Sukis Armen dem Schlaf.

Traurige Hundeaugen

Suki

Ich zähle die Schläge meines Pulses, der dumpf in meinen Schläfen pocht. Das Eigenleben meines Körpers hält mich die meisten Nächte davon ab, in den Dämmerzustand zu fallen. Nicht dass ich Schlaf benötige, aber in meinen Träumen sehe ich immer wieder Szenen aus der Zeit, als ich noch kein Bewusstsein besaß, sie helfen mir, mich zu erinnern.

Ich spüre das künstliche Blut durch meine Gefäße rauschen, die Pumplaute meines Herzens und das Brummen des Verdauungstrakts lassen mich nicht zur Ruhe kommen. Ich bezweifle, dass ich mich jemals daran gewöhnen werde. Aber wie hätte Tanaka auch wissen können, dass ich das alles mal bewusst wahrnehme, sonst hätte er sicherlich bei der Entwicklung meines Innenlebens darauf Rücksicht genommen. Hinzu kommt die Angst, dass Lennox' Plan missglückt und wir für immer getrennt werden. Schon der Gedanke daran schnürt mir die Kehle zu. Ohne ihn möchte ich nicht mehr existieren, denn durch ihn habe ich herausgefunden, was Liebe ist.

Alles um mich herum erscheint unwichtig, wenn er bei mir ist – es gibt nichts mehr als ihn und mich. Was er durch eine einzige Berührung in meinem Körper auslöst und was dabei mit meinem Geist geschieht – das ist Liebe. Das Strahlen, das er nur durch seine bloße Anwesenheit in mein Gesicht zaubert – das ist Liebe. Die unbändige Sehnsucht, die ich schon bei dem Gedanken empfinde, ohne ihn zu sein – das alles muss Liebe sein.

Als es endlich hell wird, wühle ich mich aus den Decken und ziehe mir die Schuhe über.

Ich muss für Lennox dringend etwas zum Frühstück besorgen. Mais und Thunfisch aus der Dose ist wohl nicht das Richtige. Eine Wärmflasche wäre auch nicht schlecht für den Notfall, falls meine Körperwärme nicht mehr ausreicht.

Mit einem Ruck erhebe ich mich und merke auf einmal, wie kraftlos ich bin. In der ganzen Aufregung habe ich vollkommen vergessen, mich in der Wohnung noch an eine Steckdose anzuschließen. Doch zum Glück habe ich vorsichtshalber meine Powerbank eingepackt, in der noch ausreichend Strom gespeichert ist.

Nachdem ich mich innerhalb einer halben Stunde wieder vollständig aufgeladen habe, streife ich mir die Winterjacke über, setze die Mütze auf und hole einen Zwanzigeuroschein aus Lennox' Portemonnaie, das sich in der Sporttasche befindet.

Als ich die Tür öffne, schlägt mir eisige Kälte entgegen. Wider Erwarten versteckt sich die Sonne heute nicht hinter grauen Wolken, sondern schickt ihre ersten Strahlen über einen gleißend blauen Horizont. Das Aufladen wäre also gar nicht nötig gewesen.

Unsere Füße haben Spuren hinterlassen, es sieht aus, als hätte ein Bär hier gewütet. Mit einem kleinen Lächeln im Gesicht stapfe ich eilig zum Gartentor, ich will wieder zurück sein, ehe Lennox aufwacht, damit er sich keine Sorgen macht.

Berge von Schnee türmen sich an den Zäunen der Grundstücke entlang und auch die lockere Schicht am Boden lässt darauf schließen, dass sich kaum ein Mensch zu der Jahreszeit hierher verirrt.

Bereits nach ein paar Minuten kann ich meine Zehen kaum noch spüren, aber es stört mich nicht weiter, dadurch fühle ich mich lebendig, die Kälte kann mir sowieso nichts anhaben.

Lennox. Ich seufze tief, und wie von selbst legt sich ein Lächeln auf mein Gesicht. Das Gefühl für ihn ist tief und fest in meiner Brust verankert, dennoch nagen Zweifel an mir, ob wir die richtige Entscheidung getroffen haben, einfach aus seiner sicheren und vertrauten Umgebung zu fliehen. Er ist kein gesunder Mensch, ich trage Verantwortung für ihn, denn ich bin beauftragt worden, mich um ihn zu kümmern. Ich will nicht, dass er meinetwegen seiner Gesundheit schadet. Andererseits sehe ich keine andere Möglichkeit, wenn wir zusammenbleiben wollen.

Ich nähere mich dem Ausgang der kleinen Gartenkolonie. Irgendwo hier in der Gegend wird es bestimmt einen Supermarkt geben.

Als ich die Hauptstraße erreiche, lasse ich den Blick über die Umgebung schweifen. Ich kann weit und breit keine Einkaufsmöglichkeit entdecken.

Eine alte Frau schlurft mir entgegen, hinter ihr ein Dackel, der den Eindruck erweckt, als wäre er lieber zu Hause im Warmen geblieben.

»Entschuldigen Sie, können Sie mir sagen, wo es hier in der Nähe einen Supermarkt gibt?«, spreche ich sie freundlich an.

Die alte Dame atmet schwer und verengt die Augen, als hätte sie mich nicht richtig verstanden.

Ich wiederhole die Frage etwas lauter, ehe Verständnis ihr Gesicht erhellt und ein Lächeln ihre Lippen kräuselt. »Ja. Allerdings müssen Sie noch einige Querstraßen weiterlaufen.« Ihr Arm zeigt in ihre Laufrichtung geradeaus. »Die dritte … nein, warten Sie …« Ihre Stirn legt sich in tiefe Falten, während sie nachdenkt. Ihr Dackel nutzt derweilen die Gelegenheit, sich zu erleichtern. Ich sehe ihm dabei zu, wie er sein Bein anhebt und sich ein gelber Strahl mitten auf den Bürgersteig ergießt. Der Urin sickert augenblicklich in den schmutzigen Schnee, der Hund dreht ein paar Runden um sich selbst, um dann daran zu schnüffeln.

»Nein, die vierte Querstraße rechts, dann immer geradeaus, die zweite Straße links abbiegen, und dann sehen Sie schon auf der rechten Seite den Supermarkt.«

Höflich bedanke ich mich und setze meinen Weg in die beschriebene Richtung fort.

Die Gänge sind leer in dem kleinen Einkaufsladen. Ich lege zwei Flaschen Wasser, Brot, Butter und Käse in den Korb und bleibe dann vor der Obstauslage stehen. Als ich vier Äpfel in eine Plastiktüte lege, habe ich plötzlich das Gefühl, als würde mich jemand beobachten.

Ich wende mich um und sehe einen Mann mittleren Alters, der mich merkwürdig anstarrt.

Unsicher erwidere ich seinen Blick. Sind wir uns vielleicht schon einmal begegnet und ich kann mich nur nicht erinnern, weil ich damals noch kein Bewusstsein hatte? Dann wäre es unhöflich, so zu tun, als würden wir uns nicht kennen.

Meine Lippen verziehen sich zu einem freundlichen Lächeln, worauf der merkwürdige Fremde verstohlen die Augen zu Boden gleiten lässt.

Ich habe mich also geirrt, wir sind uns nie zuvor begegnet. Aber warum hat er mich dann so eindringlich gemustert?

Ich nehme ihn noch einmal kurz in Augenschein. Er steht vor der Salatauslage und regt sich nicht, scheint mit den Gedanken woanders. Durch sein fettiges, schulterlanges Haar wirkt er ungepflegt, auch die zerschlissene Kleidung verrät, dass er nicht viel Wert auf sein Äußeres legt. Ich schätze ihn etwa so alt wie Lennox' Vater, kann mich natürlich auch täuschen, vielleicht lässt ihn auch nur der Bartschatten auf seinen Wangen älter wirken, als er ist. Bestimmt lebt er allein, für eine Frau würde er sich sicherlich mehr Mühe mit seinem Aussehen geben.

Ich stoße ein leises Seufzen aus. Es geht mich nichts an, ich kenne den Mann doch gar nicht, ich sollte mich lieber beeilen.

Schnellen Schrittes gehe ich an die Kasse und lege die Ware aufs Band.

Nur einen kurzen Augenblick später steht der Fremde dicht hinter mir. Er strömt einen unangenehmen Geruch aus, ich versuche, so wenig wie möglich einzuatmen.

Eilig nehme ich von der Kassiererin das Wechselgeld entgegen und packe meinen Einkauf in die Tüte.

Kurz sehe ich auf. Was habe ich nur an mir, dass dieser Mann seinen Blick so über meinen Körper streifen lässt? Seltsam. Irgendwie fühle ich mich dabei, als würde ich nackt vor ihm stehen. Nicht gerade ein angenehmes Gefühl.

Na ja, er wird schon seine Gründe haben.

Als ich den Supermarkt verlasse, versperrt mir ein kleiner Hund mit Schlappohren den Weg. Er schaut zu mir auf und seine traurigen Augen erwecken Mitleid in mir. Er ist angeleint, also muss er jemandem gehören. Dafür sieht er allerdings ziemlich verwahrlost aus. Meine Gedanken schweifen zu Checker. Gegen diesen Hund hier wirkte er lebendig und fröhlich.

Ich beuge mich zu ihm hinab, um ihn sanft über den Kopf zu streichen, aber er weicht zurück, als hätte er Angst, dass ich ihn schlagen würde.

»Sie mögen wohl Hunde?«, ertönt es hinter mir.

Ich wende mich um und sehe in das Gesicht des Fremden. Seine Stimme klingt ein wenig kratzig, aber nicht unsympathisch. Wahrscheinlich habe ich zu früh mein Urteil über ihn gefällt und er ist einfach nur schüchtern. So wird es sein.

»Ja, sehr«, antworte ich. »Ist das Ihrer?«

Er nickt und wischt sich mit dem Handrücken über die Nase.

»Er sieht so traurig aus.«

Ein Lächeln zerrt an dem Mundwinkel des Mannes. »Das liegt wohl daran, dass sie noch etwas erschöpft ist. Sie hat vor acht Wochen Welpen zur Welt gebracht – sieben Stück an der Zahl. Das hat sie sehr mitgenommen.«

»Wirklich? Sieben Stück?« Ich blicke ihn neugierig an. Die müssen furchtbar niedlich und flauschig sein, wenn sie so klein sind.

»Möchten Sie sie sehen?« Seine tief liegenden Augen blicken mich erwartungsvoll an.

Ich zögere einen Moment lang, aber ein starkes Gefühl in mir drängt mich, »Ja« zu sagen.

»Vielleicht möchten Sie einen haben. Manchmal ist es ja Liebe auf den ersten Blick und man fällt eine Entscheidung aus dem Bauch heraus. Ich suche noch Herrchen oder Frauchen, die gut für die Kleinen sorgen können, denn ich selbst kann höchstens zwei behalten. Ich möchte auch kein Geld dafür, bin allerdings sehr wählerisch, sie sollen es gut bei ihren zukünftigen Besitzern haben.« Der Mann wirft mir einen abschätzigen Blick zu. »Sie scheinen mir vertrauenswürdig zu sein und können wohl gut mit Tieren umgehen.«

Ich überlege, ob ich Lennox eine Freude mit so einem Welpen machen würde oder ob ein neuer Hund nicht jetzt noch zu früh käme – so kurz nach Checkers Tod. Zu so einem kleinen liebesbedürftigen Ding kann doch keiner Nein sagen. Lennox bestimmt nicht. Ein Kribbeln breitet sich auf einmal in meinem Bauch aus und ich bin ganz aufgeregt. Das wäre eine wirklich schöne Idee, ein Hund könnte uns auf unserer Reise begleiten und unser Weggefährte sein. Mit einem Strahlen richte ich meinen Blick wieder auf das Gesicht des Mannes.

»Einverstanden, ich würde mir die Welpen sehr gern anschauen.«

»Gut. Wir müssen ein Stück zu meiner Wohnung laufen, wenn es Ihnen nichts ausmacht.« Er wirft einen Blick auf meine zwei Tüten, die ich links und rechts in der Hand halte.

»Ach, kein Problem, das schaffe ich.« Ich stelle eine davon auf dem Boden ab und strecke ihm die Hand entgegen. »Ich bin Suki.«

Einen Moment lang scheint er irritiert und starrt meine Rechte an, doch dann schüttelte er sie. »Ich bin Frank.«

Irgendwie lässt mich das Gefühl nicht los, dass er wenig Umgang mit anderen Menschen pflegt, er wirkt so gehemmt. Na ja, immerhin hat er mich zu sich nach Hause eingeladen. Das ist wirklich nett von ihm.

Schweigend laufen wir nebeneinanderher. Ich weiß nicht, was ich sagen soll, vielleicht will Frank auch gar nicht reden, denn er scheint seinen Gedanken nachzuhängen. Wieder fällt mir der unangenehme Geruch auf, der von ihm ausgeht. Diesmal kann ich ihn genauer definieren, irgendwie säuerlich vermischt mit Schweiß.

Der Hund trottet uns hinterher. Er wirkt irgendwie altersschwach, die Geburt der Welpen muss ihm wirklich ziemlich zugesetzt haben. Seltsam, eigentlich hätte er sich nach zwei Monaten doch schon längst erholt haben müssen. Ab und zu zerrt Frank unwirsch an der Leine, besonders liebevoll geht er jedenfalls nicht mit seinem Tier um.

Erneut regt sich Mitleid in mir. Das arme Ding sollte besser zu Hause ausruhen, als bei der Kälte vor die Tür geschleift zu werden. Leise seufzend versuche ich, mich auf den Weg vor mir zu konzentrieren. Bei dem Gedanken an Lennox' Gesicht, wenn er den kleinen Hund sieht, wird mir ganz warm.

Nach fünf Minuten Fußweg dreht sich Frank zu mir um. »Hier ist es, wir sind da.«

Ich blicke an der Häuserfassade hoch. Der Wohnblock wirkt renovierungsbedürftig und nicht sehr einladend.

Zögerlich folge ich ihm ins Treppenhaus, wo es nach Putzmittel riecht, der Boden wurde offenbar frisch gewischt. Wir laufen schweigend die Stufen hinauf in den vierten Stock.

Als Frank die Tür aufmacht, weiche ich einen Schritt zurück. Mir schlägt ein äußerst unangenehmer Geruch entgegen. Es riecht muffig und ein wenig wie am Bahnhof heute Nacht. Kalter Zigarettengestank vermischt mit etwas Süßlich-Bitterem. Bier? Am liebsten würde ich umdrehen und gehen, aber das wäre unhöflich Frank gegenüber, wo er mir doch so ein nettes Angebot gemacht hat.

Ich luge in den schmalen Flur. Es ist düster dort drinnen, doch als Frank das Licht anmacht, wünsche ich mir, er hätte es ausgelassen. Der Teppich starrt vor Dreck, die Wände sind kahl, alles wirkt kalt und unpersönlich. Nicht gerade einladend.

Frank lässt mich eintreten, verschließt dann gewissenhaft die Tür hinter mir, zieht den Schlüssel ab und steckt ihn sich in die Hosentasche.

Merkwürdig. Ich wollte doch eigentlich nicht lange bleiben.

Jetzt mustert er mich ausgiebig. Da ist ein Funken Begierde in seinen Augen, den ich bei Lennox gesehen habe. Allerdings wirkt es bei Frank abstoßend, und ich fühle mich auf einmal unwohl in seiner Gegenwart. Ich sollte das hier so schnell wie möglich hinter mich bringen.

Ich schlucke hart, während ich mich umsehe. »Wo sind die Welpen? Ich bin ja schon so gespannt.«

»Es gibt keine Welpen.« Die Art, wie Frank das sagt und wie er mich dabei ansieht, lässt mich frösteln. Mein Unbehagen gewinnt die Oberhand, und meine Gedanken überschlagen sich mit einem Mal. Warum hat er mich angelogen? Wieso hat er mich hierhergebracht? Ich verstehe das nicht.

Frank geht einen Schritt auf mich zu, sein Hund beginnt zu bellen. Ich keuche auf, als er ihm einen brutalen Tritt mit dem Fuß versetzt. Durch einen zweiten befördert er ihn in das angrenzende Zimmer und knallt die Tür zu, ohne mich dabei aus den Augen zu lassen.

»Hey, warum tust du dem armen Hund weh?« Meine Brust wird eng. Ich will hier weg. Und zwar schnell.

»Der Scheißköter ist Nebensache, jetzt gibt es nur noch dich und mich.« Mit stechendem Blick pirscht er sich an mich heran, als wäre ich ein Reh, das er vorhat zu erlegen.

Plötzlich läuten in mir alle Alarmglocken. Frank führt nichts Gutes im Schilde, er ist böse. Er will etwas, was ich nicht will.

Angst überkommt mich, doch ich würge die aufsteigenden Tränen hinunter. Meine Menschenkenntnis ist zwar noch nicht so gut ausgeprägt, mir mangelt es an Erfahrung, aber mein Instinkt hat mich nicht getrogen. Hätte ich nur auf ihn gehört. Ich habe geahnt, dass mit Frank etwas nicht stimmt. Warum bin ich nur mit ihm gegangen?

Sein ekelhafter Körpergeruch beißt mir in die Nase, als er jetzt direkt vor mir steht und mein Kinn hebt, damit ich ihm in die Augen blicke. An seinen Lippen zupft ein gemeines Lächeln, das mir noch mehr Angst bereitet. Er greift nach meiner Hand und hält sie an sein Geschlecht. »Sieh nur, was du mit mir gemacht hast.«

Widerlich, er stinkt aus dem Mund. Ich spüre etwas Hartes in seiner Hose und versuche sofort, meinen Griff zu lösen.

Doch Frank hält mein Handgelenk fest umschlossen, so fest, dass es wehtut.

»Was willst du von mir?«, stoße ich keuchend hervor.

Er lacht laut auf, sein widerlicher Atem schlägt mir erneut entgegen. Mir wird ganz mulmig zumute, rasch wende ich den Kopf zur Seite.

»Ich denke, das ist eindeutig.« Seine rauen Hände grapschen nach meinen Brüsten.

In Sekundenbruchteilen registriere ich die schwarzen Ränder unter seinen Fingernägeln. Nein, ich werde nicht zulassen, dass dieses Dreckschwein mich antatscht und mir wehtut! Ich bin doch keine wehrlose Puppe, die sich nicht zu helfen weiß, ich muss schnellstens etwas unternehmen.

Ich fixiere ihn, kneife meine Augen zusammen und schlage mit einer blitzartigen Bewegung seine Hände nach unten.

Seine Miene verhärtet sich. »Ich wusste es. Wieder eine, die meint, sie müsste sich zieren. Dann muss ich wohl andere Maßnahmen ergreifen.«

Was macht er denn jetzt? Wo geht er hin?

Mit angehaltenem Atem sehe ich Frank hinterher, wie er hinter der Tür zu meiner Rechten verschwindet.

Schnell drehe ich mich um und rüttle an der Türklinke, während mein mechanisches Herz auf Hochtouren läuft. Es bleibt mir nichts anderes übrig, ich muss sie eintreten und laut nach Hilfe schreien, so, wie ich das schon einmal im Fernsehen gesehen habe.

Ehe ich meinen Plan in die Tat umsetzen kann, wird mir ein Tuch vor Mund und Nase gedrückt. Ich nehme noch einen stechenden Geruch wahr, dann wird mir schwarz vor Augen.

Ein Unglück kommt selten allein

Lennox

Sonnenstrahlen zwängen sich seitlich am lichtundurchlässigen Vorhang des schmalen Fensters vorbei, bitten schon quälende Stunden um Einlass.

Es ist bereits vierzehn Uhr, und Suki ist seit heute Morgen verschwunden. Wie lange genau, kann ich nicht sagen, da sie schon weg war, als ich gegen zwölf Uhr aufgewacht bin.

Mit rasendem Puls sitze ich auf der Bettkante, raufe mir die Haare und komme fast um vor Sorge.

Zum wiederholten Mal reibe ich meine feuchten Handflächen aneinander, versuche so, meine Panik niederzukämpfen.

Verdammte Scheiße! Was kann ich nur tun? Ich hätte ihr eins meiner alten Handys geben müssen, damit wir einander erreichen können, wenn wir getrennt sind.

Ich schnaube. Hinterher ist man immer schlauer.

Und wenn Suki keinen Saft mehr hat?

Mein Blick schweift durch den Raum und fällt erneut auf die Powerbank auf dem Couchtisch. Die lag gestern Abend noch nicht da, kein Zweifel, vor ihrem Aufbruch muss sie sich aufgeladen haben.

Und was, wenn sie aus Feigheit abgehauen ist, um sich nicht gegen ihren Schöpfer stellen zu müssen? Die Idee kommt mir erst jetzt. Sie könnte in die Wohnung zurückgekehrt sein.

Hastig durchwühle ich meine Jackentasche, die ich noch immer am Leib trage, nach dem Wohnungsschlüssel und werde fündig.

Ich bin ein verdammter Idiot, wie kann ich Suki nur so etwas unterstellen? Nein, es ist ausgeschlossen, dass sie mich ohne Weiteres hier sitzen lässt. Ihre Gefühle für mich sind echt, sie würde mich nie einfach so im Stich lassen, davon bin ich überzeugt.

Ruckartig stehe ich auf und laufe im Raum hin und her. Ich atme tief durch, doch auch das vertreibt meine zunehmende Nervosität und Anspannung nicht.

Was kann nur passiert sein? Ich vermute, Suki ist heute Morgen fort, um etwas zu essen einzukaufen. Zum gefühlt hundertsten Mal werfe ich einen Blick auf meine Armbanduhr. 14:07 Uhr. Sie müsste schon längst wieder hier sein. Vielleicht hat sie sich verlaufen. Ist das überhaupt möglich?

Blödsinn. Ein Roboter hat so eine Art elektronischen Kompass in sich, der, einem Navigationssystem gleich, immer wieder zum Ausgangspunkt zurückfindet. Außerdem hat sich ihre künstliche Intelligenz im Lernmodus sicher schon einen Orientierungssinn angeeignet.

Das Schlimme ist, dass mich diese Sachlage nur noch mehr beunruhigt. Was, wenn ihr System mitten auf der Straße abgestürzt ist? Sicherlich nicht aus heiterem Himmel, aber ein Auto könnte sie angefahren haben … Und jetzt liegt sie da, und keiner kann ihr helfen.

Womöglich hat jemand einen Krankenwagen gerufen. Das wäre eine Katastrophe! Die Hand zur Faust geballt schlage ich so lange gegen die Wand, bis der Schmerz dumpf darin pocht.

Ich schließe die Augen und lehne den Kopf resigniert an das kühle Holz der Tür. Wenn sie Suki aufschneiden oder durch die Röhre schieben, dann erfahren sie, dass sie kein Mensch ist. Ich möchte mir gar nicht ausmalen, was dann geschieht.

Nein. Ich muss jetzt Ruhe bewahren, darf den Teufel nicht gleich an die Wand malen. Es wird einen triftigen Grund geben, warum Suki wegbleibt. Vielleicht ist sie seit Stunden damit beschäftigt, mit ihrem Körper Engel in den Schnee zu malen, und hat dabei völlig die Zeit vergessen. Oder sie ist einfach im Supermarkt an der Auslage hängen geblieben.

Unsinn, so ist sie nicht. Suki würde mich niemals so lange allein lassen. Seit einer Ewigkeit gehen mir die schlimmsten Szenarien durch den Kopf, das muss ein Ende haben. Ich kann hier nicht einfach tatenlos herumsitzen, muss endlich etwas tun.

Scheiß auf die Sonne!

Ich binde mir den Schal über Nase und Mund und zerre die Kapuze meiner Winterjacke so tief, wie es geht, in die Stirn. Das muss ausreichen. Einen stolpernden Herzschlag später ziehe ich die Tür hinter mir zu und renne über breit getretenen Schnee durchs Gartentor nach draußen auf den vereisten Weg. Dort bleibe ich stehen und halte für einen Moment inne. Mein Kiefer mahlt. So ein verdammter Mist! Warum muss sich gerade heute die Sonne von ihrer besten Seite zeigen?

Nützt ja nichts, ich muss Suki finden. Alles andere ist nebensächlich, ich werde es überleben.

Und jetzt? Wenn ich nur wüsste, wo ich mit meiner Suche beginnen soll. Heute Nacht sind wir von rechts gekommen. Ob Suki den gleichen Weg zurückgegangen ist oder doch den anderen gewählt hat? Mir ist gestern kein einziger Supermarkt aufgefallen, dann hat sie es sicherlich in der entgegengesetzten Richtung versucht.

Also biege ich nach links ab. Die Hände tief in die Jackentaschen vergraben und den Blick nach unten gerichtet eile ich, so schnell es mir möglich ist, den rutschigen Pfad entlang, bis ich an die Hauptstraße gelange.

Den alten Mann, der mir auf dem Fahrrad entgegenschlingert, nehme ich erst im letzten Augenblick wahr. Mein Herz macht einen Satz. Fuck!

Gerade noch gelingt es mir, ihm auszuweichen. Fast wäre er in mich hineingefahren.

Er steigt vom Sattel und schüttelt den Kopf. »Das ist ja heute lebensgefährlich. Hätte nicht gedacht, dass das so glatt ist. Tut mir leid, junger Mann.«

Ich ziehe den Schal nach unten über den Mund. »Ist ja nichts passiert. Können Sie mir sagen, wo man hier einkaufen kann?« Ich versuche, meinen Kopf nach unten zu richten, um mich vor der Sonne zu schützen. Gleichzeitig will ich auch nicht unhöflich wirken.

»Da wollte ich gerade hin. Wenn Sie wollen, können Sie mich begleiten.« Er zieht sich seine Fellmütze tiefer über die Ohren, und ehe ich den Blick hinabsenke, kann ich ein verschmitztes Lächeln auf seinen Lippen erkennen. »Ich laufe auch, fahren hat sowieso keinen Zweck.«

»Ehrlich gesagt hab ich es eilig. Ich suche meine Freundin, die seit heute Morgen verschwunden ist.«

»Seit heute Morgen?« Der alte Mann lacht auf, sodass ich aus dem Augenwinkel seine goldenen Zahnkronen aufblitzen sehe. »Mach dir mal keine Sorgen, wenn sie dich liebt, taucht sie schon wieder auf.«

»Sie kennt sich hier in der Gegend nicht aus, ich befürchte, sie hat sich verlaufen. Ich muss die ganze Umgebung rund um den Supermarkt abgrasen.« Erneut riskiere ich einen kurzen Blick und sehe, wie er die Stirn in Falten legt.

Nach seiner ausführlichen Wegbeschreibung verabschiede ich mich von ihm.

»Dann wünsche ich dir viel Glück bei deiner Suche«, ruft er mir hinterher, während ich bereits die Straßenseite wechsle, um mich vor der Sonne in Sicherheit zu bringen.

Im leichten Laufschritt renne ich in die beschriebene Richtung, bis ich nach einigen Minuten atemlos vor dem Supermarkt ankomme.

Verflucht! Obwohl ich die meiste Zeit im Schatten gelaufen bin, spüre ich bereits ein leichtes Prickeln im Gesicht. In der Aufregung habe ich vergessen, den Schal wieder hochzuziehen, selbst die kurze Strecke macht sich jetzt auf meiner Haut bemerkbar.

Warum muss ausgerechnet heute die Sonne strahlen, als stünde sie mit einem Feuermeteor in Konkurrenz, wo sie sich die letzten Tage kaum hat blicken lassen? Verdammte Bitch! Das Schlimme ist, dass der Schnee das Sonnenlicht reflektiert und seine Wirkung zusätzlich verstärkt.

Sei keine Memme, Lennox, rede ich mir ins Gewissen. Das Einzige, was zählt, ist, dass du Suki wiederfindest.

Erleichtert, der Sonne zu entkommen, stürme ich in den Supermarkt direkt an die Kasse, an der vier Leute in der Schlange warten.

Gelangweilt zieht die Verkäuferin die Ware über den Scanner und ignoriert mich, als ich außer Atem vor ihr zum Stehen komme.

»Entschuldigung ...«, setze ich höflich an. »Haben Sie heute Morgen eine asiatische junge Frau hier gesehen?«

Sie blickt auf, sieht mich mit gerunzelter Stirn an. Einen Moment lang herrscht Stille. Alle warten neugierig ihre Antwort ab.

Die Kassiererin spitzt die Lippen, ihre Augen wandern nach oben, sie scheint zu überlegen. »Ja, ich erinnere mich an eine Asiatin, sie war meine erste Kundin.«

Sie ist hier gewesen! Erleichterung gepaart mit Aufregung durchflutet mich. Wenigstens gibt es schon mal einen Anhaltspunkt. »Und haben Sie zufällig gesehen, wo sie hingegangen ist?« Meine Stimme überschlägt sich beinah.

Mit der Rechten streicht sie sich ihren Pferdeschwanz glatt, der die verschiedensten Farbnuancen aufweist, ehe sie endlich mit einer Antwort herausrückt. »Ja, das habe ich.« Während sie grübelnd auf ihrer Unterlippe kaut, komme ich derweilen um vor Ungeduld. Am liebsten würde ich sie an der Schulter packen und die Worte aus ihr herausschütteln. »Lennox, jetzt nur nicht ungehalten werden«, höre ich Grannys mahnende Stimme in meinem Kopf.

»Da war so ein schräger Typ«, kommt sie endlich zur Sache, »der sie die ganze Zeit angegafft hat, mit dem hat sie sich draußen unterhalten und ist dann mit ihm weg.«

Der Schreck jagt mir durchs Herz und raubt mir den Atem. Kann es wirklich sein, dass Suki mit einem Fremden mitgegangen ist? »Sind Sie sich sicher?«

»Ja doch, wenn ich es sage.« Sie zieht eine Grimasse und rollt genervt die Augen. »Der hatte so einen kleinen Hund dabei.«

»Wissen Sie zufällig, wo der Kerl wohnt?«

Sie stößt ein schnaubendes Lachen aus. »So weit kommt's noch, dass ich weiß, wo unsere Kunden wohnen.«

»Hätte ja sein können«, murmle ich. »Können Sie ihn beschreiben?«

»Ich habe ihn schon öfters hier gesehen. Er ist ein ziemlicher Freak. Dunkle längere Haare, unsteter Blick. Mit dem würde ich nicht mal mitgehen, wenn er der letzte Mensch auf Erden wäre.«

Mir ist nicht entgangen, dass die umstehenden Kunden gebannt an ihren Lippen hängen. »Ist jemand unter Ihnen, der weiß, wo dieser Mann wohnt?« Ich lasse meinen Blick über jeden Einzelnen in der Schlange wandern.

Allgemeines Kopfschütteln, betretene Gesichter, die Kunden hüllen sich in Schweigen. Einzig die ältere Dame neben mir richtet ihr Wort an mich. »Ich kenne einen Mann mit einem Hund, der wohnt in unserem Haus, aber ob der das ist ...«

Ein Hoffnungsfunke springt zu mir über. »Überlegen Sie, ob die Beschreibung auf ihn zutreffen könnte.« Meine Stimme hat vor Ungeduld einen drängenden Ton angenommen. »Längeres dunkles Haar ...«

»Nein, nein ...«, fällt sie mir ins Wort, »der Mann, den ich meine, ist blond.«

Ich ziehe scharf Luft durch die Nase. »Okay, danke trotzdem«, würge ich hervor und wende mich wieder an die Kassiererin. »Wo sind sie langgelaufen?«

»Sie sind nach rechts in Richtung Waldrand verschwunden.«

Mir wird auf einmal speiübel und meine Gedanken drehen sich im Kreis. Was soll ich jetzt nur tun?

Ohne ein weiteres Wort stürze ich hinaus und renne auf die Straße.

Mir kommt es so vor, als hetze ich eine Ewigkeit über den gefrorenen Boden. Ich spüre, wie sich die Ameisen unter meiner Haut bereit machen und eilig umherkrabbeln. Es kribbelt wie verrückt, die ersten Vorboten einer Attacke.

Kurz vor dem Waldrand bleibe ich stehen und stütze meine Arme auf die Oberschenkel. Mein Atem geht stoßweise, es fällt mir schwer, Luft zu bekommen. Kalter Schweiß dringt mir aus allen Poren.

Noch nie im Leben habe ich solche Angst verspürt. Wenn dieser Typ sie angefasst hat, bring ich ihn um. Suki ist so unbedarft, weiß noch nichts davon, wozu Menschen fähig sind.

Farbige Punkte tanzen vor meinen Augen, selbst sie sind die Helligkeit nicht gewöhnt. Ich weiß, mein Körper wird das nicht lange mitmachen, es ist nur eine Frage der Zeit, bis mein Kreislauf zusammenklappt. Stress und Anstrengung verstärken die negativen Auswirkungen des Sonnenlichts noch zusätzlich.

Erschöpft lasse ich mich auf der Bordsteinkante nieder. Nur kurz Kraft tanken, dann kann ich mich weiter auf die Suche machen.

Ich darf jetzt nicht pausieren. Lennox, konzentrier dich, wo könnte Suki sein?

Angst und Verzweiflung geben sich abwechselnd die Klinke in die Hand. Sie bedeutet mir alles, ich muss sie finden. Mir fehlt die Luft zum Atmen, so heiß schäumt plötzlich Panik in mir hoch. Ich reiße an meinem Schal, um ihn ein wenig zu lockern, ziehe mir die Kapuze nach hinten, um mein Gesicht einen Augenblick lang in die kalte Luft zu halten.

Steh endlich auf Lennox, tu etwas! Du kannst doch nicht einfach nur hier rumsitzen.

Nur einen kurzen Moment noch.

Der Schmerz erwischt mich heimtückisch, ich muss sofort aus der Sonne.

Langsam erhebe ich mich. Schwanke im Stehen, setze einen Fuß vor den anderen … Wo soll ich nur anfangen, nach ihr zu suchen?

Ich kann nicht, ich kann einfach nicht. Mein Herz rast wie verrückt, ich fühle mich zu schwach …

Tastend bewege ich mich rückwärts, lasse mich wieder auf dem Bordstein nieder. Ich versuche, nur einen einzigen klaren Gedanken zu fassen, aber es gelingt mir nicht.

Entscheidung aus dem Bauch heraus

Suki

Ich blinzle benommen und schlage die Augen auf, spüre im gleichen Moment, dass etwas nicht stimmt.

Wo bin ich?

Der verschwommene Raum gewinnt allmählich an Schärfe und meine Erinnerungen kehren zurück.

Ich liege auf einem Bett, starre an eine schmutzig weiße Wand, von der eine einzelne Glühbirne baumelt. Mein Blick gleitet an mir herab, und ich erkenne den ungewaschenen Kopf des Mannes, dem ich gefolgt bin. Keuchend nestelt er am Reißverschluss meiner Hose.

Als hätte mich jemand mit einem Kübel Eiswasser überschüttet, klärt sich mein Verstand. Ein Wimmern dringt mir über die Lippen, als ich begreife, was gerade geschieht.

Durch mein Geräusch unterbrochen, hält er in der Bewegung inne und blickt mir ins Gesicht. Ein eiskaltes Lächeln gräbt sich aus seinen sonst so emotionslosen Zügen. Nie hätte ich gedacht, dass diese Gefühlsregung eine so grausame Form annehmen kann.

»Na, Hübsche, hast wohl doch Lust mitzumachen, was?«

Frank – ja, ich erinnere mich – streift mit seinen Fingern über den Stoff meiner Jeans und grinst dabei dreckig.

Ich bin wie gelähmt vor Schreck und rege mich nicht. Warum tut er das, warum ist er so böse, ich habe ihm doch nichts getan? Wie kann jemand gegen den Willen eines anderen eine sexuelle Handlung ausüben? Sich etwas, das nur zwei liebende Menschen miteinander teilen sollten, einfach so nehmen?

Diesmal ist mein System nicht vollständig runtergefahren. Der stechende Geruch des durchtränkten Tuchs hat mich nur für kurze Zeit in diesen vernebelten Zustand versetzt. Zum Glück, so bleibt mir noch die Möglichkeit, mich zur Wehr zu setzen.

Hitze steigt in mir hoch, als ich merke, dass ich meine Arme nicht bewegen kann und ein Plastikband in meine Handgelenke schneidet. Dieses Schwein hat sie mit Kabelbindern zusammengebunden! Ich keuche auf. Er wollte wohl auf Nummer sicher gehen. Oder aber er wusste genau, dass die Betäubung nicht lange anhält. Damit ich seinen sexuellen Übergriff bewusst miterlebe und er mich leiden sieht. Im Bruchteil von Sekunden schießen all diese Gedanken durch meinen Kopf. Ich muss eine Entscheidung fällen.

Frank hat sich die Hose heruntergerissen und ist im Begriff, meine ebenfalls runterzuziehen. Natürlich weiß er nicht, welche Kräfte in mir lauern, die nur darauf warten, dass ich sie freisetze. Die Maschine in mir ist bereit, sich zu wehren. Jetzt oder nie!

Mit einer blitzartigen Bewegung sprenge ich die Plastikhandfesseln um meine Handgelenke und schieße hoch.

Vor Überraschung bleibt Frank der Mund offen stehen. Er ist so perplex, dass er mich sekundenlang nur anstarren kann. Doch dann verengen sich seine Augen zu Schlitzen und sein Gesicht verzieht sich zu einer Maske des Zorns. »Du willst dich mir doch nicht etwa widersetzen, du kleines Luder?« Mit einem Satz ist er auf mir und drückt meinen Oberkörper zurück in die Matratze. Seine Hände schießen vor um meinen Hals und drücken zu.

Dieses Schwein hat doch nicht etwa vor ...?

Er fühlt sich unbesiegbar, denkt, unter seinem unbarmherzigen Griff hätte ich keine Chance. Dann hat er die Rechnung wohl ohne mich gemacht.

Blitzartig packen meine Hände seine Unterarme, schließen sich fest um seine Handgelenke, um sie wegzudrücken.

Die Zähne aufeinandergepresst, scheint es Frank enorme Kraft zu kosten, seinen Griff beizubehalten. Er keucht und ächzt, doch so zäh, wie er ist, wird er nicht so schnell aufgeben.

Mein Hals verengt sich immer mehr, er kappt mir die Luft zum Atmen. Ein Mensch hätte keine Chance mehr, sich zu wehren, doch ich spüre, wie die Maschine in mir die Oberhand gewinnt. Ich fühle mich, als ob in meinem Inneren alles zu Eis gefriert. Etwas Bedrohliches steigt in mir hoch, das sich nicht mehr aufhalten lässt. Meine Angst weicht zurück und macht abgrundtiefem Hass Platz, den ich für diesen Mann empfinde. Dieses Gefühl ist völlig neu für mich und so stark, dass es mich bis in die kleinste Faser meines mechanischen Körpers vereinnahmt. Und noch ein weiteres Gefühl gewinnt in mir die Vorherrschaft: Abscheu. Seine Ausdünstungen kriechen mir in die Nase und wühlen sich durch mein Inneres. Dieser Typ widert mich einfach nur an. Ich will hier weg, will zu Lennox, er braucht mich und wird sich schon Sorgen machen, wo ich bleibe. Niemand darf sich zwischen uns stellen.

Franks Gesicht ist unter der Anstrengung rot angelaufen, und Schweißperlen dringen aus seinen Poren, drohen, jeden Moment auf mich herabzutropfen.

Ekel wühlt sich durch mein Innerstes, nimmt mich völlig ein. Was mache ich hier eigentlich, worauf warte ich? Ich muss handeln. Und zwar sofort.

Die einfachste Möglichkeit, mich zu wehren, ist, es ihm gleichzutun. Also löse ich den Griff um seine Handgelenke und umschlinge seinen Hals, drücke so fest zu, wie es mir möglich ist. Es ist nicht nur mein Selbsterhaltungstrieb, der mich stark macht. Die angestaute Wut und der Ekel, alles scheint sich in diesem Moment zu entladen. Der Gedanke, so lange von Lennox getrennt zu sein, lässt mich rasend werden und setzt alle Kräfte in mir frei.

Franks Augen treten hervor, Würggeräusche entringen sich seiner Kehle, langsam lockert er seinen Griff.

Ich bin eindeutig die Stärkere von uns beiden, denn schon einen Augenblick später löst er seine Hände von meinem Hals, röchelt und rüttelt panisch an meinen Handgelenken. Er sollte gemerkt haben, dass er gegen mich nicht ankommt, ich muss es schnellstens beenden, ehe es zu spät ist.

Von einem Moment auf den anderen löse ich meinen Griff und stoße ihn weg von mir. Ich will endlich hier raus.

Im Bruchteil einer Sekunde versucht mein Gehirn zu erfassen, was gerade geschieht. Doch es ist zu spät, ich kann es nicht mehr aufhalten. Kann nur ohnmächtig dabei zusehen, wie Frank kraftlos vom Bett zu Boden stürzt, sein Hinterkopf mit einem dumpfen Schlag an die Kante der gegenüberstehenden Kommode schlägt und er reglos liegen bleibt.

Mir stockt der Atem und mein mechanisches Herz macht einen Satz. Ein paar Sekunden vergehen, in denen ich nicht fähig bin, mich zu bewegen, geschweige denn zu atmen, ich fühle mich wie gelähmt. Ich starre ihn an, warte auf ein Stöhnen, eine klitzekleine Regung, doch Frank rührt sich nicht.

Erstickende Stille erfüllt den Raum und legt sich wie ein bleiernes Tuch auf mich. Aus Franks Haaren quillt Blut, tränkt die schmutzige Auslegware in tiefrote Farbe.

Keuchend schnappe ich nach Luft. Bitte nicht ... Das wollte ich nicht.

Mein Blick huscht im Raum umher, während ich fieberhaft überlege, was ich tun soll. Ich muss einen Krankenwagen rufen und dann schnellstens von hier verschwinden.

Auf allen vieren krabble ich über die Matratze nach vorn, um Frank genauer zu betrachten.

Er hat die Augen geschlossen, könnte genauso gut schon tot sein.

Um Himmels willen, wie konnte das passieren? Ich habe meine Kräfte falsch eingeschätzt. Ich wollte nicht, dass es so weit kommt. Dass ich einem Menschen das Leben nehme.

Dazu fähig bin, jemanden zu töten. Aber ... ich musste mich doch irgendwie zur Wehr setzen ... Es war ein Unfall.

Vor Verzweiflung schluchze ich laut auf. Ich schlage die Hand vor den Mund, während heiße Tränen hinter meinen Augen brennen.

Ich habe großen Mist gebaut, aber es nützt alles nichts, ich muss so schnell wie möglich das Weite suchen und zu Lennox. Stundenlang bin ich nun schon von ihm getrennt, wer weiß, was in ihm vorgeht. Hoffentlich denkt er nicht, ich hätte ihn verlassen.

Ich streiche mir das Haar zurück und ziehe den Reißverschluss meiner Hose hoch. Dann springe ich aus dem Bett.

Frank hat sich nicht mal die Mühe gemacht, mir die Schuhe abzustreifen. Ich drehe mich ein letztes Mal um und blicke auf den leblosen Körper, der mit offener Hose am Boden liegt. Der Raum ist noch immer geschwängert von seinem Schweiß. Wer weiß, wie viele Frauen schon von ihm geschändet wurden. Mit Sicherheit hätte er mich danach nicht einfach wieder so auf die Straße gesetzt, die Gefahr wäre zu groß gewesen, dass ich zur Polizei gelaufen wäre. Er hat es nicht anders verdient, versuche ich mir einzureden.

Trotz allem plagen mich Gewissensbisse, die Schuld drückt wie eine tonnenschwere Last auf meine Brust und nimmt mir einige Sekunden lang die Luft zum Atmen. Das hätte einfach nicht passieren dürfen.

Mein Blick fällt auf das Smartphone auf der Kommode. Mit klopfenden Herzen nehme ich es zur Hand und stelle fest, dass die Tastensperre nicht aktiviert ist. Erleichtert stoße ich den Atem aus und wähle mit zittrigen Fingern die Nummer vom Rettungsdienst. Nach dreimaligem Klingeln wird abgenommen.

»Kommen Sie schnell, ein Mann liegt verletzt am Boden, er hat eine blutende Wunde am Kopf.« Ich verleihe meiner Stimme einen festen Klang, versuche, laut und deutlich zu sprechen, ohne meinen Gesprächspartner zu Wort kommen zu lassen.

»Sagen Sie mir Ihren Namen und die Adres…« Das Ende des Satzes bricht ab, als ich das Handy zurück auf die Kommode lege. Ich weiß nicht, wo ich bin und wie die Adresse lautet. Woher auch? Aber da ich den Anruf nicht beendet habe, sollte man ihn zurückverfolgen und den Standort ausfindig machen können. Mehr kann ich für den fiesen Kerl nicht tun.

Ich schnappe nach Luft, meine Augen wandern zum Fenster. Durch das halb heruntergezogene Rollo fällt grelles Licht in den Raum und lässt Staubpartikel in der Luft tanzen. Von da an beherrscht mich nur noch ein einziger Gedanke: Lennox. Ich muss zu ihm, so schnell wie möglich. Wie ich ihn kenne, wird er allen Konsequenzen zum Trotz hinausgegangen sein, um nach mir zu suchen.

Ich stürme aus dem Schlafzimmer und renne zur Tür. Ein herzzerreißendes Jaulen lässt mich innehalten.

Der Hund! Ich kann ihn unmöglich hierlassen, vermutlich bringen sie ihn in ein Tierheim. Das kann ich nicht zulassen, wo er schon bei Frank so leiden musste.

Rasch öffne ich die Tür, um ihn freizulassen, und klemme ihn mir unter den Arm, damit wir schnell hier wegkommen. Hastig drücke ich die Klinke hinunter. Die Tür ist noch abgeschlossen! Verdammt! Frank hatte den Schlüssel in seine Hosentasche gesteckt. Also noch mal zurück. Seufzend setze ich den Hund am Boden ab und gehe wieder ins Schlafzimmer.

Mit fahriger Hand nestele ich in Franks rechter Hosentasche, zwinge mich dabei, ihm nicht ins Gesicht zu schauen, und ziehe den Schlüssel hervor. Erleichtert umfasse ich das kühle Metall und hechte zurück zum Eingang, vor dem der Hund schon leise jaulend auf mich wartet.

Nachdem ich aufgeschlossen und die Tür geöffnet habe, nehme ich den Terrier wieder auf den Arm und lehne die Tür hinter mir an. Falls man den Anruf nicht orten kann, wird ihn sicherlich bald ein Nachbar finden. Den Schlüssel lasse ich einfach von innen stecken.

Ich nehme immer gleich zwei Stufen auf einmal, um schnellstmöglich nach unten zu gelangen.

Die Sonne flutet mir entgegen, als ich die Haustür aufreiße. Ich stoße beinah mit einem Jungen zusammen. Mit seinem Schulranzen auf dem Rücken drückt er sich an mir vorbei und rollt dabei genervt die Augen. Ich registriere nur noch, wie die Tür hinter mir ins Schloss fällt, ehe ich losspurte.

Der Hund hechelt wie verrückt, während ich mein Ziel, den Supermarkt, anpeile. Ein strahlend blauer Himmel wölbt sich über mir, und die Sonne zaubert Myriaden glitzernder Diamantsplitter in den Schnee. Unter anderen Umständen hätte ich das Bilderbuchwetter genossen und mich wie ein kleines Kind daran erfreut. Doch nun verfluche ich es, zu groß ist meine Sorge, dass Lennox irgendwo da draußen ist und meinetwegen Höllenqualen leidet.

Als ich die Wohnsiedlung hinter mir gelassen habe und in die Hauptstraße einbiege, werfe ich einen kurzen Blick die Straße entlang in Richtung Wald.

Mein Atem stockt. Ist das nicht ...?

Lennox! Er sitzt am Bordstein und sieht so aus, als würde er jeden Moment vor Erschöpfung zur Seite kippen. O nein, er muss schreckliche Schmerzen haben, so, wie er sich gerade der Sonne aussetzt.

Tränen schießen mir in die Augen, gefrieren auf meiner künstlichen Haut binnen Sekunden zu Eis. Ich fliege ihm förmlich entgegen und rufe seinen Namen, während der Hund in meinem Arm leise vor sich hin wimmert. Der Wind, der mir entgegenweht, zerrt an meinem Haar und beißt mir in die Ohren, macht mir bewusst, dass ich die Mütze in Franks Wohnung zurückgelassen habe.

Bedeutungslos. Alles ist unwichtig außer Lennox.

Mühsam hebt er den Kopf, als er mich kommen hört. Sein Gesicht weist schon leichte Rötungen auf. Mit glasigen Augen blickt er durch mich hindurch.

Es bereitet mir körperliche Schmerzen, ihn so zu sehen.

»Suki«, flüstert er mit erstickter Stimme, als ich mich zu ihm hinabbeuge.

Ich setze den Hund am Boden ab und lege behutsam eine Hand auf Lennox' Oberarm. »Mein Liebling ... lass uns schnell zurück zur Hütte gehen. Du siehst gar nicht gut aus.«

»Ich kann nicht ...« Resigniert lässt er den Kopf hängen.

»Ich helfe dir. Leg deinen Arm um mich, wir schaffen das.«

Mit verschleiertem Blick sieht er zu mir auf. »Wo warst du? Hat dieser Typ dir etwas angetan?« Lennox schluckt hart, ehe seine Augen wieder ins Leere abdriften.

Er darf sich auf keinen Fall aufregen, wer weiß, wie sehr das seinen Zustand beeinträchtigen würde. »Nein, es ist alles gut«, beruhige ich ihn. »Ich erzähle dir später, was passiert ist, jetzt musst du erst mal aus der Sonne.«

So weit es geht, ziehe ich ihm die Kapuze in die Stirn und verberge sein Gesicht bis zu den Augen hinter dem schwarzen Schal, den er um den Hals trägt. Danach lege ich vorsichtig seinen Arm um meine Schulter und hieve ihn zu mir hoch, was ihn laut aufstöhnen lässt. Ich flüstere besänftigende Worte in sein Ohr und hoffe inständig, dass er wieder zu Kräften kommt.

»Komm mit, Kleiner«, sage ich zu dem Hund, während ich über die Schulter blicke.

Unschlüssig steht er einen Moment lang da und schaut mich mit großen Augen an. Doch dann setzt er sich in Bewegung und dackelt uns hinterher. Lennox schenkt ihm keinerlei Beachtung, ich bezweifle, dass er ihn überhaupt wahrgenommen hat.

»Es wird alles gut«, sage ich unentwegt, während wir nur mühsam vorankommen. Er scheint unbeschreibliche Schmerzen zu haben, denn ich sehe, wie sich immer wieder tiefe Falten um seine Augen graben.

Als wir das nächste Mal pausieren, bücke ich mich und greife nach einer Handvoll Schnee, um seine Haut zu kühlen. Vorsichtig ziehe ich ihm den Schal hinab bis zum Kinn und berühre ganz sanft sein Gesicht.

Er zuckt zurück, zieht scharf die Luft durch die Zähne, doch gleichzeitig nickt er und gibt mir zu verstehen, dass es ihm guttut. Ich betupfe noch eine Weile behutsam seine Haut mit dem schmelzenden Eisklumpen in meiner Hand, ehe wir den Weg fortsetzen.

Die Sonne strahlt auf uns herab, der Schnee wirft sie mitleidslos zurück. Durch den Schal ist Lennox zwar jetzt gegen das Licht geschützt, aber ob das ausreicht, weiß ich nicht.

Er braucht Flüssigkeit, ich sollte ihm Wasser besorgen. Bei dem Gedanken fällt mir ein, dass ich die Einkaufstüten in Franks Wohnung vergessen habe. Verflixt! Unmöglich kann ich dahin zurück und Lennox hierlassen, der Krankenwagen könnte mittlerweile eingetroffen sein. Und selbst wenn nicht, besteht die Gefahr, dass mich jemand sieht und ich mit seinem Sturz in Verbindung gebracht werde.

Aber Lennox muss etwas trinken!

Als wir die halbe Strecke und den Supermarkt hinter uns gelassen haben, sehe ich auf unserer Straßenseite einen kleinen Kiosk, in den ich ihn bringe, während der Hund brav draußen bleibt.

Der Verkäufer blickt erstaunt über seine randlose Brille hinweg zu uns auf. »Was ist mit dem Jungen, soll ich einen Arzt rufen?«

»Nein, bitte geben Sie mir nur zwei Flaschen Wasser.«

Er mustert Lennox eine Weile. »Der sieht ja aus, als hätte er eine Wüstentour hinter sich.« Seine Stimme klingt halb scherzhaft, halb besorgt.

»Er hat eine Lichtallergie und muss schnellstens aus der Sonne.« Kaum habe ich den Satz beendet, bereue ich meine

Redseligkeit. Seine Krankheit geht niemanden etwas an, ich sollte in Zukunft vorsichtiger mit meinen Äußerungen sein, schließlich sind wir auf der Flucht.

Der Mann bläht die Wangen auf und lässt langsam die Luft entweichen, ehe er Lennox mit einem mitleidigen Blick bedenkt. »Habt ihr es noch weit?«

»Nein, mein Freund wohnt gleich hier um die Ecke.« Wir dürfen auf keinen Fall Aufsehen erregen und vor allem niemandem sagen, wo wir uns aufhalten, schießt mir durch den Kopf. »Das schaffen wir noch.« Ich zwinge ein zuversichtliches Lächeln auf mein Gesicht, während ich mich frage, ob es nicht doch besser wäre, ihn zum Arzt zu bringen.

Der Kioskbesitzer nickt. »Gut. Ansonsten hätte ich meine Frau gebeten, euch kurz nach Hause zu fahren.«

»Das ist wirklich liebenswürdig von Ihnen, aber nicht nötig.«

Ich sehe, wie es in ihm arbeitet und er noch etwas sagen will, doch ich würge ihn ab, indem ich ihm mein letztes Geld in die Hand drücke und mit Lennox und den zwei Plastikflaschen unterm Arm einen Abschiedsgruß verlauten lasse.

Der Hund steht noch immer draußen vor der Tür und wartet auf uns. Wo soll er auch hin?

Eilig schiebe ich Lennox in den nächsten schattigen Hauseingang und halte ihm eine Wasserflasche an den Mund. Immer wieder benetze ich seine Lippen mit der gekühlten Flüssigkeit, aber er öffnet sie nicht.

»Lennox, du musst was trinken. Das Wasser wird dir helfen, deinen Kreislauf wieder in Schwung zu bringen.«

Mit fiebrig glänzenden Augen sieht er mich an, ich merke, wie schwer es ihm fällt, gleichmäßig ein- und auszuatmen. Sein Brustkorb hebt sich schnell und unter größter Anstrengung. Er schließt kurz die Augen, als koste es ihn Überwindung, doch als er sie wieder aufschlägt, trinkt er endlich.

Mit angehaltenem Atem fixiere ich seinen Adamsapfel, der bei jedem Schluck auf und ab hüpft, bis Lennox schließlich den Viertelliter, ohne ein einziges Mal abzusetzen, geleert hat. Erleichtert hole ich Luft. Das wäre erledigt!

Den Rest des Weges bilde ich mir ein, dass ihm das Laufen weniger Mühe bereitet. Die ganze Zeit über zermartere ich mir das Hirn, ob es nicht eine Möglichkeit gäbe, irgendwo anders unterzutauchen. Irgendwo, wo geheizt wird.

Ein Hotel ist zu teuer, und wir könnten auffallen, das kommt also nicht infrage, abgesehen davon kann ich keins auf die Schnelle ausfindig machen. Lennox muss erst mal aus dem Tageslicht, vielleicht geht es ihm dann umgehend besser. Nichtsdestotrotz bleibt uns nichts anderes übrig, als unseren Plan vorerst auf Eis zu legen. Auf keinen Fall können wir uns in Lennox' Zustand heute in den Nachtzug nach Italien setzen, erst muss er vollständig genesen und wieder zu Kräften kommen.

In der Hütte angekommen, vergewissere ich mich, dass alle Vorhänge so gut wie möglich zugezogen sind. Dann führe ich Lennox zum Bett und decke ihn zu. Seitdem ich ihn auf der Straße aufgelesen habe, ist er so gut wie nicht ansprechbar. Jetzt zeigt er mir ein kleines Lächeln. Ich senke meinen Kopf herab und küsse ihn zärtlich auf seine geschwollenen Lippen.

»Wir müssen weg von hier, Suki!« Seine Stimme ist nicht mehr als ein heiseres Flüstern, ich habe Mühe, ihn zu verstehen. »Heute noch.«

Ich schüttle den Kopf. »Auf keinen Fall, das kann ich nicht zulassen. Erst musst du dich erholen. Wir werden warten, bis es dir besser geht.« Ich lege meine Hand sanft auf seine Stirn.

Er zuckt zurück und dreht das Gesicht zur Seite, jede Art von Berührung scheint ihm unangenehm zu sein.

Ich kaue auf meiner Unterlippe herum, versuche krampfhaft, mir meine Besorgnis nicht anmerken zu lassen.

An seinen hervortretenden Kieferknochen erkenne ich, dass ihm meine Entscheidung nicht gefällt. Doch wir haben keine andere Wahl.

»Ich habe Schmerztabletten für den Notfall eingepackt«, keucht er. »Schau bitte in der Sporttasche nach.«

»Klar.« Ohne zu zögern, springe ich auf, hole die Packung Ibuprofen aus seiner Tasche hervor und schnappe mir die letzte Flasche Wasser. Dann setze ich mich wieder neben ihn, um ihm die Tablette mit der Flüssigkeit einzuflößen. »Ich muss noch mal los, um dir etwas zu essen zu besorgen. Aber ich komme so schnell wie möglich zurück, du musst dir keine Sorgen um mich machen, okay?«

Lennox nickt.

»Versuch, derweil zu schlafen.« Kaum habe ich das gesagt, schließt er erschöpft die Augen. Vielleicht tut ihm etwas Tee gut. Ich nehme mir einen Topf aus dem Schrank und befülle ihn draußen mit Schnee. Dann zünde ich mit einem Streichholz den Gasherd an, stelle ihn auf niedrigste Stufe und lasse den Schnee auf der Herdplatte langsam schmelzen. So kann ich es mir sparen, noch mehr Wasser anzuschleppen, wenigstens ein Vorteil, den die eisigen Temperaturen mit sich bringen.

Dieses Mal verläuft mein Einkauf ohne Zwischenfall, abgesehen davon, dass die Verkäuferin an der Kasse mich fragt, ob mein Freund mich gefunden hat. Als sie sich außerdem nach dem Mann erkundigt, dem ich heute Morgen gefolgt bin, zieht sich meine Brust schmerzhaft zusammen, und das Bild von seinem reglosen Körper steigt in mir hoch.

Ich lächle verlegen und spüre, wie mein Blick unsicher hin und her huscht. Jetzt nur nicht mit der Entgegnung zögern, rede ich mir ein, und versuche, so gelassen wie möglich zu bleiben. Im Bruchteil einer Sekunde schießen mir Hunderte von möglichen Antworten durch den Kopf, ich entschließe mich für die naheliegendste. »Er hat mir seine Hundewelpen gezeigt, weil ich meinem Freund gern einen zu Weihnachten schenken möchte.«

Vor lauter Neugierde treten die Augen der Kassiererin hervor. »Und?«

Ich unterdrücke ein Seufzen, eigentlich hatte ich gehofft, dass das Thema damit beendet wäre.

»Ich will erst mal testen, ob ein Hund für ihn überhaupt infrage kommt«, antworte ich und freue mich insgeheim über meine spontane Eingebung. Wie schnell ich doch das Spiel verstanden habe, das die Menschen fortwährend miteinander spielen. Ausflüchte, Lügen, Ausreden, Vorwände sind oftmals einfacher als Ehrlichkeit und Aufrichtigkeit. »Nicht dass meine Überraschung nach hinten losgeht.«

Vertrauensselig beugt sich die junge Frau zu mir herüber. »Der Typ wirkt doch irgendwie seltsam, finden Sie nicht? Hatten Sie keine Angst, einfach so mit ihm zu gehen?«

Die Dame hinter mir stößt einen demonstrativen Seufzer aus und erspart mir damit die nächste Notlüge. Mit einem entschuldigenden Lächeln zucke ich die Schultern und packe hastig meinen Einkauf in die Plastiktüte.

Eine Lektion habe ich allerdings daraus gelernt: Traue niemandem, den du nicht kennst. Die Welt kann grausam sein. Das Böse lauert im Verborgenen, dort, wo du es am wenigsten vermutest. Getarnt hinter der Maske eines Hundeliebhabers ist ein Monster zutage getreten, das es auf wehrlose Frauen abgesehen hat.

In zwei Sekunden vom Himmel gestürzt

Lennox

Ohne Suki wäre ich nichts. Liebevoll pflegt sie mich schon seit Stunden, doch noch immer habe ich das Gefühl, als würde ein wütendes Feuer mich von innen verbrennen.

Diesmal war es besonders schlimm. Ich spüre, wie mein Gesicht angeschwollen ist. Als ich vorsichtig darübertaste, merke ich, dass sich inzwischen sogar einzelne Brandbläschen gebildet haben. Ich fühle mich so schrecklich ausgelaugt, als hätte mir das Licht den gesamten Lebenssaft entzogen. Dennoch versuche ich, tapfer zu sein. Für uns. Doch eigentlich ist mir nach Schreien zumute.

Trotz allem habe ich mich gezwungen, etwas zu essen, denn ich muss schnell wieder zu Kräften kommen. Suki hat mich mit klein geschnittenen Nudeln und Tomatensoße gefüttert, die erste richtige Mahlzeit seit dem Döner auf der Hochzeit, die ich zu mir genommen habe. Jetzt sitzt sie neben mir, hält mir eine Tasse dampfenden Kamillentee an die Lippen und lässt mich Schluck für Schluck davon trinken.

Ich fühle mich all dem auf einmal nicht mehr gewachsen. Eigentlich müsste ich doch derjenige sein, der die Verantwortung trägt und Suki beschützt. Jetzt ist sie diejenige.

»Sag mir, was passiert ist«, durchbreche ich mit heiserer Stimme die Stille um uns. »Wo warst du den ganzen Vormittag?«

Sukis Lächeln erstirbt, ihre weichen Gesichtszüge verhärten sich, während sie die Tasse auf dem Couchtisch abstellt. Als sie wieder zu mir aufschaut, schweigt sie immer noch, und ihre Augen können meinem festen Blick nicht standhalten.

Ein ungutes Gefühl breitet sich in meiner Magengrube aus. So habe ich sie noch nie gesehen, das macht mir Angst. Ich stütze mich auf der Matratze ab und bringe mich in eine aufrechte Position. Dann nehme ich ihr Gesicht in beide Hände und bedenke sie mit einem eindringlichen Blick, bevor ich die Frage wiederhole.

Sie atmet tief durch und schüttelt den Kopf. »Ich war dumm, habe einem Fremden vertraut, der mir nichts Gutes wollte.«

Verdammt. Mein Brustkorb verengt sich immer mehr, und eine böse Ahnung regt sich in mir. »Was ist geschehen? Bitte, sag es mir, damit ich dir helfen kann.«

»Ich habe mir schon selbst geholfen.« Ihre Stimme ist kaum mehr als ein Flüstern. Wieder senkt sie den Blick, atmet tief durch und fährt dann fort. »Unter dem Vorwand, mir die Welpen dieses Hundes zu zeigen, hat er mich in seine Wohnung gelockt.« Suki wendet den Kopf in Richtung eines Jack Russell Terriers, den ich erst jetzt bemerke. Seinen Kopf auf den Pfoten abgelegt, blickt er mit traurigen Augen zu uns auf.

»Und warum hast du ihn mitgebracht?« Ich schlucke hart, denn schon während ich die Frage stelle, wird mir klar, dass mir die Antwort nicht gefallen wird.

»Es gab keine Welpen, stattdessen hat der Mann mich betäubt und wollte mich vergewaltigen.«

»Was?«, brülle ich außer mir vor Entsetzen. »Und dann?« Meine Stimme überschlägt sich regelrecht vor brodelnder Ungeduld.

Suki sieht mich an wie ein Reh, das vor die Scheinwerfer eines Autos geraten ist. »Ich habe mich gewehrt. Mehr nicht.«

»Mehr nicht?« Mein Geduldsfaden reißt nun vollends. »Suki, nun lass dir doch nicht alles aus der Nase ziehen!«

Sie fährt sich übers Gesicht und beißt sich auf die Unterlippe, während mein Herz auf Hochtouren pumpt. »Ich habe ihn vom Bett gestoßen, dabei ist er mit dem Kopf aufgeschlagen und ... Er hat sich nicht mehr bewegt, ich weiß nicht, ob er noch lebt. Ich habe einen anonymen Notruf von seinem Handy abgesetzt, sie müssten ihn finden. Wenn sie ihn nicht schon gefunden haben.«

Vor Schreck verschlägt es mir die Sprache. Ich kann Suki nur mit offenem Mund anstarren. Als ich wieder zu mir komme, ziehe ich sie in eine feste Umarmung. Erleichterung durchflutet mich, doch gleichzeitig breitet sich ein nagendes Gefühl von Furcht in mir aus. »Oh, mein Gott, Suki. Das ist ...« Ich packe sie an den Schultern und schiebe sie ein Stück von mir weg, um ihr ins Gesicht zu sehen. »Bist du okay?«

Sie nickt, ein kaum wahrnehmbares Lächeln umspielt ihre Lippen und verschwindet sofort wieder. »Ich hatte Glück. Wenn mein System abgestürzt wäre, hätte er mit mir anstellen können, was er wollte.«

»Dieses dreckige Schwein!« Ich weiß nicht, was ich sonst dazu sagen soll. Das Ganze ist eine Katastrophe. Meine Gedanken kreisen unaufhörlich um den einen Punkt: Suki hat womöglich einen Menschen getötet. Was genau das bedeutet, darüber will ich gar nicht nachdenken.

Suki sieht mich an, als könne sie meine Gedanken erahnen. »Ich glaube, das war nicht das erste Mal, dass er eine Frau auf diese Weise zu sich nach Hause gelockt hat. Die Kassiererin im Supermarkt findet ihn auch seltsam und hat mich gefragt, warum ich mit ihm gegangen bin.«

Verflucht! Die hatte ich ja total vergessen. Also gibt es schon eine Zeugin, die beide zusammen gesehen hat. Worst case: Wenn er wirklich nicht mehr lebt und der Todeszeitpunkt ermittelt wird, kann die Polizei eins und eins zusammenzählen. Wahrscheinlich würde Suki niemand glauben, dass sie aus Notwehr gehandelt hat, in Anbetracht dessen, dass sie nur eine Maschine ist. Sollte aus irgendeinem Grund rauskommen, dass Suki diesen Mann umgebracht hat, können wir keine Grenze überschreiten, geschweige denn, uns noch mal irgendwo blicken lassen. Wenn man sie schnappt, läuft alles darauf hinaus, dass man sie als gewissenlosen Roboter aus dem Verkehr zieht.

Mit Daumen und Zeigefinger drücke ich meine Nasenwurzel und hole tief Luft. Das darf alles nicht wahr sein. Wie konnte Suki nur in so eine Scheiße geraten? Fahrig streiche ich mir das Haar zurück und stoße den angehaltenen Atem aus.

Es hilft nichts, wir müssen jetzt nach vorn blicken und spätestens morgen Abend von hier verschwinden. Bis dahin können wir nur hoffen, dass dieses Schwein noch lebt, aber nicht fähig ist, eine Beschreibung von Suki abzugeben. Seine Aussage würde sicherlich etwas anders aussehen. Oder er täuscht eine Amnesie vor, das würde ich zumindest an seiner Stelle tun. »Wir werden die Hütte bis zu unserer Abreise nicht mehr verlassen. Das Risiko ist zu groß, dass dich jemand wiedererkennt und du mit dem Typen in Verbindung gebracht wirst.«

Suki nickt und vergräbt dann ihr Gesicht in den Händen. »Es tut mir so leid.« Ein Schluchzer erschüttert ihren Körper. »Wie konnte ich nur so gutgläubig sein ...« Sie sieht ganz verzweifelt aus, als sie sich über die Augen fährt. »Ich wollte dir so gern mit einem Welpen eine Freude machen. Meine Menschenkenntnis lässt wirklich zu wünschen übrig.«

»Ach, Suki ...« Getränkt von Zärtlichkeit, die ich für Suki empfinde, hat meine Stimme einen sanften Klang angenommen. Ich würde nichts lieber als sie an mich drücken, doch ich kann gerade keine Berührung ertragen, meine Haut schmerzt noch zu sehr. »Woher sollst du auch wissen, dass es so schlechte Menschen gibt? Für dich ist doch alles neu. Außerdem ...« Ich blicke auf den Jack Russell Terrier, der schlafend neben dem Bett liegt. »Einen Hund haben wir ja jetzt.« Ich grinse, um ihr ein kleines Lächeln zu entlocken.

Doch Suki stößt nur ein freudloses Schnauben aus. »Ich konnte ihn doch da nicht zurücklassen.«

»Das hast du richtig gemacht.« Ich hauche ihr einen Kuss auf die Stirn und streichle sanft über ihren Kopf. Dann schweigen wir eine ganze Weile, so lange, dass ich es mit der Angst zu tun bekomme, ob Suki vielleicht abgestürzt ist. Ich hebe ihr Kinn und blicke ihr ins Gesicht. Erleichtert stelle ich fest, dass sie noch bei Bewusstsein ist.

»Meinst du, wir schaffen das?«, fragt sie.

Zum ersten Mal fühle ich mich stark an ihrer Seite und mein Beschützerinstinkt tritt endlich wieder in den Vordergrund. »Ja, das werden wir. Alles wird gut, wir müssen nur daran glauben.«

Wieder sind Stunden vergangen, während ich geschlafen habe. Die Schmerzen haben nachgelassen. Gott sei Dank! Kerzen flackern um uns herum, es muss mitten in der Nacht sein.

Suki liegt mit offenen Augen neben mir. Ich ziehe sie in meine Arme, ihr Kopf schmiegt sich sofort in meine Halsbeuge. Mittlerweile tut mir ihre Nähe wieder gut, Suki ist warm und weich, dennoch friere ich erbärmlich. Die Fenster und Türen sind schlecht isoliert, der Wind pfeift durch alle Ritzen, und man spürt jeden Luftzug. Das fehlt mir noch, dass ich mir jetzt die nächste Grippe einfange.

Suki steht auf und füllt heißes Wasser aus dem Topf, den sie schon vor einiger Zeit aufgesetzt hat, in die Wärmflasche, die Granny zu meiner großen Erleichterung dagelassen hat. Suki scheint wirklich Gedanken zu lesen. Ich mummle mich derweilen in alle vorhandenen Decken. Das müsste reichen, um die Nacht zu überleben.

Der Geruch nach Kerzenrauch hängt in der Luft, um uns herum sind alle Flammen erloschen. Sonnenstrahlen zwängen sich durch den schmalen Spalt der Gardine über der Küchenzeile und bringen etwas Licht in den Raum.

»Sieht mein Gesicht immer noch aus wie ein pubertierender Pavianhintern?«, frage ich Suki. Ich rücke ein wenig auf Abstand, damit sie mich besser in Augenschein nehmen kann, denn die Nacht über haben wir eng aneinandergekuschelt verbracht.

»Jetzt nur noch wie ein Pavianhintern.« Suki kichert und gibt mir einen zärtlichen Kuss auf die Nase.

Ich schäme mich ein bisschen, dass sie mich so sieht. Wenn ich daran zurückdenke, was mein Äußeres bei meiner Schulkameradin für Entsetzen ausgelöst hat, zieht sich heute noch mein Herz schmerzhaft zusammen. Selbst hinter ihrem schiefen Lächeln konnte sie es nicht vertuschen. Bis zu dem Tag war mir gar nicht mehr bewusst gewesen, wie ich auf andere wirke.

Suki scheint mich allerdings auch mit meinem abschreckenden Äußeren zu lieben. Zärtlich streicht sie mir übers Haar, ihre Augen wandern über mein Gesicht, als wollte sie sich jeden Quadratzentimeter genauestens einprägen.

Ich fühle mich einigermaßen ausgeruht, habe sogar noch ein paar Stunden geschlafen, nachdem mir endlich warm geworden war. Ich spüre nur noch ein leichtes Brennen auf meiner Haut, so, als hätte ein gesunder Mensch sich zu lange der Sonne ausgesetzt.

Mit einem lauten Schmatzer auf Sukis Mund kaufe ich mich widerwillig aus ihrer Umarmung frei. Ich muss wissen, wie spät es ist. Mein Handy, das ich von dem kleinen Rattantisch fische, verrät mir, dass es neun Uhr ist. Nach der grellen Lichtpfütze zu urteilen, die sich durch den Vorhang am Boden gebildet hat, wird die Sonne heute nicht weniger scheinen als gestern.

Unvermittelt klingelt mein Telefon und lässt mich zusammenschrecken.

Ich werfe Suki einen alarmierten Blick zu. »Es ist Vater.« Mit angehaltenem Atem starre ich wie hypnotisiert auf das Display. Die kosmischen Laute gepaart mit dem Vibrationsgeräusch fahren mir durch Mark und Bein und bringen mir unsere brisante Lage schneller in Erinnerung, als mir lieb ist.

Mein Puls geht durch die Decke. Was will er? Er ist doch nicht etwa wieder zurück?

»Ob er schon auf der Suche nach uns ist?«, spricht Suki die Frage aus, die ich mir als Nächstes gestellt hätte.

Schulterzuckend kratze ich mir nachdenklich über die Bartstoppeln, die bereits aus meinem Kinn hervorsprießen.

Als der Klingelton endlich abbricht, entlasse ich den angehaltenen Atem. Doch schon wenige hämmernde Herzschläge später kündigt ein kurzes Surren den Eingang einer Mitteilung an.

Eine Sprachnachricht meines Vaters. Mit Tippen kommt er gar nicht klar. Mit bebendem Daumen öffne ich die Mitteilung.

»Lennox, wo steckt ihr?« Seine Stimme gleicht der eines wütenden Bullterriers. »Melde dich schnellstens bei mir. Morgen in aller Früh geht unser Flieger nach Tokio, bring Suki sofort zurück!«

Mein Herz pocht so hart gegen den Brustkorb, dass es schmerzt. In meinem Kopf rattern die Gedanken. Er muss einen früheren Flug genommen haben, ist bereits zu Hause und hat uns nicht vorgefunden. Er weiß, dass ich niemals tagsüber die Wohnung verlasse, kann sich also denken, dass etwas im Busch ist.

Hektisch tippe ich auf *Einstellungen*, um mich zu vergewissern, dass mein GPS-System nicht aktiviert ist, damit er nicht auf die Idee kommt, mich zu orten.

Alles in Ordnung, also kein Grund zur Panik. Sicherheitshalber schalte ich mein Handy ganz aus. Auf Vaters penetrante Anrufe können wir gut verzichten. Er wird Himmel und Hölle in Bewegung setzen, wenn ich mich nicht in der nächsten halben Stunde bei ihm melde. Jetzt heißt es, Ruhe zu bewahren, es bringt nichts, sich verrückt zu machen. Niemals wird er auf die Idee kommen, dass wir uns hier verstecken. Und wenn doch, sind wir längst über alle Berge.

»Heute Nachmittag nach Sonnenuntergang hauen wir ab und nehmen den nächstbesten Zug nach Italien. Den Tag hier werden wir schon noch rumbringen. Was meinst du?« Ich wackle mit den Brauen und grinse verwegen.

»Ganz bestimmt«, haucht Suki und küsst mich zärtlich, sodass für einen Augenblick die Zeit stillsteht und Hitze in mir aufsteigt. Bis der Hund sich durch lautes Kläffen wieder in Erinnerung bringt und mit dem Schwanz wedelt, als wollte er bei uns mitmachen.

»Na, mein Bester, hast du noch Hunger?«, fragt Suki und springt aus dem Bett.

Sofort rennt er auf sie zu und leckt mit der Zunge über ihre Hände, während sie seinen Kopf tätschelt. Offenbar sieht er sie als seine Retterin an.

»Braver Hund.« Suki beugt sich zu ihm hinab und krault ihn hinter den Ohren. »Dieses Schwein hat das arme Tier getreten.«

»So etwas habe ich mir fast gedacht, so scheu, wie er ist.« Ich erhebe mich und betrachte ihn genauer.

Er kommt ein paar Schritte auf mich zugedackelt, offenbar will er mich beschnüffeln. Ich strecke die Hand vor, um ihn zu streicheln, sofort weicht er zurück und gibt ein erbärmliches Jaulen von sich, das mich direkt ins Herz trifft.

»Ist schon gut, mein Alter«, beruhige ich ihn mit sanfter Stimme. Anscheinend sind ihm Männer nicht geheuer. Kein Wunder, wenn sein Herrchen ihn so schlecht behandelt hat.

»Wie wollen wir ihn nennen?«, frage ich Suki.

»Irgendwie erinnert er mich an den Kommissar mit dem zerknitterten Mantel und dem Wuschelhaar, aus der Serie, die ich neulich im Fernsehen geschaut habe.«

Ich lache auf. »Meinst du Columbo? Ja, das passt.«

»Na, Columbo, gefällt dir der Name?«, fragt Suki den Terrier.

Wie zur Bestätigung bellt er einmal laut auf und bringt uns damit zum Lachen.

Eine Frage kommt mir plötzlich in den Sinn. »Hat eigentlich dein Name eine Bedeutung?«

»Suki bedeutet ›lieb und teuer‹, aber auch ›die Geliebte‹.«

Ich lächle. »Es gibt nichts, was mir lieber und teurer wäre als du, aber die Bedeutung Geliebte wird dir nicht gerecht. Für mich bist du mehr als das.« Ich mache eine Pause und halte ihren Blick fest. »Mein bester Freund. Das Licht am Ende eines langen Tunnels, das mein Herz erhellt. Und die Luft, die ich zum Atmen brauche. Das klingt zwar kitschig, aber es ist die Wahrheit.« Ich beobachte Suki, wie sie mit Tränen der Rührung in den Augen langsam auf mich zukommt. »Ich will nie mehr ohne dich sein.« Meine Stimme ist nicht mehr als ein heiseres Flüstern.

Als sie vor mir zum Stehen kommt, reckt meine Hand sich ihr entgegen, greift nach ihrer. Mit geschlossenen Augen küsse ich die Innenfläche, ehe ich Suki zu mir hinab aufs Bett ziehe. In ihrem Blick liegt so viel Zärtlichkeit, dass sich ein warmes Gefühl in meinem ganzen Körper ausbreitet. Ich will es langsam angehen, sie mit allen Sinnen genießen. Alles andere rückt mit einem Mal in den Hintergrund, verpufft im Nichts – nur noch sie und ich.

Sanft streiche ich mit den Fingerspitzen über ihre zarte Wange. Sie fühlt sich fast so weich an wie Samt. Während ich die Konturen ihres Gesichts nachfahre, verliere ich mich ganz in ihrer Betrachtung. Ihr seidenes Haar, das bis über ihre Schultern fließt, ihr anmutiger Hals und ihre sanften Rundungen, die sich unter ihrem Pulli verführerisch abzeichnen. Sie haut mich einfach um.

Mein Blick bleibt schließlich an ihrem herzförmigen Mund hängen. Als er sich öffnet, beuge ich mich vor. Kurz bevor sich unsere Lippen berühren, halte ich inne. Ihr warmer Atem kitzelt mein Gesicht. Das Gefühl ist unbeschreiblich, dieses verheißungsvolle Prickeln, das durch meine Adern rieselt – ich will, dass es niemals aufhört.

Ganz leicht fahre ich mit der Zunge über die Wölbung ihrer Unterlippe und nehme dabei Sukis Geruch in mir auf. Ihr Duft ruft ein Gefühl von Vertrautheit in mir hervor. Es ist wunderschön, in ihrer Nähe zu sein, sie zu spüren, sie lieben zu dürfen. Noch nie habe ich Ähnliches empfunden.

Ihre Finger gleiten durch mein Haar, zerwühlen es, lassen meine Nervenenden zum Leben erwachen – und lindern meinen Schmerz. Ja, es klingt paradox: Wo ich gestern keine Nähe ertragen konnte, wirkt jetzt jede ihrer Berührungen wie heilende Energie.

»Suki …«, raune ich leise vor Sehnsucht, als sie mit dem Daumen über meinen Mund streicht. Ich nehme ihn in mir auf und sauge daran, beobachte dabei, wie Suki jede meiner Regungen mit lustverhangenem Blick verfolgt.

Mit einer Hand fährt sie unter meinen Pullover und streichelt meine Brust. Unser Atem geht im Gleichklang und wird immer schneller.

»Ich bin verrückt nach dir, Lennox«, flüstert sie mit einem anbetungswürdigen Lächeln im Gesicht.

»Und ich erst nach dir.« Das Grinsen will gar nicht mehr von meinen Lippen verschwinden, so erfüllen mich ihre Worte mit einem warmen Glücksgefühl. Mit flinken Bewegungen schäle ich mich aus der Winterjacke und befreie mich von der dicken Wolle. Trotz der Kälte, die augenblicklich meinen Körper erfasst, steigt bei Sukis Anblick Hitze in mir hoch. Ich muss alles von ihr spüren, möchte ihre Haut auf meiner fühlen.

Ich ziehe ihr den Pulli über den Kopf und kuschle mich mit ihr unter die Bettdecke. Kichernd beginnen wir, uns gegenseitig die Kleider vom Leib zu zerren. Zuckersüße Küsse, die wir einander stehlen, halten uns immer wieder davon ab, sodass es eine Ewigkeit dauert, bis wir uns endlich in einem Knäuel aus Armen und Beinen fest ineinander verkeilt wiederfinden. Ihr nackter Körper eng an meinen geschmiegt fühlt sich himmlisch an – weich und warm, ein Gespinst aus Geborgenheit.

Ein Schauer durchläuft mich, sodass sich mir die kleinen Härchen im Nacken aufstellen, als Suki hauchzarte Küsse auf die Schulter bis hin zu meinem Ohr verteilt. Ihre Lippen finden schließlich den Weg zu meinen und wir verschmelzen in einem innigen Kuss miteinander.

Meine Augen füllen sich mit Tränen, so stark ist das Gefühl, als meine Sehnsucht nach ihr gestillt wird. Mittendrin löse ich mich kurz von ihr, um mich zu vergewissern, dass das alles echt und nicht nur ein wunderschöner Traum ist.

Ihr entkommt ein frustriertes Stöhnen, das von meinem erleichterten Auflachen durchbrochen wird. Schwer atmend blicken wir uns an, um im nächsten Augenblick wie von zwei Magneten angezogen unsere Lippen wieder aufeinanderzupressen, als würden wir ohne den anderen ersticken.

Plötzlich nimmt Suki mein Gesicht in beide Hände und sieht mich besorgt an. »Geht es dir wieder besser?«, flüstert sie. »Ich will dich so sehr, aber ich kann nicht zulassen, dass du meinetwegen Schmerzen hast.« Sukis Augen leuchten wunderschön, schwarz und voller Liebe.

Wie von selbst breitet sich ein Lächeln auf meinem Gesicht aus. »Mir ging es nie besser als jetzt, meine einzig wahre Geliebte. Es bereitet mir nur Schmerzen, wenn du aufhörst, mich zu küssen.«

Suki bedenkt mich mit einem skeptischen Blick, ehe sie zu kichern beginnt.

Nie mehr werde ich sie auch nur einen verdammten Moment lang aus den Augen lassen. Sie ist das Wunder, auf das ich nie zu hoffen gewagt habe. Versprüht eine Lebendigkeit, die mich mitreißt. Sie hat mich verändert. Bevor sie kam, war ich nicht mehr als ein wandelndes Wrack, das sich Schmerz zufügte, um sich als Mensch zu fühlen. Ich habe dem Leben den Mittelfinger gezeigt, zu wenig wertgeschätzt, was ich hatte. Geschieht mir nur recht, dass sich das Schicksal über mich lustig macht, indem es mir einen menschlichen Androiden schickte, durch den sich mein Leben wieder lebenswert anfühlt.

In einer einzigen fließenden Bewegung rolle ich mich mit Suki auf die Seite, sodass ich auf ihr liege. Meine Lippen wandern über ihre zarte Haut vom Schlüsselbein hinunter zu ihren Brüsten.

Langsam streiche ich über die Innenseite ihrer Oberschenkel. Sukis Lippen formen Worte, die ich nicht verstehe. Ich spüre ihre Ungeduld. Genau wie ich kann sie es anscheinend nicht abwarten, dass wir eins werden. Mit meinem ganzen Gewicht liege ich zwischen ihren Beinen, sie umschlingt mich mit ihren Armen.

»Lass mich dich ganz spüren«, fleht sie mich an.

Ich zerfalle in Millionen kleinster Teilchen, vergesse alles um mich herum. Sie ist der Mittelpunkt meines Universums.

Ein kalter Windzug lässt mich plötzlich erschaudern. Wie in Trance wendet sich mein Kopf zur Tür, während ich merke, wie Suki unter mir erstarrt.

Das Bild, was sich uns bietet, hätte schlimmer nicht sein können. Wäre die Situation nicht so tragisch, hätte ich laut aufgelacht.

Durch die sperrangelweit geöffnete Tür weht der eisige Wind Schneeflocken von draußen herein. Vater steht auf der Schwelle, ich sehe, wie er schluckt, neben ihm Granny. In einer hilflosen Geste streift sie sich die Mütze vom Kopf. Schnee rieselt zu Boden, atemlose Stille hängt im Raum. Grausam erdrückend und gleichzeitig die Ruhe vor dem Sturm.

Ich schließe kurz die Augen und atme tief durch, um Kraft zu schöpfen für das, was uns gleich erwartet.

Meine Augen wandern zu Suki. Ich liege immer noch auf ihr, wir bewegen uns nicht. Ich packe alles, was ich ihr mit Worten nicht sagen kann, in diesen einen Blick. *Bitte verhalte dich so, wie sie es von dir erwarten. Bitte, zeige ihnen nicht, dass du ein Bewusstsein besitzt.* Ich schüttle leicht den Kopf und sehe sie flehend an. Hoffe inständig, dass sie mich versteht. Lieber will ich als perverser Irrer angesehen werden, als Sukis Menschlichkeit preiszugeben.

Ich höre Vaters Schritte herannahen.

»Bist du schon so tief gesunken, dass du dich an einer Maschine vergreifst? Lennox, was machst du da, verdammt noch mal! Bist du jetzt völlig durchgedreht?« Seine Stimme bebt vor Wut. Er steht direkt neben uns.

Mit einem Winseln quetscht sich Columbo hinter die Couch, Vaters Auftreten weckt wohl schlechte Erinnerungen in ihm.

Ich rolle mich zitternd von Suki. Mir ist mit einem Mal furchtbar kalt.

»Zieht euch an!«, verlangt Vater im Befehlston.

»Du wolltest doch, dass sie sich um mich kümmert. Sie hat diese Aufgabe zu meiner vollsten Zufriedenheit erfüllt.« Meine Stimme trieft nur so vor Sarkasmus. Ich spüre auf einmal so viel Hass in mir, am liebsten würde ich ihm an die Gurgel springen. »Du hast die Wette gewonnen, hast erreicht, was du wolltest. Eigentlich müsstest du jetzt zufrieden sein.«

»Aber es war nie die Rede davon, dass du mit ihr abhaust und dich an ihr vergreifst. Das ist doch pervers. Sie hat keinen eigenen Willen, du treibst es mit einer Maschine.«

Seine Augen treten hervor, als würden sie jeden Moment herausfallen. Ich habe Vater noch nie so außer sich gesehen.

Für die Dauer eines Atemzugs streift mein Blick Suki. Sie hat sich die Bettdecke bis zum Kinn hochgezogen, ihre Augen sind starr an die Decke gerichtet. Ich sehe ein verdächtiges Glitzern in ihnen.

O nein, bitte nicht!

»Na und, wen kümmert's. Sie macht alles, was ich ihr sage, stimmt's, Suki?«

Mein Herz schmerzt, so laut pocht es in meiner Brust, als ihr Wimpernkranz sich senkt, ansonsten aber keine Reaktion zeigt.

»Suki, antworte, wenn ich mit dir rede!«, befehle ich und verleihe meiner Stimme einen gewissen Nachdruck. Mein eigener Tonfall bereitet mir Schmerzen, es tut so weh, sie so zu sehen, wo wir uns eben noch so nah waren.

Sukis stoischer Blick trifft mich völlig unvorbereitet. »Das tue ich, Lennox.« Ich höre, wie sie Mühe hat, ihre Stimme fest klingen zu lassen. Doch sie scheint verstanden zu haben.

Ich möchte erleichtert aufatmen und heulen zugleich. Es ist vorbei. Vater wird sie fortbringen, ich werde sie nie mehr wiedersehen. Ich spüre, wie in mir etwas bricht. Der Schrei in meinem Inneren hat mein Herz zerspringen lassen.

Vater schnaubt. »Lennox, was ist nur aus dir geworden? Ich bin fassungslos, wie du dich verhältst. Schämst du dich denn gar nicht?«

Ich lache bitter auf, während ich mich aufsetze, um mir die Hose überzustreifen. »Du hast mich zu dem gemacht ... hast mich ausgetrickst. Warum hast du mir vorenthalten, dass sie nur eine Maschine ist?« Ich lege so viel Verachtung wie möglich in meine Worte, beantworte mir die Frage selbst, ehe er die Gelegenheit dazu hat: »Nur um die Genugtuung zu haben, diese Scheißwette zu gewinnen, weil du genau wusstest, dass Suki alles tun wird, was ich von ihr verlange – und dass ich sie niemals vergraulen kann.«

Vater ringt sichtlich nach Worten, schüttelt den Kopf. »Ich habe es für dich getan. Damit du endlich zur Besinnung kommst und dein Leben in die Hand nimmst, anstatt dich selbst zugrunde zu richten.«

Granny erwacht aus ihrer Starre und schließt die Tür hinter sich. Sie klaubt Sukis Kleider vom Boden und hält sie ihr entgegen. »Hier, zieh das an.«

Suki setzt sich auf und gehorcht schweigend.

Plötzlich ist mir nur noch zum Heulen zumute. Es ist alles so hoffnungslos.

»Wie habt ihr uns gefunden?«, frage ich kraftlos, während ich den Pullover überziehe.

»Der Verwalter hat euch auf dem Grundstück gesehen und hat mich verständigt.« Grannys Stimme klingt leise, Traurigkeit schwingt darin mit. »Normalerweise hält sich um diese

Jahreszeit kein Mensch hier auf, er ist misstrauisch geworden und dachte, ihr wärt Obdachlose.«

»Ich möchte nicht, dass Suki geht«, sage ich leise, wie zu mir selbst.

Vater atmet geräuschvoll aus. »Tanaka verlangt, dass ich sie zurückbringe. Morgen früh geht unsere Maschine nach Tokio.«

Seine Worte schnüren sich wie ein Strick um meine Kehle, nehmen mir die Luft zum Atmen. Ich sacke zu Boden, habe das Gefühl zu ersticken. Meine Lunge versagt vor lauter Schmerz ihren Dienst. Die Kälte frisst sich durch meine Adern, es kommt mir vor, als hätte mir jemand gerade das Herz herausgerissen.

Ich vergrabe das Gesicht in beiden Händen, ein Wimmern dringt aus meinem Mund hervor, das in ein haltloses Schluchzen übergeht. Mir ist egal, was sie über mich denken. Ich möchte sterben. Ohne Suki ergibt nichts mehr einen Sinn.

Plötzlich spüre ich eine Hand auf meiner Schulter. Ich reagiere nicht. Erst als ich geschüttelt werde, sehe ich auf.

Granny. Mit beunruhigtem Blick sieht sie auf mich herab. »Lennox, was ist mit deinem Gesicht geschehen? Hast du dich etwa wieder der Sonne ausgesetzt?«

Ich senke den Kopf und raufe mir die Haare, eine Antwort bleibe ich ihr schuldig. Als ob das jetzt noch wichtig wäre.

Grandma zieht scharf die Luft ein. »Steh auf, wir müssen gehen.«

»Ich kann nicht«, flüstere ich.

»Lennox, Suki ist nur eine Maschine. Sie erwidert deine Gefühle nicht. Sie kann nichts empfinden.«

Obwohl ich weiß, dass Grannys Worte nicht der Wahrheit entsprechen, treffen sie mich bis ins Mark. Ich möchte sie anschreien, ihr sagen, dass wir uns lieben und zusammenbleiben wollen. Dass ich sterbe, wenn sie uns trennen, weil ich noch nie so starke Gefühle für jemanden empfunden habe und sie der beste Mensch ist, den ich kenne. Stattdessen schweige ich. Ich darf es nicht noch schlimmer machen, als es eigentlich ist.

Während ich mich langsam erhebe, schweift mein Blick zu Suki. Mit dem Rücken zu mir steht sie fertig angezogen an der Tür.

Vater führt sie ab wie eine Gefangene.

Plötzlich ertönt ein Wimmern.

Grandma rennt geistesgegenwärtig zur Couch und scheucht Columbo mit einer Handbewegung dahinter hervor. »Wem gehört dieser Hund?«

»Er ist uns zugelaufen«, erwidere ich kaum hörbar.

Granny nickt, während sie ihn genauer in Augenschein nimmt. »Anscheinend wurde er ausgesetzt, er befindet sich in keinem guten Zustand. Wir nehmen ihn besser mit.« Ohne zu zögern, klemmt sie ihn sich unter den Arm. Vor Frauen scheint er keine Angst zu haben. Aber er hängt dort genau so, wie ich mich fühle – wie ein geschlagener Hund.

Granny misst mich mit einem Blick aus Unverständnis und Mitleid, als ich vor ihr mit meiner Sporttasche über der Schulter die Hütte verlasse. Und die Sonne hat sich hinter einer dicken Schicht grauer Wolken verborgen, so, als wollte sie unser Unglück nicht mit ansehen.

Ein letztes Mal

Suki

Der Kokon um uns zerreißt, die Welt steht still, nur damit wir im nächsten Moment mit voller Wucht auf der Erde aufprallen. Es ist, als hätte mein mechanisches Herz aufgehört zu schlagen, nur noch das Dröhnen der Apparate hallt in mir wider.

Ich weiß, dass das hier das Ende bedeutet. Eben noch war alles vollkommen, jetzt ist der Traum einer gemeinsamen Zukunft am Fels der Wirklichkeit zerschmettert.

Es war von Anfang an klar, dass ich zurück zu Tanaka muss, dass kein Weg daran vorbeiführt. Ich habe Lennox in dem Glauben gelassen, dass ich genau wie er zuversichtlich bin, dass mir eine Zukunft an seiner Seite bevorsteht. Dabei haben wir mein Schicksal nur ein wenig hinausgezögert.

Trügerische Hoffnung. Zu verlockend war unser gemeinsames Glück. Wenn nicht hier und jetzt, hätte man uns früher oder später gefunden.

Ich weiß sofort, was Lennox von mir verlangt. Er gibt mir mit einem Blick zu verstehen, dass ich vorgeben soll, ein Android ohne eigenen Willen zu sein. Wenn es nach mir ginge, würde ich meinen Gefühlen freien Lauf lassen und in Tränen ausbrechen, denn mir ist es egal, was nun aus mir wird. Alles ist mit einem Mal bedeutungslos.

Ich unterdrücke den Schmerz in meinem Inneren. Mechanisch stehe ich auf, ziehe mich an und setze einen Fuß vor den anderen. In mir herrscht minutenlang nur Leere, ich blende alles um mich herum aus, bis Lennox' Schluchzen mich in die Realität zurückholt. Sein Schmerz verstärkt meinen um ein Vielfaches, mein mechanisches Herz krümmt sich in meiner Brust wie ein getretener Wurm. Lennox braucht mich jetzt genauso wie ich ihn.

Es kostet mich all meine Willenskraft, nicht zu ihm zu rennen und mich in seine Arme zu werfen. Ihn zu trösten und ihm Halt zu geben. Ein letztes Mal.

Sich von einem geliebten Menschen für immer trennen zu müssen, ist gleichbedeutend mit dem Tod. Ich wünsche mir auf der Stelle, mein Bewusstsein zu verlieren und nie mehr aufzuwachen, um mich dem Schmerz nicht mehr aussetzen zu müssen.

Wenn ich hart daran arbeite, gelingt es mir vielleicht zu vergessen und so zu werden, wie ich geschaffen wurde.

Ich atme ein, ich atme aus. Schalte meinen Verstand ab, mein Kopf einzig geflutet mit den eisigen Strömungen, die durch den Raum ziehen.

Ich sitze mit Lennox auf dem Rücksitz und halte die Hände im Schoß gefaltet. Regungslos starre ich auf die Rückenlehne vor mir. Ich will gar nicht daran denken, was mich erwartet. Tanaka wird mich der Welt präsentieren, wird mich vorführen wie ein Zirkustier.

Ich spüre, wie Lennox mich von der Seite ansieht. Da ist noch so viel, was ich ihm sagen muss. Bevor ich abreise, werde ich versuchen, ihn unter vier Augen zu treffen.

Angespannte Stille umgibt uns. Tausende unausgesprochene Gedanken prallen an die Scheibe, wirbeln unaufhörlich durch den Wagen, ich kann sie beinahe körperlich spüren. Was würde ich darum geben zu weinen, haltlos zu schluchzen, um allen Schmerz aus mir herausfließen zu lassen, dann würde es mir besser gehen. Aber ich darf nicht. Maschinen dürfen keine Tränen vergießen. Abgesehen davon habe ich das Gefühl, dass meine Tränenflüssigkeit von der Kälte, die ich in mir trage, eingefroren ist.

Nachdem wir Lennox' Großmutter samt Columbo zu Hause abgesetzt haben, ist die Stille noch erdrückender als zuvor. Ich wünschte, ich könnte mich einfach auflösen wie die Schneeflocken, die an der Fensterscheibe schmelzen.

Sobald wir in der Wohnung angekommen sind, geht Lennox in sein Zimmer und knallt die Tür hinter sich zu. Ich sehe ihn den restlichen Tag nicht mehr, und Herr West behandelt mich, als wäre ich Luft. Nur einmal spricht er mich an, um mir mitzuteilen, dass er mich nicht braucht. Ich erwische mich dabei, wie ich in Demut den Kopf senke. So würde ein Androide nie reagieren, doch Herr West hegt keinen Argwohn, er ist viel zu sehr in seinen eigenen Gedanken gefangen. Der Kummer lässt sein Gesicht alt wirken. Tiefe Falten graben sich ihm in die Stirn, während er sich vermutlich darüber den Kopf zerbricht, was er bei Lennox falsch gemacht hat. Ich kann es ihm nicht verübeln. Mit einer Maschine im Bett erwischt zu werden, ist nichts, worauf man stolz sein könnte. Bestimmt macht er sich große Sorgen, wie sein Sohn so tief sinken konnte.

Ich weiß, ich dürfte eigentlich kein schlechtes Gewissen haben, trotz allem schäme ich mich, dass Herr West uns in flagranti erwischt hat. Ob er Tanaka davon berichten wird? Vermutlich nicht, denn damit müsste er sich die Blöße geben, dass sein eigener Sohn die Situation ausgenutzt hat.

Auch nachdem ich schon längst aufgeladen bin, starre ich immer noch auf die graue Wand in meinem Zimmer.

Je mehr der Tag zur Neige geht, desto größer wird die Sehnsucht nach Lennox. Ich vermisse ihn schrecklich, obwohl nur das Bad uns trennt.

Mein Blick wandert zum Fenster. Die dahinterliegende Dunkelheit drängt gegen die Scheibe, als bitte sie um Einlass. Es muss schon Mitternacht sein. Die Zeit zerrinnt zwischen meinen Fingern. Ich muss zu Lennox gehen, muss ihn sehen.

Rasch schleiche ich zur Tür und öffne sie so geräuschlos, wie es geht. Vom Wohnzimmer dringt Licht in den Flur. Herr West ist also noch wach. Unschlüssig stehe ich da, bis ich einmal tief Luft hole und auf Zehenspitzen bis zu Lennox' Zimmer schleiche.

Ohne anzuklopfen, öffne ich die Tür und schlüpfe durch den schmalen Spalt hindurch.

Lennox liegt rücklings auf seinem Bett und starrt abwesend an die Decke. Als er mich bemerkt, schnellt er hoch und setzt sich an die Bettkante. Er sieht so furchtbar verloren aus, es zerreißt mich nahezu innerlich.

»Lennox ...« Ich gehe auf ihn zu. Nur noch ein paar Schritte, dann erhebt er sich und wir fallen uns in die Arme. »Das Schicksal hat es nicht gut mit uns gemeint.« Ein Schluchzer entschlüpft meiner Kehle, zitternd schöpfe ich nach Luft.

»Das Schicksal ist ein mieses Arschloch.« Seine Stimme bebt, ich spüre, wie er sich anspannt. Im nächsten Moment löst er sich von mir, presst die Lippen aufeinander und schaut zur Tür. »Wenn dieses Schwein dich nicht zu sich nach Hause gelockt hätte, wärst du gleich zu mir zurückgekehrt. Dann hätte ich mich nicht der Sonne aussetzen müssen und wir wären gestern Abend in den Zug gestiegen.«

Ich greife nach Lennox' Hand, mein Blick versinkt in seinen Augen. »Du weißt selbst, dass wir nicht weit gekommen wären. Vielleicht sollten wir einfach nur froh sein um die gemeinsame Zeit, die wir ...« Mein heiseres Flüstern geht in einem verzweifelten Schluchzer unter, der aus mir herausbricht.

Lennox steht einfach nur da. Hilflos. Er schüttelt den Kopf und streicht sich über den Nacken. Einen Augenblick später verzieht sich sein Gesicht kummervoll, und ich sehe, wie er gegen die Tränen ankämpft.

Ich umfasse seinen Kopf und küsse ihn auf die Stirn. »Erinnerst du dich, was das bedeutet?«, frage ich ihn mit tränenerstickter Stimme. »Ich nehme dich als mein Schicksal an, dieser Kuss soll uns für immer und ewig zusammenhalten.«

Er senkt den Blick, kann seine Tränen nicht mehr zurückhalten. »Suki ... Wir werden uns nicht wiedersehen. Das hier ist unser Abschied. Tanaka wird nicht zulassen, dass ich dich besuche, wenn er erfährt, dass ich mit dir im Bett war.«

Meine Brust zieht sich zusammen, denn ich weiß, dass er recht hat. »Lennox, ich werde dich nie vergessen. Ich danke dir für all die unvergleichlichen Gefühle, die ich ohne dich nie erfahren hätte. Für dich allein hat es sich gelohnt, lebendig zu sein.« Ich schlinge die Arme um seinen Leib, schmiege mich fest an ihn, will ihn nie mehr loslassen.

Es dauert einen Moment, bis er meine Umarmung erwidert. Ich spüre, wie ein Beben seinen Körper durchläuft, ihn schüttelt und er zitternd in meinen Armen liegt. Ich halte ihn, so fest ich kann.

Als Lennox sich wieder etwas gefasst hat, bringt er Abstand zwischen uns, umfasst dann mein Gesicht und streicht mit den Daumen die Tränen fort, die mir über die Wangen laufen.

Der Drang, ihn zu küssen, ist überwältigend.

Ein letztes Mal.

Genau in dem Moment senkt er sich zu mir herab und küsst mich, ein langer Kuss voller Zärtlichkeit, der mir den Atem raubt. »Ich liebe dich so sehr«, flüstert er mit heiserer Stimme, die ein warmes, schweres Gefühl durch mich hindurchfließen lässt. »Bleib bei mir den Rest der Nacht. Ich möchte deine Nähe spüren. Einfach nur neben dir liegen. Ein letztes Mal.«

Ich blicke zur Tür. »Aber dein Vater …«

»Es spielt keine Rolle mehr. Ich schließe ab, damit wir nicht wieder gestört werden.«

Lennox geht zur Tür. In dem Augenblick, als er im Begriff ist, den Schlüssel zu drehen, sehe ich, wie die Klinke runtergedrückt wird, und mir stockt der Atem.

Dann geht alles ganz schnell. Herr West stößt die Tür auf – Lennox schafft es gerade noch, einen Satz nach hinten zu machen –, blickt erst auf mich, dann auf ihn. »Lennox, willst du mich zum Narren halten?«

»Darf ich mich jetzt noch nicht einmal von ihr verabschieden?« In seine Stimme hat sich ein eisiger Klang geschlichen, der verrät, wie sehr er seinen Vater verachtet.

»Was soll das bringen? Suki hat kein Bewusstsein, auch wenn sie den Eindruck erweckt. Bis zu einem gewissen Grad kann sie Gefühle simulieren. Du wirst doch nicht so dumm sein zu glauben, sie wären echt?«

Herr West versteht es wirklich, seine Worte abfällig klingen zu lassen. Selbst mir versetzen sie einen kleinen Stich. Für die Dauer eines Herzschlags meine ich zu sehen, wie Lennox zögert, um zu widersprechen. Doch eine Reaktion bleibt aus. Er starrt nur stur geradeaus, während sein Kiefer heftig mahlt.

»Komm jetzt, geh auf dein Zimmer!«, weist Herr West mich an, sein Blick duldet keinen Widerspruch.

»Sie wird hierbleiben.« Ich kann nur ahnen, wie schwer es Lennox fällt, seine Stimme so fest klingen zu lassen. »Auch wenn sie nur simuliert, es kann dir egal sein, morgen ist sie weg.« Seine Augen bohren sich in die seines Vaters, die Hände zu Fäusten geballt. Es ist nicht zu übersehen, wie sehr sein Körper unter Anspannung steht.

»Gut, du hast es nicht anders gewollt.«

Herr West macht einen Schritt auf mich zu, und ehe ich mich versehe, drückt er mir seinen Zeigefinger an die Kehle.

Alles auf Anfang

Lennox

Ich fange Suki in meinen Armen auf, gerade noch rechtzeitig, bevor sie auf dem Boden aufgeschlagen wäre.

»Wie konntest du nur ...« Ich versuche, meine Stimme so hasserfüllt wie möglich klingen zu lassen.

»Lennox, du musst endlich zur Vernunft kommen!« Vater atmet tief durch und bedenkt mich mit einem eindringlichen Blick. »Los, hilf mir, Suki in ihr Zimmer zu bringen.« Sein autoritäres Auftreten ist verschwunden und hat Resignation Platz gemacht, ich sehe es an der Art, wie er sich über den Bart streicht. Er weiß nicht, wie er mit mir umgehen soll, die Situation ist ihm mehr als unangenehm.

Einen Moment lang spiele ich mit dem Gedanken, ihn niederzuschlagen und Suki wieder hochzufahren. Aber es ist sinnlos. Völlig ausweglos. Wir können nicht noch einmal fliehen. Die Gefahr ist zu groß, dass sie uns an der Grenze schnappen, Vater und Tanaka werden eine Großfahndung nach uns einleiten. Außerdem ist es klüger, Suki außer Landes zu bringen, jetzt wo sie den Perversen auf dem Gewissen hat.

Vielleicht ist es auch besser so. Suki noch einmal zu sehen und ihre Stimme, ihre wundervollen Worte zu hören hat mir viel bedeutet. Ich weiß nicht, wie ich es verkraftet hätte, wenn wir den Abschied hinausgezögert hätten. So grausam es ist, das Ganze hat die Sache zu einem schnellen Abschluss gebracht und erspart mir eine Menge Leid.

Ich bin selbst zu schwach dazu, noch weiter sauer auf Vater zu sein. Meine Wut ist bereits verraucht und Hoffnungslosigkeit gewichen, die mich völlig vereinnahmt.

Ich will nur, dass er verschwindet. Also tue ich das, was er von mir verlangt, und hebe Suki auf meine Arme. Ich werde sie sicherlich nicht wie ein Stück Vieh zusammen mit Vater tragen.

Als ich sie auf dem Bett ablege, werfe ich einen letzten Blick auf sie. Meine einzig wahre Geliebte. Wie schön sie ist. Die Tränen sind längst versiegt, in meinem Inneren herrscht nur noch Leere.

Mit hängenden Schultern kehre ich in mein Zimmer zurück und schließe mich ein. Ich will nicht gestört werden. Morgen nicht und die nächsten Tage nicht. Nie wieder.

Ich stelle mich ans Fenster, blicke hinaus auf die verschneite Straße. Im Lichtkegel der Laterne beobachte ich den lautlosen Tanz der Schneeflocken, die sich träge mit ihren Gefährtinnen am Boden vereinen, bis er beendet ist und alles in der Stille der Nacht erstickt. Ich wünschte, mein Herz würde in diesem Moment einfach seinen Geist aufgeben.

Seit ich denken kann, spüre ich zum ersten Mal eine Todessehnsucht in mir. Mit Suki konnte ich wieder erfahren, was das Leben lebenswert macht. Die wahre Liebe erleben. Es gibt nichts mehr, was mich trösten, was meine Sehnsucht nach ihr stillen kann. Ich bräuchte nur das Fenster zu öffnen …

Es wäre so einfach. Doch selbst dazu reicht meine Energie nicht mehr.

Vielleicht an einem anderen Tag.

Mutlos lehne ich meine Stirn an die kühle Scheibe. Ich hatte sogar mit dem Gedanken gespielt, für Suki eine Therapie zu beginnen und mich endlich dem Leben zu stellen. Doch jetzt geht es mir schlechter als jemals zuvor. Keine Perspektive. Mich in den Mantel des Vergessens zu hüllen ist das Einzige, was ich will. Mich darin einmummeln und nie wieder aufstehen.

Sobald ich mich ins Bett lege, falle ich in einen tiefen, gnädigen Schlaf.

Am nächsten Morgen wache ich mit pochendem Herzen auf. Mein Blick huscht zum Wecker. 9:00 Uhr.

Meine Brust verkrampft sich schmerzhaft – seit drei Stunden sind sie bereits fort.

Und wenn doch nicht? Aus einer dummen Hoffnung heraus springe ich aus dem Bett, renne zur Tür und reiße sie auf.

Mein Herz schlägt mir bis zum Hals, als ich zu ihrem Zimmer eile. Atemlos drücke ich die Klinke hinunter und spähe in den Raum.

Das Bett ist bereits frisch bezogen, durch die Vorhänge dringen Sonnenstrahlen. Alles ist leer und aufgeräumt.

Doch die Hoffnung stirbt zuletzt. Wie ein Irrer rase ich durch den Flur, öffne Tür um Tür, um nach ihr zu suchen. Ich schreie ihren Namen heraus, komme erst in der Küche zum Stehen und ringe nach Atem.

Natürlich ist sie weg, wie hätte es auch anders sein sollen.

Mein Blick irrt durch den Raum, bleibt auf dem Küchentisch hängen.

Das Lebkuchenherz liegt da, sie hat es zurückgelassen. Ich gehe darauf zu und betrachte es. *Mein Sonnenschein.*

Ich nehme es in die Hand und drehe es um. Ein Stück Papier steckt unter der Plastikfolie.

Mein Herz bist du,
du hast mir Leben eingehaucht, mein mechanisches Herz erweckt. Ich danke dir dafür. Du bist ein Teil von mir, ich werde dich niemals vergessen!
Deine dich immer liebende Suki, deine einzig wahre Geliebte.

Diese paar Zeilen entlocken mir ein kleines Lächeln. Doch augenblicklich ergreifen der Kummer und die Traurigkeit wieder Besitz von mir. Das Herz ist so schwer in meiner Brust, es lähmt mich. Jeder einzelne Schritt macht mir Mühe.

Alles ist wie vorher, ehe Suki kam, allerdings noch um einiges trostloser und deprimierender. Wer hätte gedacht, dass es noch schlimmer kommen könnte?

Vater ist dafür verantwortlich, er trägt die Schuld. Hätte er Suki nicht hierhergebracht, müsste ich jetzt nicht so leiden.

Und Suki? Ich will gar nicht daran denken, wie sie sich fühlt. Am Anfang waren ihre Empfindungen noch so jungfräulich wie bei einem Baby, auf das tausend Eindrücke einprasseln. Doch sie musste gleich die volle Dosis Leben erfahren: starke Gefühle wie Schmerz und Trauer durch Checkers Tod, der erste Kuss, das erste Mal. Angst, Hass, Wut, ausgelöst durch einen irren Psychopathen, der sie vergewaltigen wollte. Und zum Schluss der Trennungsschmerz. Ob sie ihr Bewusstsein einfach so unterdrücken kann, so, wie sie es sich ersehnt hat?

Ich wünsche es ihr so sehr.

Als ich zurück in mein Zimmer komme, kündigt sich durch leises Vibrieren eine Nachricht auf meinem Handy an: *Wie geht es dir, Digger? Wollte euch nicht stören, falls mit Suki alles wieder in Ordnung ist. Wenn du mich brauchst, ich bin da.*

Cem. Ein wahrer Freund.

Sie ist weg. Für immer. Es geht mir beschissen, könnte ich schreiben. Doch ich will ihn nicht sehen, nicht hören. Will allein in meinem Schmerz ertrinken.

Achterbahn der Gefühle

Suki

Nur ein paar Sekunden dauert es, bis die Erinnerungen auf mich einströmen. Wie eine riesige Welle überrollen sie mich, können den Schmerz in mir jedoch nicht mit sich forttragen.

Herr West hat mich gerade wieder hochgefahren und sieht auf mich herab. »Wir müssen los«, sagt er und scheint darauf zu warten, dass ich aufstehe und funktioniere, wie es sich für mich gehört.

Verzweiflung und Resignation erfüllen mich gleichermaßen, doch ich tue, was von mir verlangt wird.

Nachdem ich das Netzteil aus der Armbeuge entfernt habe – Herr West muss mich gestern Abend noch angeschlossen haben –, klaube ich mechanisch das Kabel zusammen und packe es mit meinen paar Habseligkeiten in den Koffer. Schal und Handschuhe lasse ich auf dem Bett liegen.

Ich werfe einen letzten Blick hinaus aus dem Fenster. Draußen ist es noch dunkel, aber es hat aufgehört zu schneien.

Als ich an Lennox' Tür vorbeilaufe, spüre ich einen stechenden Schmerz hinter der Brust. Ich bleibe stehen, meine Hand ballt sich zur Faust, hebt sich wie von selbst und will gegen das Holz hämmern, nur um dann doch auf der Stelle zu verharren.

Ich hätte ihn so gern noch einmal gesehen. Aber ich stehe unter Beobachtung, bei jeder Bewegung spüre ich einen Blick im Nacken. Die Wohnzimmertür steht weit geöffnet, Herr West würde es nicht zulassen, dass ich zu Lennox gehe.

Langsam lasse ich den Arm sinken, mein Kopf folgt mit einem tiefen Seufzer hinterher.

Es ist besser so.

Ich laufe in die Küche, um Lennox wenigstens ein paar Zeilen zu hinterlassen. Tränen steigen mir in die Augen, als ich das Lebkuchenherz zurück auf den Küchentisch lege. Ich blinzle ein paarmal, um sie aufzuhalten.

Die Brust zieht sich enger um mein mechanisches Herz, als ich den Raum verlasse und beinah mit Herrn West zusammenstoße, der direkt vor mir aufragt.

Er bedenkt mich mit einem merkwürdigen Blick.

Reiß dich zusammen. Verhalte dich wie ein menschlicher Androide.

Wie auf Knopfdruck setze ich meine ausdruckslose Maske auf, schnappe mir meinen Koffer und stelle mich an die Tür in Warteposition.

Der Flug zieht sich bis ins Endlose. Wir steigen in Helsinki um und fliegen dann eine Stunde später weiter nach Tokio.

Ich sitze am Fenster, Herr West starrt an mir vorbei, spricht mich kein einziges Mal an und behandelt mich, als wäre ich Luft. Stundenlang schreibt er in seinen Computer, danach schläft er fast bis zum nächsten Morgen durch.

Wenn er wüsste, dass ich eine Seele besitze, würde mich seine Ignoranz tief verletzen, denn bis gestern war in mir ein Wunsch fest verankert: eines Tages nicht nur als Mensch wahrgenommen, sondern auch wie ein Mensch wertgeschätzt zu werden, um als gleichwertige Person an Lennox' Seite leben zu können.

Ein verbittertes Schnauben entkommt mir. Jetzt spielt es keine Rolle mehr. Nichts hat mehr eine Bedeutung für mich, mein Traum ist zerplatzt wie eine Seifenblase.

Die letzten Tage waren einfach zu viel gewesen. Ich habe alle Hochs und Tiefs durchlebt, die man sich vorstellen kann. Ein Sturm von Gefühlen ist in mir entfacht: Liebe. Verlust.

Angst. Wut. Hass. Und schließlich das Schlimmste von allen: der Abschied von Lennox.

Der Trennungsschmerz ist unerträglich. So muss es sich anfühlen, wenn man langsam ausblutet. Alle Erinnerungen ziehen im Zeitraffer vor meinem geistigen Auge vorüber und mit ihnen die Gefühle, die ich dabei empfand. Noch vor Kurzem war unsere Liebe so berauschend schön, jetzt fühlt es sich an, als hätte man mich zweigeteilt, als würde ich ein Stück von mir zurücklassen.

Vorher war ich nicht leidensfähig, konnte nicht verletzt werden und hatte alles unter Kontrolle. Wie kann ich nur wieder zu der Maschine werden, als die ich einst geschaffen wurde?

Ich will wieder die Alte sein. Ohne Bewusstsein. Ohne Gefühle. Ohne Seele.

Es kommt immer anders, als man denkt

Lennox

Jeder Tag ist genauso beschissen wie der vorherige – eine Aneinanderreihung von stinkenden Scheißhaufen. Ich quäle mich vom Bett auf die Toilette und wieder zurück, schaffe es gerade noch, regelmäßig meine Tablette einzuschmeißen – der letzte Strohhalm, an den ich mich klammere, ehe ich vollständig den Lebensmut verliere.

Einmal hole ich mir eine Flasche Wasser und stopfe mir ein Stück altes Brot in den Mund, nur um etwas im Magen zu haben. Ich will den Schmerz in meiner Brust betäuben. Mir fällt sofort ein Mittel dagegen ein, eins, das alles andere überdeckt. Doch kaum habe ich diesen Gedanken gedacht, dämmre ich wieder weg.

Ich weiß nicht, wie viel Zeit vergangen ist, als ich im Halbschlaf Schritte draußen auf dem Flur höre.

Es klopft einmal kurz an meiner Tür. »Lennox, ich komme jetzt herein«, kündigt Vater sich an, ehe er die Klinke herunterdrückt.

»Hier riecht es erbärmlich.« Mit großen Schritten durchmisst er den Raum und kippt das Fenster hinter dem Vorhang an.

Stöhnend quäle ich mich in eine aufrechte Position. »Wie spät ist es denn?« Matt reibe ich mir den Schlaf aus den Augen. Ein schaler, bitterer Geschmack liegt auf meiner Zunge, ich habe mir seit Tagen nicht die Zähne geputzt.

»Es ist Dienstag, kurz vor fünf am Nachmittag.« Vater trägt noch seinen Mantel. Mit hinter dem Rücken verschränkten Armen bleibt er stehen und dreht sich zu mir um. »Gehe ich recht in der Annahme, dass du vier Tage lang nicht das Bett verlassen hast?«

»Wenn du es sagst«, erwidere ich in gleichgültigem Tonfall und lecke mir über die Lippen, die sich spröde und ausgetrocknet anfühlen.

»Morgen ist Heiligabend. Ich möchte gern, dass die Familie zusammenkommt und gemeinsam feiert.«

Ich schnaube geräuschvoll. »Von welcher Familie sprichst du?«

»Ich merke schon, du hast wieder zur gewohnten Bissigkeit zurückgefunden, ein gutes Zeichen. Granny erwartet uns, es wäre schön, wenn du wenigstens ihr zuliebe hingehst.«

»Wie nett. Das Fest der Liebe im Kreis der Familie.«

Vater seufzt tief und tritt an mein Bett. Ich spüre, wie die Matratze unter seinem Gewicht nachgibt, als er sich neben mich setzt. So nah ist er mir lange nicht mehr gekommen.

Seine Augen suchen die meinen im Halbdunkel. »Hör zu, Lennox. Ich werde dir keine Vorhaltungen mehr machen. Versprochen!«

Verwundert blicke ich ihn an. Das sind ja ganz neue Töne.

»Das mit der Wette tut mir leid, das war eine wirklich dumme Idee von mir.«

Irritiert suche ich in seinem Gesicht nach einem Zeichen, dass er mich auf den Arm nimmt. Wann hat Vater sich jemals bei mir entschuldigt?

Er meint es ernst, ich sehe, wie er mit Worten ringt und es ihm schwerfällt, seinen Fehler einzugestehen.

»Ich wollte nur …« Er kratzt sich am Bart. »Ich weiß auch nicht genau, was ich wollte. Dass du nicht allein bist, Gesellschaft hast.« Er macht eine Pause, als müsste er die nächsten

Worte genau durchdenken. »Lennox, du bist jetzt so gut wie erwachsen und solltest auf eigenen Beinen stehen. Das ist mein größter Wunsch. Ich weiß, dass es für dich nicht leicht war – nach dem Tod deiner Mutter und mit deiner Krankheit. Mir ist bewusst, dass ich mich viel zu wenig um dich gekümmert habe.« Vater blickt auf seine Hände, die er nervös knetet. »Ich konnte einfach nicht. Mein Schmerz über ihren Tod saß einfach zu tief. Ich habe mich in die Arbeit gestürzt, um mich abzulenken, doch es gelang mir nicht.« Er macht eine Pause, reibt sich den Nacken. »Ich bin depressiv und besuche seit einem Jahr regelmäßig einen Psychologen.«

Einen Moment lang vergesse ich zu atmen. Versuche zu verarbeiten, was er gerade gesagt hat. Das Blut rauscht in meinen Ohren, alles erscheint plötzlich in einem anderen Licht. Ich dachte immer, er wäre der knallharte Geschäftsmann, dem alles egal ist. Aber offenbar hat er sich hinter einer Mauer des Schweigens verbarrikadiert. Erinnerungsfetzen wirbeln durcheinander wie von einem Windstoß aufgescheuchte Blätter. Die wenigen Aufeinandertreffen mit ihm. Seine distanzierte Art. Seine Ausflüchte, getarnt hinter einer Maske der Gleichgültigkeit. Offenbar erinnere ich ihn mehr an Mama, als mir bewusst war.

Ich suche seinen Blick, doch er weicht mir aus. »Warum hast du es mir nicht gesagt?« Meine Stimme klingt tonlos, genauso entkräftet, wie ich mich fühle.

Niedergeschlagen schüttelt er den Kopf. »Ich wollte dich nicht noch zusätzlich mit meinen Problemen belasten.«

»Das war ein Fehler.« Ich streiche mir durchs Haar, bleibe dabei an einem Knötchen hängen.

Vater zuckt mit den Schultern. »Vielleicht. Ja. Aber ich konnte nicht aus meiner Haut.«

Unsere Blicke begegnen sich.

»Das mit Suki tut mir ebenfalls leid«, fährt er mit rauer Stimme fort. »Ich habe im Affekt Dinge gesagt, die ich so nicht hätte sagen dürfen. Ich weiß, dass dich das verletzt und aufgebracht hat, und das bedauere ich aufrichtig.«

Ich presse die Lippen aufeinander und nicke. Tränen brennen hinter meinen Augen, ich habe Mühe, sie zurückzuhalten.

»Dass du mit ihr geschlafen hast, war nichts weiter als ein Schrei nach Zuwendung. Erst im Nachhinein wurde mir das bewusst. Genau wie ich sehnst du dich nach Liebe und Geborgenheit.«

Ich schlucke trocken. Das hier ist zu viel für mich. Das Letzte, was ich will, ist Gefühle zu erwecken, die ich die ganze Zeit versucht habe, im Keim zu ersticken. Doch Vater ist mit seiner rührseligen Rede offenbar noch nicht fertig. Im Gegenteil, er scheint erst richtig in Fahrt zu kommen.

»Du musst raus, Lennox. Endlich dein Leben leben und versuchen, gegen deine Krankheit anzukämpfen.« Unbeholfen legt er einen Arm um mich und zieht mich kurz an sich.

Ein beklemmendes Gefühl erfasst mich. Ich versteife mich augenblicklich und halte den Atem an. Es ist eine Ewigkeit her, dass er das getan hat. Ich weiß nicht, was ich auf seine Worte erwidern soll, ein dicker Kloß sitzt mir im Hals, hat sich verfangen, denn er lässt sich auch durch mehrmaliges Schlucken nicht vertreiben.

»Ich wünsche mir nichts mehr, als dass du deine Gleichgültigkeit dem Leben gegenüber ablegst und lernst, glücklich zu sein. Meinst du, wir könnten daran arbeiten?« Jetzt ist er derjenige, der meinen Blick sucht.

Doch ich kann nicht aus meiner Haut. Will mir das Kissen über den Kopf ziehen. Allein sein mit meinen Gedanken.

Ich schaffe es gerade so zu nicken. Der anschwellende Kloß in meiner Kehle hindert mich daran, einen Ton herauszubringen. Ich muss das alles erst verarbeiten.

Vater hat mir seine Gefühle offenbart, das war sicher nicht leicht für ihn. Doch warum ausgerechnet jetzt? Jetzt, wo es zu spät ist, alles längst in Bedeutungslosigkeit versunken ist. Er hätte schon viel früher mit mir reden müssen.

Vater löst sich von mir. Sogleich fühle ich mich befreit und kann wieder durchatmen.

Ein leises Seufzen, dann steht er auf, und seine Schritte entfernen sich.

Nachdem er die Tür hinter sich zugezogen hat, umfängt mich wohltuende Stille. Ich lasse mich zurück ins Kissen sinken, schließe die Augen, möchte einfach nur abschalten und schlafen. Doch Vaters Worte hallen tief in mir nach und lassen mich nicht los: »Genau wie ich sehnst du dich nach Liebe und Geborgenheit ...« Ich sehne mich nicht nur danach, ich habe sie auch erlebt. Mit Suki.

Der Damm bricht und die Flut der Tränen lässt sich nicht mehr aufhalten. Ich gebe mich ihnen hin, obwohl ich mich dabei schwach und verletzlich fühle wie noch nie. In diesem Moment bezweifle ich, ob ich jemals wieder damit aufhören kann. Die angestauten Tränen, die nach Mamas Tod einfach nicht kommen wollten, fließen nun ohne Unterlass, als müssten sie alles nachholen, was sie versäumt haben.

Als sie nach einer gefühlten Ewigkeit versiegen, sind mein Gesicht, mein Hals und mein Oberkörper nass geweint, ich habe sie einfach laufen lassen. Seit Checkers Tod bin ich zu einer richtigen Heulsuse mutiert. Aber wenn ich ehrlich bin, fühle ich mich jetzt besser. Irgendwie gereinigt. Und ich kann endlich wieder klarsehen.

Wenn ich über Vaters Worte nachdenke, habe ich zum ersten Mal seit Langem das Gefühl, nicht allein zu sein mit meinem Schmerz. Da ist noch jemand, dem es ähnlich geht. Der leidet wie ein Hund, weil er Mamas Tod nie verkraftet hat. Vielleicht habe ich doch etwas von Vaters Genen abbekommen. Wir sind beide Meister darin, unser Leid und unsere Trauer vor anderen zu verstecken und uns abzuschotten. Was bleibt, ist ein Hauch von Mitgefühl und sogar ein wenig Verständnis. Doch dass er Suki benutzt hat, um diese Scheißwette zu gewinnen, und sie mir dann so mitleidslos nahm, ging eindeutig zu weit. Das kann und will ich ihm so schnell nicht verzeihen.

Es hat ihn zweifellos viel Überwindung gekostet, auf mich zuzugehen. Ich habe es ihm mit meiner sarkastischen Art auch nicht gerade leicht gemacht. Doch ich konnte nicht anders. Seiner Gleichgültigkeit mir gegenüber wusste ich mich nicht anders zur Wehr zu setzen.

Obwohl ich absolut nicht in der Stimmung bin, um Weihnachten zu feiern, ist mir mit einem Mal klar, dass ich es ihm und Granny schuldig bin.

»We wish you a merry christmas«, schallt es uns entgegen, als wir das geräumige Wohnzimmer in Grandmas Haus betreten. Der Geruch nach Karpfen – Großvaters Lieblingsgericht – ist hier zum Glück nicht ganz so ausgeprägt, im Flur hat er mich kurz würgen lassen.

Großvater sitzt mit einer karierten Decke auf dem Schoß im Rollstuhl vor dem Kamin und blickt ins Feuer, als müsste er die Flammen bannen. Zur Feier des Tages trägt er eine rote Fliege und eine verdrießliche Miene zur Schau. Es ist nicht zu übersehen, wie wenig er auf unsere Anwesenheit Wert legt. Er hat uns schon immer zu verstehen gegeben, wie desinteressiert er an Grannys Familie ist. Früher habe ich ihn Großvater genannt, weil Mama es für richtig hielt. Heute nenne ich ihn so, weil ich weiß, wie sehr er es hasst.

Für meine Mutter gehörte er zur Familie, da er schon seit zehn Jahren der Mann an Grandmas Seite ist. An meinen richtigen Großvater kann ich mich gar nicht mehr erinnern.

Nachdem ich es mir in dem abgewetzten Ohrensessel bequem gemacht habe, hält Granny mir ihren selbst gemachten Weihnachtspunsch unter die Nase und befiehlt mir, ihn zu trinken.

Vorsichtig nippe ich daran und stelle fest, dass das süße, hochprozentige, mit Nelken und Zimtstangen verfeinerte Heißgetränk wirklich lecker schmeckt. Der künstliche weiße

Weihnachtsbaum steht ein wenig schief, sodass man bei eingehenderer Betrachtung einen Knick in der Optik bekommt. Granny hat ihn mit pinken Kugeln und violettem Lametta ganz nach ihrem Geschmack geschmückt.

Als mein Blick zur Couch wandert, auf dem Vater Platz genommen hat, können wir uns ein Schmunzeln nicht verkneifen. Im Hintergrund dudeln amerikanische Weihnachtslieder rauf und runter, und Granny fragt alle zwei Minuten, ob wir etwas brauchen. Der ganz normale Wahnsinn eben.

Columbo liegt unterm Weihnachtsbaum und sieht noch immer jämmerlich aus. In Anbetracht dessen, dass es noch nicht mal eine Woche her ist, dass er aus den Fängen des Monsters befreit wurde, wohl kein Wunder. Doch Granny wird nicht müde, ihm immer wieder ein Leckerli unter die Schnauze zu halten und seinen Kopf zu tätscheln. Bei ihr ist er gut aufgehoben. Sie ist das Beste, was ihm je passieren konnte, abgesehen von Suki.

»Mir ist zu Ohren gekommen, dass du dich in das japanische Robotermädchen verknallt hast«, richtet Großvater das Wort an mich, als ich gerade dabei bin, mich zu entspannen.

»Also bitte, Walter, muss das sein?«, empört Vater sich, während ich die Zeit nutze, um die erste Kränkung zu verdauen. Früher habe ich immer sofort zum Gegenschlag ausgeholt, im Parolibieten war ich unangefochtener Meister.

Doch diesmal verziehe ich keine Miene. Ich bin seine Sticheleien noch aus Kindertagen gewöhnt. Anstatt mich über die überaus geschmackvolle Bemerkung zu ärgern, tue ich das, was er am wenigsten erwartet. »Ja, Großvater, das ist richtig.«

Er schnaubt verächtlich. »Ein Roboter kann nicht Nein sagen, nicht wahr?«

Ich beschließe, seine Worte an mir abprallen zu lassen. Es wird ihm nicht gefallen, wenn ich nicht reagiere, wie er es gewohnt ist.

»Walter, der Junge hat dir doch nichts getan!«, mischt Granny sich ein. »Hast du schon vergessen, dass Weihnachten ist?«

Er grummelt noch etwas vor sich hin und belässt es schließlich dabei. Fast tut er mir ein wenig leid, seine Worte haben nicht den gewünschten Effekt bei mir erzielt. Weder bin ich von Peinlichkeit berührt noch zeige ich Anzeichen von Wut. Ich kann mir lebhaft vorstellen, wie er sich darauf gefreut hat, mich bloßzustellen. Diese Art von Provokation ist der einzige Lichtblick seines freudlosen Daseins.

Ich beschließe kurzerhand, den Spieß umzudrehen. »Wie habt ihr euch beide noch mal kennengelernt?« Ich musste mir die Geschichte schon an die fünfzigmal anhören, sie hat sich durch Grannys anschauliche Erzählweise so in mein Gedächtnis gebrannt, dass ich sie vor mir sehe, als wäre ich selbst dabei gewesen. Ich weiß, wie sehr Grandma es liebt, diese Anekdote zu erzählen. Ganz im Gegenteil zu Großvater, der jetzt leise vor sich hin knurrt und aus der Brusttasche seines Hemdes eine Zigarre herausfischt.

Gebannt hänge ich an Grannys Lippen, während sie mit lebendigen Gesten zum einundfünfzigsten Mal erzählt, wie Walter in der Damentoilette des teuersten Restaurants Londons stand und sich in aller Ruhe die Hände wusch, als sie aus dem Klo heraustrat. Daraufhin lief er rot an wie eine Tomate, entschuldigte sich mindestens an die zehnmal und verbrachte den Rest des Abends mit ihr.

»Man kann es sich jetzt kaum mehr vorstellen, aber er konnte überaus charmant sein. Mir sind gleich sein gepflegtes Äußeres und seine gewählten Umgangsformen aufgefallen.« Granny streicht Großvater kichernd das schüttere Haar zurück, während ich ein Grinsen über ihren schwärmerischen Tonfall unterdrücken muss.

Um Walters Mundwinkel zuckt es verräterisch, dann schaut er mit einem verschmitzten Lächeln zu ihr auf. Er verhält sich der restlichen Welt gegenüber zwar unausstehlich, aber auf seine *Rosemary* lässt er nichts kommen. Wenn er heute noch könnte, würde er sie nach wie vor auf Händen tragen.

»So weit reicht meine Fantasie wirklich nicht.« Die Bemerkung kann ich mir einfach nicht verkneifen.

Großvater beißt die Spitze seiner Zigarre ab und spuckt sie unwirsch auf den Teppich.

»Walter, bitte!«, mahnt Granny ihn und zieht ihn kurz am Ohr.

Langsam fängt der Abend an, mir Spaß zu machen. Seit Vaters Entschuldigung kann ich ihm zumindest wieder in die Augen sehen. Ein Teil der Anspannung zwischen uns ist verflogen, ich empfinde keinen Hass mehr für ihn, aber von einem normalen Umgang, wie es zwischen Vater und Sohn sein sollte, sind wir noch meilenweit entfernt. Dafür ist zu viel passiert, was nie wiedergutzumachen ist.

Doch zumindest meine Sichtweise hat sich geändert: Ich sehe nun nicht nur, was mir versagt bleibt, sondern auch, dass Suki mir die schönsten Momente meines Lebens geschenkt hat. Sie hat mich gelehrt, was es heißt, Freude zu empfinden. Das Glück in kleinen Dingen zu sehen, das, was Mama immer so wichtig war. Dass jeder Augenblick mit einem geliebten Menschen wie ein Geschenk ist, das man in seiner Erinnerung wahren muss.

Trotz allem – wenn ihr hübsches Gesicht vor meinem inneren Auge aufpoppt, zupft die Sehnsucht noch immer unerträglich an meinem Herzen. Ob der Schmerz jemals nachlässt? Jede Minute denke ich an sie und frage mich, wie es ihr bei Tanaka ergehen mag.

Nach einer längeren Redepause seitens Großvaters und zwei Punsch später löst sich plötzlich seine Zunge, und das Eis zwischen uns scheint zu schmelzen. Ich habe beinahe das Gefühl, ich bin in seinem Ansehen gestiegen, nachdem ich unser eingefahrenes Verhaltensmuster durchbrochen habe. Aus heiterem Himmel beginnt er zu erzählen, wie er als kleiner Junge immer Weihnachten gefeiert hat.

»In der Nacht zu Nikolaus stahl ich mich einmal heimlich aus meinem Zimmer hinaus in den Flur und plünderte die frisch geputzten Stiefel meines kleinen Bruders. Ich glaube, mich zu entsinnen, dass neben Nüssen und Mandarinen sogar ein paar Goldtaler aus Schokolade in den Schuhen versteckt waren.« Großvater zieht kräftig an seiner Zigarre und stößt eine stinkende Qualmwolke mit fischartig geöffnetem Mund in die Luft. »Ja, so war es, denn ich erinnere mich noch an die starken Bauchschmerzen, die ich bekommen habe, nachdem ich alle auf einmal in mich hineingestopft hatte.«

»Der arme Wilfried, dich möchte ich auch nicht als Bruder gehabt haben«, wirft Granny lachend ein.

»Moment, die Geschichte ist ja noch lang nicht vorbei!« Walter setzt ein ausgefuchstes Grinsen auf.

Auf die Pointe bin selbst ich nun gespannt.

»Jedenfalls waren die Goldtaler ein Genuss für mich, ich habe mir danach jeden einzelnen meiner schokoladebeschmierten Fingerchen geleckt.« Er macht eine Pause und zeigt uns ein verheißungsvolles Lächeln, ehe er fortfährt. »Die ganze Woche vorher hatte ich Hasenköttel in einem Plastikbehälter gesammelt ...«

Seine Erzählung wird durch Grannys und Vaters Auflachen unterbrochen. Sogar ich lasse mich zu einem Schmunzeln hinreißen.

»Na ja, jedenfalls beeilte ich mich damit, diese besagten Tierexkremente bis hinein in die Schuhspitzen zu schieben, sodass sie auf den ersten Blick nicht zu sehen waren.« Er gibt einen demonstrativen Seufzer von sich, der in einem kurzen Hustenanfall untergeht. Nicht gerade zimperlich klopft Granny ihm den Rücken, bis er sich wieder beruhigt hat.

Die Spannung steigt ins Unermessliche, ich kann mich kaum noch auf dem Sessel halten.

»Am nächsten Morgen kam nun der lang ersehnte Moment. Ich beeilte mich damit, meine Stiefel zu leeren und alle Leckereien in eine Tüte zu verfrachten, bevor sie mir jemand – oder eher gesagt mein Bruder – wegnehmen konnte. Auch auf die Gefahr hin, dass mir wieder schlecht wurde, futterte ich meine Goldtaler auf die gleiche Weise.

Wie erhofft stürzte sich Wilfried auf seine Schuhe in Erwartung, ebensolch leckeres Naschwerk zu ergattern.« Um die Spannung zu steigern und den Höhepunkt der Geschichte noch ein wenig hinauszuzögern, pafft Großvater noch mal ordentlich an seiner Zigarre, dass es nur so qualmt.

Ich tue ihm den Gefallen und hake nach. »Ja und?«

Walter zieht vielversprechend die Augenbrauen hoch und grinst, ehe er antwortet.

»Wilfried zog ein paar Hasenköttel aus dem ersten Stiefel und besah sie sich genauer. Dann roch er schließlich daran, während mich ein Kichern übermannte. Wilfrieds Blick traf mich. Es dauerte keine zwei Sekunden, da pfefferte er mir die erste Ladung Hasenkacke um die Ohren. Der Zorn meiner Eltern glich einem ausbrechenden Vulkan. Vater verpasste jedem von uns eine ordentliche Backpfeife und verordnete Stubenarrest für die ganze Woche.«

Ein verschmitztes Lächeln legt sich auf sein Gesicht. »Doch es hatte sich gelohnt.«

»Das hatte es ohne Frage.« Vater lacht und lehnt sich in seinem Sessel vor. »Allein schon dieser amüsanten Anekdote wegen.«

Als Walter auch von mir einen anerkennenden Blick erntet, kommt er erst richtig in Fahrt und gibt noch ein paar Bestatter-Witze zum Besten. Ich muss mir zwar bei den nicht vorhandenen Pointen ein Lächeln auf die Lippen zwingen, aber sie sind immer noch besser als diese Zoten, die er früher auf jedem Fest gerissen hat.

»Tja, die Zeiten ändern sich. Je näher man dem Tod kommt, umso morbider werden die Witze.« Er tätschelt Granny beim Vorbeigehen kurz den Hintern, woraufhin Vater und ich einen amüsierten Blick tauschen.

Als Grandma den Raum verlässt, herrscht eine Weile Schweigen, das nur vom Knistern und Knacken der Holzscheite durchbrochen wird.

Walter schaut geistesabwesend in die Flammen, als würde er in seinem Oberstübchen nach weiteren lustigen Geschichten seiner Kindheit kramen.

Ich seufze leise, als meine Gedanken wieder zu Suki abdriften. Genau in dem Moment kriecht Frank Sinatras Samtstimme in mein Ohr und geht mir unter die Haut. Wie ein dunkler Schatten legt sich die alte Weihnachtsschnulze auf mein Gemüt. Ol' Blue Eyes hat es wirklich verstanden, mit seiner Musik bei Liebeskummer noch ordentlich in der Wunde zu bohren. Er singt gerade davon, dass unsere Probleme von jetzt an meilenweit entfernt sein werden.

Wenn das doch nur so einfach wäre. Tränen kribbeln in meiner Nase und brennen in meinen Augen. Fuck! Jetzt bloß nicht sentimental werden. Schnell stopfe ich mir Grannys selbst gebackenen Christstollen in den Mund, um die aufsteigenden Tränen in meiner Kehle zu ersticken.

Ein weißes Kuvert drängt sich in mein verschwommenes Sichtfeld. Mitten im Kauen halte ich inne, während mein Blick langsam von Vaters Hand in sein Gesicht hochwandert. Fragend sehe ich ihn an.

Ein Umschlag mit Geld? Nein, sicher nicht. Davon kann ich auch so genug von ihm haben. Ich runzle die Stirn. Eine Konzertkarte?

»Nun mach schon auf.« Vater fordert mich mit einem kurzen Nicken auf, das Kuvert zu öffnen. Seine Augen leuchten, als könnte er es kaum abwarten, mich zu überraschen.

Ich habe wirklich keinen blassen Schimmer, mit was er denkt, mir eine Freude zu bereiten. Grübelnd schiebe ich den Zeigefinger unter den zugeklebten Falz. Mit einem Ratsch reiße ich den Umschlag auf und ziehe dann eine schmale Karte daraus hervor. Ich stutze. Was bitte, soll das sein?

Meine Augen fliegen über Vaters schwer zu entziffernde Schrift.

Vor Verwunderung stockt mir der Atem.

Mein Herz macht einen unerwarteten Satz. Ein Gutschein für einen Flug nach Tokio? Soll das ein Scherz sein? Ich suche in Vaters Augen nach einer Antwort.

Sie leuchten jetzt mit dem Weihnachtsbaum um die Wette und ein zurückhaltendes Lächeln huscht über sein Gesicht. »Suki hat den Geist aufgegeben. Sie reagiert nicht mehr auf Ansprache, schon gar nicht auf Befehle. Sitzt nur da und starrt vor sich hin.«

Suki. Meine Brust verengt sich schmerzhaft. »Aber ... warum hast du mir nichts gesagt?«, bricht es in einer Mischung aus Ungeduld und Sorge aus mir hervor. Hilflos irrt mein Blick im Raum umher, versucht, sich an irgendetwas festzuhalten. »Was ist mit ihr?«

»Tanaka hat sie ausrangiert. Meinte, sie ist zu nichts mehr zu gebrauchen. Irgendwie habe ich das Gefühl, dass *du* ihr vielleicht helfen könntest. Liege ich da richtig?« Vaters Augen wandern forschend über mein Gesicht, als erwarte er eine angemessene Reaktion.

Aber zu mehr, als den Mund auf- und wieder zuzuklappen, bin ich nicht fähig.

Ich verstehe nicht: Weiß er etwa mehr, als mir lieb ist? Mit gerunzelter Stirn senke ich meinen Blick noch mal auf den Gutschein hinab, als könnte darauf eine Erklärung stehen.

»Suki zeigt Verhaltensweisen einer Liebeskranken. Sitzt nur da und sagt deinen Namen.«

Mein Kopf schießt hoch, meine Gedanken überschlagen sich. »Was?« Fassungslos starre ich ihn an, während mein Puls rast.

»Ich habe es mit eigenen Augen gesehen und konnte es kaum glauben. Anfangs dachte ich, es hat sich ein Fehler in ihr System geschlichen, als sie ständig deinen Namen wiederholte. Ich wusste, dass Tanaka bei Suki bestimmte Verhaltensweisen programmiert hat und dass sie wie ein Kind immer neue Informationen gewinnt und von Menschen lernt, bis sie diese nachahmt. Ich wusste auch, dass sie in der Lage ist, gewisse emotionale Reaktionen zu zeigen.« Er schüttelt den Kopf. »Als ich euch zusammen sah, wurde ich zum ersten Mal stutzig. In ihrem Gesicht regte sich etwas, ihre Augen wirkten so lebendig. Ihr Abschiedsschmerz war in manchen Momenten fast greifbar, so menschlich ... Ich wollte es bloß nicht wahrhaben, es schien mir einfach zu absurd. Doch dann hat Tanaka mir bestätigt, dass Suki nicht dazu fähig ist, in dieser Form ein Bewusstsein zu simulieren.« Vater sieht mich so eindringlich an, als wolle er meine Seele ergründen. »Was ist während meiner Abwesenheit vorgefallen, Lennox?«

Meine Augen wandern zu Granny, streifen dann kurz Walter, dessen Blick in gespannter Aufmerksamkeit auf mir ruht.

Erwartungsvolle Stille hängt in der Luft, einzig durchbrochen durch Frank Sinatras samtiger Stimme.

Mir schwirrt der Kopf, aber ob ich will oder nicht, ich kann es nicht länger verschweigen. Vater ahnt sowieso schon, dass mit Suki etwas nicht stimmt.

»Tanaka hat recht. Suki simuliert nicht.« Ich schlucke hart. Brauche einen Moment, um all meinen Mut zusammenzunehmen. »Als Checker vom Auto angefahren wurde, hat Suki ein Bewusstsein entwickelt. Von da an konnte sie fühlen, besaß menschlichen Verstand und eine Seele.«

So, jetzt ist es raus. Es hat eh keinen Zweck, alles abzustreiten. Ich schließe kurz die Augen und atme tief durch. Dann blicke ich auf, in Grannys und Großvaters fassungslose Gesichter. Selbst der grantige alte Mann ist zu keiner Reaktion fähig, das Gesagte lässt ihn sprachlos zurück. Dass mir das einmal gelingt, damit hätte ich auch nie gerechnet.

Einen Moment lang herrscht noch beklommenes Schweigen, bis Vater wieder das Wort ergreift. »Das ist ... unglaublich.« Er räuspert sich umständlich. »Aber ich weiß, dass es keine andere Erklärung gibt. Denn als ich Suki ansprach, hat sie stumm geweint.«

Ich fahre mir mit den Händen übers Gesicht. »Davor hatte ich eine Scheißangst.« Meine Stimme ist heiser und von Tränen durchsetzt. »Ich habe sie geimpft, dir gegenüber und auch sonst keine Gefühle zu zeigen.« Mein Kiefer mahlt, mein Verstand rattert wie eine alte Dampflok. »Was geschieht jetzt mit ihr?«

Vater streicht mir zögerlich über die Schulter, als wäre er nicht sicher, ob ich es zulasse. »Mach dir keine Sorgen. Solange sie in dem Zustand ist, ist sie sowieso nicht vorzeigefähig. Tanaka wird sie nicht der Öffentlichkeit präsentieren. Jetzt, wo er weiß, dass sie alles bewusst erlebt, will er sie noch mehr schützen als zuvor. Es ist ihm wichtig, dass es ihr gut geht. Deshalb hat er mich gebeten, dich zu ihm zu schicken.«

Ich schlucke trocken. Nur langsam sickert das Gesagte in meinen Verstand.

»Ich habe Tanaka von deiner Computeraffinität berichtet«, knüpft Vater wieder an das Gespräch an. »Er hat sofort vorgeschlagen, dass du bei ihm ein Praktikum machen kannst. So ist es dir möglich, Suki jeden Tag zu sehen und mit ihr zusammen zu sein.«

Vaters Worte hallen tief in mir nach, ich kann mein Glück noch gar nicht fassen. Mit einem Mal brechen sich alle meine Gefühle Bahn und dicke Tränen rollen mir über die Wangen. Granny kommt sofort an meine Seite gesprungen und zieht mich an ihren bebenden Busen. »Ich habe dich schon ewig nicht mehr so gesehen, mein Junge! Ich bin so erleichtert.«

»Das werde ich aber nur unter einer Bedingung zulassen«, unterbricht Vaters Stimme meinen Tränenfluss. »Du wirst vorher in die Schweiz gehen, um dich noch einmal gründlich durchchecken zu lassen und dich, wenn möglich, einer Toleranztherapie zu unterziehen.«

Zukunftsvisionen

Lennox

Ich sitze im Taxi vom Züricher Flughafen und fahre in Richtung Luzern. Die Landschaft ringsherum ist malerisch schön, das erkenne ich, obwohl die Sonne schon lange hinter den Bergen untergegangen ist.

Seit Weihnachten sind vier Wochen vergangen. Für mich gab es nichts zu überlegen, mein Entschluss stand sofort fest, mich weiteren Untersuchungen zu unterziehen. Ich würde alles über mich ergehen lassen, um Suki wiederzusehen. Für sie möchte ich ein Mensch ohne gesundheitliche Einschränkungen sein, der sich frei bewegen kann, wann immer er will, um die Schönheiten des Lebens mit ihr zusammen zu entdecken. Das ist mein Herzenswunsch.

Ich weiß, das ist etwas hoch gegriffen, die Chance auf Heilung ist nach wie vor eher unrealistisch, aber man wird ja noch träumen dürfen. Mein Ziel ist es, die Umstände zumindest zu verbessern und auch am Tag vor die Tür zu gehen, ohne dass meine Haut schmerzt. Dass ich niemals einen Strandurlaub buchen werde, steht außer Frage. Aber seit Langem spüre ich wieder so etwas wie Hoffnung in mir.

Endlich gibt es jemanden, für den es sich lohnt, die Qualen zu ertragen und dem Leben eine Chance zu geben. Deshalb habe ich noch einen weiteren – für mich sehr großen – Schritt gewagt: Noch am Weihnachtsabend habe ich das Antidepressivum abgesetzt. Natürlich plagen mich nach wie vor Ängste, ob ich das alles packe, dennoch fühle ich mich endlich stark genug, um mich dem Leben da draußen zu stellen.

Vater hat darauf bestanden, dass ich in die Schweiz fahre, obwohl es auch einige Therapiezentren in Deutschland gibt. Er ist der Ansicht, ein Tapetenwechsel würde mir zusätzlich guttun, denn ich bin seit drei Jahren nicht mehr aus Berlin rausgekommen.

Ich kann mit Worten kaum beschreiben, was seit Heiligabend in mir vorgeht. Jeden Morgen, wenn ich aufwache, ist mir übel vor Aufregung, wenn ich nur daran denke, Suki bald wiederzusehen. Mein Magen ist vor Nervosität so überreizt, dass ich nicht einmal mehr eine Tasse Kaffee runterbekomme. Ich weiß, es ist noch eine ganze Weile hin, bis ich sie wieder in die Arme schließen darf. Doch ich stehe mit ihr in Kontakt, wir skypen regelmäßig um die Mittagszeit, und Suki sagt mir ständig, wie stolz sie ist, dass ich das durchziehe. Allerdings ist die Sehnsucht nach ihr jedes Mal so groß, dass ich es kaum aushalte, sie nicht berühren zu können.

Obwohl ich nicht mal weiß, ob ich überhaupt in Tokio bleiben darf, ertappe ich mich manchmal dabei, wie ich Pläne für unsere Zukunft schmiede. Mit Tanaka darf ich es mir nicht verscherzen, so viel steht fest.

Das Leben in einem anderen Licht

Lennox

Ich spüre förmlich, wie sich Glückshormone in mir freisetzen und ein Lächeln auf mein Gesicht bannen. Morgen ist es endlich so weit und ich darf Suki in meine Arme schließen.

Ich stehe auf der Monbijoubrücke vor dem Bode-Museum und blicke auf die Spree. Kleine, glitzernde Lichtsplitter tanzen auf dem Wasser, die Sonne strahlt als goldgelbe Kugel auf mich herab und taucht den Platz in gleißende Helligkeit. Es ist ein ganz besonders warmer Februartag. Einer, an dem ein gesunder Mensch sein Gesicht in der Sonne aufwärmt. So wie ich.

Ich sehe Frau Professor Doktor Schäfer noch vor mir, als sie mich mit einer Mischung aus Unverständnis und Argwohn aus ihren abgeklärten dunklen Augen taxierte.

Wie ein Simulant kam ich mir vor, als nach fünf Minuten Belichtung mit dem Sonnensimulator nicht das gewohnheitsmäßig vorangehende Kribbeln auf dem kleinen Hautareal meines Handrückens auftrat. Nichts. Einen irrsinnigen Moment lang spielte ich mit dem Gedanken, die Schmerzen vorzutäuschen, nur um nicht ganz so blöd dazustehen, entschloss mich dann aber dagegen – so würde die Ursache nie gefunden.

Aber wie war das möglich? Anfangs dachte ich, es wäre so eine Art Vorführeffekt. Nur zu gut kannte ich die Reaktion von Ärzten, wenn es keine äußerlichen Symptome gab, doch diesmal schien es anders. Irgendetwas konnte nicht stimmen, das Bestrahlungsgerät musste kaputt sein. Normalerweise waren die brennend heißen, nadelstichartigen Schmerzen schon nach drei Minuten kaum auszuhalten, doch ich spürte nichts.

Erst traute ich mich nicht, der Ärztin ins Gesicht zu schauen, so unangenehm war mir die Situation. Mit ihrem silbergrauen Pagenkopf erinnerte sie mich an meine alte Mathelehrerin Frau Wulf, die sich selbst bei den aufsässigsten Schülern durch ihre dominante Art Respekt verschaffte, was die Sache noch zusätzlich erschwerte.

Den Blick auf den Boden gerichtet, konnte ich nur den Kopf schütteln, bis sie schließlich nach zehn Minuten den Test ergebnislos abbrach.

»Ihre Haut weist keinerlei Anzeichen einer Krankheit auf«, ließ sie mich sinnigerweise wissen, nachdem sie mich in ihr Sprechzimmer gebeten und wieder hinter ihrem Schreibtisch Platz genommen hatte.

Diese Aussage verwandelte mein anfängliches Schamgefühl in Zorn. Ich spürte, wie Hitze in mir aufstieg und mein Gesicht sich mit Röte überzog.

»Glauben Sie mir etwa nicht?«, brach es aus mir hervor. »Kontrollieren Sie Ihren Sonnensimulator, das Ding funktioniert nicht!« Meine Stimme zitterte, so aufgebracht war ich. Ich wusste schon, warum ich mich die ganze Zeit geweigert hatte, mich einer erneuten Untersuchung zu unterziehen. Wieder einmal war ich so dumm gewesen, mich in die Hände von Ärzten zu begeben. Wieder einmal hatte ich mich einer Situation ausgesetzt, in der man mich als Lügner hinstellte. Ich war so ein hirnverbrannter Idiot.

»Das Gerät ist nicht defekt, es ist erst vor Kurzem vom TÜV überprüft worden«, sagte sie mit ruhiger Stimme und unbewegter Miene, was mich fast zur Weißglut trieb.

Meine Atmung ging unregelmäßig und stockend, kalter Schweiß benetzte meine Stirn. Diese Blamage konnte ich unmöglich auf mir sitzen lassen. Meine Augen huschten unstet hin und her, krampfhaft durchkramte ich mein Oberstübchen nach einer anderen logischen Erklärung.

Seufzend nahm die Ärztin ihre Brille ab, die sie an einer Kette um den Hals trug, und rieb sich mit den Handballen die Augen. »Herr West«, setzte sie an, während sie das Brillengestell den Nasenrücken hinaufschob. »Sie sagten mir, dass Ihre Lichtkrankheit vor anderthalb Jahren aufgetreten ist. Hat sich zu dieser Zeit irgendetwas in Ihrem Leben geändert, gab es irgendwelche äußeren Einflüsse?«

»Wenn Sie darauf hinauswollen, dass ich einen an der Klatsche habe und mir die Krankheit nur einbilde, muss ich Sie enttäuschen. Es gibt sogar Fotos, die beweisen, dass die äußerlichen Symptome einem starken Sonnenbrand ähneln.« In dem Moment war es mir egal, dass mein Ton eine Spur zu scharf klang. Professor Schäfer gab mir das Gefühl, mich verteidigen zu müssen.

Sie bedachte mich mit einem stechenden Blick. »Nein, das wollte ich eigentlich nicht damit sagen. Es wäre nett, wenn Sie nicht gleich auf Konfrontationskurs gehen würden. Ich will Ihnen nichts unterstellen, sondern nur helfen.« Sie ließ einen Moment verstreichen, den ich nutzte, um meine Aufgebrachtheit durch einen tiefen Atemzug zu vertreiben, ehe sie fortfuhr. »Im Vorgespräch berichteten Sie mir vom Tod Ihrer Mutter. Gab es in diesem Zusammenhang etwas, dass Sie in Ihrem alltäglichen Leben geändert haben ... zum Beispiel die Einnahme von Tabletten?«

Mein Herzschlag setzte aus. Dann machte es endgültig Klick bei mir. »Wäre es möglich, dass ein Antidepressivum eine Lichtkrankheit auslöst?« Die Frage kam schleppend, während meine Gedanken Purzelbäume schlugen.

»In der Form, wie Sie es beschrieben haben, scheint das eher unwahrscheinlich.« Frau Professor Doktor Schäfer sah mich eine ganze Weile lang über den Rand ihrer Brille hinweg an. Ihre anfänglich gering schätzende Art war aufrichtigem Interesse gewichen. »Es sei denn, es handelt sich um eine Kombination aus einem Gendefekt und einer ungewöhnlichen pflanzlichen Substanz, was auf eine Pseudoporphyrie schließen ließe. Das heißt, ohne Gendefekt wird diese Substanz problemlos vertragen. Mit Gendefekt hat der Patient jedoch durch die Einnahme Beschwerden wie bei einer Erythropoetischen Protoporphyrie – also schon nach kurzer Zeit starke Hautschmerzen, so, wie Sie es geschildert haben.« Die Professorin erhob sich von ihrem Stuhl, schob die Hände in die Taschen ihres weißen Kittels und ging um den Schreibtisch herum. »Wann haben Sie das Medikament denn abgesetzt?«

Sie hatte mich durchschaut. »Genau am Heiligen Abend.«

»Und Sie haben sich seitdem nicht mehr der Sonne exponiert?«

Stirnrunzelnd sah ich sie an.

»... der Sonne ausgesetzt.«

Ich schüttelte den Kopf.

Sie nickte, als hätte sie den vollkommenen Durchblick. »Durch das Absetzen des Psychopharmakons hat sich Ihre Lichtempfindlichkeit über die Wochen normalisiert, Ihre Krankheit ist zwischenzeitlich vermutlich geheilt.«

Ich schluckte und schüttelte gleichzeitig verdattert den Kopf. »Das heißt ... ich kann wieder wie jeder normale Mensch in die Sonne gehen?«

»Wie es aussieht, schon. Allerdings sollten Sie noch etwas vorsichtig sein, Ihre Haut ist durch die lange Auszeit das Tageslicht nicht mehr gewöhnt.«

Ungläubig blinzelte ich die Ärztin an. Meine Gedanken flossen träge dahin, mein Gehirn brauchte eine Weile, um das ganze Ausmaß ihrer Aussage zu erfassen.

Geheilt ... Das war mehr, als ich jemals zu hoffen gewagt hatte. Statt der Zuversicht auf Besserung gab es jetzt eine Art Gewissheit, dass ich gesund war. Ich konnte es nicht fassen. Mir wurde ganz schwindlig.

Und wenn alles doch nur ein Zufall war? Mein Herz pochte wie wild gegen die Rippen.

»Natürlich muss ich noch ein paar Tests mit Ihnen durchführen, um sicherzugehen, dass ich mit meiner Annahme richtig liege«, nahm mir Professor Schäfer den Wind aus den Segeln. Sie stand nun direkt neben mir und legte eine Hand auf meine Schulter. »Welcher Arzt hat Ihnen denn die Medikamente verschrieben?«

Verlegen räusperte ich mich, ehe ich stockend hervorbrachte: »Als absehbar war, dass meine Mutter nicht mehr lange zu leben hat, bin ich in eine tiefe Depression geschlittert, die mir allen Lebensantrieb raubte. Ich habe mich geschämt, wollte meine Probleme mit mir allein ausmachen, deshalb habe ich mir dieses Mittel aus dem Internet bestellt.« Ich konnte mich nicht erinnern, wann ich einem Arzt gegenüber jemals so offen gesprochen hatte. Aber es tat gut, die Probleme endlich beim Namen zu nennen. »Zu Beginn bin ich davon ausgegangen, dass es sich nur um eine kurze Phase handelte. Das Medikament hat mir geholfen, über ihren Tod hinwegzukommen. Doch nach einiger Zeit musste ich mir eingestehen, dass ich den Absprung nicht mehr schaffte, und mich dem Leben ohne dem Zeug nicht mehr gewachsen fühlte.«

»Und Sie haben nie daran gedacht, dass es der Auslöser Ihrer Krankheit sein könnte?«

Achselzuckend sah ich sie an und schüttelte den Kopf. »Nein. Ich war viel zu sehr mit meiner Angst beschäftigt, wieder in dieses tiefe Loch zu fallen.«

»Ich kann Ihre Angst gut nachvollziehen.« Ihre Augen blitzten jetzt voller Mitgefühl, sodass ich beinah Gewissensbisse bekam, weil ich so unhöflich gewesen war. Sie war kein schlechter Mensch, man konnte nicht alle Ärzte über einen Kamm scheren.

»Und was hat Sie dann dazu veranlasst, es abzusetzen, wenn ich fragen darf?« Ihre Brauen hoben sich vor aufrichtigem Interesse.

Beim Gedanken an Suki musste ich unwillkürlich lächeln. »Ich habe ein Mädchen kennengelernt, das mir sehr viel bedeutet. Durch die Aussicht, bald mit ihr zusammen sein zu können, wagte ich endlich diesen Schritt.«

»Verstehe.« Zum ersten Mal zeigte sich der Ansatz eines Lächelns auf Professor Schäfers Gesicht. »Das scheint mir ein guter Grund.«

Meinen Blick auf den Fernsehturm gerichtet, streiche ich mir durchs Haar und lehne mich übers Brückengeländer, ein leises Lächeln im Gesicht. Alles erscheint plötzlich in einem anderen Licht. Ein sehr helles, aber dennoch wohltuendes Licht. Die letzten anderthalb Jahre in Dunkelheit kommen mir jetzt so unwirklich vor, als wäre ich aus einem langen, beschissenen Albtraum erwacht.

Ein besseres Antidepressivum als Suki kann ich mir nicht vorstellen. Sie hat mir den Lebensmut gegeben, der mir nach Mamas Tod abhandengekommen war. Ich habe eine Chance bekommen und die habe ich ganz allein ihr zu verdanken. Ich werde sie nutzen, so gut es geht. Eine Extraportion Leben an Sukis Seite ist alles, was ich will, um aufzuholen, was ich verpasst habe.

Wenn Seidenraupen Flügel wachsen

Lennox

Ich habe mir Tanaka ganz anders vorgestellt. Fast bin ich ein wenig enttäuscht, als er vor mir steht. Sein Auftreten ist alles andere als Respekt einflößend, denn er geht mir knapp bis zum Kinn, gerade deshalb ist er mir auf Anhieb sympathisch. Er ist Brillenträger, was zumindest ein bisschen dem Klischeebild eines Wissenschaftlers oder vielmehr eines Robotikers entspricht.

»Kohnneecheewah«, sage ich und reiche ihm meine verschwitzte Hand zur Begrüßung.

Tanaka verbeugt sich.

Fuck! Vor Aufregung habe ich ganz vergessen, dass Händeschütteln hier nicht üblich ist. Mit kurzer Verzögerung tue ich es ihm also gleich und versuche, dabei meinen Oberkörper tiefer als er nach vorn zu beugen. Ich habe gelesen, das sei ein Zeichen des Respekts.

Tanakas freundliches Lächeln gibt mir zu verstehen, dass ich alles richtig gemacht habe.

»Es ist schön, dich endlich kennenzulernen, Lennox.« Er spricht in akzentfreiem Englisch. »Ein Mann, der einem Androiden zu einem Bewusstsein verhilft, muss etwas Besonderes sein.«

Ich stoße ein verlegenes Lachen aus. »Dazu habe ich nichts beigetragen.« Zu mehr fehlt mir der Mut. Was soll ich auch sagen? Dass es wie durch ein Wunder geschah? Dann würde er gleich zu Anfang an meinem Verstand zweifeln.

»Es ist wie im Märchen«, unterbricht Tanaka meine Gedankenflut. »Es war immer ein utopischer Traum von mir, einen Roboter mit Gewissen zu erschaffen. Nun hat sich die Maschine verselbstständigt und ist zum Menschen geworden.«

Ich bin völlig baff. Zumindest hätte ich gedacht, dass er sich eine logische Erklärung für Sukis menschliches Verhalten zurechtgeschustert hat. Den Trolley hinter mir herziehend versuche ich, mit Tanaka Schritt zu halten, der ein ganz schönes Tempo vorlegt.

»Anfangs war der Drang sehr stark in mir, dem Unerklärlichen auf den Grund zu gehen«, fährt er fort. »Ich suchte einen Fehler im System, der Sukis Veränderung ausgelöst hatte, nahm an, ihre Entwicklung wäre auf eine Art Neuronengewitter im Netzwerk ihres künstlichen Gehirns zurückzuführen. Doch je länger ich mit Suki sprach und mich auf ihre Erzählungen einließ, desto mehr glaubte ich ihr. Nach zahlreichen schlaflosen Nächten kapitulierte schließlich mein Verstand, und ich musste einsehen, dass das, was mit ihr geschehen ist, ein Mysterium bleiben wird.«

Ich spüre seinen Blick auf mir.

»Du brauchst keine Angst zu haben, dass ich aus Suki Kapital schlage, dafür ist sie mir viel zu sehr ans Herz gewachsen, ich bin ja schließlich kein Unmensch. Und jetzt komm, da wartet jemand auf dich.«

Flinken Schrittes geht er in Richtung Ausgang.

Mit klopfendem Herzen wandern meine Augen suchend durch die Menge. Wo ist sie? Kaum habe ich mir diese Frage gestellt, entdecke ich Suki draußen vor der Schiebetür.

Als hätte sie meine Anwesenheit gespürt, wendet sie sich langsam zu mir um.

In ihrem Blick liegt alles, was ich mir so sehr ersehnt habe. Ihre Emotionen sind fast greifbar, schwanken zwischen Lachen und Weinen.

Meine Beine setzen sich in Bewegung, fliegen regelrecht über den Boden.

Ich sehe Suki jetzt zum ersten Mal bewusst bei Tageslicht. Sie ist wunderschön. Fast unmerklich streicht der Wind durch ihr Haar, das im Sonnenlicht seidig glänzt, und ihre Haut schimmert so hell wie Porzellan.

Als wir uns in die Arme fallen, wirble ich sie herum, drehe mich mit ihr einmal um die eigene Achse. Es ist, als hätten wir wieder den Kokon um uns gesponnen, denn als ich sie absetze und ihr in die Augen blicke, gibt es nur noch sie und mich. Zwei verlorene Hälften sind nun endlich wieder ein Ganzes.

Unvermittelt legt sich ein besorgter Ausdruck auf Sukis Gesicht. »Hast du keine Kapuze? Lennox, du musst sofort aus der Sonne!«

Ein breites Lächeln spannt sich um meine Lippen. »Das muss ich nicht mehr.« Unbändige Freude steigt in mir hoch, als ich ihre ungläubige Miene sehe. Suki weiß noch nicht, dass ich geheilt bin. Ich wollte sie überraschen. Es fiel mir schwer, die frohe Botschaft all die Tage für mich zu behalten, aber wenn ich sie jetzt so betrachte, hat sich das Warten gelohnt.

Erst liegt Unsicherheit auf ihren Zügen, sie kann es noch nicht glauben. Doch dann öffnet sich die Lotusblüte und lässt Sukis Gesicht so hell erstrahlen, dass ich ein Stück zurücktreten muss, um von ihrem Anblick nicht geblendet zu werden.

»Du bist ... gesund?«

Ich nicke, und als unsere Lippen endlich zueinanderfinden, meine ich, überzuschäumen vor Glück.

»Kommt, ihr beiden, ihr werdet noch genügend Zeit haben, euer Wiedersehen zu feiern«, zerreißt Tanakas Stimme den Kokon um uns.

Mit einem verlegenen Nicken lassen wir nur widerwillig voneinander ab und folgen ihm zu der schwarzen Limousine, deren Tür bereits vom Chauffeur aufgehalten wird.

Ich kann mir ein Grinsen nicht verkneifen, als ich mich in das kühle Leder auf dem Rücksitz niederlasse und den Flachbildschirm auf dem Armaturenbrett entdecke. Hightech, so weit das Auge reicht.

Der Verkehr fließt auf endlos vielen Spuren und unterschiedlichen Ebenen durch die Häuserschluchten. In Tokio pulsiert das Leben, dagegen ist Berlin ein Dorf. Eine unglaubliche Stadt, die mich gleich in ihren Bann zieht.

Auf den Straßen herrscht ein Gewimmel, ich verliere mich förmlich darin und versuche, alle Eindrücke in mich aufzusaugen. Wolkenkratzer, einer neben dem anderen. Für einen wie mich, der die letzten anderthalb Jahre sein Leben in Dunkelheit verbracht hat, ist es eine absolute Reizüberflutung, deshalb beschließe ich, meine Aufmerksamkeit ausschließlich Suki zu widmen.

Sie will alles genau wissen. Erst als ich ihr bis ins klitzekleinste Detail von der Untersuchung und dem Gespräch mit der Ärztin berichtet habe, ist sie zufrieden.

Suki runzelt die Stirn. »Du hast mir nie von dem Mittel gegen Depressionen erzählt.«

Ich zucke mit den Schultern. »Es erschien mir nicht wichtig.«

»Vielleicht wäre ich darauf gekommen, dass es die Ursache deiner Krankheit ist. Schließlich habe ich keine Folge von *Dr. House* ausgelassen.«

Ungläubig sehe ich sie an. Meint sie das etwa ernst?

Suki schenkt mir ein herausforderndes Grinsen, das ich kurz erwidere.

»Selbst wenn, ich war noch nicht bereit dazu. Erst durch deine Liebe hatte ich den Mut, mich dem Leben zu stellen. Ohne dich hätte ich das nicht gepackt.« Ich senke den Blick, meine Finger tasten nach ihren.

Unsere Hände verschlingen sich ineinander, während Suki ihren Kopf gegen meine Schulter lehnt und ein glückseliger Seufzer über ihre Lippen gleitet. »Jetzt werden den beiden Seidenraupen Flügel wachsen, wir werden gemeinsam die Welt entdecken, so, wie wir es uns gewünscht haben.«

Da ist er wieder: der Zauber des Augenblicks. Ein Lächeln stiehlt sich auf mein Gesicht, und meine Gedanken schweifen einen kurzen Moment zu meiner Mutter. O ja, Suki hätte ihr gefallen. Definitiv.

Zu meiner Überraschung bringt Tanaka uns zu einer kleinen Wohnung im zehnten Stock mitten in Tokio.

»Solange du das Praktikum bei mir machst, könnt ihr beide hier wohnen«, erklärt er uns, während ich mich im Raum umblicke, der nicht größer als eine Schuhschachtel ist.

Ich kann mir nichts Schöneres vorstellen. Meinetwegen könnte ich mit Suki auch in einer Besenkammer hausen, Hauptsache, sie ist mir so nahe wie möglich.

All meine Wünsche haben sich erfüllt. Ich lebe in Freiheit, kann bei helllichtem Tag auf die Straße gehen und habe jemanden an meiner Seite, der mich liebt.

Ein Traum wird wahr

Lennox

Während wir uns einen Weg durch die riesige Halle voll Menschen bahnen, verschränkt Suki ihre Hand mit meiner. Sie fühlt sich ganz feucht an.

»Bist du etwa aufgeregt?«, frage ich sie ungläubig.

Sie kichert. »Und wie!«

Skelettartige Körper mit herausstehenden Metallteilen schieben sich in mein Sichtfeld. Wir befinden uns auf der Future Technology Fair, der größten Zukunftsmesse weltweit. Die meisten Gesichter an den Messeständen gehören humanoiden Robotern. Auch wenn sie den Menschen gut nachempfunden sind, kann man durch ihre unnatürlichen Bewegungen sofort erkennen, dass sie im Labor erschaffen wurden.

Neulich durfte ich dabei sein, wie das Innenleben eines Androiden Stück für Stück zusammengebaut wurde. Es war unglaublich spannend. Darüber hinaus weiß ich jetzt, wie es in Suki aussieht – nicht nur im übertragenen Sinne. Je mehr ich mich mit Robotik beschäftige, umso spannender finde ich sie. Ich bin sogar richtig angefixt. Deshalb werde ich nächstes Jahr in Berlin mein Abitur nachholen, um anschließend Robotik studieren zu können. Suki wird mich begleiten. Es war unser beider Entschluss, und Tanaka hat, ohne zu zögern, eingewilligt. Er ist für Suki zur Vaterfigur geworden und hat eingesehen, dass er sie gehen lassen muss, damit sie irgendwann zurückkehren kann, denn die Entscheidung, wohin wir unseren Lebensmittelpunkt verlegen, steht noch lange nicht fest.

Wir nähern uns einer Bühne, auf der ein Podium aufgebaut ist. Eine Menschentraube hat sich bereits davor versammelt.

Nach einer Zeit des Wartens erschallen Roboterklänge, begleitet von Musik, aus den Lautsprechern. Eine Frau betritt die Bühne. Sie ist sehr attraktiv, allein schon durch ihr selbstbewusstes Auftreten.

»Guten Tag, meine Damen und Herren. Androiden sind der Spiegel der Menschheit.« Sie lässt diesen Satz eine Weile im Raum stehen, während ihr Blick durchs Publikum schweift. »Die Zukunftsvision ist zur Realität geworden. Human Technologies ist es gelungen, Androiden zu erschaffen, die mit komplexen sozialen Aufgaben umgehen und sich so perfekt unter Menschen eingliedern können.« Wieder macht sie eine kurze Pause, ehe sie fortfährt. »Ein Großteil der Bevölkerung Japans ist schon im Rentenalter, dem Land fehlen in fast allen Bereichen Arbeitskräfte. Das wird sich jetzt gravierend ändern. Die Welt wird eine Revolution erleben: Roboter werden im Alltag eingesetzt. Sie sind fähig, alle Aufgaben des täglichen Lebens zu übernehmen: Babysitten, Einkaufen, Kochen, Waschen, Putzen ... Sie beschützen die Bevölkerung und können treue Begleiter sein. Ja, vielleicht werden sie sogar irgendwann zu Partnern. Doch kein Grund zur Besorgnis: Die Androiden sollen die Menschen nicht ersetzen, sondern eine Erleichterung in allen Lebenslagen sein. Irgendwann sind sie aus der Gesellschaft nicht mehr wegzudenken.« Sie deutet eine leichte Verbeugung an und macht Platz für Tanaka, der von links kommt und an ihre Seite tritt.

»Vielen Dank, Rebecca.« Seine Assistentin bleibt neben ihm stehen und deutet ein Lächeln an. »Es ist so weit, verehrtes Publikum.« Er macht eine verheißungsvolle Pause. »Man kann einen Roboter nicht mehr vom Menschen unterscheiden. Rebecca ist der beste Beweis.« Ein Raunen geht durch die Zuschauerreihen. Köpfe werden geschüttelt. »Sie glauben mir nicht?« Sein Blick gleitet zu Rebecca. »Bist du ein Mensch? Oder bist du ein Roboter?«

Ein kurzes Lächeln zeigt sich auf ihrem Gesicht. »Ich bin ein humanoider Roboter.«

»Beweisen Sie es!«, ruft ein Journalist aus der Menge.

»Gern«, antwortet Tanaka. Seine Augen wandern durch die Zuschauerreihen, bis er Suki entdeckt und sie nach vorn winkt.

Mein Herz macht einen Satz. Was hat er vor?

Suki sieht sich um, und nachdem Tanaka mit einem Nicken bestätigt, dass er sie meint, bleibt ihr Blick an mir hängen. »Vertrau ihm.« Ihr Flüstern ist so leise, dass nur ich es hören kann.

Dann geht sie die Treppen hoch, direkt auf ihn zu.

Tanaka steht nun zwischen Rebecca und Suki. »Was unterscheidet diese beiden Frauen voneinander?« Eine kurze Pause entsteht, in der allgemeine Ratlosigkeit herrscht.

»Nichts«, meldet sich schließlich ein braun gebrannter Reporter mit starkem italienischem Akzent zu Wort. »Die eine ist genauso schön wie die andere.« Er lacht.

Tanaka erwidert sein Lachen, ehe er fortfährt. »Auf den ersten Blick nichts. Auf den zweiten auch nichts. Stellen Sie den beiden Fragen, ihre Gefühle betreffend«, fordert er die anwesenden Journalisten auf.

Ein Reporter in der ersten Reihe, mit Schreibblock und Stift gewappnet, hebt die Hand. »Was empfindet ihr, wenn ihr einen Hundewelpen seht?«

Suki lächelt. »Mein Herz zerfließt zu Butter. Ich liebe Hunde, ich hatte mal einen, der hieß Checker.« Sie sieht mir in die Augen und zwinkert mir zu. »Ich könnte nicht anders, müsste ihn anfassen und streicheln.«

»Und du?«, wendet sich der Journalist an Rebecca. »Was empfindest du dabei?«

Rebecca hält den Kopf schräg. »Tut mir leid, aber ich verstehe die Frage nicht.«

Eine Woge der Erheiterung zieht durch die Menge.

»Sie scheint eine gute Schauspielerin zu sein«, wirft der Italiener ein. »Das ist noch lange kein Beweis. So weit sind wir heute noch nicht, dass ein Roboter so täuschend echt aussieht.«

»Sind Sie sicher?« Tanaka lächelt milde, während er sich an Rebeccas Arm zu schaffen macht. Als er schließlich ihren Blusenärmel hochgekrempelt hat, hält er ihren Arm in die Luft, sodass jeder die Anschlussstelle in ihrer Ellenbeuge sehen kann. »Und was ist das dann hier?« Unter aller Augen zieht er ein Kabel aus der Hosentasche und führt den Stecker in ihre Ladebuchse. Rebecca lässt es klaglos über sich ergehen. »Durch diesen Anschluss wird sie mit dem Stromnetz verbunden, wenn sie keine Energie mehr hat.«

Sekundenlang herrscht atemlose Stille. Fassungslose, wie in Stein gemeißelte Gesichter. Doch dann bricht Tumult aus. Kameras klicken, Handys werden gezückt. Reporter recken Tanaka Mikrofone entgegen und brüllen ihm Fragen zu. Als die ersten versuchen, die Bühne zu stürmen, ergreift er wieder das Wort.

»Ruhe, meine Herrschaften. Die Presse hat die Möglichkeit, mich im Anschluss zu interviewen und Rebecca aus nächster Nähe zu betrachten. Aber einer nach dem anderen, bitte. Die junge Frau darf gehen«, sagt er an Suki gewandt. »Danke, dass Sie mich bei meiner kleinen Demonstration unterstützt haben.« Ehe er den Faden wiederaufnimmt, zwinkert er Suki kaum merklich zu. »Rebecca ist mit künstlicher Intelligenz ausgestattet. Ihr Vorteil ist, dass sie über unendliche Geduld, Ermüdungsfreiheit, schnelle Reaktion, psychische Stärke, Genauigkeit und hohes Geschick verfügt. Das Einzige, was ihr fehlt, ist ein Bewusstsein, um sie zum menschlichen Wesen zu machen.«

Als Suki wieder neben mir steht, wendet sie mir ihren Kopf zu und fragt mich mit gesenkter Stimme: »Warum, meinst du, hat Tanaka mich auf die Bühne gebeten?«

»Ich denke, er wollte zeigen, wie bahnbrechend seine Erfindung ist, aber dir auch gleichzeitig in aller Öffentlichkeit deine Menschlichkeit attestieren.«

Suki beißt sich auf die Unterlippe. Tränen glitzern in ihren Augen. Rasch greife ich nach ihrer Hand, denn ich weiß, was gerade in ihr vorgeht: Soeben ist ihr größter Wunsch in Erfüllung gegangen.

Danksagung

Bei jedem Roman gibt es Menschen, die an deiner Seite stehen und ohne die dieses Buch nicht zu dem geworden wäre, was es jetzt ist.

Zuallererst möchte ich meine langjährige Alphaleserin und Freundin Katharina Münz hervorheben, die eine wundervolle Sparringspartnerin und Testleserin ist.

Des Weiteren danke ich Sabine Reininger, die mein Manuskript nach Fehlern durchforstet und mir inhaltliche Tipps gegeben hat. Irina Grabow bin ich ebenso zu Dank verpflichtet, die den Text durch ihr »Schreibprogramm nach Fehlersuche« gejagt hat und mir ein paar hilfreiche Anmerkungen bezüglich der Jugendsprache im Buch geben konnte.

Herzlichen Dank auch an Ebru Adin, die mir bei der türkischen Hochzeit und der Übersetzung ins Türkische behilflich war.

Ebenfalls danken möchte ich den computerversierten Männern aus dem Tintenzirkel-Forum – Sascha, Volker und Stephan –, die mir bei Sukis Systemausfall mit der Programmiersprache unter die Arme gegriffen haben.

Besondere Erwähnung verdient Prof. Dr. Angelika Hofer, unter anderem Spezialistin für Dermatologie und Phototherapie, die nicht müde wurde, mir all meine Fragen ausführlich zu beantworten. Tausend Dank, dass Sie sich die Zeit genommen haben, anhand meiner Vorgaben die passende Diagnose für Lennox' Krankheit zu erstellen – eventuelle Fehler an den entsprechenden Stellen gehen ganz allein auf mein Konto.

Julia Feldbaum, mit der ich schon zum zweiten und hoffentlich nicht zum letzten Mal zusammenarbeiten durfte: Ich danke dir für deine hilfreichen Anmerkungen und die letzten Schönheitsoperationen an meinem Manuskript.

Großer Dank gilt besonders den Menschen, die den letzten großen Schritt zur Veröffentlichung erst möglich gemacht haben: Eliane Wurzer von Piper Digital, die an mein Projekt geglaubt und es Piper ivi vorgeschlagen hat. Catrin Abert, meine Lektorin und Ansprechpartnerin bei Piper ivi, für die tolle Zusammenarbeit, die Plotredaktion und ihre wichtigen Kommentare an den richtigen Stellen. Darüber hinaus danke ich dem gesamten Piper-Team, das Lennox und Suki ein so tolles Zuhause gegeben hat.

Nicht zu vergessen meinen Mann. Ohne deine Unterstützung in den letzten Jahren wäre es mir nicht möglich gewesen, meinen Traum zu verwirklichen. Giulia und Renato, ihr seid meine Inspiration, an die Liebe zu glauben!

Danke an dieser Stelle auch an meine Eltern, dass ihr immer für mich da wart und seid und mir den Rücken gestärkt habt!

Zu guter Letzt möchte ich euch, meinen Lesern, Bloggern und Rezensenten danken, dass ihr Lennox und Suki auf ihrem Weg begleitet habt. Ich freue mich über jede Buchvorstellung, jedes Feedback und jedes Fotos und bin euch jetzt schon von ganzem Herzen dafür dankbar!

Das aktuelle Programm

496 Seiten · € 17,00 [D] · ISBN 978-3-492-70543-1

320 Seiten · € 12,00 [D] · ISBN 978-3-492-70574-5

480 Seiten · € 15,00 [D] · ISBN 978-3-492-70575-2

400 Seiten · € 15,00 [D] · ISBN 978-3-492-70592-9

352 Seiten · € 13,00 [D] · ISBN 978-3-492-70587-5

384 Seiten · € 14,00 [D] · ISBN 978-3-492-70585-1

Neue Bücher, spannende Zusatzinhalte und tolle Gewinnspiele findest du in unserem Newsletter: piper.de/newsletter

©Freepik

IVI

piper.de/ivi

Zwei Menschen. Zwei Stunden. Dreißig Stationen. Und was danach geschah …

* Cover- und Preisänderungen vorbehalten

Anna Rosina Fischer

Für immer und dich

Roman

ivi, 384 Seiten
€ 15,00 [D], € 15,50 [A]*
ISBN 978-3-492-70566-0

Ein Scheißtag wie jeder andere auch. Dachte Jonas jedenfalls. Doch als er an einem kalten Nachmittag im Januar ein Mädchen in der Berliner S-Bahn kennenlernt, ist es von jetzt auf gleich um ihn geschehen. Gemeinsam fahren sie weit … viel weiter als eigentlich geplant, und danach ist nichts mehr wie zuvor. Denn weder gelingt es Jonas dieses Mädchen aus dem Kopf zu bekommen noch ist an ihr jener schicksalhafte Tag spurlos vorüber gegangen.

Leseproben, E-Books und mehr unter **www.piper.de/verlag/ivi**